TAINTED HEARTS

JENN GUERRIERI

TAINTED HEARTS

TOME 1

ito

Avertissement de contenu

Harcèlement, chantage, sexe, consommation de drogue et d'alcool

Aux cœurs écorchés,

« J'ai été en mesure de tirer parti de toutes les choses négatives qui ont pu m'arriver tout au long de ma vie en m'engourdissant dans la douleur, pour ainsi dire, et en étant capable de la diffuser dans ma musique. »

Chester Bennington

Envie de plonger dans l'ambiance du livre ? Accompagnez votre lecture grâce à cette sélection de musiques spécialement sélectionnées par Jenn Guerrieri !

Deezer

bit.ly/DEEZERTH1

Spotify

bit.ly/SPOTIFYTH1

Scannez le QR Code choisi

ou rendez-vous sur l'adresse internet inscrite en dessous !

Playlist

The Relentless – *Me against the devil*
Beethoven – *Moonlight Sonata*
Dorothy – *Raise Hell*
Arctic Monkeys – *Do I wanna know ?*
The Pretty Reckless – *My medicine*
Aerosmith – *Love is an elevator*
Haute – *Shut me down*
Nirvana – *Smells like teen spirit*
Placebo – *Where is my mind*
Marilyn Manson – *Personal Jesus*
System Of A Down – *Lonely day*
Slipknot – *Snuff*
Oasis – *Wonderwall*
Schubert – *Standchen No.4 D.457*
Damien Rice – *Delicate*
The Pretty Reckless – *Hit me like a man*
Bad Wolves – *Zombie*
Halestorm – *I am the fire*
Kaleo – *Save yourself*
Hayley Kiyoko – *Gravel to tempo*
Foster the People – *Pumped up kicks*
Cage The Elephant – *Ain't no rest for the wicked*
Bring Me the Horizon – *Mantra*
M.I.A. – *Paper planes*
Saygrace ft. G-Eazy – *You don't own me*
Florence + The Machine – *Dog days are over*

Chapitre 1

Effervescence

Chester

« J'ai sombré dans les prémices de cette folie pure et dure, sans jamais avoir voulu qu'on me tende la main.

Le cœur déjà meurtri, sa disparition a été le coup de grâce.

Je suis condamné à vivre avec ces démons qui me bouffent de l'intérieur.

Mes pensées vrillent, je perds toute logique dans ma ligne de conduite. J'ai crié à l'aide trop tard, plus personne ne m'entend. Je suis seul, plus personne ne me voit.

En me noyant dans les abysses d'un océan aussi noir que mon cœur, je comprends que la lumière que j'avais tant espérée ne viendra jamais. L'espoir me fuit, la désolation crache sur mon âme et s'immisce sous ma peau pour empoisonner chacune de mes veines.

J'ai perdu l'esprit. »

Avachi au centre d'un canapé, dans un état presque second, je fixe mes jambes, posées négligemment sur la table basse en face de moi. À force d'errer à travers les embranchements et les impasses du labyrinthe de ma rêverie, ce qui devait arriver finit par se réaliser : ma godasse en cuir percute par accident une bière à moitié remplie. Le liquide se déverse sur la plaque en plexiglas. Même si j'en ai partout sur mes lacets, je n'en tiens pas compte et continue de fumer cette cigarette que je viens d'allumer. Ma tête se renverse automatiquement en arrière et j'expire la fumée de ma bouche. Je me perds dans ces volutes au goût âcre qui me chauffent les poumons, telle une brume chaude et apaisante. La déconnexion s'établit.

Enfin à l'intérieur de ma bulle.

Mes pensées se dissipent, mon esprit s'allège. Il y a comme un moment de flottement où plus rien ne compte, à part l'instant présent. J'ai besoin d'oublier la réalité. Je dois savourer chaque seconde qui va s'écouler à partir de maintenant. Je vais vivre chacune d'elles sans douleur et avec euphorie, comme si on venait de me faire une intraveineuse contenant une dose assez corsée d'héroïne. On peut déjà entendre la foule en délire depuis notre loge. Elle nous attend, nous désire, elle s'excite, elle perd patience. La tension grimpe *crescendo* et j'adore ça. On se sent partir vers un autre monde, on plane dans un lieu totalement décomplexé, sans frein, sans chaînes. La collision avec notre public va créer beaucoup d'étincelles. Ça va faire mal.

Bercé par ce son qui me hérisse le poil, je reprends une taffe de nicotine malgré mon agent qui, depuis tout à l'heure, me jette des regards noirs pour me rappeler à l'ordre.

— Chester, ne commence pas à te faire remarquer ! relève-t-il, les sourcils froncés.

Je plante mes yeux dans les siens avec un rictus sardonique, et en guise de réponse, je reporte la clope à ma bouche en prenant tout mon temps pour inhaler le tabac. L'arrogance demeure ma meilleure riposte, je soigne mes mauvaises manières afin qu'il assimile mieux le message :

« Va te faire foutre ! »

Allergique à l'autorité, j'ai ce besoin quasi viscéral de remettre en cause les directives qu'on se plaît parfois à me donner. J'ai aussi la fâcheuse tendance à réagir à chaud quand quelque chose me déplaît, et mon agent sait jusqu'où je suis capable d'aller lorsqu'on s'obstine à titiller un peu trop mes nerfs. Il y a une ligne rouge à ne pas franchir, et il faudrait être assez stupide pour ne serait-ce que la frôler. Mieux vaut ne pas jouer avec moi, sauf si la personne a la peau assez dure pour supporter les morsures.

Et le cœur assez solide.

Même s'il est interdit de fumer ici, personne ne me dictera ma conduite. Je me trouve dans mon élément, alors qu'on me foute la paix, à la fin !

Irrité, mon agent secoue la tête et finit par abandonner la partie. Pas très marrant, finalement. J'avoue être un peu déçu. J'aurais voulu un peu plus de mordant afin de mieux le mener à la baguette, mais c'est dans le tempérament de Chuck : il fuit la confrontation. Et il a pris conscience qu'il venait de frôler la ligne rouge. Aussi docile qu'un petit chiot effrayé, je le regarde faire les cent pas au milieu de la loge. Il ne cesse de se tripoter les mains. On dirait que c'est lui qui s'apprête à monter sur scène.

Ah ! Mon Chuck… Tu me files le tournis, à force !

Aussi fin et léger qu'un cure-dent, il n'a rien d'un Chuck Norris. Ce trentenaire marié, avec un gosse à charge, a la phobie de la foule et se montre un peu hypocondriaque. Il ne se sépare jamais de son désinfectant pour les mains à la fraise. D'ailleurs, je n'arrive plus à en supporter l'odeur, ça me file la gerbe. Chuck marmonne dans sa barbe des choses que je ne réussis pas à décrypter, il passe de temps à autre une main dans ses cheveux bruns afin de dégager les mèches qui tombent sur ses lunettes rondes. À titre personnel, je n'ai rien contre les binoclards, mais sur cet homme, je trouve que ça lui confère un air vachement coincé. Et ce n'est pas un *a priori*. Il l'est. Bien qu'il demeure un peu stressé sur les bords, Chuck excelle dans son taf depuis le lancement de notre carrière. J'ai une confiance aveugle en lui concernant la prise de nos rendez-vous, l'élaboration de notre planning, ainsi que la signature de contrats intéressants. Ce gars a du flair, un grand sens de l'organisation et du relationnel. Il a su gérer d'une main de maître toute la logistique et notre confort durant la tournée. Je pensais qu'il allait craquer sous la pression, mais non. Il m'a impressionné et j'avoue être parfois trop dur avec lui. Cependant, la confiance, ça se mérite. Elle se gagne par les actes autant que par la loyauté. Et je l'accorde rarement, car donner sa confiance à tout-va, ça signifie baisser sa garde et augmenter le risque de se faire baiser bien profondément.

Depuis la salle de concert, la foule se met à crier le nom du groupe à l'unisson.

CHAINLESS, CHAINLESS !

Des frissons parcourent mon échine à chaque fois que je les écoute se déchaîner de cette manière. Cette sensation unique avant chaque concert me fait vibrer, elle chasse les emmerdes qui me collent à la peau et m'extirpe de mes idées noires. Le problème, c'est que tout ça n'est qu'éphémère. Je m'évade, je suis en transe, sauf que la descente se révèle toujours violente. C'est douloureux au point de me fissurer. Je hais le retour à la réalité. Une main se pose sur mon épaule et me sort de ma léthargie. Je redresse la tête et croise le regard bleu perçant de Yann.

— Renverser une bière, c'est péché. Tu le sais, non ?

— Dans ce cas, que Dieu m'épargne son terrible courroux.

L'homme d'un mètre quatre-vingt-dix esquisse un sourire en coin qu'il tente malgré tout de retenir. Il ajuste sa casquette bleue et orange des New York Knicks sur ses cheveux noirs rasés très courts et me répond :

— Je sais pas trop, juste avant notre dernier show… t'as foiré mon gars, ça va nous porter malheur !

—C'était juste une Heineken qui avait un goût de pisse.

J'ai rendu service.

Il éclate d'un rire tonitruant qui fait sursauter Chuck. La minute d'après, il tapote mon épaule et me lâche avec ironie :

— T'as raison, mais si ça avait été une Corona, je t'aurais pété les dents en plein milieu de notre prestation. On respecte les Latinos.

Yann est l'une des rares personnes à avoir assez de couilles pour me rentrer dedans. Je suis des yeux le batteur des Chainless qui vient de récupérer ses baguettes. D'une dextérité impressionnante, il les fait tournoyer entre ses doigts. Je considère ce type comme le plus taré du groupe. C'est une vraie pile électrique, il en devient parfois épuisant, car il déballe des conneries aussi vite que son ombre. Paradoxalement, c'est ce qui le rend attachant. On peut toujours compter sur lui afin de mettre l'ambiance à nos soirées, vu qu'il est constamment chaud pour faire la fête.

Surtout s'il y a de la Corona et de la musique latino.

Avec ses écarteurs aux lobes, ses tatouages des pieds jusqu'au cou ainsi que ses piercings au visage, il affiche un look excentrique que j'adore.

À côté de lui se trouve son petit frère : Matt Miller, le bassiste. Une version « modérée » de Yann, même si parfois, il se montre beaucoup plus barge que son frangin. Comme à l'accoutumée, le musicien serre autour de ses doigts son chapelet en priant les yeux fermés. C'est son rituel avant de monter sur scène. Je peux à peine voir son visage à cause de ses cheveux noirs, emmêlés dans tous les sens.

Je m'étire de tout mon long sur le sofa et mon attention dévie vers le dernier membre des Chainless, pour le moment en train d'accorder sa nouvelle Gibson, aussi rutilante qu'une Ferrari rouge : Alden Hayes, le guitariste au charme dévastateur, qui peut faire mouiller n'importe quelle minette sur son passage. Lui, c'est le plus raisonné d'entre nous, le genre à nous remettre sur le droit chemin quand on dérive. Alden est pourtant connu des médias, du fait de sa réputation de coureur de jupons. Il ne s'en cache pas et l'assume. Quelquefois, pour se marrer, il va même jusqu'à mettre en scène de fausses paparazzades avec des filles à son bras, dans le but d'affoler la Toile et de piéger la presse *people* qui se fait un malin plaisir de cracher sur notre dos dès qu'une occasion se présente. Ça marche à tous les coups.

Son visage arbore des traits angéliques, soulignés par ses cheveux blonds mi-longs qui tirent presque sur le blanc. Seuls ses yeux noirs peuvent trahir la luxure et l'esprit de rébellion qui l'animent, sous ses airs de mec modèle et vertueux. Ce gars, c'est mon meilleur pote. Je connais ses faiblesses, il est au courant des miennes. Il peut me démolir s'il le souhaite. Et inversement, je peux l'anéantir en m'attaquant à ses plus grosses failles. *Les risques d'avoir un meilleur ami.* Lui et moi, on traîne ensemble depuis le lycée. Notre passion mutuelle pour la musique nous a tout de suite rapprochés. Puis, par un concours de circonstances, nous avons fini par croiser la route de Yann et Matt, quelques années plus tard.

Alden relève les yeux et me surprend en train de le fixer.

Une moue amusée s'invite sur sa face et il me lance :

— La voix de Chester Hanson est-elle prête à en découdre ce soir ?

— T'as pas idée ! répliqué-je, le regard animé d'une lueur d'excitation.

Parolier et chanteur principal du groupe, je suis celui qui apparaît le plus sur le devant de la scène. Bien que je sois surtout connu grâce à mon florilège de frasques. Les gars me laissent le champ libre pour l'écriture de nos chansons, ils savent que c'est mon point fort. J'ai toujours de l'inspiration, des choses à revendiquer et à dénoncer.

Ça fait maintenant trois ans que les Chainless se sont formés. Avant d'être connus, nous jouions dans plusieurs bars situés sur le Sunset Trip, une artère très réputée de Los Angeles, avec l'espoir de nous faire repérer. Aujourd'hui encore, si des gens veulent percer dans le rock, c'est ici qu'il faut se donner rendez-vous. Ce boulevard du quartier de West Hollywood a vu défiler les premiers concerts de certains groupes légendaires comme Guns N' Roses, Poison, Twisted et bien d'autres.

Après nous être armés de patience et de bonne volonté, nous avons fini par taper dans l'œil d'une maison de disques. Un premier album est sorti dans les bacs l'année dernière et, à la surprise générale, ça a été un franc succès.

Désormais, nous voilà propulsés dans la cour des grands, et notre première tournée aux États-Unis s'achève ce soir. Nous nous apprêtons à poser le point final de cette aventure de dingue au Microsoft Theater, dans le centre de Los Angeles. Jouer sur l'une des plus grandes scènes intérieures du pays représente sans doute la chose la plus gratifiante qui me soit arrivée depuis mon premier souffle, sans parler du fait qu'il s'agit de la ville qui a marqué nos débuts. C'est assez symbolique pour nous.

Quelqu'un toque à la porte et tout le monde relève la tête en même temps. Une femme débarque dans la loge afin de nous donner le feu vert.

Matt, Yann et Alden se dirigent vers la sortie. Pour ma part, j'écrase furtivement le mégot sur le cuir du canapé avant de me lever. Je m'approche du miroir aux contours éclairés et inspecte une dernière fois mon reflet. Ma main munie de chevalières se faufile à travers mes boucles brunes épaisses. J'ajuste une dernière fois mon slim noir déchiré et balaie les quelques traces de cendres froides sur mon large tee-shirt blanc, tout en épiant à travers la glace la femme qui débarrasse nos plateaux-repas. Je la mate sans vergogne et à la seconde où cette dernière capte mon regard, elle détourne les yeux comme une voleuse prise sur le fait. Elle porte une petite robe noire assez chic qui laisse entrevoir ses superbes jambes. Ses cheveux blonds coiffés en un chignon élégant me font penser à ceux d'une hôtesse de l'air. Je me retourne et m'approche d'elle. La femme devient nerveuse, pourtant elle n'a pas à l'être, car tout se passera comme prévu.

— N'oublie pas notre petit accord, lui soufflé-je à l'oreille.

Ses joues s'empourprent et elle hoche la tête. Je glisse mes lèvres le long de son cou pour déposer un baiser sur sa chair sensible, là où je sens son pouls erratique. Son souffle s'accélère, je suis à deux doigts de lui demander de me sucer sur ce putain de canapé que je ne peux plus voir en peinture. Cependant, malgré ma queue qui s'échauffe, je calme mes ardeurs et sors de la loge, les mains au fond des poches.

D'un pas déterminé, je rejoins les gars dans ce corridor qui donne directement accès aux coulisses de la grande scène. Je fais le vide dans ma tête, tandis que le brouhaha qui provient de la fosse résonne de plus en plus fort à mesure que nous approchons. L'adrénaline coule à flots dans chacune de mes veines, les battements de mon cœur s'emballent. Les membres de notre équipe technique effectuent les derniers réglages, tout le monde s'active au milieu de cette forêt de câbles et d'amplis. Recroquevillés dans un coin caché de la scène, nous découvrons enfin nos fans qui réclament notre arrivée. Les lumières s'éteignent et les hurlements redoublent. Plus de sept mille personnes sont présentes ce soir. C'est dingue, inespéré. C'est la concrétisation de toutes ces années de dur labeur. Ma revanche personnelle.

Je m'avance vers les autres membres des Chainless et on se regroupe très vite en cercle afin de nous transmettre mutuellement de l'énergie et de bonnes ondes. On baisse la tête, les bras sur les épaules de nos voisins. Une connexion se crée, le trac se mêle à l'excitation.

— N'oubliez pas, les gars, on doit se donner à fond pour chacune de nos performances. Tout le temps. C'est notre métier, mais aussi notre putain de passion. C'est l'essence même de ce qui nous unit. Et on est là pour leur montrer qu'on a encore des choses à partager. On mérite notre place, alors comme c'est la dernière, on donne tout ce qu'on a ! nous encourage Alden.

— Je suis chaud bouillant ! s'exclame Matt.

— On va foutre un de ces bordels ! ajoute Yann.

— À jamais sans chaînes, conclus-je plus discrètement.

Et on se sépare, regonflés à bloc et prêts à mettre la tête à l'envers au public. Des techniciens courent vers nous, munis de boîtiers noirs et d'oreillettes : un système *in-ear monitor*, essentiel pour entendre notre performance sur scène sans tenir compte de tous les bruits produits autour de nous. Je glisse la boîte dans la poche arrière de mon pantalon noir avant d'enfiler l'oreillette. Maintenant, il ne me reste plus qu'à entrer dans l'arène.

La salle est toujours plongée dans l'obscurité. Yann sautille sur place, puis fonce comme un dératé sur la scène, sous les cris hystériques de nos fans. Il s'installe derrière sa batterie et commence à chauffer le public avec les premières percussions, qui nous secouent jusqu'aux entrailles. Matt ne tarde pas à le rejoindre. Il s'empare de sa basse et laisse ses doigts glisser sur les cordes pour produire un son électrisant qui vibre à travers toute la salle. Alden enfile la sangle de sa guitare, puis quitte à son tour les coulisses. Les gens se déchaînent, les instruments puissants s'harmonisent et là, les lumières s'allument. Les premières notes de notre chanson- phare résonnent sur la scène de Los Angeles, celle qui nous vaut notre meilleur succès jusqu'à présent. Ce titre s'intitule *Black Fate*.

Yann a raison, on va foutre un de ces bordels…

La batterie et la basse rejoignent les notes de guitare. Il s'agit d'un morceau dynamique, particulièrement violent dans l'instrumental et les paroles, qui parle de vengeance, de rancœur… et d'une personne au crâne bourré d'idées noires.

La foule se déchaîne au rythme de la chanson. Je ferme les yeux un moment et inspire à fond pour libérer ce poids qui me pèse sur les épaules. Plus rien ni personne ne peut me retenir. Cette époque est révolue à jamais.

L'adrénaline prend possession de mon corps et de mon esprit. Quand j'ouvre les yeux, je me retrouve enfin dans mon univers. Celui du rock. Je m'empresse de rejoindre les mecs sous les feux de la rampe. Après m'être posté devant mon micro, je comprends que la salle est pleine à craquer. Cette marée humaine qui nous fait face me coupe le souffle. Bercés par notre symphonie enragée, les gens applaudissent, crient et lèvent les bras. C'est dément.

Le public se calme dès l'instant où j'entonne le premier couplet. J'entre dans une sorte de catharsis. Ce sentiment de liberté l'emporte sur tout le reste et la réalité décampe enfin. Je décroche mon micro du pied et m'approche de la limite de la scène pour me trouver au plus près de nos fans. La foule en délire, l'atmosphère frénétique, les émotions transmises, la fusion avec le public, tous ces éléments réunis créent une effervescence unique.

Les gens reprennent en chœur le refrain, soutenus par la force des instruments. Je continue de chanter avec mon cœur et mes tripes à m'en crever les poumons. Je secoue la tête en suivant le rythme furieux de notre musique. Mes gestes se font plus endiablés.

Je suis en transe et le public devient fou avec moi. Il faut le vivre pour le croire. Cette sensation est indescriptible. Mais putain, qu'est-ce que c'est bon !

— On a le mis feu ! s'écrie Matt en bondissant dans tous les sens.

Très vite, Yann le rejoint et enroule le bras autour de son cou.

— T'as assuré, frérot !

Le concert vient de se terminer. Je suis essoufflé, vidé de toute mon énergie et j'ai le corps en sueur. Mais ouais, on a fait une performance de malade, sans doute la meilleure depuis nos débuts. On a frappé fort. La tournée s'achève en beauté. Dans les coulisses, toute l'équipe nous félicite, dont notre agent, Chuck, rassuré que tout se soit bien déroulé.

— Belle prestation, les Chainless ! nous lance-t-il, les pouces en l'air.

Il est aussitôt interrompu par une sonnerie provenant de son téléphone, qu'il garde H24 sur lui. Chuck s'excuse et se dépêche de répondre en s'éloignant de nous. Je retire mon tee-shirt trempé, tandis qu'une fille s'empresse de me filer une serviette, que je place directement sur mes épaules. Je récupère ensuite une bouteille d'eau qu'elle vient de me tendre et en bois plusieurs gorgées. Les autres Chainless m'imitent. Après avoir sillonné les routes des États-Unis durant deux mois, après avoir vécu à l'intérieur d'un bus flambant neuf dans lequel on a dormi, mangé, fumé, bu et baisé, il est temps pour nous de tourner la page sur cette expérience folle. Désormais, on doit plancher sur notre second album. D'ailleurs, j'ai déjà eu l'occasion de m'avancer sur nos nouvelles chansons. Je dors peu, alors entre deux trajets de bus, je sortais mon carnet et écrivais tout ce qui me passait par la tête. Au début, c'est forcément brouillon, mais ensuite, je parviens à me retrouver parmi toutes ces pages noircies d'encre. Je veux que nos nouvelles musiques percutent les gens, les bouleversent. Notre second album sera plus personnel, plus *thérapeutique*, alors je compte bien en faire quelque chose d'unique avec les gars. On vise un cran au-dessus, cette fois-ci. Retour au studio, ce qui veut dire retour à New York.

— Les gars, on va fêter ça ? Il y a un club vraiment cool à deux pas d'ici, nous propose Alden.

— Carrément ! J'ai envie de me mettre une grosse mine, ce soir ! balance Yann avec entrain.

Matt semble chaud aussi.

— Chester ? m'interpelle le guitariste.

— Je vous rejoins après. Je dois récupérer des affaires dans la loge, l'informé-je avec nonchalance.

Alden lève les yeux au ciel avant de me renvoyer un regard lourd de reproches. Je pousse un soupir agacé devant sa réaction. Impossible de cacher le moindre truc à votre meilleur pote.

— T'as prévu de te taper qui, ce soir ?

J'esquisse un sourire en coin, c'est plus fort que moi.

— Cette fois-ci, c'est pas une fan mineure, je te le promets.

Mais n'ayant nullement envie de plaisanter, le visage du blond s'assombrit d'un seul coup.

— Notre groupe a bien failli morfler à cause de toutes tes conneries, et en plus, tu t'en vantes ? Faudrait que t'envisages de te calmer, si tu ne veux pas qu'on connaisse une pente descendante...

Sans me laisser atteindre par ses paroles, je soutiens son regard noir.

— Tu trouves pas ça excitant d'être un groupe qui suscite des émeutes et fait la une des magazines *people* à cause de nos mauvaises conduites ? Moi, oui. J'ai l'impression d'être les Rolling Stones d'Amérique, raillé-je.

— « Nos mauvaises conduites » ? Qui se fait choper à chaque fois par les keufs à cause de ses poches remplies de came ? Il faut qu'on soit reconnus pour notre musique et non pour des frasques hors scène.

Le guitariste élève la voix, si bien que certains curieux nous observent de loin. Je me contente de lui répondre sans ôter mon rictus en coin :

— Je me suis mis *clean* pour la tournée. Et arrête de te faire passer pour un saint ! Personne n'est tout noir ou tout blanc, ici. *Personne* !

— Sauf que tes erreurs vont finir par avoir un impact sur notre carrière, et le pire, c'est que tu n'en tires aucune leçon. Merde, j'ai vraiment pas la tête à m'embrouiller avec toi, ce soir !

Le musicien tourne les talons et nous laisse en plan.

— Bonne ambiance…, souffle Matt en croisant les bras.

— Je vous rejoins plus tard dans la soirée, répété-je aux deux frères, avant de prendre la direction de la loge.

— Tu sais, Alden a raison. Même si c'est dur pour toi, faut vraiment que tu te reprennes, mec. Tu pars en vrille, réplique Yann d'un air soucieux.

Même si c'est dur pour moi ?

La colère gronde au fond de moi. Je fais volte-face, les poings fermés et les mâchoires serrées.

— Mais vous voulez quoi ? M'envoyer chez les moines tibétains pour purifier mon âme ? Vous commencez sérieusement à me casser les couilles !

À ces mots, je me barre, car je sens que je perds le contrôle de tout. La situation m'échappe, la folie empoisonne mon âme. Je me perds, je me noie, encore plus quand j'entends derrière moi Matt souffler à son grand frère : « Cet accident, ça l'a vraiment changé. » Mes muscles se contractent férocement. Je me mets à marcher plus vite, j'étouffe. J'ai limite la tête qui tourne.

Le retour à la réalité fait toujours mal.

Mes idées noires reviennent. J'ai fait le con. Je ne m'en sors pas. Je lutte contre mon ennemi le plus redoutable : moi-même. La brume s'immisce dans ma tête, la fatalité vient me nouer les entrailles et ma combativité s'extirpe pour laisser place à une douleur inguérissable qui m'enserre les côtes. Je deviens prisonnier de mon propre corps.

J'ai perdu l'esprit.

Mes yeux gris se portent sur l'un de mes bras. Au milieu de mes tatouages, je cherche les traces de mes premières injections d'héroïne, mais je ne les vois plus.

Bientôt. Très bientôt.

J'examine ensuite mes jointures abîmées datant de la veille : une bagarre avec un connard de paparazzi, désormais à l'affiche de tous les tabloïds.

Quelque part au fond de moi, j'ai l'impression que la vie s'acharne à me mettre à l'épreuve, sans jamais m'accorder un instant de répit. Les pires immondices de l'être humain ont déjà tellement noirci mon cœur. Pourquoi ? Est-ce un test ? À chaque fois, je pense que le pire est passé. Et à chaque fois, je me fais bien baiser.

La musique reste à ce jour ma meilleure échappatoire. Un son qui me fait vibrer, un plaisir des sens, un déchaînement des passions, une connexion entre les artistes et le public, une vie à cent à l'heure. C'est tout ça, le rock ! Et chaque moment passé sur scène s'avère être unique et inoubliable. La musique me maintient en vie. Mais jusqu'à quand ?

Là, je sens que je m'aventure sur un terrain glissant. Je peux prendre n'importe quelle trajectoire. Bonne ou mauvaise. Je perds le contrôle, c'est désormais mon esprit tordu et complètement déréglé qui me guide là où bon lui semble. C'est dangereux. *Je deviens dangereux.*

Sillonnant le long couloir, j'arrive enfin à la loge. J'ouvre la porte et tombe sur la blonde. Elle sursaute, puis se tripote les mains avec nervosité. Je jette ma serviette sur l'un des fauteuils et passe mes deux mains dans mes cheveux.

— Je… C'est tout ce que j'ai pu récupérer, m'annonce-t-elle.

D'un signe de tête, elle me désigne les petits sachets sur la table basse. Ma came. Je m'imagine déjà en train de chauffer l'héro au creux d'une cuillère, la renifler et la passer à travers l'aiguille. Je salive d'avance à l'idée de renouveler l'expérience.

Du coin de l'œil, je remarque que la femme s'est détaché les cheveux. Ça lui va mieux. Elle m'allume. J'espère qu'elle en a conscience et qu'elle sait quel genre de pensées me traversent l'esprit. Mes pupilles se dilatent à cause du manque, de la colère, mais surtout de l'appétit sexuel qui s'éveille en moi. Je m'approche d'elle et entremêle mes doigts dans sa longue chevelure dorée. La blonde rougit, mais elle ne me rejette pas. Elle mouille même ses lèvres pulpeuses, qui deviennent brillantes et accueillantes. N'y tenant plus, je saisis sa mâchoire et écrase ma bouche sur la sienne tandis que ses bras agrippent ma nuque. Nos salives se mélangent, nos corps s'entrechoquent et se pressent l'un contre l'autre. Je vais la ravager.

« Faudrait que t'envisages de te calmer… »

Les mots d'Alden me reviennent en mémoire. *Me calmer ?* J'entends presque mon esprit détraqué me rigoler au nez. Je ne suis pas connu pour être l'ange du groupe. Bien au contraire !

Par-delà mes sombres horizons, aucune lumière n'est à prévoir.

Chapitre 2

Discipline

Ally

— Maintenant, passez au second enchaînement, exige notre professeure.

Aussitôt dit, aussitôt fait. Les danseurs de ma promo s'exécutent sans broncher à la barre, fixée au mur du studio.

Les cheveux attachés en chignon et vêtue d'une longue robe noire, madame Rivera est connue pour se montrer intraitable avec ses élèves. Néanmoins, au-delà de son expression fermée et de son allure rigide qui pourrait donner les chocottes à n'importe qui, cette quadragénaire fait incontestablement partie des meilleures enseignantes dans le domaine de la danse classique. La femme longe notre rangée en surveillant nos moindres mouvements. Personne n'échappe à son œil de lynx.

Le pianiste qui nous accompagne continue de jouer les notes du prélude de la *Première suite pour violoncelle* de Bach – un soutien musical destiné à nous faire garder le rythme, comprendre quel dynamisme choisir et ne pas perdre la notion du temps.

La musique doit définir le caractère de nos pas. Et nos pas doivent s'accorder avec la musique. *Toujours.*

La main gauche appuyée sur la tringle de bois pour maintenir l'équilibre, nous mettons à exécution les indications de madame Rivera. Relevés sur pointes, bras surélevé, doigts souples, posture droite, nos mouvements se succèdent avec propreté.

La danse classique demande une grande concentration. Nos gestes doivent s'enchaîner avec le plus de justesse possible : précision, coordination et rigueur sont de mise. Le travail quotidien demeure indispensable pour maintenir la souplesse et l'élasticité du corps.

Bientôt, le clou du spectacle arrive. Prenant appui sur la partie rigide de nos chaussons, nous nous redressons et élevons avec grâce notre bras. Sans ciller, nous maintenons cette position, comme si cela ne nous demandait aucun effort. Il faut donner une impression de naturel. Les pointes représentent l'un des exercices physiques les plus complexes et techniques. Ce mouvement donne l'illusion de porter le poids de notre corps sur la pointe du pied, alors qu'en réalité, nous tenons appui sur la cambrure. L'acquisition de cette technique peut prendre entre six mois et trois ans. Voire plus. Après avoir corrigé la posture de certains élèves, madame Rivera termine le cours par une séance d'assouplissements, vitale pour détendre nos muscles échauffés.

— Bon travail, tout le monde. À demain ! nous lance-t-elle.

Les étudiants relâchent la barre, certaines filles libèrent leur chignon, tandis que d'autres s'hydratent avec des gourdes d'eau. Moi, je m'empresse de retirer mes pointes et de palper ma nuque pour apaiser les tensions. Je n'ose regarder mes pieds pansés et bleuis d'hématomes. C'est le prix à payer. Mon corps reste mon outil de travail, alors j'en prends soin autant que possible. Dès qu'une douleur survient au niveau de l'un de mes membres, je cesse l'effort, puis je me masse en soulageant les zones endolories avec de la glace. Et dans le pire des cas, si ça persiste, je file voir un spécialiste.

Il faut savoir écouter son corps pour comprendre les signaux qu'il nous envoie. Le risque de fracture liée à la fatigue est fréquent. C'est la bête noire des danseurs. *Ma hantise,* car cela veut dire être en arrêt et rester bloquée chez soi pendant des semaines. Moi, je suis incapable d'être cloîtrée entre quatre murs. J'ai besoin de bouger, de m'exprimer par les mouvements.

Cette passion de la danse m'est venue dès l'enfance. Quand j'avais huit ans, je suis tombée par hasard sur une représentation du ballet *Le Lac des Cygnes* à la télévision. Je suis restée subjuguée par le pas de deux de la Française Sylvie Guillem avec Manuel Legris. C'est d'ailleurs dans ce rôle qu'elle a été nommée étoile. Depuis ce jour, j'ai su que c'était ce que je voulais faire de ma vie. En dépit des doutes survenus lors de mon tout premier cours de danse, je n'ai rien lâché. J'ai mis des années pour assouplir mon corps, j'ai fait des sacrifices, parce que ma volonté demeure sans faille. Un jour, moi aussi, j'obtiendrai un rôle pour les plus grands ballets, comme *Carmen* ou encore *Casse-Noisette*. Ouais, j'y crois dur comme fer, et davantage aujourd'hui. En dernière année de ma formation à la très réputée Juilliard School de New York, je n'ai jamais été aussi proche de réaliser mon rêve : intégrer le corps de ballet de l'Opéra de Paris. L'une des plus prestigieuses et anciennes compagnies de danse. Là où se dresse la scène la plus majestueuse du monde. Le concours d'entrée est programmé l'été prochain, dans dix mois exactement. Nous sommes en septembre, il me reste encore du temps pour boucler mon dossier d'inscription. Je suis plus déterminée que jamais à réussir.

Personne ne m'empêchera de décrocher les étoiles.

Je me relève, mes pointes en main, et suis les gens de ma promo qui sortent de la salle de cours. Bientôt, les garçons et les filles se séparent en regagnant leur propre vestiaire. Une fois à l'intérieur, je récupère mes vêtements de rechange. À la minute où je referme mon casier d'un coup sec, une voix incisive claque derrière mon dos.

— Eh, Ally !

J'abaisse les paupières, mords ma lèvre inférieure presque jusqu'au sang et lâche finalement un long soupir agacé.

Il ne manquait plus qu'elle...

— Toujours pas décidée à te casser ? Après tes derniers semestres chaotiques, je ne pensais plus te revoir ici, s'esclaffe la fille.

Ses mots virulents m'égratignent bien plus que je ne veux l'admettre. Je garde malgré tout une expression immuable et virevolte vers cette personne qui aime m'en faire voir de toutes les couleurs depuis ma première année à l'école. Tiffany Jones. Sans doute l'élève la plus talentueuse de notre promo. Mais aussi la plus détestable. Sans surprise, la jeune fille au carré brun se trouve accompagnée par ses deux sbires préférées : Eva et Lucy. Un beau trio d'insolentes qui aiment rabaisser les autres pour mieux se sentir briller.

Je les scrute avec le même regard condescendant qu'elles, et un sourire ne tarde pas à s'inviter aux commissures de mes lèvres. Un sourire superficiel, faux, mesquin. À leur image.

— Navrée pour toi, Tiff', tu vas devoir me supporter jusqu'à la fin de l'année, riposté-je, l'air faussement compatissante.

Face à ma moue exagérée, la brune se renfrogne. Son point faible, c'est qu'elle ne se montre jamais patiente. Tiffany s'emporte vite, c'est ce qui effraie les filles autour de nous, qui font la sourde oreille. Moi, ça ne m'intimide nullement. C'est bien pour cette raison qu'elle me prend en grippe. J'ose la confrontation. Elle sait que je peux encaisser les coups, ça lui fait peur, alors elle poursuit son harcèlement moral dans l'optique de me faire craquer. Et bien sûr, elle le fait toujours accompagnée, jamais seule...

Tu parles d'une preuve de courage...

— T'as raison d'être navrée, l'idée de devoir supporter tes cheveux orange pendant des mois me répugne, grimace-t-elle. Je lève les yeux au ciel sous les éclats de rire des potiches.

Réplique dépourvue d'originalité et qui, en plus, se révèle discriminante envers toute la communauté rousse. Ça vole très bas. Faire l'objet de brimades et de moqueries à cause d'une couleur de cheveux, c'est juste navrant. Qu'ils aillent tous se faire voir, il est temps que la rousseur se revalorise !

Je souffle et regarde mes ongles.

— Ah ! Ma Tiff'... t'es si prévisible. Renouvelle un peu tes *punchlines*, parce que tu deviens lassante. Je compte sur toi pour me surprendre, la prochaine fois. Je veux avoir le crâne fracassé en deux, la mâchoire décrochée et les yeux sur le point de sortir de leurs orbites ! Allez, je laisse ton imagination travailler, et ne triche pas en surfant sur les pages Google ! Je veux vraiment que ça vienne de toi.

Sur ces belles paroles, je laisse le trio infernal en plan et m'enferme à l'intérieur d'une cabine de douche. Je pose mes mains sur la paroi et baisse la tête pendant que l'eau chaude tombe sur mes épaules. La douleur de mes muscles s'alanguit. Je me savonne en repensant aux remarques parfois acerbes de mes professeurs, parce que Tiffany a raison : mes derniers semestres ont été chaotiques. D'ailleurs, cette année, j'ai manqué de peu le redoublement.

« Ally, ta tenue du dos et des bras est très mauvaise ! », « Aucune continuité dans ton travail, qu'est-ce qui t'arrive ? », « Tes pirouettes sont médiocres. », « Tu ne progresses pas. »

Comme dans beaucoup d'autres domaines, le monde de la danse se montre impitoyable. Il faut avoir le cœur bien accroché. La plupart des personnes inscrites dans un conservatoire ne sont pas là pour se faire des amis. Même si ça n'a pas toujours été le cas, l'esprit de compétition est ancré dans notre promo. Au départ, j'en ai souffert, car je suis plutôt du genre loyal et solidaire. Mais pour rentrer dans le moule, j'ai dû me construire une carapace et forger mon caractère. Pourtant, malgré les crasses de mes camarades, je continue d'adopter un comportement irréprochable. J'arrive en avance pour chaque cours, je m'entraîne en dehors de la formation, je souris, j'écoute mes profs. Lors de mes mauvais semestres, j'ai même guetté les dernières années derrière les grandes vitres des salles de danse pour imiter leurs gestes. Ça m'a permis de mieux comprendre ce que je devais améliorer, ce qui m'a sauvée et évité un redoublement.

Une fois lavée et séchée, j'enfile mes vêtements. Un slim noir et un haut vert à manches longues qui laisse mes épaules découvertes. Je sors de la cabine de douche et constate que mes meilleures rivales se trouvent toujours là. Je les ignore, lace mes Converse blanches, puis récupère mon sac. En sortant du vestiaire, je sens leurs regards noirs dans mon dos. Je brandis mon majeur sans me retourner. À ma plus grande satisfaction, j'entends Tiffany pester.

Je déambule par la suite au milieu de l'immense hall du conservatoire. Baies vitrées, formes géométriques en bois brun et métal, l'architecture du bâtiment se montre moderne. En chemin, je croise des étudiants tenant entre leurs mains une peluche à l'effigie d'un pingouin vêtu d'un sweat bleu : la mascotte de notre école. Je souris. Moi aussi, j'en ai une sur le bureau de ma chambre !

La Juilliard est une école spécialisée dans les arts du spectacle : théâtre, musique et… danse, celle dont je fais partie. Les locaux se situent au Lincoln Center, nous ne sommes d'ailleurs pas très loin de Central Park. Sa localisation fait rêver. De toute manière, absolument tout ici fait rêver. Quand vous foulez le sol de cet endroit la première fois, vous êtes forcément intimidé, puis après, quand vos batteries sont rechargées à bloc, vous donnez le meilleur de vous-même afin de briller. Près d'un millier d'étudiants sont inscrits chaque année ici. Il y a même plusieurs célébrités qui ont été élèves en ces lieux, dont l'acteur Robin Williams, ou encore le trompettiste Miles Davis.

Je sors de l'établissement et m'arrête devant l'entrée pour fouiller dans mon sac. Je récupère mon téléphone et me statufie sur place. Plus d'une dizaine d'appels manqués. Tous proviennent d'une seule et unique personne : mon meilleur ami, Julian. J'écarquille les yeux et le stress m'envahit. Ça ne lui ressemble pas de s'acharner comme ça. Peut-être qu'il s'est passé quelque chose de grave ? Le cœur battant, je le rappelle sur-le-champ. Cinq secondes lui suffisent pour décrocher.

— Bordel de merde, enfin ! s'écrie-t-il.

— Est-ce que tout va bien ? m'affolé-je.

Des scénarios aussi sombres les uns que les autres trottent dans ma tête : un décès familial, un licenciement, un accident de la route, ou alors un cancer des poumons déclaré à cause de tous les paquets de cigarettes qu'il fume chaque semaine...

— Détends-toi, j'ai pas la gale, plutôt une super nouvelle à t'annoncer, tu ne vas jamais me croire ! J'en tremble encore !

Immédiatement soulagée, j'expire l'air bloqué dans mes poumons.

— Et c'est quoi, cette « super nouvelle » ?

— Il faut que je te le dise en face. Rendez-vous dans une demi-heure au Starbucks de Lexington Avenue.

— Hein ? Attends, tu me prends de court, je…

— M'en fous. À tout de suite ! me coupe-t-il.

Julian me raccroche au nez sans même me laisser le temps d'en placer une. Je rumine, car j'avais en tête de rentrer chez moi, m'allonger sur mon lit, mater des séries sur Netflix, soigner mes pieds et me coucher tôt pour récupérer des forces. Je fais craquer ma nuque d'un seul mouvement et finis par me diriger vers la bouche de métro la plus proche. En cette fin d'après-midi, le soleil commence à décliner dans le ciel. J'enfile mes écouteurs et les branche à mon portable. Je lance une playlist en mode aléatoire et mon cœur s'allège dès l'instant où les premières notes de piano de *Moonlight Sonata*, un morceau phare de Beethoven, s'insinuent dans mes oreilles. J'adore cette mélodie, elle me donne envie de danser. La musique classique est le genre que je préfère écouter. Pour autant, ça ne m'empêche pas de m'intéresser à plusieurs styles comme le rap, le reggae, l'électro, la pop et bien d'autres. C'est mon moment d'évasion, je m'enferme à l'intérieur d'une bulle de bien-être et plus rien ne compte, à part ce son qui m'emporte ailleurs.

J'entre dans la rame de métro puis m'assois sur une banquette vide, les épaules dressées et le dos droit, en m'appliquant bien à ne croiser le regard de personne. En quelques minutes, me voilà de l'autre côté de l'île de Manhattan. Je retire mes écouteurs lorsque j'arrive à l'adresse indiquée par mon meilleur ami. Je pousse les portes du Starbucks, où les clients affluent. Toutes les tables sont prises et parmi la foule, je repère Julian sur une chaise haute, en train de pianoter sur son téléphone à la vitesse grand V. Il ne remarque pas tout de suite ma présence, ce qui me donne le loisir d'admirer les traits de son beau visage juvénile. Sa tignasse brune décoiffée lui donne un côté négligé qui a la cote auprès de ses admirateurs, sans parler de ses yeux marron aux éclats d'or et de caramel qui fusionnent à merveille avec sa peau mate héritée de ses origines latines. Julian aime prendre soin de lui : féru de sport, il ne lésine pas sur les footings et va à la muscu chaque week-end pour entretenir son corps d'athlète. Côté vestimentaire, il gagne aussi des points. Aujourd'hui, il a jeté son dévolu sur une chemise en jean ainsi qu'un pantalon noir qui moule ses cuisses musclées. Il ne passe pas inaperçu et il le sait, alors parfois, il en joue. D'ailleurs, je viens de remarquer deux filles à une table voisine qui lui adressent plusieurs regards intéressés. Hélas pour elles, Julian n'appartient pas à ce bord- là.

Mon meilleur ami m'aperçoit enfin. Il me renvoie un sourire éblouissant, puis tapote le tabouret libre à côté de lui.

Je m'avance et, lorsque j'arrive à son niveau, il se lève pour me serrer dans ses bras avec entrain, sous le regard déçu des clientes. Je m'installe sur la chaise haute tandis que Julian agite sous mon nez ma boisson préférée, qu'il vient de commander pour moi : un caramel *macchiato*. *Je l'aime.* En plus, il a pensé au supplément chantilly. Je l'embrasse sur la joue.

Coup dur pour les filles derrière lui, les visages se renfrognent. Je sens leurs poils se hérisser et je peux même entendre des pensées injurieuses à mon égard. Tant pis. Ce n'est pas comme si c'était la première fois que ça arrivait.

— T'es canon, aujourd'hui ! le complimenté-je.

Il écarte les bras, comme s'il s'agissait d'une évidence.

— Canon tous les jours, plutôt !

Dans son élan, il manque de renverser son gobelet. Finalement, il le rattrape de justesse et souffle un « ouf » mi-angoissé, mi-soulagé. Je m'esclaffe aussitôt et il se joint à moi, ce qui nous vaut l'attention de tous les clients. À ce jour, Julian demeure la personne avec laquelle j'ai échangé le plus de fous rires. Comme moi, il fait preuve d'ambition et sa joie de vivre illumine mes journées. C'est mon rayon de soleil, ma bouffée d'air frais. On se connaît depuis le collège et je me souviendrai toujours de notre rentrée en classe de sixième. Julian, qui venait d'emménager dans la petite ville de Childesburg avec ses parents, s'est assis à côté de moi au fond de la classe et, après un furtif regard assorti d'un compliment sur ma couleur de cheveux, notre complicité est née. Depuis, une forte amitié s'est tissée et n'a jamais cessé de s'étoffer. On traînait ensemble lors des récrés, il venait souvent dormir chez moi, et aujourd'hui encore, on passe le plus clair de notre temps à discuter de tout et de rien. Je connais ses secrets, il connaît les miens. Quand je suis triste, il est triste. Quand j'éclate de rire, il éclate de rire. Nous nous comprenons sans même échanger un mot. Nous avons grandi tous les deux dans l'État de l'Alabama et, par un concours de circonstances, nous nous sommes retrouvés ici, ensemble, dans la tentaculaire ville de New York. Julian reste mon principal pilier. Sans lui, j'ignore ce que je ferais.

Et j'ignore si je m'en serais sortie.

Depuis quelques mois, il travaille en tant que journaliste au très prestigieux *New York Times*. Ouais, rien que ça. C'est sa vocation, son métier de rêve. Il a toujours eu un goût prononcé pour l'écriture. Politique, sport, économie, culture… Des tas de sujets l'intéressent, il se montre curieux et ouvert d'esprit, mais surtout, il aime se retrouver au cœur de l'action lors d'un événement. La passion du terrain et de l'information, il l'a dans la peau.

— Alors, monsieur le reporter ? Je crois que vous avez quelque chose à m'annoncer, lui signalé-je.

Ses yeux pétillent d'excitation et moi, je trépigne d'impatience. Il porte son gobelet à sa bouche, boit une petite gorgée, puis le repose avant d'inspirer un bon coup. Exprès pour me faire languir !

— On m'a proposé un truc génial. Encore plus génial que d'écrire des articles sur Evann Black !

Mes sourcils se froncent.

— Evann Black ?

Julian me dévisage comme si je débarquais d'une autre planète. Je me contente de battre des cils d'un air hébété.

— Ally, t'es sérieuse ? Evann Black, le criminel d'Arizona en cavale depuis des mois ! Ce gars est juste diablement… sexy. Ses prunelles noires, ses cheveux…

— Depuis quand tu fantasmes sur un criminel, toi ? C'est totalement insensé !

Il lève les yeux au plafond.

— Pas du tout ! L'interdit, ça attire.

— Si tu le dis…, lâché-je, la mine perplexe.

Je trempe à peine mes lèvres dans mon *macchiato*, puis m'essuie la bouche à cause de la chantilly avant de le relancer :

— Donc, cette nouvelle, c'est… ?

Il brandit sa main et plie ses doigts de manière à faire un signe étrange qui ressemble à deux cornes. Impassible, je reprends une gorgée de ma boisson chaude, mais mon cœur, lui, ne se montre pas insensible. Une petite douleur aiguë vient l'assaillir.

Allez, c'est rien. Arrête un peu ta paranoïa...

— Un truc lié au rock, supposé-je.

— Ouais ! Je vais interviewer les Chainless ! Tu te rends compte ? s'écrie-t-il avec un peu trop d'enthousiasme.

Des clients du Starbucks se retournent dans notre direction, et d'ailleurs, certains nous adressent même des regards peu amicaux.

— Ça va, détendez-vous ! C'est pas une bibliothèque, ici ! peste Julian à leur encontre avant de reporter son attention sur moi.

Je me sens bizarre, mais mon meilleur ami semble tellement ravi par cette opportunité que je camoufle du mieux que je peux ce mal qui me noue les entrailles. Je tends ma main vers lui et il me fait aussitôt un *high five*.

— Je suis fière de toi !

Son sourire s'étire, il baigne dans l'allégresse.

— Merci ! Tu connais le groupe, pas vrai ?

Un ange passe. Plus les secondes défilent, plus le malaise s'installe. Les *Chain*… quoi, déjà ? Julian plaque une main sur son front avec une expression désemparée. À la rigueur, ABCD, ou peut-être ACBD… Bref ! Le groupe avec les quatre lettres en majuscule, j'aurais tilté, mais là… je ne vois pas.

— Ally, tu vis dans une cave ou quoi ? Les Chainless ! Ceux qui ont électrisé les plus grandes scènes des États-Unis ! Ceux qui pulvérisent les ventes de disques ! Ceux qui retournent littéralement l'industrie de la musique ! Ils font sensation en ce moment, c'est impossible que tu sois passée à côté !

Je hausse les épaules, pas vraiment enthousiaste face au topo qu'il vient de me déballer sur eux.

— Tu sais très bien que ce n'est pas mon truc, les rockeurs, les voix caverneuses, les pogos, Satan et tout ça…

— « Satan » ? Tu crois vraiment qu'ils égorgent des vaches lors de rituels sataniques ? glousse-t-il.

— Qu'est-ce que tu en sais ? Peut-être qu'ils font partie d'une secte ?

Il me fixe avec une moue railleuse, puis se contente de m'en dire plus sur eux :

— C'est un groupe qui a fait ses débuts à Los Angeles. Ils ont été repérés là-bas par un célèbre producteur de musique. Leur premier album est sorti l'année dernière, il a très vite cartonné. D'ailleurs, là, ils viennent de terminer leur première tournée. Ils sont de retour à New York pour travailler sur leurs prochains titres. Je continue ?

— Est-ce que le grand rédacteur Julian Coles n'est pas trop nerveux à l'idée de les rencontrer ?

Il se mord la lèvre.— T'imagines pas à quel point je suis stressé ! Je vais avoir sous mes yeux quatre magnifiques mâles. Il ne faut surtout pas que je me mette à bégayer en leur posant des questions.

— « Quatre magnifiques mâles » ? Rien que ça ! Et quand aura lieu l'entretien ?

— Demain ! Je me retrouverai face à Alden Hayes, Chester Hanson, Matt et Yann Miller. Ils ont tous vingt-trois ans, sauf Matt qui en a vingt et un. Je suis sûr que toi aussi, tu craquerais devant eux, surtout si tu entendais la voix de Chester. Ce mec, il peut me faire bander rien qu'en chantant, et…

— Ouais, ça va, je crois que j'ai compris.

Il soude ses mains en s'éclaircissant la gorge.

— J'ai un petit truc à te demander, commence-t-il.

Je hausse un sourcil tandis que Julian ajuste avec nervosité le col de sa chemise en jean.

— Tu veux pas m'accompagner à cette interview ?

Je manque de peu de recracher mon *macchiato* sur ses vêtements, mais à la place, j'avale de travers. M'étouffant devant lui, je mets un moment avant de me reprendre. Je redresse la tête et ancre mes yeux verts dans les siens. Je déglutis dès que je constate qu'il ne plaisante pas.

Moi ? Assister à l'interview des Chain… Comment déjà ?

Chapitre 3

Chain…

Ally

À mesure que les secondes défilent, mon dos se crispe davantage contre le dossier de ma chaise. Le regard de Julian devient plus insistant, comme si ses yeux étaient devenus des lasers scannant mon cerveau pour comprendre le flot de mes pensées. Il attend une réponse et compte bien l'avoir. Prise de court par cette proposition, je romps le silence :

— Pourquoi moi ?

Je nage dans l'incompréhension la plus totale. Il s'agit de son travail, de son interview. Julian est du genre sociable, prévenant et débrouillard. Un chat qui retombe toujours sur ses pattes en cas d'imprévus, et Dieu sait qu'il en a connu, en vingt ans d'existence. Donc il peut très bien exécuter cette tâche tout seul. Néanmoins, face à ma mine désemparée, mon meilleur ami finit par sortir l'artillerie lourde, celle contre laquelle je ne peux pas me mesurer : les yeux doux. *Merde.*

Il bat des cils comme une jolie biche, les nuances caramel de ses prunelles brillent et m'envoûtent. Il se mord ensuite la lèvre inférieure, une moue adorable qui fait fondre mon cœur.

Non ! Te laisse par berner !

Si ça continue, il va me faire craquer et… *Ça y est, je craque !* Je suis à sa merci et rien ne s'arrange quand il me souffle d'une petite voix :

— Ça me rassurerait, si tu venais avec moi. Je te demande juste de m'accompagner, tu n'auras rien à faire, je t'assure.

Une plainte s'échappe de mes lèvres et je me détourne de lui pour scruter les piétons déambulant dans les rues new-yorkaises à travers la baie vitrée. Mon regard se trouble, il devient évasif.

— Je sais pas trop... J'ai conscience que c'est stupide, mais tout ce qui peut faire écho au rock me ramène à… tu sais quoi. Mes entrailles se tordent, une remontée acide longe même ma trachée. À présent, même le goût du *macchiato* en bouche m'écœure. Remarquant mon trouble, le journaliste pose sa main sur la mienne. Je dévie ma tête pour le regarder en face. Il ne fait plus la moue. Julian a le visage grave et vient de se transformer en gardien : celui qui me protège, celui qui me relève et partage ma douleur.

— Je sais que ça ravive des choses difficiles chez toi, mais je me dis que ça pourrait t'aider à guérir. On y va petit à petit, sans pression. Il faut que tu chasses ces préjugés qui te rongent la tête. Il s'agira juste d'une simple interview, et puis…

Il marque une pause et serre sa prise sur ma main.

— … vois ça comme un service rendu à ton meilleur pote canon.

J'esquisse un sourire en coin. En un claquement de doigts, mes sombres pensées se volatilisent de mon crâne.

Julian est doué pour trouver les bons mots. Encore plus quand ses intérêts personnels sont en jeu. Mais après réflexion, il n'a pas tort : je dois poursuivre ma guérison. *Petit à petit, sans pression.* Je bois une nouvelle gorgée de mon *macchiato* et le caramel mélangé au café me revigore un peu, il ne me donne plus mal au cœur.

— Ça marche ! capitulé-je.

Même si je ne me montre pas du tout emballée à l'idée de rencontrer ce groupe de rock, j'ai envie d'être là pour Julian. Si je peux l'aider à canaliser son stress avant l'interview, alors c'est avec plaisir que je répondrai présente.

— T'es la meilleure ! s'exclame-t-il, partagé entre la joie et le soulagement.

— Ça te coûtera un autre *macchiato* caramel, par contre... Le journaliste se fige quelques secondes, puis s'esclaffe.

— J'aurais dû m'en douter !

Près de nous, un homme d'un certain âge abaisse le journal qu'il tient entre ses mains et nous fait signe de nous taire.

— Ah… je perds patience, grogne mon meilleur ami.

— Comment on s'organise, demain ? l'interrogé-je.

— Je passe te récupérer en voiture après tes cours et ensuite… c'est parti pour de nouvelles aventures !

Quand je sors de la bouche du métro, mon premier réflexe est d'aérer mes poumons avec un grand bol d'air frais. Marchant d'un pas vif jusqu'à un croisement de rues, je m'engage vers l'esplanade d'un complexe d'habitations construit en briques marron. J'habite à une dizaine de minutes de mon école de danse. Après avoir passé plus de temps que prévu au Starbucks avec Julian, je m'empresse maintenant de rentrer chez moi. Il est déjà 20 heures, la nuit est sur le point de tomber, et traîner seule dans une rue me rend nerveuse. Je reste à l'affût de chaque bruit en baissant le volume de mes écouteurs, au cas où un psychopathe surgirait de nulle part. Je possède même au fond de mon sac une bombe lacrymogène. Parfait pour irriter les yeux et la gorge d'un potentiel agresseur. Peut-être suis-je trop parano ? Arrivée à mon immeuble, je compose le code d'entrée avant de pousser la lourde porte vitrée. Mes muscles se détendent. Je longe un hall étroit et fais un arrêt à ma boîte aux lettres afin de récupérer le courrier. Encore des pubs, dont une sur une pizzeria qui vient d'ouvrir à deux pas d'ici. Elle livre à domicile, d'ailleurs. Efficace pour me dépanner lors des soirs où j'ai la flemme de me faire à manger. Une fois au dernier étage, j'insère mes clés dans la serrure. Un sentiment d'apaisement me submerge lorsque la porte se déverrouille.

Me voilà enfin chez moi. En sécurité.

Je jette mon sac près de l'entrée, dépose les pubs sur l'îlot de ma cuisine et m'avance jusqu'à une petite cage, nichée dans un coin de mon salon.

— Hey, Tequila !

J'agite ma main devant le lapin en train de grignoter ses granulés. Il ne tique même pas. Pourquoi avoir donné un nom d'alcool à mon animal domestique ? Un simple pari perdu contre Julian. Ce dernier m'a défiée à une partie de Mario Kart il y a deux ans. Le vainqueur de la course a eu le privilège de nommer cette frimousse aux grandes oreilles, adoptée dans un élevage issu de la vallée de l'Hudson. Après avoir bataillé vaillamment sur le circuit arc-en-ciel, le journaliste a fini par me battre à plate couture. La défaite m'a laissé un goût amer et sans que je ne puisse m'y opposer, il a nommé l'animal comme son alcool préféré. Au départ, j'ai eu du mal à l'assumer, et puis finalement, au fil des mois, mon avis a changé. Désormais, je trouve que ce nom en jette !

Mon fidèle compagnon fait partie de la race des mini lop. Petit gabarit, corps rondelet, oreilles longues qui retombent sur ses joues rebondies, ainsi qu'un pelage couleur caramel… Tequila remplit tous les critères pour gagner le prix de la bouille la plus craquante de New York. C'est une peluche que je ne peux m'empêcher de serrer contre moi, même si de temps en temps, il ronge les câbles de ma télévision et la prise de mon chargeur de téléphone.

J'ouvre la cage et saisis cette boule de poils entre mes mains. Sa petite frimousse frétille et me fait fondre à chaque fois. En plus, elle m'aide à canaliser certaines crises d'angoisse. Je dépose l'animal par terre, ce dernier se met à courir partout dans la pièce à vivre, et je souris. Je n'aurais jamais imaginé qu'un si petit être puisse prendre une place aussi grande dans mon cœur. Parfois, je lui adresse la parole comme à une vraie personne. C'est toujours mieux que de se parler à soi-même... Douceur. Tendresse. Innocence. Du bonheur sur pattes. J'ai cruellement besoin de ça.

Pendant que Tequila vadrouille sur son territoire, je jette un regard circulaire à mon espace de vie. Mon appartement est loin d'être spacieux, mais il revêt un charme qui m'a tout de suite plu. Avec son parquet clair et sa façade en briques rouges qui s'étend sur toute la longueur du salon, cet endroit dégage de bonnes ondes. Je m'y sens bien. En plus, il possède un petit balcon qui offre une vue sympa sur une cour extérieure. Un vrai luxe quand on est étudiant, j'en ai conscience, et je suis loin de m'en plaindre.

Mon ventre gargouille, je me rends compte que je meurs de faim. Après avoir retiré mes Converse, je regagne la cuisine. Sur le point de prendre un paquet de pâtes dans un placard, je m'interromps en me rappelant que mes plaques électriques mettent des plombes à chauffer. L'option de la pizzeria me paraît soudainement alléchante. Je m'installe sur l'un des tabourets du bar et allume mon ordinateur portable, posé sur le comptoir, tout en détaillant le prospectus qu'on a mis dans ma boîte aux lettres. Quand j'arrive sur le site Internet du restaurant, je remarque que les avis des premiers clients sont plutôt satisfaisants. Le lieu semble *clean* et les pizzas ont l'air d'honorer la gastronomie italienne. Je n'hésite plus et passe un coup de fil pour commander une *margherita*. Même si une alimentation saine reste préférable afin de garder ma silhouette et conserver mes forces, je ne suis pas du genre à me priver. Je possède un bon métabolisme, alors j'en profite.

À mon plus grand bonheur et à la plus grande jalousie de mes camarades.

Cependant, quand j'abuse des sucreries ou des aliments gras, je me reprends en main en mangeant moins. Et lorsque je sens que je suis fatiguée, je consomme un max de protéines ainsi que de la vitamine D pour me remettre d'aplomb. Malgré ma discipline très physique, je veux faire le moins de mal possible à mon corps, parce que c'est l'une des choses les plus sacrées chez un être humain. Avec l'esprit. Les deux sont liés, connectés. Ils conjuguent leurs forces ensemble, comme un travail d'équipe. L'un sans l'autre, nous ne parvenons à rien. Alors, ne jamais faire du mal au corps et à l'esprit…

Jamais.

Une fois ma commande passée, je pose mon téléphone et remarque que Tequila vient de se coucher sur le dos, les quatre pattes en l'air au milieu du salon. Je pouffe et recentre mon attention sur mon ordinateur. Mes doigts frôlent quelques secondes le clavier, puis tapent des lettres que lui dicte automatiquement mon cerveau :

« C », « H », « A », « I », « N »… et là, c'est le bug.

Les « Chain », quoi ? Ma main se plaque sur mon front, je m'exaspère.

— L'Alzheimer, ça attendra !

Je décide de procéder autrement en écrivant plusieurs mots-clés dans la barre de recherche Google : « Chain »,

« rock », « groupe », « musique », « Satan ». Ces termes regroupés devraient me conduire jusqu'à eux, et… Bingo ! Les résultats m'arrachent un sourire en coin. C'est ça. Les Chainless. Quelques photos apparaissent en haut de la page web, je retiens mon souffle. Les quatre membres du groupe prennent la pose ensemble. Tatouages, piercings, chevalières aux doigts, lanières de cuir aux poignets, habits déchirés, pantalons serrés… Chacun arbore à sa sauce un look décapant. Au premier abord, je suis plutôt rassurée, ils n'ont rien à voir avec des musiciens peroxydés au maquillage criard hyper voyant. C'est vrai qu'ils sont plutôt agréables à regarder, ils affichent même une prestance qui me cloue le bec, Julian ne me mentait pas. En revanche, je discerne au plus profond de leurs yeux quelque chose qui me dérange, un truc qui pue la débauche et la provocation, un éclat sournois, une décadence sans aucune limite… Ce que je veux fuir à tout prix.

Un pic d'angoisse me saisit et affole les battements de mon cœur. Mais je reste pétrifiée sur mon tabouret à cause du regard de l'un d'entre eux. Celui qui se trouve toujours au centre des photos, celui qui semble endosser le rôle de *leader*, car il s'expose plus que les autres : un grand brun à la tignasse bouclée et aux iris gris, aussi tranchants et glacés que des stalactites. Ce type dégage une frénésie malsaine qui me fout les jetons.

Il faut que tu chasses ces préjugés qui te bouffent la tête.

La voix de mon meilleur ami résonne en moi et m'apaise sur le moment. Je débloque l'air comprimé dans mes poumons par une longue expiration, puis décide de faire un tour sur Spotify pour écouter l'un de leurs morceaux. Dans mes recherches, je tombe sur *Black Fate*, un titre qui semble respirer la joie et la gaieté. Les premières notes parviennent jusqu'à mes oreilles. L'instrumental est brut, il m'agresse les tympans. Je grimace et mets fin au carnage auditif. J'en ai trop entendu. Ce n'est définitivement pas ma came. Je ferme d'un coup sec mon ordinateur et passe à autre chose.

Je quitte ma chaise en étirant mes bras. Mes muscles me font mal, il faudrait que je me masse juste avant de filer au lit. Je laisse mon corps s'affaler sur le canapé. Ma souplesse et mon équilibre ont diminué, je le sens, ce qui me porte préjudice durant mes cours. Néanmoins, je suis prête à remuer ciel et terre pour rattraper mon retard. De ce fait, je compte arriver demain matin avec une heure d'avance afin de pouvoir m'exercer de mon côté dans l'une des salles libres de la Juilliard. Je n'ai pas le choix si je veux atteindre mon objectif. Il faut que je me démène. Pour moi. Pour ma famille. *Pour lui.*

Mes yeux se portent automatiquement sur la pierre précieuse qui scintille à mon index. Je redresse ma main et la contemple avec un sourire nostalgique. Il s'agit d'une bague argentée, sertie d'un petit galet orangé : une opale de feu. Depuis mes huit ans, je ne me suis jamais séparée d'elle. C'est un peu comme mon porte-bonheur. Un talisman qui veille sur moi.

Le brouillard qui m'entoure se dissipe, une lueur de détermination éclaire désormais mes iris verts. Mes efforts doivent être récompensés. Le lever de rideau n'attend que moi. À la fin de ma formation, j'irai danser sur la plus belle scène du monde. Je me le suis juré. À moi, mais surtout à la personne qui m'a offert cette bague.

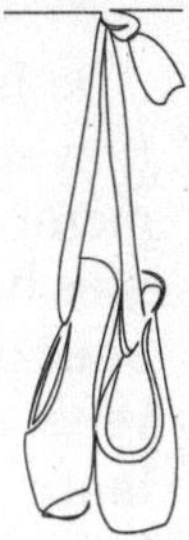

Chapitre 4

Attente

Ally

Comme prévu, le lendemain après mes cours, Julian est venu me récupérer à l'école. Installés dans l'habitacle de sa vieille Mini Cooper rouge, qui appartenait autrefois à sa mère, nous sommes en route pour aller à la rencontre de ces chers « Chain truc machin ». Pendant que le journaliste rentre l'adresse de Capitol Records dans son GPS, un studio d'enregistrement situé près de Madison Square Park, je baisse la vitre de mon côté, parce que les fauteuils empestent la clope et que je déteste l'odeur du tabac froid.

Au fil des minutes, je remarque que mon meilleur ami est raide comme un piquet sur son siège. Ses doigts serrent le volant si fort qu'ils deviennent blancs à cause d'une mauvaise circulation sanguine.

— Détends-toi. Ça va bien se passer, déclaré-je en posant ma main sur sa nuque pour le masser.

Il pousse un long soupir.

— J'espère que tu dis juste…

Je lui tapote l'épaule avant de dévier mon attention sur la route. Moi aussi, je suis stressée, et j'aimerais vraiment que tout se passe bien. Julian est un gros bosseur : il a rampé, il s'est laissé traîner dans la boue, mais il a mené une lutte forcenée pour se relever et décrocher le job qui le faisait rêver depuis l'enfance. Alors oui, il mérite de réussir chaque chose qu'il entreprend.

Je croise les jambes et m'enfonce dans mon siège. Aux vestiaires de l'école, je me suis changée à la vitesse de l'éclair en enfilant mes Converse ainsi qu'une petite robe verte, celle que m'a offerte ma mère à mon dernier anniversaire. Elle sait que j'adore cette couleur, car elle contraste bien avec ma longue chevelure de feu. Un sourire ourle inconsciemment mes lèvres, tandis que mon regard se perd à travers cette grande avenue rectiligne fourmillant de taxis jaunes et de voies piétonnes bondées. Au milieu des buildings, qui filent à coup sûr le vertige à ceux qui oseraient relever la tête vers le ciel, New York bouge constamment et j'adore ça. La ville peut paraître intimidante pour ceux qui, comme moi, n'ont pas eu l'habitude de grandir au cœur d'immenses métropoles. Toutefois, je suis loin de me sentir oppressée depuis mon arrivée ici. Au contraire, j'ai réussi à m'adapter en bâtissant de nouveaux repères. Je me suis laissé emporter par le courant de la frénésie si singulière de « Big Apple ». New York nourrit en moi cet espoir d'atteindre mes projets les plus fous, de m'émanciper et de m'envoler au pays de la langue de Molière.

Perdue dans ma rêverie, je reviens à la réalité lorsque Julian gare son véhicule sur une place de parking. *Déjà arrivés ?* Je détache ma ceinture et m'extirpe de la Mini Cooper. Une fois debout, je plisse par réflexe les pans de ma robe. Pendant ce temps, Julian récupère son sac à dos à l'intérieur du coffre. Il sort sa carte de presse et vérifie que son dictaphone ainsi que son calepin se trouvent bien dans ses affaires.

— C'est parti ! me lance le journaliste.

Marchant à ses côtés, je l'analyse avec attention. Il fait bonne figure et ça me rassure. Menton redressé et démarche déterminée, il se tient prêt. Pour autant, il ne peut se retenir de griller une clope. Je souffle afin de lui faire part de mon mécontentement, car il m'a promis de réduire sa consommation de tabac, mais il feint de ne pas m'avoir entendue.

Mon meilleur ami s'arrête net, donc je l'imite. Il relève la tête, alors je fais de même. Nous y sommes. Le logo de Capitol Records trône fièrement au-dessus de l'entrée principale. Le journaliste ne se laisse pas impressionner par la grandeur du bâtiment, il sonne directement à l'interphone. Quelques secondes plus tard, une personne lui répond, il se présente, puis la porte s'ouvre. Au milieu du hall d'accueil, un homme nous repère et fonce droit vers nous, avec un téléphone collé à son oreille ainsi qu'un gobelet Dunkin Donuts scotché dans son autre main. Je dois avouer qu'il a de l'allure avec son costume gris bien repassé et ses cheveux coiffés en arrière, sans parler de sa monture chic qu'il réajuste sur son nez une fois son appel téléphonique terminé.

— Bonjour, êtes-vous monsieur Cole, le journaliste du *New York Times* ?

Julian acquiesce et lui montre sa carte de presse.

— Enchanté, je suis Chuck, l'agent des Chainless…

Il met sa phrase en suspens et se tourne vers moi en me scrutant, les sourcils froncés.

— En revanche, je n'ai pas été informé de la présence d'une seconde personne. Vous êtes mademoiselle… ?

Je me tends et, avant que je ne puisse lui répondre, Julian prend les devants :

— Je suis navré ! Je n'ai pas eu le temps de vous avertir par mail de la présence de notre nouvelle stagiaire, Ally Owen ! Comme elle m'a aidé à préparer cette interview, mon rédacteur en chef lui a donné son accord pour qu'elle puisse m'accompagner aujourd'hui.

L'agent du groupe de rock ne me quitte pas des yeux, ce qui me met très mal à l'aise, car il semble sceptique. Je me contente de lui adresser mon plus beau sourire en papillonnant des cils. Julian opte pour la même stratégie.

Obligé, il va céder !

— Entendu. La salle d'interview se trouve dans ce couloir face à vous. C'est la dernière porte à gauche. Installez-vous. Je vais aller chercher les garçons, ils sont en pleine session d'enregistrement, nous informe-t-il.

Julian me lance un clin d'œil discret. Je le suis en me retenant de pouffer.

— Trop facile à berner, se vante-t-il.

— Quel charlatan ! C'est quoi, la prochaine étape ? Les escroqueries en ligne ?

— Je suis sûr que je pourrais me faire un max d'oseille en rédigeant des mails sur de fausses offres alléchantes ou encore des héritages inattendus. Quoique la mode en ce moment, ce sont plutôt les messages menaçants du style :

« Salut, j'ai piraté ta webcam. Maintenant que je détiens des vidéos compromettantes de toi, je te laisse un délai de trois jours pour me filer mille balles à l'adresse suivante. Si tu refuses de coopérer, je partage le contenu à tous tes contacts et sur les réseaux sociaux. »

Je lui tape le bras et il s'esclaffe. Lorsque nous nous engageons à travers ce long corridor, j'inspecte les alentours. J'ai l'impression de faire tache ici. La lumière à peine tamisée met en valeur plusieurs vinyles et cadres qui tapissent les murs. Dans le lot, je reconnais Katy Perry, Frank Sinatra, Coldplay, ou encore les Beatles. *J'hallucine !*

— Attends… Tous ces artistes ont été produits ici ?

— C'est l'un des plus gros labels américains. Le siège se trouve à Los Angeles, mais ils ont un second studio ici. Eh oui ! Les Chainless font aussi partie de l'écurie !

Je lâche un « Wow ! » qui fait sourire mon meilleur ami. Nous arrivons enfin devant la porte indiquée par l'agent. Le journaliste abaisse la poignée puis, après une révérence volontairement exagérée, il blague :

— Après vous, chère stagiaire du *New York Times* qui n'a même pas été foutue de rédiger une seule question.

Je roule les yeux et entre. Les néons qui illuminent la pièce se montrent vifs, voire agressifs pour mes rétines. Je prends le temps de m'y habituer avant de détailler chaque recoin avec toujours cette sensation de fouler le sol d'une planète inconnue. Au premier abord, je remarque que la salle est spacieuse : ici, on peut facilement accueillir une cinquantaine de personnes sans se marcher sur les pieds. Un canapé noir en forme de « L » ainsi que plusieurs fauteuils trônent au milieu d'un énorme tapis shaggy de couleur gris. Comme dans le petit passage que nous venons d'emprunter, les murs sont placardés d'un méli-mélo d'affiches et de disques. Il y a même des instruments exposés derrière des vitrines, dont des guitares signées et des trompettes astiquées brillant de mille feux.

Le monde de la musique m'ouvre ses portes, pourtant j'ai du mal à trouver mes repères, sans doute à cause de ce décor que j'estime trop tape-à-l'œil. Je sursaute dès l'instant où Julian prend ma main, je ne l'ai pas entendu se rapprocher.

— Merci d'être là. Ta présence me fait du bien.

Après un rapide baiser sur ma joue, il se détache de moi et installe ses affaires sur la table basse en face du canapé. Je le rejoins et me laisse tomber sur le fauteuil le plus en retrait de l'espace interview. Je croise les jambes et le regarde se préparer en silence. Avec sa chemise blanche et son pantalon noir, Julian fait hyper pro et élégant. Il pourrait envisager une carrière dans le mannequinat, bien que j'évite de lui faire la remarque, car le journaliste déteste le milieu de la mode depuis qu'il a couvert un défilé de la Fashion Week. Il juge cet univers « trop snob et jamais marrant ».

Alors qu'il s'apprête à relire ses questions sur son bloc-notes, la porte s'ouvre avec fracas. Un homme hyper grand et recouvert de tatouages fait irruption dans la pièce en nous saluant les bras en l'air.

— Holà ! s'écrit-il avec entrain.

Je me tétanise sur place en découvrant ses oreilles criblées de piercings, ainsi que sa lèvre inférieure et son arcade sourcilière perforées par un anneau argenté. Il réajuste sa casquette orange et bleue, puis s'avance jusqu'à nous.

— Dis donc, sympa la chemise ! T'as pas été mannequin dans une autre vie, toi ? lance-t-il à Julian en lui offrant une tape amicale à l'épaule, comme s'ils se connaissaient depuis des lustres.

Impressionné et sans doute en pleine crise de « fan en transe », le journaliste bégaye un maladroit « bonjour ».

Lors des présentations, j'apprends qu'il s'agit de Yann, le batteur du groupe. Quelques secondes plus tard, un gars à la chevelure noire emmêlée s'avance jusqu'à nous en affichant un sourire radieux. Il m'informe qu'il s'appelle Matt et qu'il est le bassiste. À défaut de son débardeur aussi troué qu'un morceau d'emmental, il arbore un look beaucoup moins exubérant que le premier. Pas de dessins bizarres tatoués sur sa peau. En revanche, je remarque une ressemblance frappante entre les deux musiciens : des yeux d'un bleu très clair. Mon observation est justifiée lorsque Matt souligne un lien familial avec Yann :

— J'ai une de ces dalles, les gars, je pourrais manger mon frère !

— Je suis sûr qu'avec tous les bédos que j'accumule, tu serais défoncé si tu me goûtais. Ça te tente quand même ?

— Putain, plus besoin de m'approvisionner en shit ! J'en aurais à volonté grâce à toi. Viens-là que je te croque !

Les frères partent en éclats de rire, mais de mon côté, je suis tellement mal à l'aise que je ne trouve rien d'autre à faire que de me rasseoir dans mon fauteuil en crispant mes doigts sur les accoudoirs.

— Ne vous étonnez pas si à la une du *New York Times,* on évoque votre cannibalisme. J'espère que vous avez un bon avocat, souffle un troisième individu qui nous rejoint les mains dans les poches.

Long manteau et pantalon en cuir, l'homme à la chevelure mi-longue blond platine serre la main de Julian. Ce dernier s'est d'ailleurs repris et feint de gérer la situation en préservant un visage imperturbable. Néanmoins, dans sa tête, un feu d'artifice doit éclater. Lorsque le rockeur pivote vers moi, il a un mouvement d'arrêt qui me fait tout de suite tiquer. Il me dévisage quelques secondes sans réagir, puis se racle la gorge et me tend ses doigts tatoués. Je me mets debout par politesse et saisis sa main de manière hésitante. Ses yeux, aussi noirs et hypnotiques qu'une hématite, ne me lâchent pas d'une semelle. Qu'est-ce qui lui prend ?

— Alden, se présente-t-il d'un ton neutre.

— Ally.

J'opte pour la même intonation, et pourtant, je me mets à paniquer intérieurement à cause de la couleur de ses iris, qui me donne l'impression de plonger tête la première dans les ténèbres.

Une noirceur trop familière.

Le blond part s'installer sur le sofa, près des deux autres musiciens. Je déglutis et m'assois à nouveau, cette fois-ci les jambes chancelantes.

Du calme, Julian se trouve juste à côté de toi.

En dépit de leur posture décontractée, ces types dégagent bien plus de prestance en vrai que sur les quelques photos aperçues sur mon ordinateur la veille. Leur aura renvoie une attraction infaillible à laquelle, j'en suis persuadée, bon nombre de personnes ont déjà succombé. Une étincelle farouche traverse ces paires d'yeux : un piège pour appâter des proies faciles et les attirer dans leurs filets. Pendant que ma conscience me répète de ne pas baisser ma garde, mon mécanisme de défense s'enclenche, si bien que je croise mes bras contre ma poitrine pour ne rien laisser paraître de ma nervosité.

Julian est le seul à rester debout. Je remarque à son visage que quelque chose cloche.

— Il me semble qu'il en manque un dernier, relève-t-il aux rockeurs.

Alden se masse la tempe d'un air agacé.

— Ouais, excuse-le. La ponctualité et lui, ça fait pas deux, mais dix. Il ne devrait pas tarder.

— Tu es journaliste, toi aussi ? m'interroge Yann en glissant son pouce sur sa lèvre inférieure avec un air espiègle.

Tous les regards se braquent sur moi, ce qui provoque quelques rougissements sur mes joues. Je me redresse sur mon siège en tripotant les pans de ma robe. Mauvaise idée, l'attention des garçons bifurque maintenant sur mes jambes. Je toussote volontairement afin qu'ils relèvent la tête.

— Non, à vrai dire, je suis juste là pour accompagner Julian. Faites comme si je n'étais pas là.

— Ouais, c'est ça... Avoue plutôt que t'es fan de nous et que t'as gratté à ton pote pour venir nous voir. Pas mal, ta technique ! réplique le batteur.

Mauvaise réponse, mon gars !

Je secoue négativement la tête, en espérant que ça le fasse redescendre de son piédestal.

— Le rock, c'est pas mon délire.

Lorsque la bombe est lâchée, Yann n'esquisse plus le moindre geste. Son frère Matt, à ses côtés, fait mine d'être heurté en posant une main sur son cœur, tandis qu'Alden continue de m'analyser en silence.

— Merde, tu viens de me mettre un sacré crochet dans la gueule, toi ! se marre finalement le musicien.

Son rire communicatif déclenche chez moi quelques gloussements amusés. L'atmosphère se détend, mes épaules se font moins raides. Yann a l'air marrant… *malgré son look satanique sur les bords.*

Julian paraît lui aussi beaucoup plus à l'aise. En attendant que le dernier membre du groupe veuille bien pointer le bout de son nez, le journaliste en profite pour leur expliquer sur quoi va porter l'interview, à savoir la tournée et la préparation de leur deuxième album. Le temps semble s'éterniser à mesure que les secondes défilent. Dix minutes. Quinze minutes. Trente minutes. Le quatrième rockeur ne donne toujours aucun signe de vie, ce qui a le don de m'énerver, car c'est un manque total de respect envers Julian et ses camarades. Je ne supporte pas ça. Matt finit par briser le silence.

— Désolé pour l'attente, Julian. Il ne respecte vraiment rien, soupire-t-il en jouant avec son chapelet.

Le journaliste hausse les épaules et garde malgré tout le sourire.

— Ça ne fait rien, peut-être qu'il a eu un imprévu de dernière minute ? J'espère juste que ce n'est rien de grave.

Je lui fais les gros yeux, complètement sidérée qu'il trouve encore le moyen d'excuser son retard. Au diable les bonnes manières ! Interview ou pas, à sa place, je me serais déjà barrée d'ici depuis bien longtemps. Alden lâche un rire chargé de sarcasme qui en dit long, tandis que Yann essaye de joindre sur son téléphone le grand absent qui a décidé de la jouer silence radio.

Quel connard. Quel irrespect !

Mes poings se serrent, ma patience va bientôt atteindre ses limites. S'il décide un jour d'apparaître, j'espère qu'il aura une bonne excuse pour avoir repoussé le début de l'entrevue, mais mon sixième sens m'indique qu'il aime simplement jouer à la diva. Comme Madonna lors de ses concerts qui, après des heures de retard, se ramène telle une fleur sur scène pour déclarer à son public qui a poireauté longtemps avant le début de son show : « Une reine n'est jamais en retard ! »

Se prendrait-il pour un roi aimant transgresser les règles ?

Le roi des cons, peut-être...

Alors qu'un flot d'insultes inonde ma tête, je sursaute à l'instant où la porte s'ouvre. Tout le monde se tourne vers l'entrée. Une personne se tient dans l'encadrement, un verre à la main et, à en juger par la couleur ambrée du liquide, je doute qu'il s'agisse d'un thé glacé. Le retardataire est là. Le brun aux opales acier qui vous glacent sur place. *Le roi des cons.* Je fais travailler ma mémoire pour me souvenir de son prénom, pourtant Julian me l'a appris hier…

Chestin ? Chestas ?

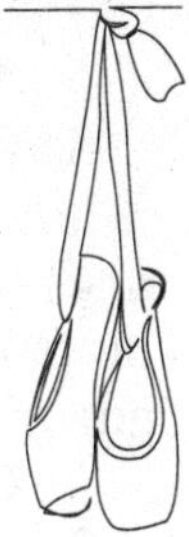

Chapitre 5

Échange conflictuel

Ally

Un silence de cathédrale règne dans la pièce. L'air est pesant et des frissons me hérissent même les poils, comme si un souffle glacial venait de s'abattre sur ma peau. Le nouvel arrivant provoque chez moi un sentiment de répulsion qui me soulève l'estomac, sans doute à cause de cette attitude sereine qu'il arbore. *Trop sereine et inappropriée.* L'homme ne déballe aucun mot d'excuse. À la place, il traîne les pieds et avale une lampée de son breuvage douteux.

Le dos raide contre le dossier de mon fauteuil, je prends le temps de l'examiner en détail. Chemise à carreaux rouges, dont les boutons du haut sont défaits, pantalon gris délavé et godasses en cuir. Une tenue plutôt décontractée.

Il glisse une main dans ses boucles brunes désordonnées.

Par ce geste, il dégage son visage et je distingue un anneau à l'une de ses narines. *Encore un foutu piercing.*

Mon meilleur ami s'avance vers lui, un sourire crispé aux lèvres. Il a les mains qui tremblent.

— Je suis Julian, se présente-t-il.

Sa politesse me fait grincer des dents. À sa place, je lui aurais craché au visage. Le rockeur ne cille pas, mais ses yeux dévient sur la main que le journaliste lui tend avec un air que je juge extrêmement dédaigneux. Il finit par la serrer.

— Chester.

S'apprêtant à rejoindre les autres sur le canapé, le nouvel arrivant détecte ma présence et, quand il ancre son regard dans le mien pour la toute première fois, je m'immobilise, foudroyée sur place. Un mélange de bleu et de gris colore ses iris. Une couleur métallique, particulièrement inquiétante vu la sombre intensité qu'elle dégage. Ma respiration se bloque au niveau de mes poumons. Je crois qu'il y a un truc qui ne va pas, car soudain, il se renfrogne. Ses mâchoires se crispent, ce qui accentue ses traits anguleux. Ses yeux s'obscurcissent tel un ciel orageux. Ça ne peut signifier qu'une chose : un mauvais présage. Désormais j'en suis sûre, il est en train de me scruter avec une violente animosité. Un rictus de haine, dont je ne comprends pas l'origine, se déchaîne jusqu'à ses tempes. Ma colère est vite mêlée à une peur virulente. Cette hostilité m'oppresse, elle m'agresse. Sans m'en rendre compte, je me recroqueville sur moi-même. Je me sens comme un lapin pris dans la lumière des phares. Pourtant, malgré ces sensations qui m'assaillent, je m'efforce de soutenir son regard et me lance dans un duel compliqué. Je pense qu'il veut que je baisse les yeux, mais ça n'arrivera pas. Même en profonde insécurité, je garde ma fierté.

Un amas de questions secoue ma tête : Quelle mouche l'a piqué ? Pourquoi me donne-t-il l'impression de vouloir m'étrangler ? Quel est son putain de problème, à la fin ?

Une tension alourdit la salle, tout le monde la remarque. D'ailleurs, Alden tente d'attirer l'attention de ce fou furieux. Je reprends ma respiration, quand le dénommé « Chester » décide de rompre notre échange visuel le premier. Il avale une gorgée de son verre et s'installe au milieu du canapé, tandis que le guitariste se penche à son oreille et lui murmure quelque chose. Le brun reste de marbre, puis décide, à mon plus grand soulagement, de ne plus m'accorder l'ombre d'un regard. Me voilà devenue transparente pour lui. Tant mieux, je ne demandais que ça. Même si j'en ressors profondément choquée, mes épaules se délestent d'un lourd poids.

Julian se trouve aussi désorienté que moi. Malgré la scène à laquelle il vient d'assister, il se reconcentre. Le journaliste se pose en face d'eux avant d'allumer son dictaphone. Une fois son carnet sur les genoux et son stylo en main, il ouvre le bal avec sa première question :

— Votre groupe s'est formé à Los Angeles il y a maintenant trois ans. L'ascension a été fulgurante, puisque dès que vous avez signé ce premier contrat avec James Walker, un producteur très réputé, les ventes de disques ainsi que le nombre de vues de vos clips ont explosé. Sans parler de votre tournée qui vient d'être bouclée. Alors, j'aimerais savoir une chose : ça fait quoi de jouer sur les plus grandes scènes du pays ?

La voix du journaliste n'a pas tremblé et surtout, pas un seul bégaiement. Une petite victoire.

— Il n'y a pas à dire, l'époque où on jouait dans des clubs qui puaient le vomi à L.A. ne nous manque pas. Alors t'imagines bien que fouler le sol des immenses salles de spectacle qui nous faisaient rêver, ça nous a carrément transcendés ! commence Yann.

Son petit frère, Matt, poursuit :

— Bah moi, j'ai flippé ma race ! C'est intimidant de se donner en spectacle devant autant de monde. J'ai failli faire un malaise à notre première date. Avec mon frère, on a grandi dans un coin un peu campagnard, tu vois le genre ? Et se retrouver tout à coup face à une foule faisant un chahut pas possible, c'était un sacré changement. Mais maintenant, je ne demande qu'à recommencer, c'était dément ! Nos fans sont des gros barges !

— Un mot pour décrire tout ça : incroyable. On a jamais été aussi proches des personnes qui nous soutiennent. Voir un public se déchaîner sur notre musique, je crois qu'il n'y a rien de plus trippant dans une vie, ajoute le guitariste, Alden.

— La tournée a duré deux mois. Deux mois à vivre dans un putain de tour-bus aménagé spécialement pour notre confort ! J'ai adoré, il y avait comme une ambiance… colo. Ouais, c'est ça, colo ! Quoique, parfois, c'était la débandade quand on ramenait des meufs pour…

Le regard noir d'Alden dissuade le batteur de terminer sa phrase. Matt l'insulte et se mord la lèvre : peut-être qu'il cherche une transition afin de payer les pots cassés ?

— Ouais, on a bien profité de la proximité avec nos fans, réplique tout à coup Chester en remuant le liquide dans son verre.

Sa nonchalance m'insupporte, d'autant plus que j'ai très bien compris le message dissimulé derrière ses mots. Il me répugne.

— On n'a pas chômé, hein ? s'esclaffe Yann en lui donnant une tape sur l'épaule.

— On sait juste comment leur témoigner toute notre gratitude, dévoile-t-il avec espièglerie.

La réponse de cette enflure déstabilise le journaliste. Mon meilleur ami prend vite des notes et enchaîne sur d'autres questions, comme si de rien n'était. La colère trépigne à l'intérieur de mon être. Elle s'échauffe et bouillonne, à tel point que j'en oublie le regard de Chester qui m'a fait froid dans le dos quelques minutes plus tôt. Là, tout ce que je veux, c'est saisir son verre et déverser le contenu sur son visage de sale gosse.

Toutefois, je ne veux pas gâcher l'interview de Julian. C'est un moment important pour lui, alors je m'efforce de rester sagement assise, les jambes croisées. Mais ce maudit Chester continue de me taper sur le système. Je remarque que depuis le début de l'entretien, il n'est pas du tout concentré. Il n'écoute qu'à moitié les questions du journaliste, et de temps à autre, il regarde le plafond en soufflant, l'air absent. Quand il extirpe son téléphone de sa poche et rive ses yeux sur l'écran, c'est la goutte de trop, celle qui va me faire vriller et que je vais regretter. Ma lutte intérieure monte d'un cran, elle déborde. D'un coup, je perds le contrôle et ma conscience me hurle de me taire. Trop tard, les mots sortent de ma bouche tels des projectiles d'un lance-pierres :

— Et est-ce que tes fans t'ont déjà dit que t'étais un sale enfoiré ?

Mes mots ricochent, jusqu'à atteindre ma cible principale. Sur le point de reprendre une gorgée de sa boisson ambrée, il se fige, le verre à quelques centimètres de ses lèvres. Avec une lenteur contrôlée, son attention bifurque sur moi. Au fond de ses prunelles, je discerne un flot de pensées toxiques, comme un cauchemar qui m'ouvre ses portes. Plus personne ne parle. L'homme prend tout son temps pour m'examiner, je remarque que son regard se verrouille sur mes cheveux roux. Son mépris, aussi tranchant qu'un sabre, me fend la tête en deux. Une grimace de dégoût étire ses lèvres, comme si je ne représentais qu'un sale déchet sur lequel il venait de marcher par accident.

— D'où elle sort, cette chose ?

Le retour de flamme est bien plus ravageur que ce que j'avais prédit. J'en perds mon souffle, choquée, même si sur ce coup, je l'ai cherché. Ma haine à son égard ne s'atténue pas pour autant, elle est toujours prête à s'abattre sur lui. Un type pareil n'est bon qu'à enfermer. Le visage du journaliste devient pâle, il commence à perdre ses moyens.

Pardon Julian, pardon…

En quelques secondes, l'atmosphère devient électrique. Nous voilà sur le ring. La glace contre le feu, ça risque de faire quelques étincelles...

— Chester, arrête.

Alden tente de le rappeler à l'ordre. Le fou furieux rit de manière sarcastique, un son qui me comprime la cage thoracique tel un étau. Je le sens mal quand il secoue négativement sa tête sans me lâcher des yeux.

— J'arrêterai pas, non. Elle doit savoir à qui elle a affaire.

Ça sonne comme un sérieux avertissement, là…

Je pince mes lèvres et, avec toute la dignité qu'il me reste, redresse le menton. La « chose » ne va pas se laisser faire.

Oh que non, je peux me montrer bien plus combative que ça !

Surmonter les obstacles n'a jamais été un souci pour moi. Alors une rockstar qui pète plus haut que son cul... ça devrait être dans mes cordes.

— Savoir à qui j'ai affaire ? Je pense que j'ai déjà un petit aperçu, et il très laid ! répliqué-je.

Je ne mâche toujours pas mes mots. Chester pose son verre sur la table, il retrousse ensuite sa manche et je découvre une série de tatouages imprimés sur son avant-bras, dont une boussole cassée. Signe qu'il a perdu le Nord et trouvé le chemin de l'irrespect ? Très certainement.

— Tu t'appelles comment ? me demande-t-il d'une voix étonnamment calme.

Il me prend au dépourvu et je me laisse happer par le silence. Du coin de l'œil, j'aperçois Julian me regarder avec insistance. Il veut que je me taise mais, emportée par une vague de rage, je suis incapable d'endiguer mes émotions.

— T'as qu'à deviner.

À leur tour, Matt et Yann me font de grands gestes pour m'inciter à cesser les hostilités. Chester esquisse un rictus qui pourrait faire pâlir n'importe qui. Il rétorque avec un air sûr de lui qui me rebute :

— T'inquiète pas, je le saurai. Et crois-moi, tu vas chialer toutes les larmes de ton corps quand je vais faire de ta vie un enfer.

Coup de poing dans mon ventre. Ma respiration se bloque.

Vient-il vraiment de me menacer ? Jusqu'où ce mec est-il prêt à aller ? Utilise-t-il ces mots uniquement pour me faire peur ? Est-il sérieux ? Une lueur victorieuse illumine ses pupilles, une vision qui ranime mon animosité à son égard.

Pas question de rendre les armes !

— Que de belles paroles…

Têtue et sans doute trop bornée, je pousse le bouchon plus loin. Je hais les connards dans son genre et j'ai besoin de savoir s'il bluffe ou non. Le rockeur se pince l'arête du nez en ricanant, mais lorsqu'il redresse la tête, je me liquéfie sur place. Après plusieurs rebonds, la balle se trouve dans son camp, pourtant cette fois, je crois que je viens d'atteindre ses limites. Son sourire disparaît, laissant la place à un visage bien plus avide et dangereux. Il saisit à nouveau son verre et tapote son index dessus sans me quitter des yeux.

— Barre-toi, avant que j'explose ça sur ton crâne ! À moins que tu veuilles vérifier qu'il s'agit bien de « belles paroles » ?

Cette fois, je sens comme une balle de plomb se loger au creux de ma poitrine. Je suis touchée, sidérée et complètement démunie pour riposter. Sentant que la situation est sur le point de dégénérer, Julian se lève d'un bond de son fauteuil afin de s'interposer entre nous.

— OK, je pense que c'est plus judicieux de stopper cette interview.

Mes yeux s'arrondissent, la peur balaie ma colère et elle remporte le combat. Bientôt, les regrets et les remords s'immiscent à l'intérieur de mon crâne. Quand mon meilleur ami s'apprête à ranger ses affaires, je me mets debout et le retiens par la main. Elle est moite, comme la mienne. Cependant, aucun son ne parvient à sortir de ma bouche. L'esprit en vrac, je suis bien trop secouée pour aligner deux mots à la suite. J'ai tout gâché. Tout ça, c'est ma faute, parce que je n'ai pas réussi à garder mon sang-froid face à cet être abject. Quelque chose me dit que ce faux pas va me coûter cher.

De leur côté, les Chainless tentent de calmer le rockeur. Malgré cela, il continue de me lorgner avec un regard assassin, tel un prédateur vorace mais patient, à l'affût du bon moment pour se jeter sur sa proie et planter ses crocs en plein dans ma carotide.

Alden s'avance jusqu'à Julian et s'excuse auprès de lui. Je me mets en retrait et observe les deux hommes discuter. Ma vue se brouille, mes oreilles sifflent. Je suis là, sans l'être réellement. Dans la pièce, la tension est à son comble. J'étouffe, un poids compresse mes poumons et m'empêche de m'oxygéner correctement. Il faut que je décampe d'ici avant de céder à la panique. Les larmes me montent aux yeux quand je me sens… *replonger*.

Le journaliste me rejoint et son regard m'indique qu'il m'en veut.

— On va finalement continuer l'interview, mais il faut que tu sortes d'ici. Attends-moi dans le couloir, OK ? m'informe-t-il, l'expression grave.

Je ne me fais pas prier et pars sur-le-champ, sans accorder un regard aux rockeurs. Une fois dehors, je reprends mon souffle, comme si je venais de sortir la tête de l'eau après de longues minutes en apnée. Je fixe mes mains, elles tremblent. Ce mec m'a menacée, il était prêt à s'en prendre à moi… *physiquement.*

— Putain ! paniqué-je.

À quelques mètres de moi se trouve une fontaine à eau. J'en profite pour humidifier mon visage. Ce type est un malade, il a le démon en lui. Je m'adosse contre le mur et prends le temps de me remettre de mes émotions. Au bout d'un long quart d'heure à cogiter dans mon coin, les Chainless sortent de la salle. Aucun signe de Julian. Il doit être en train de rassembler ses affaires. Je me fais toute discrète et tends l'oreille lorsque Yann et Matt passent un savon à Chester. En retrait des autres, Alden détecte ma présence et me rejoint en réajustant le col de son manteau noir.

— Navré pour ce qu'il vient de se passer avec Chester. Il n'a pas l'habitude d'être confronté à quelqu'un qui est… Je veux dire… qui lui tient tête, souligne le guitariste.

— Ça, j'avais remarqué !

Le ton sarcastique que je viens d'emprunter ne masque pas pour autant le stress qui me ronge. Le musicien le remarque et sourit.

— T'en fais pas. Mis à part ce petit épisode mouvementé, l'interview s'est bien déroulée. Ton pote a assuré, me rassure-t-il.

Je ne réponds rien, alors le blond n'insiste pas et me salue de la main avant de retrouver ses camarades au bout du couloir. Appuyé contre le mur, Chester écoute à moitié les sermons des deux frères. Il s'allume une cigarette et la coince entre ses lèvres. Mon cœur bondit dans ma poitrine lorsqu'il me surprend en train de le fixer. Une fine lueur menaçante s'éveille à travers ses orbes d'un gris abyssal. Et là, un torrent d'interrogations me taraude l'esprit, dont celle-ci : qu'est-ce qui a bien pu le faire vriller à ce point ? Dès qu'il m'a aperçue pour la première fois, j'ai senti une haine quasi viscérale se répandre comme une brume toxique autour de lui. Il m'a fait comprendre qu'il me détestait sans même m'adresser un mot. Alors forcément, je m'interroge.

Qu'est-ce que j'ai bien pu éveiller en lui ?

Je le dévisage dans le but de percer à jour le personnage, mais il arrive à cadenasser ses émotions. Il doit avoir l'habitude. Chester tire sur sa cigarette et ne tarde pas à me renvoyer un sourire cynique, le genre qui laisse sous-entendre de très mauvaises intentions. Déstabilisée, je détourne le regard en plaçant une mèche de cheveux derrière l'oreille. Au même moment, Julian surgit dans le couloir. Sans m'adresser la parole, il passe à côté de moi et me demande de le suivre d'un signe de tête. J'opine du chef, en me taisant pour de bon. Mais c'est trop tard, ma langue a fourché, le mal a déjà été causé. Je ne voulais pas en arriver là.

J'emboîte le pas à mon meilleur ami et constate que les Chainless ont disparu du corridor. Un long frisson dévale mon échine lorsque je me remémore ses paroles teintées d'une profonde dangerosité :

« Crois-moi, tu vas chialer toutes les larmes de ton corps quand je vais faire de ta vie un enfer. »

Mon sang se glace et, même si je ne suis pas croyante, je me mets à prier. Prier pour qu'il s'agisse simplement d'un coup de bluff...

Chapitre 6

Mise au point

Chester

Prostré à l'intérieur d'un immense van noir à vitres teintées avec les autres Chainless, je regarde la célèbre Cinquième Avenue défiler sous mes yeux. Enseignes de grands magasins illuminées, immeubles luxueux, et trafic dense de taxis jaunes, la ville de New York se montre davantage vivante le soir. Le noctambule que je suis devrait s'en réjouir mais là, mon cœur n'est pas à la fête.

Je soupire et repose ma tête sur le dossier de mon siège. Aujourd'hui, je le reconnais, je suis d'une aigreur sans précédent. Elle continue d'ailleurs à bouillonner sous ma peau, au point que ça ne me surprendrait même pas de voir de la vapeur chaude s'échapper de mon corps et enfumer tout l'habitacle.

Après avoir passé la journée à bosser sur nos nouvelles chansons, nous sommes à présent en route pour aller dîner avec notre producteur James Walker au *Per Se*, le genre de restaurant où même une simple bouteille d'eau coûte la peau des couilles. Ce rendez-vous va nous permettre de faire le point sur notre prochain album, car selon le boss : « Les choses n'avancent pas assez vite. »

— Ah, sérieusement, qu'est-ce qu'on va faire de toi, Chester ? me sermonne Yann.

Je garde le silence. Derrière moi, le batteur donne un coup de pied dans mon siège afin de me faire réagir. Un geste puéril qui a son petit effet, puisque je me retourne vers lui pour le fusiller du regard.

— Et si maintenant tu t'occupais de ton cul, Yann ? Je préférerais encore que tu nous saignes les oreilles avec tes chansons latinos à la con, riposté-je sur un ton cinglant.

Il arbore une expression hostile qui ne me fait ni chaud ni froid.

— Putain, mec ! T'as menacé physiquement une fille ! C'est nouveau, ça ! Tu ne te rends pas compte de la gravité de tes actes !

J'expire bruyamment par les narines et me tourne vers ma vitre pour freiner cette envie de lui éclater les dents. Quand je repense à la rousse, de viles émotions me tordent le ventre et ce n'est pas bon.

Pas bon du tout.

— J'ai été plutôt *soft*, je trouve, relevé-je.

C'est vrai, j'aurais pu faire bien pire. J'entends le batteur rire jaune derrière moi. Alden, sur la même banquette que la mienne, détache ses yeux de son téléphone et intervient d'une voix calme et maîtrisée :

— C'est bon, on va pas recommencer avec cette histoire, les gars. On passe à autre chose.

J'observe le guitariste qui se masse la tempe, les paupières closes. Il semble exténué, comme nous tous, à cause de ce travail de titan dans lequel on se noie depuis la fin de la tournée. Beaucoup d'efforts fournis et peu d'heures de sommeil. Parfois, j'ai juste l'impression d'être une pompe à fric. Seulement, je refuse de sortir des merdes commerciales. Notre musique doit se révéler extatique pour nos sens et représenter l'essence même de ce que nous sommes. Alors c'est pour ça qu'on met les bouchées doubles : afin de respecter les délais imposés par la maison de disques tout en restant fidèles à notre style. Compliqué, mais faisable.

Malgré les tensions qui s'éternisent au sein du groupe, nous arrivons à faire notre taf correctement, même si ce n'est pas facile tous les jours. Pourtant, depuis un an, les choses ont changé. Cette solide complicité que j'entretenais auparavant avec les Chainless se dégrade petit à petit. Je me renferme sur moi-même, je ne me confie plus, je deviens distant. J'ai dit aux gars de me laisser le temps de remonter la pente, sauf que la douleur ne s'amoindrit pas. J'ai l'impression que rien ne change, que rien ne s'apaise en moi. Je chute dans un puits sans fond, ce qui pourrait avoir un mauvais impact sur notre carrière. Pour le moment, j'arrive encore à faire la part des choses et à maintenir mon engouement pour la musique. Cependant, la flamme menace de s'éteindre, et si un jour je perds le cap, je n'ose imaginer ce qui pourrait se passer.

Face aux caméras, nous faisons comme si de rien n'était, parce qu'il est hors de question que les tabloïds étalent des éléments de ma vie privée que je ne souhaite pas divulguer. J'en crèverais à coup sûr. Alors je détourne l'attention en accumulant les scandales. Et ça leur suffit, puisque mes frasques font couler beaucoup d'encre, ce qui booste considérablement la vente des magazines people. Ils ne creuseront pas plus loin, tant que je leur donnerai ce qu'ils veulent : du sale. *Du très sale.*

Je passe une main dans mes cheveux, avant de coller ma tête contre la vitre, le regard évasif et le cerveau taché par une salissure. *Une salissure rousse.* Je ne peux pas m'empêcher de repenser à cette fille qui représente exactement tout ce qui m'horripile.

« Ce n'est pas elle, ignore-la. »

Les mots d'Alden flottent encore dans ma tête. Il a tout de suite remarqué mon trouble, dès que j'ai détecté sa présence. Je l'ai écouté, j'ai fait comme si elle ne se trouvait plus à quelques mètres de moi. Ça aurait pu en finir là. Malgré tout, cette abrutie aux cheveux orange a ouvert sa gueule, et pas de la meilleure façon qui soit. Elle a éveillé une profonde rancœur, quelque chose de putride et de destructeur qui me ronge jusqu'aux entrailles. Un truc que je ne parviens pas à contrôler et qui va me pousser à faire des choses regrettables.

Elle a franchi la ligne rouge, elle m'a heurté. Et maintenant ? Maintenant, je ne rêve que d'une chose : lui faire regretter ses paroles. Pour ça, j'ai plusieurs cordes à mon arc. Reste à voir quelle première flèche je vais utiliser sur elle… J'hésite encore. Pourquoi m'obstiner à faire ça ? Quand j'ai quelqu'un dans le collimateur, j'aime le lui montrer. Encore plus lorsque la personne en question affiche le visage de mes souvenirs les plus sombres. C'est un jeu. Elle a peut- être joué la première carte, mais les règles, c'est moi qui vais les instaurer.

Je mords, j'attaque, je me défends. C'est simple : détenir l'attirail du mec détestable et inabordable, pour mieux me protéger. Désormais, je ne reçois plus les coups, je les donne, comme le mois dernier, lors d'une virée dans un club de San Francisco. Un barman m'a pris de haut en me traitant de « sale merde du show-biz ». Résultats des courses ? Un beau séjour à l'hôpital à cause de son nez cassé. Je ne suis pas du genre à plaisanter : quand on m'attaque, je riposte. Et à présent, j'ai une nouvelle proie. Hâte de lancer les dés le premier pour que la partie débute.

— Quelqu'un sait comment la chose se prénomme ?

Les gars braquent leur regard sur moi. Matt retire ses écouteurs et lâche un « hein ? » ahuri.

— Dis « la rouquine », ce sera plus simple, soupire son grand frère à côté de lui.

— On s'en fout de son prénom. On ne compte plus jamais la revoir de toute façon, pas vrai ? lâche Alden en me fixant droit dans les yeux.

Devant mon silence qui en dit long, le blond se fige et m'adresse un regard froid et pénétrant. Je déteste le fait qu'il puisse lire en moi avec autant de facilité.

— Pas vrai ? répète-t-il.

Je ne réponds toujours pas et cette fois-ci, le guitariste serre les mâchoires, puis secoue négativement la tête.

— Ally. Elle s'appelle Ally.

Matt crache le morceau avant de bâiller et de remettre ses écouteurs. Alden écarquille les yeux, puis tire la gueule. De mon côté, je gratifie le bassiste d'un sourire et lui demande le nom de famille de la fille. Le musicien hausse les épaules. Il n'en sait rien, comme Yann et Alden. Dommage... J'aurais pu avoir son identité complète, mais ce n'est pas ça qui va m'arrêter. Je vais trouver. *Je vais la retrouver.* Chaque chose en son temps. Pour le moment, j'ai d'autres affaires à gérer.

Notre van s'arrête sur le bitume, le chauffeur nous indique que nous sommes arrivés. Je m'extirpe du véhicule le premier et lève la tête pour détailler cette tour qui nous surplombe de toute sa hauteur. Le restaurant se trouve au quatrième étage du vertigineux Time Warner Center, un gratte-ciel de plus de deux cents mètres de haut, recouvert d'une surface vitrée aux reflets bleutés. Sur le point de m'allumer une clope, je suis interrompu dans mon action par un grand gaillard en costume blanc qui vient à notre rencontre. Il nous invite à le suivre à l'intérieur du bâtiment. D'ailleurs, quelques paparazzis nous attendent devant l'entrée. Les photographes nous mitraillent avec leurs appareils, tandis que des journalistes se tiennent prêts à nous bombarder de questions à la con. Comme je me situe en tête de gondole, je suis le premier à me faire harceler de tous les côtés.

— Chester, est-ce vrai que vous êtes accro à l'héroïne ? commence une femme en tendant le micro vers moi.

— Monsieur Hanson, avez-vous des nouvelles de l'homme que vous avez frappé au visage à San Francisco ?

— Êtes-vous célibataire ?

Intérieurement, je fulmine. Les scandales, les intrusions dans ma vie privée, c'est tout ce qui les intéresse. Même si j'en joue et que je me fiche de ce que les gens pensent de moi, je ne peux pas m'empêcher de haïr cette sensation, celle d'être une bête de foire.

— Allez bien vous faire foutre !

Voilà mon unique réponse lorsque je trace ma route devant eux, sans même les gratifier d'une œillade. Alden, Matt et Yann font eux aussi la sourde oreille lorsque les journalistes les encerclent à leur tour. On finit par regagner l'intérieur du building. L'homme en costume blanc nous conduit jusqu'à un ascenseur nous menant directement au *Per Se*. Après avoir patienté quelques secondes, le carillon retentit et les portes métalliques de la cabine s'ouvrent à l'entrée du restaurant gastronomique. Ici, ça pue l'opulence et le raffiné, une ambiance qui me révulse, car elle m'évoque mon père. Je chasse immédiatement les images de mon paternel et m'avance au milieu de cette décoration résultant d'un mélange de modernité et de tradition. Des nappes en soie blanche recouvrent chaque table, sublimées par des compositions florales. Je baisse les yeux, souffle et remarque que le sol brille tellement que je peux y distinguer mon propre reflet. Ici, je détonne. Je me sens comme un fer rouillé au milieu de dorures pimpantes et massives, c'est-à-dire pas à ma place. Un homme nous interpelle au loin, je redresse la tête et aperçois au fond du restaurant notre producteur : un brun proche de la quarantaine, à l'apparence tirée à quatre épingles. Il se situe à une table près d'une grande baie vitrée offrant une vue à couper le souffle sur tout Central Park.

Fidèle à lui-même, James Walker porte un costume hors de prix qui coupe parfaitement sa silhouette fine et allongée, sans parler de sa montre *Swiss Made* qui doit certainement être plus coûteuse que ma propre voiture. Ce mec a du fric et veut le montrer. On représente l'un de ses plus gros gagne-pains, alors il nous caresse dans le sens du poil en nous invitant dans les endroits les plus *select* de la ville, comme si nous étions ses seuls protégés. Mais nos relations reposent surtout sur des intérêts personnels. Grâce à nous, il se remplit les poches, et grâce à lui, on connaît le succès : c'est donnant-donnant.

Lorsque nous arrivons à sa table, il range son Smartphone et se lève pour nous saluer un par un. Je me retrouve assis entre Alden et Matt, avec notre boss juste en face de moi : la pire place, celle où je me sens comme sur le banc des accusés.

Après avoir fait signe à une serveuse de nous apporter du vin, le producteur recentre son attention sur nous. Il croise les bras et cale son dos contre la chaise.

— Chuck m'a dit que vous aviez une interview pour le *New York Times*, cet après-midi. Comment ça s'est passé ?

Alden se racle la gorge et tourne la tête dans ma direction.

Je le sens mal...

— Et si on laissait Chester répondre, les gars ?

J'esquisse un sourire de faux cul puis, sans me laisser déstabiliser par la pique du guitariste, je pose mes coudes sur la nappe et ancre mon regard dans celui du producteur.

— Très bien ! J'ai frappé personne, cette fois-ci.

Ma « blague » tombe à plat, James Walker en perd d'ailleurs son rictus en coin. Au même moment, la serveuse revient à notre table avec une bouteille de vin italien. Elle verse dans chacun de nos verres le breuvage rougeâtre. Je saisis le mien et remue le liquide au fond de la coupe, un geste qui me remémore mon altercation avec cette « Ally ».

— On aura l'occasion d'y revenir. Maintenant, allons droit au but. Vous avez avancé ? nous questionne James.

Comprenant tout de suite à quoi il fait allusion, Yann prend la parole :

— On pense composer une dizaine de musiques pour le prochain album. Aujourd'hui, on a bossé sur un morceau beaucoup plus calme et mélancolique que ce que l'on fait habituellement.

— Et sur quoi porte-t-il ?

— Sur la perte d'un être cher. Il s'intitule *I lost my mind*, l'informé-je.

Cette musique émane de moi et elle est éreintante, car émotionnellement, je me livre corps et âme. À travers les paroles, il en ressort une douleur brute qui m'étreint depuis des mois. Je parle de dépression, d'incompréhension et d'injustice. J'évoque un avenir encore plus sombre que mon passé, une souffrance qui me colle à la peau, ainsi que des ténèbres qui m'engloutissent. Un événement en particulier m'a conduit à écrire sur ces thématiques, celui qui a définitivement foutu en l'air ma santé mentale. Et grâce au puissant stimulus que détient la musique, j'ai pu exhaler en partie ce poids qui m'oppresse la poitrine au quotidien. À ce jour, composer et écrire demeure mon meilleur langage afin d'exprimer mes émotions. Un exutoire qui m'aide à rester sur les rails malgré tout. Un remède qui apaise temporairement mes maux.

Le producteur se gratte le menton, l'air songeur, et prend un moment pour réfléchir avant de reprendre :

— Vous êtes en train de baigner dans le succès et ce n'est pas près de s'arrêter. On ne cesse de parler de vous et vos fans attendent vos prochains morceaux avec impatience. Je pense qu'il faudrait sortir ce nouveau titre à la fin du mois.

Les Chainless et moi nous figeons en même temps. Ce que je redoutais arrive.

À la fin du mois ?

Nous sommes déjà début septembre, ce qui nous laisse à peine trois semaines. Ce délai se révèle très court, car il faut boucler la chanson, l'enregistrer et surtout, réaliser le clip vidéo. Ces directives me foutent les boules, parce que la musique est avant tout un art, et ce n'est pas en entamant une course de vitesse que nous allons la glorifier. J'expire par les narines et tente d'apaiser la colère qui commence à m'animer.

Je relativise en me rappelant que James Walker n'est pas un mauvais producteur, bien au contraire, il fait partie des meilleurs de sa génération. Il ne touche pas à notre créativité, nous faisons la musique que nous voulons et qui nous correspond, même s'il se montre un tantinet pointilleux sur les *deadlines*.

Et c'est rare, parce que l'industrie musicale a toujours été envahie de trous du cul. Il y a des mecs qui ne connaissent absolument rien au rock et qui vont faire signer des groupes sans même découvrir leur patte artistique. Ensuite, ils essayent de sortir des morceaux en faisant quelque chose de lisse afin de les rendre plus faciles à écouter, et donc se faire du fric plus vite. Certaines maisons de disques n'ont pas froid aux yeux. Proposer de la merde commerciale ne les gêne pas. Tout est une question de pognon, et c'est navrant. Ouais, on aurait pu tomber bien bas.

— C'est que… On est loin d'avoir terminé la chanson. Ça prend du temps de peaufiner les paroles, de choisir les bons accords pour la mélodie, ou encore de développer l'accompagnement à la basse et la batterie, confesse Matt, le visage confus.

— On ne chôme pas depuis notre retour à New York, tu pourrais être conciliant et nous laisser quelques semaines de plus, non ? ajouté-je.

— Je vais vous expliquer pourquoi il est vital que vous reveniez vite sur le devant de la scène…

James laisse sa phrase en suspens, le temps de fouiller dans une mallette à ses pieds. Il en sort des journaux qu'il jette sous mon nez. Je reste de marbre devant les différentes unes, elles font toutes allusion aux Chainless… Enfin, plutôt à moi. Scandales liés à la drogue, à la violence et au sexe. Mon image s'est sévèrement ternie, ces derniers temps. Notre producteur m'adresse un regard accusateur.

— Voilà pourquoi on parle tant de vous, en ce moment : à cause de toutes les idioties que tu exposes volontairement au grand jour, Chester.

— Au diable les puritains qui sont choqués pour rien ! Le bon côté des choses, c'est qu'au moins, je fais de la pub pour le groupe, raillé-je dans le but de détendre l'atmosphère.

Le boss ne cille pas, ce qui me calme direct...

— Il est nécessaire que les médias se recentrent sur votre musique. Ce nouveau tube, *I lost my mind*, sortira fin septembre. Ce n'est pas négociable.

— Tu crois que ça va redorer notre image ? l'interroge Alden, peu convaincu.

— Défier les bonnes mœurs, exhibitions indécentes... La réputation des rockstars n'est plus à faire. En revanche, mon but est de faire perdurer votre succès. Votre talent doit être mis en lumière, c'est ça qui vous hissera plus haut dans le monde de la musique et vous ouvrira de nouvelles portes, pas vos frasques en tout genre.

Il marque une pause, puis reporte son attention sur moi.

— Surtout les tiennes. Alors commence à réduire tes écarts de conduite, comme les bagarres dans les lieux publics, par exemple, ou encore les parties de débauche dans lesquelles tu t'exposes avec de la drogue, malgré les caméras de surveillance rivées sur toi.

Les Chainless guettent ma réaction. Ma fierté est touchée, tout comme mon ego. Néanmoins, j'acquiesce pour lui indiquer que le message est passé.

— Sur ces belles paroles, je vous propose de trinquer à votre prochain succès, déclare James en levant son verre.

Les mecs et moi l'imitons. Nos coupes s'entrechoquent et j'ingurgite une longue lampée de vin qui me laisse un goût amer en bouche.

Chapitre 7

Owen

Chester

Après le dîner avec le producteur, les Chainless et moi avons vite détalé chez Yann. Par besoin urgent de décompresser et de se changer les idées, le batteur a invité une soixantaine de personnes – ou peut-être plus – dans son appartement niché dans l'Upper East Side pour une soirée improvisée. Je n'ai jamais vu ces gens, et je suis persuadé que Yann n'en connaît même pas la moitié, mais ça nous va. Chacun fait désormais ses petites affaires. Affalé sur un fauteuil, les jambes écartées et un joint en main au milieu de la vaste pièce à vivre, je laisse une brune me masser le cou depuis quelques minutes. En guise de récompense, j'accepte qu'elle tire sur mon pétard. Elle me remercie et commence à me tripoter les épaules, jusqu'à glisser le long de mes bras tatoués.

Ouais c'est ça, descends…

Je tapote le bédo au bord d'un cendrier avant de le reporter à mes lèvres. La tête rejetée en arrière, j'extirpe par les narines la fumée qui effleure le visage de la fille. Mes perceptions changent, j'entre dans une phase de détente totale. Une odeur de transpiration, de cigarette, de drogue et de sexe alourdit l'air. À travers cette brume de débauche, la fête bat son plein. Les personnes qui nous entourent sont soit déchaînées, soit complètement défoncées. Les baffles sont réglés à tue-tête, ça vibre et me secoue jusqu'aux tripes. Alors que le riff à la guitare de *Love is an elevator*, l'un des tubes phares d'Aerosmith, résonne à l'intérieur du penthouse, je jette un coup d'œil circulaire au bordel qui règne entre ces quatre murs. Yann danse collé-serré avec une meuf métisse sur une table, ses mains glissent sous sa jupe et empoignent son cul comme s'ils étaient seuls au monde. Matt, lui, fume sur la terrasse, entouré d'une dizaine de personnes qui boivent ses paroles… ou alors font semblant. Quant à Alden, plus de signe de lui.

La brune arrête ses caresses sur mes biceps, et en moins de cinq secondes, elle se retrouve sur mes genoux, les bras noués autour de ma nuque. Je regarde ses yeux bleus, à moitié vitreux et brillants de malice. Elle serre les jambes, sa robe léopard moulée comme une seconde peau remontant dangereusement.

— Tu ne veux pas qu'on se cale dans un endroit plus calme ? minaude-t-elle à mon oreille.

Au même moment, son téléphone sonne. Elle jure et, d'un geste maladroit, s'empare de son portable après avoir fouillé dans sa petite sacoche en bandoulière. Je jette un œil à l'écran et vois inscrit : « Mon cœur ». Embarrassée, elle rejette l'appel et s'empresse de ranger l'appareil au fond du sac. La fille se ronge les ongles, elle espère peut-être que je ne l'ai pas grillée. Dommage, malgré mon état second, j'ai très bien compris qu'il s'agissait de son mec. Je tire une nouvelle latte en la toisant d'un regard que j'espère le plus intimidant possible. Je crois que je commence à la cerner. À mon avis, cette garce veut profiter de la fête pour pimenter sa vie monotone. Elle cherche un peu d'excitation, et en nous fréquentant, ça lui fera des anecdotes croustillantes à raconter pour donner l'illusion que son train-train quotidien n'est pas aussi chiant qu'il n'y paraît. C'est bien pour ça que je me méfie des gens qui nous côtoient, car la majorité est juste intéressée par notre notoriété, et non par qui nous sommes vraiment. Cette fille souhaite baiser Chester Hanson, la star adulée du rock ? Sa proposition me tente, mais elle ne me niquera pas. Je vais me servir d'elle, comme elle se sert de son mec.

Je pince sa cuisse et lui indique par un geste de la tête qu'on bouge. Le soulagement se lit sur son visage.

Non, ma petite garce, ne sois pas si soulagée...

Elle se lève en me prenant la main. On se fraie un chemin à travers la foule dansante, on enjambe même un mec évanoui sur le sol devenu poisseux à cause de gobelets renversés. Le brouhaha se dissipe quand on longe un couloir et là, les règles du jeu changent. Il faut trouver un endroit inoccupé par les couples en rut. Je m'avance au pif vers une pièce : la salle de bains. À peine le loquet baissé, je remarque à travers l'entrebâillement de la porte deux corps s'adonnant à une partie de baise endiablée. Alden et sa proie du soir : une blonde à forte poitrine, un gros lot. Assise sur le rebord du lavabo, les jambes écartées, la fille a les yeux révulsés. Ses gémissements montent dans les aigus à mesure que le guitariste la pilonne sans relâche, une main sur son sein et l'autre plaquée contre le miroir derrière elle. J'en ai assez vu.

Je claque la porte d'un coup sec et m'aventure plus loin. On finit par atterrir dans l'une des chambres d'amis. Je verrouille la porte, puis m'avance vers ma panthère, de plus en plus excitée. Elle approche son visage du mien pour m'embrasser, mais je recule et lui ordonne de s'agenouiller devant moi. Un sourire enjôleur étire ses lèvres rouge écarlate, puis elle se débarrasse de son sac sur le meuble contre lequel je suis adossé et s'exécute. Elle déboutonne mon jeans avant de passer une main sur l'étoffe de mon boxer. Ses caresses gonflent et durcissent ma queue, désormais prête à l'accueillir. La fille n'y va pas de main morte, elle fait glisser mon caleçon sur mes cuisses et m'avale comme si elle goûtait la plus savoureuse des friandises. Je cale une main sur le haut de son crâne et profite qu'elle est concentrée dans sa tâche pour saisir son téléphone. Je déverrouille l'écran sans grande peine, car elle n'a pas mis de code : une erreur qu'elle regrettera plus tard dans la nuit. Je clique sur l'appareil photo, mets le mode caméra et filme ses jeux de langue autour de ma queue dressée de tout son long. Le bruit de ses lapements s'intensifie lorsqu'elle accélère la cadence. Elle s'applique à me sucer comme une déesse et je dois reconnaître qu'elle est très douée. J'émets un grognement guttural, volontairement exagéré pour l'encourager à pousser le vice plus loin. C'est dans la boîte. J'arrête la vidéo et décide de l'envoyer à son « cœur » avec pour commentaire : « Elle parfait sa technique sur moi : ça frôle le sans-faute, j'espère que t'en profiteras encore. »

Envoyé.

Ni vu ni connu, je range l'objet à sa place initiale et plonge mes deux mains dans la chevelure de ma féline gourmande avant de m'enfoncer plus en profondeur dans sa gorge. J'essaye de me détendre, mais les effets du joint se dissipent. Maintenant, les mots du producteur tournent en boucle dans ma tête, comme une sinistre mélodie.

« Voilà pourquoi on parle tant de vous en ce moment, à cause de toutes les idioties que tu exposes volontairement au grand jour, Chester. »

L'ascension des Chainless est compromise à cause de moi. Même en touchant le fond, je continue de creuser le gouffre, jusqu'à m'asphyxier complètement. Broyant du noir depuis l'accident tragique, je suis devenu quelqu'un d'autre. Une personne sans pitié et sans scrupules qui adore transgresser les règles. Je m'affiche constamment avec une assurance débordante et je ne tiens compte de rien, à part la musique. Le reste m'importe peu. Mais voilà que je fous ma carrière et celles des autres membres du groupe dans la merde. À partir de demain, tout rentrera dans l'ordre. *Ouais, il le faut*. Les Chainless et moi allons nous enfermer entre les quatre murs du studio pour terminer cette chanson. L'inspiration sera présente, je le sais, car c'est dans les moments les plus difficiles que je compose le mieux.

Une sonnerie retentit. Cette fois-ci, ça provient de mon téléphone. Déconcentrée, ma garce retire ses lèvres de ma hampe, mais je resserre mes doigts sur sa tignasse et l'incite à ne pas s'arrêter. Alors qu'elle continue de me sucer, je récupère mon portable coincé dans la poche de mon veston en cuir et découvre un message de mon agent, Chuck :

[Désolé de te répondre seulement maintenant, je bouclais les derniers rendez-vous de la semaine. Si je me souviens bien, la fille qui a accompagné le journaliste s'appelle Ally Owen. Pourquoi me demandes-tu ça ?]

Je ne réagis pas pendant quelques secondes, jusqu'à ce qu'un rictus mauvais se dessine sur mes lèvres.

J'ai son nom complet, ça y est !

— Owen…, murmuré-je.

La fille cesse ses succions et redresse la tête.

— Non, moi c'est…

Je ne la laisse pas terminer et la fais taire en enfouissant ma queue au plus profond de sa cavité buccale. Elle ne riposte pas et s'active davantage entre mes jambes en papillonnant des cils. Une folie pure et dure me transcende jusqu'aux veines. Ces prochains jours vont être stressants, alors une petite distraction pour me défouler ne peut pas me faire de mal. Elle a porté le premier coup. Je donnerai le dernier. Alors…

— … Prépare-toi, Owen.

Et à ces mots, je me mets à baiser abruptement la bouche de la brune en m'imaginant que c'est elle. Cette salissure rousse qui a infecté mon cerveau.

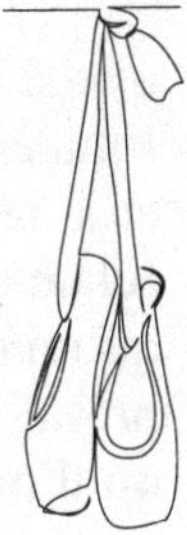

Chapitre 8

Lien renoué

Ally

Assise à une table de la cafétéria de la Juilliard, je mâchouille un morceau de mon sandwich sans grand appétit, tout en surveillant l'écran de mon portable, tristement inactif vu le manque de notifications. Douze fois. J'ai essayé *douze fois* de joindre Julian par téléphone ce matin, mais ce dernier a décidé d'enfouir sa tête dans le sable comme une autruche, déterminé à ne plus me donner signe de vie. Il n'a sans doute pas tourné la page, ce qui a de quoi me miner le moral. Je pousse un long soupir, puis reprends une bouchée de mon casse-croûte que je trouve de plus en plus fade. Deux jours après l'interview, les remords parasitent toujours mes pensées, la situation commence à me peser.

Oui, je m'en veux à mort d'avoir ruiné son entretien avec les « Chain machin truc ». Mais comment aurais-je pu savoir qu'un gars aussi irrespectueux et psychopathe sur les bords allait être de la partie ? En plus de m'avoir regardée de travers dès son arrivée, Chester Hanson n'a pas respecté Julian. C'est pour ça que je suis intervenue, parce que je pensais bien faire. Finalement, mettre mon grain de sel a été du suicide, et je reste mortifiée par cette violente aversion qui a éclaté entre nous deux. Mes poils se hérissent tandis qu'un frisson dévale mon dos au souvenir du rockeur prêt à me fracasser le crâne avec son verre. Tout ce qu'il mérite, c'est un aller simple à l'asile. Ce mec est un taré, et je suis certaine qu'il est du genre à égorger les vaches dans des rituels sataniques.

Entre deux bouchées, je continue de maugréer à voix basse toute ma haine à l'égard de ce démon. Et pour ne rien arranger à ma cause, je me retrouve encore seule à manger. Les tables autour de moi sont pourtant occupées, à croire que déjeuner avec une rousse se révèle un acte de déshonneur. Quoi qu'il advienne, je ne suis pas là pour me faire des amis. À la manière d'un bon petit soldat, je reste concentrée sur ma ligne directrice. C'est comme ça que j'ai toujours vécu mes années à l'école de danse. Chaque cours, chaque examen, chaque prestation, chaque concours lors de ma formation se présente comme une bataille que je dois à tout prix gagner. Pas le temps de lever le pied. Du coin de l'œil, je remarque Tiffany et sa bande me jauger avec un air moqueur. Je les ignore, même si leurs messes basses, pas si discrètes que ça, parviennent jusqu'à mes oreilles. Un acte sans doute volontaire dont le but est de me faire vriller.

— Sales garces ! grogné-je.

— Je te le fais pas dire.

Mon cerveau s'arrête brutalement de fonctionner lorsqu'une voix féminine claque juste derrière moi et me fige sur ma chaise. Prise la main dans le sac, je me retourne avec appréhension vers l'inconnue. Mes muscles se relâchent aussitôt quand je tombe sur

Joy, une étudiante de ma promo. Cette Américaine aux origines japonaises est du genre réservée, parfois si discrète qu'on en oublie sa présence en cours. Je n'ai jamais eu l'occasion de discuter avec cette fille ni même d'entendre le son de sa voix. En voilà une première ! Personne ne sait vraiment comment l'aborder, elle se montre si secrète. Alors je suis très surprise lorsqu'elle prend l'initiative de s'asseoir en face de moi et de manger comme si de rien n'était. Je la dévisage, silencieuse et perturbée par sa présence. Joy ricane quand elle remarque que je ne bouge plus.

— Les deux marginales de la promo réunies à la même table. Ça va beaucoup faire parler, je te le dis !

Sa remarque suscite l'ombre d'un sourire sur mes lèvres, parce qu'elle a raison.

— J'espère que tu n'es pas venue à ma table parce que tu as eu pitié de moi, relevé-je, mi-railleuse, mi-méfiante.

Elle secoue la tête.

— Non, Ally. Au contraire ! Je t'admire de te confronter à ces gens qui ne perdent jamais une occasion de te rabaisser. Pour avoir un comportement pareil, leur vie doit être bien triste. En réalité, ce sont elles qui me font pitié, m'annonce-t-elle en désignant de la tête la bande de Tiffany.

Mes joues se colorent légèrement à la douceur de sa voix. Cette fille m'admire alors qu'elle ne m'a jamais adressé la parole jusqu'à présent ? Là, elle me prend de court et déstabilisée, je réponds dans un murmure aussi léger qu'un souffle :

— Tu penses que je suis une fille forte ?

Mon estomac se noue et Joy incline sa tête sur le côté pour me dévisager quelques secondes, puis elle plonge une main dans ses longs cheveux noirs brillants. Ils sont si lisses, j'imagine qu'elle n'a même pas besoin de les peigner le matin.

— En apparence, oui. Tu donnes l'impression que rien ne peut t'atteindre. Après, ce qui se passe au plus profond de toi, je l'ignore, parce que je ne te connais pas suffisamment. Mais peut-être que je fais face à une Wonder Woman avec un cœur de guerrière et des os aussi solides que de l'acier ? Un gloussement m'échappe et un sourire fleurit au coin de sa bouche. Je n'ai pas peur de répondre aux gens quand je me sens attaquée, c'est vrai. D'ailleurs, Julian peut en témoigner, dernièrement… Me laisser marcher dessus est pour moi quelque chose d'impensable. Seulement, comme toutes les personnes nées sur cette planète, j'ai mes propres faiblesses. Une chose qui m'était précieuse s'est brisée en moi l'année dernière. Ma confiance en moi en a pris un sacré coup, à tel point que j'ai passé un mois enfermée dans mon appartement sans voir la lumière du jour, parce que l'idée de sortir et de me confronter aux autres m'a terrifiée. Je ne souhaite plus revivre ça, je ne veux plus éprouver cette envie de m'effacer du monde.

Malgré l'obstacle, je suis parvenue à le franchir et à me remettre sur les rails. Baisser les bras ? Non. J'ai réussi à me relever grâce à Julian et à la danse. La flamme de ma passion a peut-être connu quelques essoufflements, mais jamais elle ne s'est éteinte. Quand j'y repense, le courage ainsi que la volonté de mon meilleur ami pour m'avoir remise sur pied me font monter les larmes aux yeux. Son amitié m'est inestimable, il a su me prouver qu'il détenait une place essentielle à mes côtés, aussi bien dans les bons que dans les mauvais moments. J'ai réussi à me forger ma propre carapace pour me protéger et ne rien laisser transparaître des blessures de mon cœur. J'en ai fait du chemin, avant d'oser revenir à la Juilliard, même si forcément, mon niveau en a pâti. Cette vague de souvenirs qui vient de se fracasser sur moi me coupe l'appétit pour de bon. Joy termine son repas frugal et se lève de sa chaise.

— Dépêche ! Le cours de contemporain commence dans dix minutes !

Lorsque l'étudiante me laisse seule, je pose mon sandwich sur le plateau, résolue à ne plus y toucher, puis je récupère mon sac à la volée et rejoins les studios de danse. Sans jeter le moindre regard à mes rivales, j'entre à l'intérieur des vestiaires et me mets pieds nus. Joy se tient déjà prête avec sa jolie jupette, son débardeur fin, ainsi que ses guêtres. J'enfile mon justaucorps noir à dos nu et prends le temps de faire le vide dans ma tête afin de me recentrer sur l'essentiel : la danse. Paris. Mon plus grand rêve désormais à portée.

Je quitte l'école en début de soirée, dépitée. Le cours s'est mal passé. Mon professeur n'a pas lésiné sur les remarques acerbes concernant mon équilibre et ma souplesse – en plus, devant toute la promo –, ce qui m'a valu les gloussements puérils de Tiffany, Lucy et Eva en fond sonore. D'après l'enseignant, j'ai « encore du mal à libérer mes mouvements ». Depuis la rentrée, je ne suis pas à la hauteur, et ça m'énerve d'être considérée comme le vilain petit canard du groupe. Il faut que j'intensifie mes séances d'entraînement pour corriger mes erreurs. Je dois renforcer mes aptitudes en multipliant les séances de yoga et de stretching. Bosser. Bosser. Et encore bosser.

C'est officiellement une journée de merde. Sur le chemin, je saisis mon téléphone et passe un nouveau coup de fil à Julian. Comme d'habitude, je tombe sur sa messagerie vocale. Je raccroche, lâche un juron, puis reviens sur mes pas.

Il refuse de me parler ? Très bien ! Aux grands maux les grands remèdes.

Une demi-heure plus tard, me voilà devant le bâtiment en grès rouge où loge mon meilleur ami. Les rues atypiques de Brooklyn me fascinent, notamment l'ambiance dynamique et cosmopolite qui règne dans ce quartier. Mais pas le temps d'admirer ces beaux coins, j'ai une urgence à régler. J'entre le code pour déverrouiller la porte d'entrée et pénètre à l'intérieur de la bâtisse. D'un pas dynamique, presque précipité, je grimpe les escaliers jusqu'au deuxième étage et arrive devant l'appartement du journaliste. L'hésitation et l'appréhension me figent sur place.

Et s'il ne me pardonnait pas ? S'il avait décidé de ne plus jamais me revoir ?

Les pires scénarios défilent dans mon esprit, j'en tremble.

Non… Il ne peut pas me faire ça !

Je secoue la tête, puis me jette à l'eau : mon poing s'abat fermement sur la porte en bois, dont la peinture ancienne est craquelée. Silence de mort. Les secondes se succèdent, d'une lenteur extrême. Pas un son. Pas de réaction. Et si Chester, le roi des Enfers, l'avait kidnappé ? Je retente le coup en toquant à nouveau, avec plus d'acharnement, cette fois-ci.

— Julian, c'est moi !

Un bruit de serrure retentit et le battant s'ouvre enfin. À travers l'entrebâillement, mon meilleur ami est là, en survêtement, une lueur d'étonnement dans ses yeux. Je disjoncte.

— Je rêve ! Tu fais le surpris alors que ça fait treize fois que j'essaye de t'appeler ?

Je tape du pied si fort qu'il tressaille. Le brun finit par ouvrir la porte en grand et s'appuie contre l'encadrement en croisant les bras. Ses muscles se tendent et le rendent d'autant plus intimidant, mais je ne cille pas. Je vais droit au but :

— J'ai foiré, j'en ai conscience. Mon but initial était de remonter les bretelles à ce fou furieux, et non pas de te mettre des bâtons dans les roues. Même si je te l'ai déjà dit lorsque tu m'as raccompagnée chez moi, je suis désolée ! Mais ne m'ignore pas ! Pas toi, Julian, tu n'as pas le droit !

Son expression reste parfaitement neutre. Ça me déstabilise qu'il soit fermé à ce point. Julian se décide finalement à réagir en soufflant et en passant une main sur sa nuque. Lorsqu'il relève sa tête, je remarque que son visage exprime une affliction si violente qu'elle m'ébranle jusqu'à mon âme.

— Pour tout te dire, c'est moi qui m'en veux, parce qu'en t'emmenant, je n'ai fait que valider les préjugés que tu avais sur le rock, et…

Il déglutit. Quelque chose de néfaste le bouscule intérieurement. Je bloque ma respiration, jusqu'à ce qu'il rompe le silence :

— … j'ai vu la peur sur ton visage quand Chester t'a menacée. Ces yeux, Ally… écarquillés à cause de l'angoisse, renvoyant un signal de détresse… C'étaient exactement les mêmes que ce soir-là. J'ai l'impression que je viens de te renvoyer dans les bas-fonds, et tout ça m'est insupportable.

Ses mots me glacent la poitrine, ils me lacèrent le cœur. Les remords qui désagrègent les traits de son visage m'infligent une gifle mentale magistrale. Il ne peut pas s'en vouloir, car il n'est responsable de rien. Sans lui, je me serais écroulée. Sans lui, j'aurais sombré et brisé mes rêves en mille morceaux. Il forme mon quotidien, il connaît les parties les plus sombres de mon être, mes blessures, mes secrets. Je me retrouve en lui, il se retrouve en moi. Notre confiance mutuelle nous permet de dépasser les craintes du jugement de l'autre. Une amitié aussi pure et belle, ça n'a pas de prix, alors pour rien au monde je ne la remplacerais. Et par un échange de regards, je le lui fais comprendre.

— J'aurais dû te défendre, mais ce gars, il m'a terrifié, on aurait dit qu'il en voulait à la Terre entière, et je ne savais pas comment…

— C'est bon, le coupé-je. On arrête les lamentations.

Je m'avance jusqu'à lui et me blottis dans ses bras. Ses doigts glissent le long de ma chevelure tandis que ses lèvres se posent sur mon front. Un peu de chaleur humaine, voilà ce dont j'ai besoin. Julian n'arrête pas de se confondre en excuses et je fais de même. La situation en devient presque cocasse, puisqu'on cherche tous les deux à avoir le dernier mot.

— Allez, entre. À part si tu veux passer la soirée sur le palier, ricane-t-il en me libérant de son étreinte.

Je positionne la lanière de mon sac sur l'épaule, puis franchis la porte de son appartement. Julian loue ce logement à la mère de l'un de ses collègues de travail. Si la propriétaire a accepté de lui faire un bon prix pour cette location, elle refuse cependant d'investir dans la rénovation de l'habitat. Alors il tente de le rafistoler à sa façon, en passant un coup de peinture sur les murs, ou encore en récupérant des meubles dans des vide-greniers pour remplacer les anciens. Le plus important, c'est qu'il s'y sente bien, le temps de trouver mieux ailleurs, lorsqu'il aura les poches suffisamment renflouées. Néanmoins, le gros avantage de ce « trou à rat » – Julian lui-même surnomme son chez lui de cette manière –, c'est la vue imprenable sur le majestueux pont de Brooklyn. Lorsque le soleil décline derrière les buildings de Lower Manhattan et que le ciel passe du bleu au pourpre, les lumières du crépuscule se projettent sur East River, créant de somptueux reflets sur l'eau. Je ne compte plus les couchers de soleil auxquels nous avons assisté depuis son balcon, mais j'aime ces moments, parce qu'ils nous permettent de faire le vide dans nos têtes. Sans eux, on deviendrait probablement dingues tous les deux.

En passant devant sa salle de bains, je remarque une bassine sous son chauffe-eau. Je me tourne vers lui, un sourcil haussé.

— Il s'est percé il y a quelques jours. Un ami à moi va peut-être me dépanner, mais en attendant, j'essaye de contrer la fuite comme je peux, m'informe-t-il.

— Tu sais, je…

— On en a déjà parlé. Je refuse que tu sortes ne serait-ce qu'une seule pièce de ta poche pour m'aider. Et si tu continues d'insister, je te fous à la porte avec un bon gros coup de pied dans le fessier ! grogne-t-il avant de s'affaler sur son canapé convertible qui ne se déplie même plus.

Je rends les armes au milieu de son logis très modeste qui me rappelle ses problèmes d'argent liés au gouffre abyssal de ses anciens prêts étudiants. Pour le moment, son premier job de rédacteur, fraîchement obtenu, le maintient toujours dans une situation précaire, alors pour arrondir ses fins de mois, il fait quelques petits boulots en extra. Mon meilleur ami ne peut pas compter sur l'aide de ses parents, parce qu'il ne leur adresse plus la parole. Sa mère, tout comme son père, n'ont pas accepté son homosexualité et, après avoir eu le courage de leur annoncer, Julian s'est retrouvé livré à lui-même, les vivres coupés. C'était il y a deux ans.

Lors de cet épisode difficile, j'ai dû le ramasser à la petite cuillère et le loger chez moi, le temps qu'il se trouve un appartement. Julian détient une force mentale incroyable, alors je suis persuadée qu'il gravira les échelons très vite grâce à sa persévérance.

Je m'installe sur son canapé-lit à ses côtés. Mon attention est attirée par un ordinateur portable et un carnet de notes sur son bureau.

— Tu as pu écrire ton article ?

Il sort son paquet de clopes de sa poche et acquiesce.

— Ouais. Je l'ai envoyé à mon rédac' chef juste avant ta venue. Il sera publié demain dans les pages culturelles du journal. J'ai eu toutes les infos que je voulais. Matt, Yann et Alden ont été cool avec moi. Ils ont réussi à me mettre à l'aise quand tu es sortie de la salle. J'aurais jamais pensé qu'ils se montreraient aussi serviables.

— Matt et Yann ont l'air drôles, et Alden semble assez terre à terre.

— Et en plus de ça, ils sont canons, réplique-t-il, amusé, avant de coincer sa cigarette allumée entre ses lèvres.

Je me passe de commentaires sur leurs physiques et me retiens de blâmer leur style musical. Bien sûr, il faudrait que je me coltine l'album en intégralité afin de pouvoir émettre un jugement. Ce serait déjà un exploit si j'arrivais à écouter une musique jusqu'au bout mais là, j'en ai encore moins envie, parce que désormais, tout ce qui peut se rattacher à Chester Hanson, alias Chestanas, fils de Satanas et premier héritier de l'Enfer, me répugne, et l'idée même d'associer les tubes de son groupe à des daubes auditives me plaît assez.

Moi, objective ? Non. Rancunière ? À fond ! Surtout avec des démons comme lui.

— Tu veux manger chez moi, ce soir ? me lance soudainement Julian.

Je secoue la tête pour effacer de mon esprit le visage tranchant et glacial de Chester, puis réfléchis à sa proposition.

— Et si on sortait dîner au bar à sushi, celui à l'angle de ta rue ?

— C'est cher. Sans parler de leur buffet à volonté qui va être destructeur pour notre corps de rêve.

— Je t'invite. Et on intensifiera nos séances de footing. Il soupire, puis prend une taffe.

— Tu veux m'inviter alors que j'ai zappé tes treize appels ? Hum… Est-ce que si je monte les enchères à vingt appels manqués tu me payeras un gastronomique ?

Sa raillerie lui coûte une tape sur le bras.

— Si t'oses m'ignorer encore une fois, je te botte les fesses, Julian Coles ! Allez, va te changer, je meurs de faim !

— Tu veux pas aller danser au Marquee, après le resto ? Un pli d'appréhension barre mon front.

— Au Mar… quoi ?

— C'est juste la discothèque la plus branchée de New York, lâche-t-il avec une moue moqueuse.

— Toi, t'as envie de flirter !

— C'est pas ton cas ?

Je me détourne un peu de lui, me terrant dans un profond mutisme. Julian écrase le mégot au centre de son cendrier et s'agenouille face à moi. Ses yeux caramel pailletés d'or se plantent dans les miens avec une douceur qui m'aide à panser la plaie venant de se rouvrir au fond de mon cœur.

— Ça ne te fera pas de mal de sortir pour relâcher la pression.

— Je sais pas trop…

Il s'empare de ma main et passe son pouce sur le dos.

— Même si je garde un œil sur toi ? Pense à la belle époque : on s'éclatait, on avait peur de rien, on croquait la vie à pleines dents… Je veux revivre ces moments heureux et suspendus dans le temps avec toi. La boîte de nuit est hypersécurisée, il ne pourra rien t'arriver, OK ?

La petite moue de chien battu qu'il arbore pour appuyer ses propos me désarçonne. Un long soupir m'échappe après avoir pesé le pour et le contre. Genou à terre, je capitule, parce qu'une partie de moi s'autorise enfin à penser que c'est sûrement plus rapide d'aller de l'avant main dans la main, que seule avec le cerveau noirci par un traumatisme impérissable.

Après s'être jetés sur le buffet japonais comme des gloutons, Julian et moi avons fait un rapide détour à mon appartement afin que je puisse enfiler une tenue plus adaptée à une virée nocturne. J'ai jeté mon dévolu sur une robe cintrée bleu turquoise à dos nu, assortie à des escarpins. Julian a insisté pour que je mette du rouge à lèvres, j'ai fini par accepter. Ça faisait longtemps que je ne m'étais plus apprêtée de la sorte. C'est étrange, j'ai l'impression de retrouver l'ancienne Ally, celle qui s'affichait en étant bien dans sa peau et moins apeurée. En revanche, lorsque je me confronte à mon reflet dans la glace, je me rappelle que cette partie de moi n'existe plus. C'est douloureux de se voir à nu, avec ses écorchures à l'âme.

Nous voilà en route, direction *Le Marquee*. Julian gare sa Mini Cooper au parking de la discothèque. On sort du véhicule et j'en profite pour admirer mon meilleur ami. Même avec un simple tee-shirt blanc et un jean, il reste beau à se damner. Julian me gratifie d'un sourire tendre, puis lie ses doigts aux miens. Un geste qui me rassure et m'amuse à la fois.

— En me tenant la main, tu grilles tes chances de drague ce soir, souligné-je.

— Ça ne freinera pas mon futur flirt, crois-moi. C'est pas parce qu'il y a un gardien qu'on ne peut pas marquer de but...

— C'est si joliment d…

Les mots ne parviennent plus à franchir la barrière de mes lèvres au moment où je remarque une interminable file d'attente devant la discothèque, qui longe carrément la rue entière ! Pour un vendredi soir, pas étonnant. Mon visage se décompose face à cette marée humaine qui me fait prendre conscience que nous allons devoir patienter des heures avant de pouvoir fouler le sol de ce temple de la nuit. Alors que je suis prête à abandonner, le journaliste, lui, ne se dérobe pas et m'entraîne jusqu'à l'entrée.

— Euh… Julian ? Tu fais quoi, là ?

— Je passe devant tout le monde.

— J'ignorais que nos papiers d'identité étaient au nom de Jay-Z et Beyoncé.

Il ne réagit pas à ma réplique chargée de sarcasme et accélère le pas. Nous arrivons face à un videur faisant le double de la carrure de Julian. Ce dernier nous stoppe tout de suite d'une main levée. Il nous examine de haut en bas et croise les bras pour contracter ses muscles saillants.

Mauvais signe. On va se faire refouler.

— Julian Coles du *New York Times*, se présente-t-il en sortant sa carte de presse ainsi qu'un papier de sa poche.

Je ne comprends pas bien ce qu'il manigance. Alors que ma conscience me hurle de tourner les talons, l'homme s'empare des documents et les analyse en restant de marbre. Quand il relève la tête, Julian n'en démord pas et lui sourit avec une assurance déconcertante.

— Vous êtes deux, c'est ça ? nous demande le videur.

Nous répondons d'une même voix par l'affirmative. Son regard oscille entre lui et moi, puis se décale sur le côté.

— C'est bon.

D'un air triomphant, Julian récupère ses documents. L'espace d'une seconde, j'en reste hébétée et d'une traite, on se retrouve projetés dans un décor où la morosité ambiante n'a pas lieu d'être. En passant devant les vestiaires où une guichetière accumule les allers-retours entre l'accueil et les cintres, le journaliste me confie à l'oreille :

— Tu croyais qu'on allait poireauter des heures dans la file d'attente sans certitude d'entrer ? C'est mal me connaître ! Comme j'ai écrit un article plutôt flatteur sur leur boîte de nuit, ils m'ont envoyé un mail de remerciement avec des entrées gratuites pour ce soir !

Ceci explique cela. J'aurais dû m'en douter. En tout cas, cette combine vient de faire ses preuves. À mesure que nous nous rapprochons de la salle principale, le calme s'efface, les décibels augmentent, tout comme les degrés. L'air se réchauffe et devient plus brumeux, presque suffocant. Des spots rouges, bleus, jaunes et violets nous agressent les rétines. La discothèque se révèle pleine à craquer et vibre d'une énergie transcendante, une vision qui me fait déglutir, car cela veut dire : proximité obligatoire avec les autres. Je m'arrête un instant en retenant Julian par le bras. Il virevolte vers moi, le front plissé.

L'appréhension crispe mes épaules et noue mon estomac. Le problème, c'est que si je laisse la peur m'apprivoiser, je n'avancerai pas. Rester sur les rails, garder le cap, voilà le credo que je dois suivre. Je prends le temps de bien m'oxygéner les poumons, la pression se relâche dans mon corps, mes muscles s'alanguissent et d'un signe de tête, je lui indique que je me tiens prête à renouer avec *la belle époque*.

Mon meilleur ami me guide au milieu de la piste de danse prise d'assaut par une foule en transe. Les jeux de lumières se reflètent sur nous, créant une atmosphère quasi psychédélique, tandis que le DJ aux platines se concentre sur un remix entraînant de *Toxic*, la chanson aguicheuse et sensuelle de Britney Spears. Emportés par ces vagues sonores vibrant jusqu'au plus profond des entrailles, les gens bougent en rythme les uns collés aux autres. Mes épaules frôlent leurs corps transpirants en mouvement et ça m'oppresse un peu, alors ma main se resserre instinctivement autour de celle de Julian. Je remarque que ce dernier m'emmène au bar – dont les façades sont parées de néons fluorescents – afin de m'éloigner de toute cette affluence. Il pose ses coudes sur le comptoir et se penche à mon oreille.

— Tu fais des efforts incroyables ! Je suis fier de toi, Ally !Et il m'embrasse la joue. Son côté protecteur m'est si précieux.

Après avoir interpellé un serveur, Julian commande deux bières. J'insiste pour payer, mais d'une pichenette sur le front, il m'ordonne de ranger mon porte-monnaie dans mon petit sac à bandoulière que j'ai refusé d'abandonner aux vestiaires. Je saisis la bouteille en verre qu'il me tend et bois une première gorgée, tout en inspectant avec des yeux scrutateurs l'immense salle. Je remarque qu'un étage surplombe la piste de danse principale.

— En haut, c'est le carré VIP ! J'ai entendu dire que des gens payaient parfois des bouteilles à six cents dollars ! T'imagines un peu ? Ce coin est beaucoup plus tranquille, ça te dit ? J'ai un accès gratuit grâce à mes invitations ! me propose Julian en élevant la voix pour que je puisse l'entendre, malgré la musique assourdissante.

— Pourquoi pas !

L'idée me plaît assez. Je relève la tête en direction du lieu que nous nous apprêtons à rejoindre quand soudain, une personne retient mon attention. Je cligne des yeux, puis les plisse pour m'assurer que je ne rêve pas. *Hélas, non…* Après quelques papillonnements de cils, l'image se matérialise de manière plus nette et confirme mes craintes. Je connais cet individu accoudé au balcon vitré avec un verre à la main. Ma vision se rétrécit sur son perfecto en cuir et son jeans noir avec des accrocs au niveau des genoux. Le temps s'efface, le bruit s'atténue et ça n'a rien à voir avec un coup de foudre amoureux. Non, c'est un cauchemar qui gronde à l'intérieur de moi.

— Merde…, murmuré-je, horrifiée.

En retrait, Chester Hanson observe la foule dansante d'un air évasif. Et même si je me situe assez loin de lui, il me semble percevoir un voile d'affliction au fond de ses opales acier. Ça se ressent à deux kilomètres à la ronde, ça crève les yeux : quelque chose de néfaste est chevillé à cet homme et le tire vers le bas. Bien qu'il soit enfermé dans ce huis clos et entouré de personnes, il paraît tristement seul. Suis-je la seule à le remarquer ? Ça m'intrigue, mais je freine *illico presto* cette curiosité malvenue qui émane de moi. Je ne veux rien savoir de ce disciple de Satan, et encore moins qu'il détecte ma présence.

Derrière le rockeur, je reconnais les autres membres de son groupe de musique. Visiblement alcoolisés, ils roucoulent avec des filles et rient aux éclats. La panique m'envoie un pic dans la poitrine, je tressaille et attrape le bras de Julian qui est sur le point de gagner le premier étage. Ce dernier se tourne vers moi et m'interroge du regard.

— Oublie le carré VIP ! Ça te dit de changer de salle ? J'ai envie de me déhancher sur du hip-hop !

Le journaliste m'a expliqué que *Le Marquee* détenait plusieurs pistes de danse avec différents styles musicaux comme du rap, de la house, de la techno et bien d'autres. Il hausse les sourcils, car mon enthousiasme soudain le surprend.

— Euh, OK… Si tu veux. Suis-moi !

Sur le point de quitter la salle principale, je fais volte-face en direction du chanteur, afin de m'assurer qu'il ne m'a pas… *Il vient de me repérer*. Ma conscience tire la sonnette d'alarme. Le mugissement des sirènes retentit à l'intérieur de moi et me liquéfie sur place. Tel un rapace venant de détecter sa proie, ses yeux perçants sont vissés sur moi, et quelque chose me dit qu'il ne va pas tarder à quitter son perchoir pour me piéger entre ses griffes crochues. Mon inquiétude ne s'amoindrit pas lorsque ses lèvres se retroussent en un rictus qui semble me murmurer : « C'est l'heure de ta sanction... »

Désormais j'en ai l'intime conviction : Chester Hanson ne bluffe pas. Et maintenant ?

Maintenant je peux prier pour mon salut, car le Diable semble déterminé à se lancer à mes trousses.

Chapitre 9

Chantage

Ally

Dans ma tête, c'est la panique à bord. Est-ce que je m'apprête à m'évanouir à cause de cette peur viscérale qui me ronge l'estomac ? Franchement, je n'en suis pas loin. Il a suffi que ce démon pose ses yeux sur moi pour me faire perdre mes moyens.

Du revers de la main, j'essuie une perle de sueur froide qui vient de se former sur mon front et entreprends des exercices de respiration afin d'apaiser mon rythme cardiaque. La bière que je tiens risque à tout moment de me glisser des mains tellement mes doigts sont engourdis. Je peux encore sentir les iris acier de Chester Hanson transpercer mon dos comme un laser. Que faire ? Sortir d'ici ? Après tous les efforts fournis pour me tenir debout au milieu d'une discothèque sans redouter le pire ? Non ! Je ne veux pas avoir l'impression de faire un pas en avant et reculer de deux. De ce fait, je me surprends à invoquer tous les dieux existants afin que ce maudit Chestanas ne quitte pas son carré VIP.

Prier. Prier. Prier très fort !

Ça va un peu mieux lorsque Julian et moi arrivons dans une nouvelle salle : plus petite que celle d'avant, mais toujours aussi pleine à craquer. Là, la foule me rassure, car pour me retrouver, c'est comme chercher une aiguille dans une botte de foin. Donc peu de chance que Chester Hanson me mette le grappin dessus. Ici, la musique est moins tonitruante, les gens dansent de façon plus décontractée au son de *No diggity* des Blackstreet. Quelques lumières se projettent sur la fumée, offrant une atmosphère brumeuse, tandis que des lasers aux multiples couleurs balaient la piste à une vitesse folle. On peine à voir les visages, et même mes longs cheveux flamboyants se fondent dans la pénombre.

Parfait.

On se mêle à la foule, jusqu'à se placer au centre de la salle. Je ferme les yeux, prends une gorgée de ma bière, fais le vide dans ma tête et me laisse guider par le *flow* entraînant et rythmé de Dr Dre.

Danser pour m'apaiser. Danser pour oublier.

Je ne fais plus attention aux personnes qui m'entourent. Mes hanches ondulent, le sol tremble sous mes talons et, à chaque vibration, une crainte se dissipe de ma tête. Julian, face à moi, semble ravi de me voir enfin à l'aise. Quelque chose se noue entre lui et moi, une complicité enterrée depuis bien trop longtemps se tisse à nouveau et nous réunit. C'est la première fois que je me retrouve au milieu d'un endroit pareil depuis ce qui m'est arrivé, et ça me fait un bien fou. Tout le négatif s'évapore comme de la vapeur chaude. Bercée par la musique, je me déhanche avec plus de confiance, jusqu'à ce qu'une main s'abatte brutalement sur mon épaule, ce qui me fait lâcher un cri d'effroi, largement couvert par le son puissant des baffles. Mon premier réflexe est de me jeter dans les bras de mon meilleur ami, avant de faire volte-face vers la personne qui m'a touchée. Il s'agit d'une brune avec un rouge à lèvres criard que je ne connais ni d'Ève ni d'Adam. Son regard vitreux me sonde.

Fausse alerte. Dieu merci !

— Désolée, je t'ai confondue avec une autre ! s'excuse-t-elle.

Elle prend la tangente et je remarque que je me suis renversé la moitié de ma bière dessus. Le journaliste pose doucement ses mains sur mes épaules tremblantes.

— On peut rentrer, si tu veux…

Son air soucieux déclenche quelque chose en moi, une fragilité que je ne dois plus éprouver. *Ne pas retomber.*

Sur le point de répliquer, je suis interrompue par un homme à la crinière blonde qui interpelle Julian à quelques mètres de nous. Le regard de mon meilleur ami bifurque vers lui et un sourire se visse aussitôt sur ses belles lèvres. Ils se connaissent, mais j'ignore d'où. Le blond aux yeux bleu azur et au nez aquilin se rapproche de nous, il me salue d'un bref signe de la main, puis focalise toute son attention sur le journaliste. La manière dont il le lorgne en dit long, il fait partie de ses conquêtes, ou alors il rentrera très prochainement dans la liste. Julian reste un séducteur et il sait s'y prendre pour susciter l'intérêt des garçons. Son côté sûr de lui, apprêté et sportif les attire comme des mouches. Ils se glissent quelques mots à l'oreille, puis rigolent. Leur complicité me paraît évidente, alors je me penche vers mon meilleur ami en lui tendant ma bouteille en verre, qu'il récupère.

— On reste. Je vais aller nettoyer ma robe. Je reviens. Pendant ce temps, profite !

Un pli barre son front, il me retient par le bras lorsque je tourne les talons.

— J'ai promis de ne pas te lâcher d'une semelle. La dernière fois que je l'ai fait…

J'inspire et le coupe en levant une main. Je n'aime pas me sentir comme la victime.

— Je pense que me surprotéger n'est pas une bonne idée.

J'ai mon téléphone, cette fois.

Il sort son portable et le serre entre ses doigts.

— Garde-le bien sur toi, alors. Au moindre souci, tu m'appelles, compris ? Le réseau est faible, mais il est suffisant pour recevoir un appel. Je ne bouge pas d'ici. Comme ça, tu me retrouveras facilement.

Je tente de le rassurer en lui caressant l'épaule. Le blond derrière lui ne semble pas apprécier cette proximité que je partage avec Julian. Le quiproquo en devient comique, alors je pouffe discrètement, ce qui me détend. Après un dernier coup d'œil au journaliste, je m'éloigne de la piste, les mains posées sur mon petit sac en bandoulière. Je reste à l'affût des gens qui m'entourent, parce que je n'ai pas oublié la présence de Chester Hanson.

D'un pas précipité, j'arpente un long corridor aux murs noirs et au sol lisse, puis rejoins les toilettes des filles. La file d'attente est impressionnante, mais je me fraie un passage et m'arrête devant un robinet. Je récupère des serviettes en papier et les passe sur ma robe pour éponger la bière qui imbibe le tissu. Après avoir humidifié mes mains, je me tapote ensuite les joues. Loin de l'étuve des salles de danse, je laisse mes sens se revigorer grâce au contact de l'eau fraîche sur ma peau. Des bruits peu mélodieux parviennent jusqu'à mes oreilles. Je remarque une fille vidant son estomac dans la cuvette des WC juste derrière moi. Pendant qu'elle vomit, son amie lui tient les cheveux avec un air de dégoût. Je fais abstraction de cette vision peu ragoûtante et me concentre sur mon reflet dans le miroir. J'ai repris quelques couleurs. Mes mains agrippent le rebord du lavabo tandis que je baisse la tête en soupirant. Depuis mon arrivée ici, mon cœur subit des montagnes russes. Une lutte se joue à l'intérieur de moi : mes peurs contre ma volonté d'aller de l'avant. Je constate que c'est plus dur qu'il n'y paraît de redevenir celle que j'étais. Je finis par quitter les toilettes. Un courant d'air frais me fait frémir. Un coup d'œil par-dessus mon épaule et je remarque une porte ouverte en haut d'un petit escalier. Avec prudence, je gravis les marches et atterris sur le toit de la boîte de nuit, qui fait office de grande terrasse. Cet endroit offre une vue panoramique à couper le souffle. Une légère brise me caresse le visage, provoquant en moi un frisson qui remonte le long de ma colonne vertébrale. Je croise mes bras pour faire disparaître ma chair de poule et jette un regard circulaire aux alentours. Il y a quelques fumeurs au loin, mais je préfère rester en retrait, le temps de bien m'aérer la tête. Je m'appuie contre la rambarde métallique du balcon et contemple New York de nuit, la ville qui ne dort jamais.

J'inspire et expire lentement.

— Donc, après avoir ouvert ta gueule, tu décides de me fuir comme la peste ? résonne une voix chargée en sarcasmes, juste derrière moi.

L'effet de surprise me hérisse les poils, mais je n'ai pas assez de force pour me retourner. C'est inutile. En vérité, j'ai tout de suite reconnu ce timbre grave et rocailleux. Je sens sa présence dans mon dos et j'entends ses pas se rapprocher de moi, ainsi que ses doigts tapotant sur son verre. Je me demande si cette fois, il va le briser sur mon crâne.

— Grâce à toi, ma soirée est égayée…

Lorsque son souffle chaud frôle ma nuque, je fais volte-face et me retrouve nez à nez avec lui. Ma courte sérénité vole en éclats lorsque je me confronte à ses iris qui transpercent les miens comme des pics de fer. Mon corps se paralyse, je sens mes jambes trembler, alors je prends appui sur la rambarde pour ne pas vaciller. Une main plongée dans la poche de son pantalon noir et une autre tenant ce maudit verre au liquide ambré, similaire à celui de notre première altercation, Chester Hanson me sonde d'une façon qui me laisse présager une suite que je ne vais pas du tout apprécier. Il se trouve à un mètre de moi et c'est déjà trop. Au premier abord, je suis déstabilisée par sa grande taille. Même avec mes talons, il arrive à me surplomber de toute sa hauteur. Le contact de ses yeux est bien trop puissant, alors je focalise mon attention sur cette boucle d'oreille en forme de croix sur son lobe gauche, puis sur l'anneau fin à sa narine.

Le chanteur expire bruyamment. Est-ce qu'il est en train de contenir la violence qui l'habite ? Mes pensées s'embrouillent à l'instant où ses doigts s'emparent d'une mèche de mes cheveux. Me sentant en danger, je bondis sur le côté et instaure une distance convenable entre lui et moi. Il sourit, parce qu'il plonge dans une sorte de délectation sordide. Le rockeur s'abreuve de ma peur comme du plus grisant des élixirs.

— Qu'est-ce que tu me veux ? scandé-je fermement. Je soutiens son regard gris sans cligner des paupières.

— J'avais hâte de te revoir, Owen.

Owen…

Une vague de frissons surgit dans tout mon corps. La chevalière à son index caresse l'extrémité de son verre et provoque une vibration désagréable qui me donne froid dans le dos.

— Comment tu connais mon nom ? Son rictus s'élargit.

— Ça te surprend ? Il me semble que je t'avais prévenue, pourtant.

— C'est vrai, j'aurais dû me douter que j'allais te recroiser avec ta croix de Satan qui pendouille à l'oreille. Tu me traques ? T'as demandé à un hacker de pirater mon téléphone afin de me géolocaliser ? Dis-moi quelle est ta technique de *stalking* ! craché-je avec acrimonie.

Impassible, le rockeur boit une gorgée de son verre sans me quitter des yeux, puis il avance d'un pas vers moi. J'esquisse tout de suite un mouvement de recul.

— Ton pote qui bosse au *New York Times*, tu penses que c'était un hasard qu'il reçoive un mail du patron de la boîte avec des invitations ?

Je me sens blêmir.

— Je voulais qu'il vienne au carré VIP ce soir, pour que je puisse lui poser tout un tas de questions sur toi. Seul ou accompagné, ça m'était égal, du moment que je pouvais lui soutirer des infos. Mais voilà qu'il a fait quelque chose d'encore mieux : m'offrir sur un plateau d'argent celle qui a eu le cran de me rentrer dedans. Finalement, quand on force un peu le destin, on parvient à ses fins.

Ma gorge s'assèche et se retrouve obstruée par cette anxiété qui ne cesse de croître en moi. Ce mec s'avère encore plus tordu que ce que j'avais imaginé. Pourquoi une telle obsession ? Je n'y comprends rien.

— Tout ça parce que j'ai eu le culot de te traiter de « sale enfoiré » ? Monsieur est susceptible, dis donc ! Je n'ose même pas imaginer le traitement que tu infligerais à une personne qui t'insulterait de façon plus virulente ! En tout cas…

Je laisse mes mots en suspens, avec une rage au ventre qui m'enflamme jusqu'aux tempes.

— … n'attends aucune excuse de ma part. Encore une fois, tu viens de me prouver qu'il te manque une case ! vociféré-je.

Même si je le redoute, même s'il attise une profonde angoisse chez moi, je refuse de me soumettre à sa folie. Ce type est barge et je compte lui tenir tête. Je recule à nouveau d'un pas. L'intensité de ses prunelles ne s'essouffle pas, si bien que j'ai toujours l'impression qu'il me harponne avec une haine profonde. Ça m'ébranle et ma peau me picote. Chester Hanson avance dans ma direction et cette fois, je reste figée. Je regarde avec appréhension ses godasses en cuir noir s'approcher de mes escarpins. Il s'immisce dans mon espace vital en quelques pas.

— T'as de la chance qu'on vive au XXIe siècle, tu sais pourquoi ?

Sans comprendre où il veut en venir, je relève la tête et le fusille du regard. Le chanteur penche son visage vers le mien, à tel point que des effluves d'alcool et de tabac me piquent le nez. Il se tient si proche que je peux mieux entrevoir la perfection de ses traits. Ce type est victime d'un sérieux déséquilibre mental, mais je ne peux nier cette symétrie faciale qui rend sa beauté attrayante. Il a un grain de peau affiné, ainsi que des pommettes saillantes qui font ressortir son côté froid et tranchant. Et ses yeux gris – camouflés par quelques boucles brunes qui lui retombent sur le front – se montrent si perçants et magnétiques qu'ils nous donnent l'impression que notre âme est perforée.

— Parce qu'au Moyen Âge, on brûlait les roux. Et crois-moi, j'aurais pas hésité une seule seconde à t'envoyer au bûcher, achève-t-il.

La violence de ses propos m'assène un sale coup au ventre qui me coupe le souffle. Ce mec n'a aucune limite, je dois m'éloigner de lui. De mes deux mains, je le repousse de toutes mes forces. Il bascule à peine en arrière, et ma petite riposte provoque même son rire sordide, un son aussi insupportable que le bruit des ongles crissant sur un tableau.

— T'es un vrai psychopathe ! Je pourrais porter plainte contre toi.

Il m'encourage d'un signe de tête.

— Vas-y, porte plainte contre moi. Mais ne viens pas pleurer quand ton pote journaliste aura perdu son emploi.

Mes yeux s'écarquillent.

— J'ai des contacts au *New York Times*. Si j'en ai envie, je peux le faire dégager de la rédaction. Aussi simple qu'un claquement de doigts, m'informe-t-il.

Mon sang se glace. Le rockeur est en train de me passer la corde au cou, et ça marche ! Je ne me défends plus, car il m'a prise au dépourvu en s'attaquant sans scrupule à Julian. Je tressaille au moment où sa main glacée agrippe mon épaule avec fermeté. Ce premier contact affole mon cœur. Répugnée, je tente de me dégager de sa prise, mais il comprend vite mon intention, alors ses ongles s'enfoncent dans ma peau, ce qui m'incite à ne plus esquisser le moindre geste. Je me pétrifie, prisonnière de cette cage, inondée de mes plus sombres angoisses.

— Je dois avouer que ta pugnacité me plaît, mais ne commence surtout pas à m'énerver, parce que ça pourrait encore plus barder pour ton matricule…

L'air se comprime à l'intérieur de ma cage thoracique. La chaleur de mon épaule disparaît sous la froideur de ses longs doigts.

— Tu viendras au studio d'enregistrement demain, m'ordonne-t-il.

— Quoi ? Il ricane.

— Je savais pas que t'étais atteinte de déficience auditive. Tu. Viendras. Au. Studio. Demain, répète-t-il en articulant lentement, comme s'il s'adressait à une demeurée.

— Et si je refuse ?

Ses lèvres se glissent près de mon oreille.

— Ton pote sera viré.

Ses mots couvrent ma peau de frémissements désagréables. En me faisant du chantage, il me pousse dans les rouages d'une manipulation mesquine. Je me trouve bloquée au milieu d'une impasse et j'ignore comment en sortir sans mettre en péril le job de mon meilleur ami. Je ne peux pas prendre le risque de faire le moindre faux pas. Julian a des problèmes d'argent, il a obtenu ce travail à la sueur de son front. C'était son rêve depuis toujours d'intégrer une grande rédaction…

Putain, non !

Chester garde une attitude désinvolte et continue d'une voix grave :

— C'est la même adresse que la dernière fois. Pointe-toi à 9 heures. T'as intérêt à être là ! Et je compte aussi sur toi pour ne pas répéter notre petite discussion à qui que ce soit… Si tu me trahis, je le saurai.

Face à mon mutisme, sa main se presse sur l'os de ma clavicule, ce qui me pousse à lui répondre par un hochement de tête. Je me rends compte à quel point j'ai sous-estimé cet homme. Chester sait que je ne peux pas laisser mon meilleur ami avoir des ennuis. Il détient un moyen de pression sur moi. Il me tient en laisse et je n'ai aucune solution pour changer la donne.

À mon plus grand soulagement, il finit par retirer sa main de mon épaule. Le rockeur recoiffe sa tignasse brune, puis termine son verre d'une traite et le fracasse en mille morceaux derrière moi. Je sursaute. Mes lèvres tremblent et je croise mes bras en voûtant mes épaules, comme une bestiole apeurée. Le chanteur fixe les éclats de verre au sol et sourit. Lentement, il remonte les manches de sa veste en cuir et ancre à nouveau son regard dans le mien.

— On va bien s'amuser, toi et moi. À demain, Owen...

À ces mots, il s'éloigne et quitte le toit de la discothèque. Je reste raide comme un piquet, avec mes yeux qui ne cessent de cligner. J'ai du mal à réaliser ce qui vient de se passer. Chester Hanson m'a définitivement dans le collimateur. Il va tenir sa promesse, il va « faire de ma vie un enfer ».

Très vite, je me sens nauséeuse. Je m'empresse de rejoindre mon meilleur ami à l'intérieur de la boîte de nuit. Mon corps tremble et frissonne encore. Une fois arrivée dans la salle, je repère Julian au milieu de la piste, toujours en compagnie du blond. Leur corps à corps est brûlant et leurs lèvres s'effleurent par moments. Déboussolée, je fonce vers eux. Le journaliste détecte ma présence du coin de l'œil. Quand il tourne sa tête vers moi, son expression change en un rien de temps. Je dois avoir l'air misérable pour qu'il s'inquiète à ce point. Il s'excuse auprès de son flirt du soir, puis m'éloigne de la foule. Ses mains se posent sur mes joues encore glacées par l'air extérieur.

— Merde ! T'es toute pâle, on dirait que t'as vu un fantôme ! Qu'est-ce qui se passe, Ally ? On s'en est pris à toi ? s'inquiète-t-il.

Les mots du rockeur me reviennent en mémoire : « Vas-y, porte plainte contre moi. Mais ne viens pas pleurer quand ton pote journaliste aura perdu son emploi ! »

Je dois le protéger. Un faible sourire retrousse mes lèvres, ce qui le rassure à moitié.

— Non. Personne ne s'en est pris à moi. Je crois que je suis malade… Les sushis ne devaient pas être frais.

Mon excuse passe comme une lettre à la poste.

— On rentre, déclare-t-il en enroulant son bras autour de mon épaule d'un geste protecteur.

Mon regard reste vide.

— Ouais… Rentrons.

Chapitre 10

Studio

Ally

Un hoquet de surprise m'échappe, suivi d'un haut-le-cœur.

C'est encore pire que ce que j'avais imaginé.

— J'hallucine…, m'étranglé-je sur mon lit, enroulée dans ma couette, avec une tasse de café chaud entre les mains.

Les lueurs de l'aube filtrent à travers mes stores. Je suis levée depuis 6 heures du matin, et impossible de me rendormir. Malgré une mauvaise nuit passée, mes yeux sont grands ouverts, tout comme ma bouche qui forme un parfait
« O » de stupeur. Je fixe l'écran de mon ordinateur portable avec une grimace d'écœurement. Me renseigner sur Chester Hanson n'était pas la plus judicieuse des idées, car finalement, le résultat de mes recherches n'a fait que renforcer mon dégoût.

Plusieurs articles relatent que le chanteur des Chainless n'y va pas de main morte sur les drogues et l'alcool. Pour être honnête, ça ne m'étonne pas, ça expliquerait pourquoi il est si atteint du ciboulot.

Cannabis, rails de coke et même héroïne… *Quel magnifique trio !* Mais ce n'est pas le pire : j'ai appris que ce démon aimait beaucoup la bagarre. D'après plusieurs sources, il aurait envoyé une dizaine de personnes sur une civière. *Merveilleux.* Et encore, ce n'est pas le clou du spectacle ! Ce fou furieux aimerait également coucher avec ses fans, et il paraît que lors de la tournée, les filles ont afflué dans les loges ainsi qu'à l'intérieur du bus tour, dont une mineure qui lui aurait offert sa virginité.

La crème de la crème !

Je. Vais. Gerber.

Il ne s'agit plus d'une hypothèse, mais d'un fait : ce mec ne connaît aucune limite et paraît goûter avec la plus grande délectation tous les excès que lui accorde sa vie de rockstar. Il n'a pas froid aux yeux, son sens de la provocation est hors du commun et il semble adorer ça. C'est le genre de type qui n'attend qu'une petite étincelle pour mettre le feu aux poudres et causer des ravages. Il me rebute. *Profondément.*

Dire que j'ai provoqué la pire enflure de cette planète…

Eh bien, j'ai obtenu le gros lot ! Note à moi-même : tourner sept fois ma langue dans ma bouche avant de l'ouvrir.

La situation a déjà trop dégénéré, pourtant ce n'est que le début de la persécution. Ma main se plaque sur mon front et dans mon élan d'exaspération, le café se renverse sur mon long tee-shirt Mickey qui me sert de pyjama. Le liquide me brûle et d'un bond, je m'extirpe du lit.

— Merde ! Bien joué, Ally ! Bien joué !

Un bruit métallique m'arrache un sursaut. Résultat : j'étale encore du café sur moi. La journée ne démarre pas sous les meilleurs auspices. Le son se répète et je soupire : Tequila fait encore des siennes à l'intérieur de sa cage, il doit sans doute ronger les barreaux. Je quitte ma chambre et rejoins mon petit compagnon dans le salon. Je le sors de son habitat et le positionne sur mes genoux après m'être assise sur le bord du canapé. Le lapin me toise d'un air curieux avec sa frimousse adorable. Dès l'instant où je caresse son pelage duveteux et doux, ça va tout de suite mieux.

— Heureusement que t'es là, toi !

Même si je plonge au cœur d'une bulle de douceur, je sens mon corps s'alourdir, tout comme ma tête qui est en vrac. J'ai dormi seulement trois heures. Le manque de sommeil écrase mes épaules, telle une enclume, toutefois, je ne peux plus aller me recoucher. J'ignore d'où me vient la force d'abandonner mon lit chaud et douillet…

Ah oui, en fait, je le sais très bien ! C'est à cause de l'abominable chantage de Chestanas : si je ne me pointe pas au studio d'enregistrement à 9 heures, Julian peut dire adieu à son emploi. C'est d'une bassesse sans nom !

Je me demande bien quelles failles se cachent derrière un tel comportement. Parce qu'un caractère aussi vil, méprisable et enclin à la mesquinerie la plus pure… ça n'arrive pas comme un cheveu sur la soupe. Ce type broie du noir et ne mesure pas l'ampleur de ses actes.

Après une douche rapide, je jette un œil à mon reflet dans le miroir. J'ai le teint blafard et les traits tirés par la fatigue, sans parler des cernes qui marquent mes yeux. Je m'empresse de sécher mes cheveux, puis j'ajoute de l'anti-cernes ainsi qu'une touche de mascara pour donner l'illusion d'une bonne mine. Je refuse que Chester

Hanson découvre que j'ai passé une nuit horrible à cause de lui. Il n'aura pas cette satisfaction.

Mes mains agrippent les rebords de mon lavabo, j'essaye de calmer cette boule d'angoisse qui se forme au centre de mon ventre à l'aide de mes habituels exercices de respiration. Beaucoup de questions sans réponses trottent dans ma tête.

Pourquoi le chanteur m'ordonne-t-il de venir au studio ? Qu'est-ce qu'il compte me faire ?

Je déglutis. En tout cas, il ne va certainement pas me jouer un air de guitare. À moins qu'il ne décide de me fracasser l'instrument sur le crâne à la fin de sa sérénade. Plausible.

Dire que j'aurais voulu m'entraîner à la Juilliard ce samedi matin…

À la place, je me retrouve contrainte de me coltiner le disciple de Satan avec sa croix maudite qui pendouille à son lobe.

Même une fracture au pied reste un sort plus enviable, c'est pour dire...

J'enfile un slim noir ainsi qu'un sweat bleu aux couleurs de mon école de danse, passe quelques coups de brosse le long de ma crinière de feu puis la réunis en queue-de-cheval. Je me force à avaler un petit-déjeuner malgré mon ventre noué. L'horloge murale m'indique qu'il est déjà 8 h 15. Il ne faut pas que je traîne. À contrecœur, je saisis mon sac à l'intérieur duquel j'ai soigneusement glissé ma bombe lacrymogène, puis je pars de chez moi en priant pour que Chester Hanson ne me brûle pas vive.

Une fois sortie de la bouche de métro, je reconnais tout de suite le bâtiment dans lequel le diable m'attend. Sur la façade claire, je peux lire en grandes lettres bleues « Capitol Records ». Je me fige sur la voie piétonne et redresse le menton vers le ciel. Il est possible que ce soit la dernière fois que je vois la lumière du jour : peut-être que le rockeur envisage de me séquestrer et de me torturer à mort. Ça m'évoque un peu ce criminel d'Arizona sur lequel Julian bave…

Hum… Comment s'appelle-t-il déjà ? Ah ! Evian Blake !

C'est ça !

Quand tout l'oxygène s'extirpe de mes poumons, je me dirige vers l'entrée du studio.

Je sonne à l'interphone et me présente avec maladresse à la personne qui me répond. Je ne sais que dire à part mon prénom et mon nom de famille. Et visiblement, ça suffit, puisque la porte s'ouvre. Chester n'a pas oublié de les avertir de ma présence. *Formidable.*

Après avoir montré ma pièce d'identité à l'homme qui se tient à l'accueil, ce dernier me demande gentiment d'ouvrir mon sac. Lorsqu'il se penche par-dessus le comptoir et aperçoit ma bombe lacrymogène, il se racle la gorge, mal à l'aise, et m'annonce que je dois laisser mes affaires à son bureau. Malgré mes yeux doux, il ne cède pas. Julian est beaucoup plus doué que moi à ce petit jeu ! Je me résigne et lui tends mon sac, la mine défaitiste. C'est un échec cuisant. Désormais, plus aucun moyen de défense contre le démon.

L'homme m'indique par la suite le chemin à suivre pour rejoindre la salle d'enregistrement dans laquelle les Chainless travaillent. Je le remercie avec un sourire forcé et longe ce corridor à la lumière tamisée que je pensais ne plus jamais revoir de ma vie. Un frisson désagréable me hérisse le poil quand je passe devant la salle d'interview. Bientôt, une grande porte en bois clair se dessine sur ma droite. Une feuille plastifiée est placardée contre le battant, où l'on peut lire : « Studio n°5 – Chainless ». Juste au-dessus de ma tête se trouve un voyant rouge « Recording » allumé. Mon pouls s'emballe lorsque je pose ma main sur la poignée.

Adieu, monde merveilleux ! Et bon voyage dans les crevasses enflammées de l'Enfer !

Je ne réfléchis plus et pousse la porte. Mon corps se fige face au local qui se matérialise sous mes yeux. Une grande collection de CD et vinyles orne les murs en bois mat. Plusieurs câbles et coffres à instruments jonchent une épaisse moquette noire, tandis qu'une grande table de mixage, recouverte de centaines de boutons, est collée à une baie vitrée.

Derrière le solide double vitrage se trouve la cabine d'enregistrement composée d'un micro, d'instruments ainsi que de plusieurs ordinateurs au sol. Je balaie du regard le studio et remarque qu'il y a même un coin salon avec un canapé et deux fauteuils. C'est d'ailleurs sur ce sofa rouge en forme de « L » que mon pire cauchemar est installé. Casque sur les oreilles et ordinateur portable sur les genoux, Chester Hanson ne relève jamais les yeux vers moi. Il est tout seul et je me demande s'il m'a entendue arriver. Mon attention reste bloquée sur l'horrible débardeur noir échancré qu'il porte : il est à l'effigie du célèbre Marilyn Manson, qui arbore un maquillage effrayant avec un rouge à lèvres pourpre, un teint livide ainsi que des iris similaires à ceux d'un monstre. Lui, pour le coup, je suis convaincue qu'il s'adonne à des rituels sataniques. Chestanas ferait bien la paire avec un tel spécimen. Peut-être même se connaissent-ils déjà ? Mes yeux glissent ensuite sur les tatouages à l'encre noire qui recouvrent ses bras musclés. Je distingue d'ailleurs une inscription en haut de son buste, mais de là où je me situe, je ne peux pas déchiffrer le lettrage.

— 9 h 03. Trois minutes de retard. Tu m'expliques, Owen ? me lance le chanteur, les yeux toujours rivés sur l'écran de son ordinateur.

Sur le moment, mon cerveau n'arrive pas bien à intégrer l'information tellement je la trouve aberrante et gonflée de sa part.

Il compte me faire un scandale pour trois minutes ? Alors que lui a retardé l'interview de Julian d'une demi-heure ? C'est la cerise sur le gâteau !

— Rassure-moi, tu plaisantes ?

Il daigne enfin ancrer ses prunelles dénuées d'émotions dans les miennes. Comme à chaque fois, la froideur qui émane de lui me fait l'effet d'une douche glacée. Je pâlis en quelques secondes au souvenir des nombreux scandales chevillés à cet être abject. Sexe, violence, drogue… Je ne dois pas oublier que j'ai en face de moi un mec totalement détraqué.

— J'ai l'air de plaisanter ? Quand je te dis une heure, tu te pointes pile à l'heure, voire à l'avance !

Son timbre tranchant claque dans le silence comme un fouet et m'inflige une sacrée baffe mentale. J'en ai le souffle coupé, je suis même à deux doigts de lâcher mon meilleur rire nerveux.

— Trois misérables minutes t'ont semblé longues ? Je t'ai manqué à ce point depuis la nuit dernière ? Sérieusement, tu…

Pas le temps de finir ma phrase, je virevolte dès l'instant où je sens une présence dans mon dos. Mon nez manque de heurter un gars à la taille immense et aux larges épaules. L'homme ajuste sa casquette bleue et orange et m'épie d'un air étonné. *Yann.*

— Bah… Qu'est-ce que tu fais ici, rouquine ? m'interroge le batteur.

Je me statufie sur place et derrière lui, les deux autres Chainless me toisent. Matt me dévisage avec la même expression ébahie que son grand frère, tandis qu'Alden fronce les sourcils. Le guitariste bouscule les musiciens et me demande de m'écarter du passage. Je ne me fais pas prier. Il passe devant moi sans même me saluer, puis glisse une main nerveuse dans ses cheveux blonds, avant d'adresser un regard assassin à Chester.

— Je peux savoir pourquoi elle est ici ?

Le chanteur se débarrasse de l'ordinateur sur ses genoux et croise les bras derrière sa tête, armé d'un sourire qui pue la provocation.

— Elle a reconnu qu'elle m'avait manqué de respect lors de l'interview, et maintenant elle veut se faire pardonner. On repart sur de bonnes bases, c'est tout.

J'ai « reconnu que je lui avais manqué de respect » ? Et « on repart sur de bonnes bases » ? Là encore, sa fourberie m'épate. On ne cesse de franchir le niveau supérieur. Alden se tourne vers moi si vite que je sens un courant d'air me fendre le cou.

— Tu m'expliques ce qu'il se passe ?

Paniquée, j'ai du mal à expulser les sentiments néfastes qui m'agressent de toutes parts. J'en ai les mains moites. Mes yeux oscillent entre Chester et Alden. Je ne sais plus quoi faire, jusqu'à ce que le chanteur décide d'attirer discrètement mon attention d'un signe de la tête. Ses lèvres murmurent quelques mots et je me liquéfie sur place lorsque je saisis le message.

« New York Times »

Chester me met en garde. Son regard en dit long et me promet silencieusement de sombres représailles, si je ne vais pas dans son sens. Alden me lorgne d'une façon si appuyée que je suis persuadée qu'il sent la détresse qui gronde au plus profond de moi. Sans avoir la force d'articuler le moindre mot, je hoche la tête avec un sourire factice vissé aux lèvres. Le front du guitariste se plisse, il est sceptique, car il sent que quelque chose de pas très sain se trame. Mais à mon plus grand désarroi, il ne riposte pas et garde le silence. Impuissante, je l'observe s'asseoir à côté du démon. Chester semble amusé de me voir démunie… *et à sa merci.*

Je suis devenue son pantin. Désormais il tire les ficelles pour décider de mes actions. Mes bras se croisent sous ma poitrine et je détourne la tête de lui, bien que je sente le poids de son regard sur moi. Yann et Matt s'installent sur les derniers fauteuils libres et se plaignent de leur nuit trop courte. Pendant ce temps, je reste, telle une parfaite plante verte, au milieu du studio, incapable d'expliquer ma présence ici. Je me balance d'un pied sur l'autre et me triture les mains. Peut-être que Chester a simplement pour but de saccager mon week-end. Si tel est son objectif, il vient de l'atteindre avec brio.

— Owen, va me chercher un café ! exige Chester.

Je me tourne vers lui en battant des paupières aussi vite que les ailes d'un papillon.

— Euh… t'es pas sérieux, là ? intervient Matt en tripotant son chapelet.

Le chanteur me scrute et attend que je réagisse enfin. Mes poings se serrent. Obéir tel un petit toutou à ses désirs est une véritable humiliation, il le sait, alors il mise sur cette stratégie afin de jouer avec mes nerfs. Tout n'est qu'un jeu, une provocation… Les règles ? Ne pas craquer. Alors, au lieu d'afficher une mine dégoûtée, j'esquisse un sourire hypocrite, puis lui réponds avec un engouement peut-être un peu trop forcé :

— Pas la peine de me demander, j'allais t'en chercher un !

Mes mâchoires se crispent et un frisson de répulsion dévale ma nuque. Chaque mot a été un supplice à prononcer. Chester redresse le menton d'un air hautain, sans jamais effacer ce satané rictus machiavélique. Une furieuse envie de fracasser mon poing contre sa parfaite dentition me brûle jusqu'aux entrailles. Je ne suis pas fan de la violence, mais ce mec arrive en un temps record à faire émerger un tas de pensées assassines dans mon crâne. Je fais profil bas et sors de la salle la tête haute.

— Va. En. Enfer. Chestanas, articulé-je en traversant le couloir d'un pas enragé.

J'arrive devant la machine à café située au fond du hall d'accueil et fouille les poches de mon sweat : pas de monnaie. Un soupir m'échappe. Je demande à l'homme de l'accueil de me passer mon sac afin que je puisse récupérer mon porte-monnaie. J'insère quelques pièces dans le distributeur et patiente les bras croisés. Je récupère ensuite le petit gobelet et me redirige vers le studio. Avant de pousser la porte, une idée me traverse l'esprit.

Ouais… il va encore plus l'apprécier son café !

Je reporte la boisson chaude à mes lèvres et crache sans vergogne dedans. À l'aide d'une petite cuillère en plastique, je touille le liquide noir avec une énorme satisfaction, puis j'entre à l'intérieur de la pièce, un sourire vissé jusqu'aux oreilles. Chester est en train d'expliquer à son groupe le programme du jour. Apparemment, les paroles d'une nouvelle chanson sont prêtes et ne demandent qu'à être enregistrées. Vaguement intéressée par son charabia, je pose le café sur la table basse devant lui. Sans surprise, le rockeur ne prend pas la peine de me remercier et continue même de parler aux Chainless sans interruption, comme si de rien n'était.

Connard.

Alors que je l'insulte mentalement de tous les noms, je décide de m'asseoir à la table de mixage. J'analyse avec plus d'attention tous ces alignements interminables de boutons. Ça me donne presque envie d'y toucher pour connaître leurs fonctions.

— Mince !

Je tourne ma tête en direction des garçons et m'aperçois que le café de Chester vient de se renverser sur le canapé.

Et merde ! Ma petite vengeance est tombée à l'eau !

Le chanteur me dévisage d'une étrange manière. J'ai l'impression que son animosité a ressurgi, et ce n'est pas bon signe. Yann se lève du sofa, puis passe sa main sur l'encolure de son tee-shirt à l'effigie d'un groupe se prénommant « Metallica ». Son vêtement est taché de café.

— T'abuses ! Je me le suis acheté la semaine dernière ! T'as deux mains gauches, aujourd'hui ? Je vais chercher de quoi nettoyer ça, peste-t-il.

Le batteur s'apprête à quitter le local quand Chester l'interrompt d'un signe de main. Mon tourmenteur me désigne ensuite de la tête.

— Laisse, Owen va s'en charger. On a du boulot, alors faut pas perdre de temps.

Il doit sans doute voir le mot « bonniche » inscrit sur mon front.

— Non mais, je…

— Il y a un local juste à côté où tu pourras trouver de quoi nettoyer, me coupe-t-il de manière cinglante.

On se regarde en chiens de faïence un long moment. Il continue à me jeter des pierres avec un sadisme surréaliste et je serre les dents pour ne pas adopter une attitude que je regretterais par la suite. Ça ne fait même pas une heure que je me trouve ici et je ne suis pas certaine de tenir le coup bien longtemps. Ma meilleure arme reste de ne pas réagir, car si je le fais, la situation pourrait s'envenimer, et c'est la dernière chose que je souhaite. Mal à l'aise, Yann insiste pour y aller à ma place, mais Chester le fait taire d'un seul regard noir. Je capitule et sors de la salle en silence.

Des larmes de colère me montent aux yeux, pourtant je les retiens. Je ne craquerai pas à cause de lui. Chester Hanson me dégoûte. J'arrive à l'intérieur du petit local indiqué par le chanteur : il s'agit d'un placard à balais avec une grosse étagère remplie de produits ménagers. Je m'engouffre dans la pièce mal éclairée et lorsque je suis sur le point de m'emparer d'un torchon au fond d'un seau, j'entends la porte claquer derrière moi. Je tressaille et fais volte-face. Mes yeux s'écarquillent tandis que mes pieds reculent automatiquement de deux pas.

Chester Hanson est là, adossé contre le battant à présent fermé. Il passe lentement une main dans ses boucles brunes pour les coiffer en arrière et ainsi dégager son visage à la peau presque diaphane. Ses lèvres se retroussent en un rictus qui présage de mauvaises intentions : je suis tombée dans ses filets et à présent, je vais subir sa folie. Il croise ses bras tatoués, ce qui contracte ses muscles.

— T'aurais pas dû, Owen.

Je ne réponds rien et soutiens son regard de glace. L'éclairage reflète des ombres lugubres sur lui.

— Agir sans réfléchir, ça a l'air d'être ta came. Je vais t'apprendre un truc, aujourd'hui…

Il laisse ses mots en suspens et commence à décoller son dos de la paroi en me perforant de ses iris gris.

— Ouvrir les hostilités avec moi, ce n'est *vraiment* pas très judicieux. Et je suis certain que tu n'as pas les épaules assez solides pour encaisser ne serait-ce que le préambule.

Je recule d'un autre pas lorsqu'il en amorce un dans ma direction.

— « Préambule » ?

Un rire jaune m'échappe.

Bien sûr ! Tout ça ne représente qu'un foutu spectacle pour lui…

— Tu ne sais absolument rien de moi, riposté-je.

Son sourire s'étire et une étincelle insidieuse traverse son regard.

— Alors faisons connaissance, Owen.

Et il continue à réduire la distance entre nous.

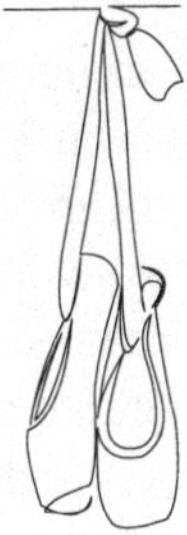

Chapitre 11

Abomination

Ally

La première chose à laquelle je songe, c'est à ma bombe lacrymogène, tristement délaissée dans mon sac à l'accueil. J'aurais dû me montrer plus persuasive pour ne pas me séparer de cette arme, qui se révèle redoutable contre les malades de son espèce. Ce manque de vigilance ne me ressemble pas, et en dépit de ma peur qui doit imprégner l'air, il faut que je réagisse. Chester m'épie avec des yeux embrasés par la folie. C'est glaçant. Me retrouver piégée ici, au fond de cet espace clos et sans issue, ne fait que raviver des angoisses que je pensais ne plus revivre. Alors qu'il s'avance vers moi d'une démarche lente et prédatrice, je recule. Je hais cette sensation de vulnérabilité.

Ce n'est pas la Ally combative d'autrefois.

Il détecte toute l'étendue de ma détresse, ce qui paraît lui plaire. Je ne suis qu'une petite souris coincée entre ses griffes, qu'il va prendre plaisir à martyriser.

— Ne t'approche pas ! tonné-je.

Lorsque mon dos percute le mur, je tente le tout pour le tout. Je récupère ce qui me passe sous la main sur l'étagère métallique afin de m'en servir contre lui. Chester parvient de justesse à éviter une bombe désodorisante ainsi qu'une serpillière. Alors que je m'apprête à saisir une bassine, le rockeur charge sur moi. Il capture avec rudesse mes poignets et les plaque au-dessus de ma tête. Mes sens passent en alerte quand son souffle irrité s'abat contre mon visage. Un pic d'adrénaline se répand dans mes veines et me motive à ne pas rendre les armes. J'essaye de me débattre avec énergie.

— Lâche-moi !

Sa poigne est puissante et se resserre à mesure que je force pour me libérer de son emprise. Chester, bien plus robuste que je ne le pensais, me maîtrise assez vite. Il cale son genou entre mes jambes et m'accule contre la paroi. Je ne peux plus bouger. Mon sang se glace quand son corps s'appuie sur le mien. Je détourne mon visage de lui, tandis que ma poitrine s'abaisse et remonte à un rythme effréné. Je réfléchis à une solution pour me sortir de ce pétrin, mais mes pensées entrent en collision et s'embrouillent, ne me permettant plus de raisonner avec lucidité. Du coin de l'œil, je remarque que le rockeur sonde la tenue que je porte.

— Converse blanches ? Je ne savais pas que t'étais encore au collège, me crache-t-il avec un profond dédain.

— Et ton piercing au nez, on en parle ? Toujours pas sorti de ta crise d'adolescence, à ce que je vois, répliqué-je malgré tout.

Il ricane, alors je tourne ma tête pour le regarder dans le blanc des yeux. Mes épaules tressaillent lorsque je découvre son visage trop près du mien. Une série de frissons remontent le long de ma colonne vertébrale. Ses mains froides serrent davantage mes poignets, comme un ultime avertissement.

— Pou… pourquoi t'es aussi proche ? Dé... dégage, bredouillé-je d'une voix chevrotante.

— C'est pour que tu voies mieux mes piercings, Owen.

La réplique phare du Grand Méchant Loup, revisitée par Chester Hanson : ça me glace l'échine. « Piercings » ? Il en possède plusieurs ? À part l'anneau fin à sa narine, je n'en vois pas d'autres. Peut-être fait-il référence à la croix sur son lobe ? Mon corps tremble contre le sien, il s'imprègne de ma peur. Je suis si mortifiée que je n'esquisse plus le moindre geste, allant même jusqu'à retenir ma respiration. Le rockeur en profite pour lâcher mes poignets, et mes bras inertes retombent mollement le long de mon corps. J'aimerais riposter, sauf que je suis pétrifiée. Mon cerveau est comme déconnecté de la réalité. J'essaye d'oublier ce qu'il se passe et de protéger mon esprit de ses viles intentions.

Chester plaque sa main au mur, juste à côté de ma tête, puis s'appuie dessus pour mieux s'approcher de mon visage. Je me recroqueville sur moi-même, les yeux terrorisés. Il ouvre lentement la bouche et je comprends enfin. Il me dévoile son second piercing : une petite perle argentée au bout de sa langue. Une *atrocité* qui m'incite à fermer les paupières et détourner la tête une seconde fois.

— C'est écœurant, soufflé-je dans un murmure.

Son autre main frôle l'encolure de mon sweat, un simple geste qui fait bondir mon cœur.

— Elles adorent toutes le sentir, pourtant…

Sa remarque me fait tiquer. Mes yeux s'entrouvrent et je me tourne brusquement vers lui.

— Tes fans *mineures*, tu veux dire ?

Au milieu des ombres qui règnent dans ses prunelles, je décèle une lueur lubrique qui renforce sa perversion.

— Je vois que t'as fait des recherches sur moi. Je te fascine à ce point, Owen ?

Non, j'essaye juste de comprendre qui tu es pour mieux me protéger…

Néanmoins, je pense que j'ai déjà cerné une facette chez lui. Son arme majeure, c'est la manipulation : il manie les mots avec brio pour influencer, rabaisser et torturer à petit feu ses victimes dans le but d'obtenir ce qu'il désire et d'étancher sa soif d'autorité. En effet, je l'ai bien perçu à travers les articles que j'ai lus sur lui : Chester Hanson n'en a que faire de la loi, il aime jouer avec l'interdit, et la seule règle à laquelle il se soumet, c'est celle d'exaucer ses désirs les plus condamnables.

Je sens mes forces revenir, l'allumette craque dans ma tête et une étincelle de lucidité jaillit. Mes paumes se plaquent sur son torse et je le repousse avec vigueur. Sans l'avoir vu venir, le rockeur bascule en arrière, mais pas assez loin, et surtout pas assez fort pour qu'il perde son équilibre. Il s'accroche à l'étagère métallique et son regard fou s'enflamme. Là, je comprends que même avec toute la volonté du monde, je ne peux pas batailler contre lui. Les traits assombris et les muscles contractés, impossible d'arrêter Chester. Tout bascule dès qu'il agrippe mes épaules et me repousse contre le mur. Il se colle à moi, avec la ferme intention de me convaincre de déclarer forfait. Mes jambes vacillent, je ne sais plus quoi faire.

À cet instant précis, je le sens capable du pire, et cela me terrorise. Je n'ose plus entreprendre un seul mouvement, de peur d'attiser davantage sa colère. À vrai dire, je n'ai pas la force d'articuler le moindre mot. Ses lèvres s'approchent de mon oreille et sa respiration lourde s'écrase sur ma peau. Je sursaute dès l'instant où quelque chose de chaud et humide se pose sur mon cou.

Sa langue.

Mon état de sidération atteint son paroxysme, au point de faire disjoncter mon cerveau. Sur le moment, je ne contrôle rien. Le rockeur profite de ma paralysie pour lécher ma peau, en appuyant bien sur son piercing. D'une lenteur atroce, il remonte jusqu'à mon lobe, tandis que ses doigts s'enfoncent dans l'arrondi de mes épaules. Je frissonne d'horreur et parviens par je ne sais quel miracle à briser le silence :

— Éloigne-toi ! Ne me touche plus.

Mes yeux s'embuent et un nœud se loge dans ma gorge, m'empêchant de déglutir. J'ai la tête remplie de cauchemars. Mon passé vient assombrir mon présent et je veux que ça s'arrête tout de suite.

Victime !

Ma conscience me répète ce mot comme une humiliation.

Comme une insulte à ma personne.

Je sens le sourire du rockeur contre ma peau. Il referme sa grande main sur ma nuque et approche ses lèvres de mon oreille.

— Tu es une abomination. Tu le sais, ça ?

Mon cœur loupe un battement. Il y a tant de cruauté et de haine dans cette phrase.

— Dégage.

Chester recule un peu et positionne ses bras de chaque côté de ma tête. Il m'oppresse. J'étouffe. Derrière la boucle brune qui lui barre le front, le gris glacé de ses iris me scalpe.

— Alors, supplie-moi, Owen, m'intime-t-il.

Je serre les dents pour réprimer un sanglot qui s'apprête à sortir de ma bouche. Mes yeux soutiennent les siens, mais il s'impatiente. Chester plaque alors son bassin sur le mien, comprimant mon dos contre la paroi. Il teste mes limites jusqu'au bout, par volonté de déceler mes failles. Je me résigne pour cette fois, je veux juste sortir d'ici et respirer. Il a peut-être gagné la bataille, mais pas la guerre.

— Je t'en supplie… Éloigne-toi de moi ! l'imploré-je.

J'ai crié, mes nerfs ont lâché. Toutefois, je ravale mes larmes, car il est hors de question de pleurer devant lui. Comme je le redoute, mon état lui procure un plaisir malsain. Il se décolle de moi et me touche l'épaule. Sa main descend le long de mon bras et au fond, je suis rassurée que mon sweat épais me protège d'un contact direct avec ses doigts. Néanmoins, ça n'empêche pas mon corps d'être submergé par une traînée de frissons désagréables.

— Tu es vraiment la meilleure des distractions.

À ces mots, il rompt tout contact avec moi en s'éloignant pour de bon. Mains dans les poches de son jeans noir, il se déplace à reculons sans me lâcher des yeux. Je tire sur les manches de mon pull et croise les bras sur ma poitrine, encore en état de choc. Lorsque sa main abaisse la poignée de la porte, le rockeur me lance :

— C'est bien ce que je pensais. Ma petite mise en bouche te fragilise déjà. Qu'est-ce que ça sera pour le grand final, hein ?

Il marque une pause, puis enchaîne :

— Alors si tu veux être épargnée par le clou du spectacle, je te conseille vivement de faire ce que je te dis sans renchérir. Pendant qu'on y est, n'oublie pas de me payer un autre café, et sans *l'option crachat*, cette fois !

Il ponctue ses mots d'une œillade d'avertissement et s'éclipse enfin du placard à balais. Dès que je me retrouve seule, je compte trente secondes, et une fois le décompte terminé, je me précipite dehors. Au milieu des couloirs du studio, il n'y a personne. Je m'appuie contre le mur, puis me laisse glisser jusqu'au sol avant de replier mes genoux et d'enfouir mon visage dans mes bras. Tous mes membres tremblent, alors je ferme les yeux très fort pour chasser les ombres qui envahissent mon crâne. Mes mains sont moites et mon estomac comprimé. Je suis au bord de la crise d'angoisse. Sans mes anxiolytiques sur moi, je redoute de m'étouffer.

Ressaisis-toi, ressaisis-toi, ressaisis-toi, me répété-je à moi-même comme un mantra.

Les minutes s'écoulent, je parviens à sortir la tête de l'eau et à recadrer mes pensées après avoir alterné des inspirations et des expirations sur quatre temps. La première chose à laquelle je pense est de me rendre au commissariat le plus proche pour porter plainte. Néanmoins, les menaces de Chester à l'encontre de mon meilleur ami résonnent dans mon esprit, elles me bloquent. Et puis…

… Souviens-toi comment ça s'est passé la dernière fois, me souffle avec traîtrise ma conscience.

Lire la réticence au fond de leurs yeux, remettre en question mon témoignage, réentendre un discours culpabilisant… Non, non et NON. Je ne souhaite pas prendre le risque de revivre ce parcours du combattant, qui finalement ne m'a menée nulle part, à part me fracasser contre un mur.

Je grimace et secoue la tête. Les actions du rockeur sont à son image : répugnantes. Et si je ne vais pas dans son sens, il n'hésitera pas à user d'autres manœuvres tout aussi ignobles, alors il faut que je trouve un moyen d'inverser la tendance et de sortir de cette impasse. Il a voulu faire preuve d'intimidation pour m'effrayer, ça a marché. Et apparemment, ce n'est que le préambule. *Putain !*

Mes batteries se rechargent doucement et je sens déjà que mon visage reprend des couleurs. *Ressaisis-toi !*

Après avoir récupéré un chiffon ainsi qu'un produit nettoyant, je pénètre à l'intérieur du studio avec le peu de dignité qu'il me reste. Matt et Yann se trouvent dans la cabine d'enregistrement, où ils effectuent à tour de rôle des tests sur leur instrument de musique respectif. Quant à Chester et Alden, ils sont concentrés sur les feuilles de notes ainsi que les partitions éparpillées sur la table de mixage. Personne ne me prête attention, et c'est mieux ainsi. Je m'avance en silence vers la tache de café. Mon index appuie sur le pulvérisateur du spray nettoyant et lorsque je m'apprête à passer le chiffon sur le canapé, quelqu'un me l'arrache des mains. Prise de court, je me tourne et tombe sur Alden. Le guitariste à la chevelure peroxydée s'agenouille et nettoie à ma place sans m'adresser un mot.

Je le regarde faire en silence, un peu abasourdie. Pendant qu'il frotte avec vigueur, je détaille les tatouages qui dépassent des manches de son tee-shirt noir. Telle une toile, plusieurs motifs ornent ses bras, mais pas le temps de m'y attarder, Alden se redresse et me tend le chiffon.

— Tu veux bien ranger ça à sa place initiale, s'il te plaît ?

Je saisis le bout de tissu, encore décontenancée par son action. La façon dont il me l'a demandé est si polie, si douce. Des manières affables exquises.

Aucune forme de méchanceté ou de dénigrement à travers ses yeux noirs, ça me laisse perplexe. Je jette un œil en direction du chanteur, qui n'a visiblement pas été témoin de la scène puisqu'il focalise toute son attention sur sa feuille. Enfin un moment de répit.

— Merci…

Je n'ai pas spécialement envie de le remercier, pourtant le mot a fuité tout seul de ma bouche. Alden ne tique pas et fouille dans la poche de son jeans *skinny*. Je comprends qu'il veut me donner des pièces de monnaie. Il désire un café, lui aussi ? Me prendrait-il pour sa bonniche ? Face à ma mine renfrognée, il me surprend en m'adressant un sourire en coin.

— Pour le café de Chester. Profites-en pour te prendre quelque chose à boire également.

Je me fige et comme je ne réagis pas, le musicien saisit ma main. Après avoir placé l'argent au milieu de ma paume, il part rejoindre le chanteur. Deux actes de gentillesse en moins d'une minute ? C'est… *surprenant*, surtout de la part d'un type qui ne me connaît ni d'Ève ni d'Adam ! Sans un mot, je sors du local. Une fois débarrassée des produits nettoyants, je paye le café de Chester et le mien avec la monnaie d'Alden. Je m'approche du démon qui retravaille ses notes, et quand je pose la tasse devant lui, il continue de faire comme si de rien n'était. Qu'est-ce que j'aimerais lui renverser le liquide brûlant dans les yeux. En m'approchant, je peux lire sur le haut de sa feuille : *I lost my mind*.

Wow, hyper joyeux !

En tout cas, ça le résume très bien. En plus de son âme, il a complètement perdu la raison. J'imagine qu'il doit s'agir d'une de ses nouvelles chansons. Il semble rectifier certains vers. Parce que cet être infâme endosse aussi le rôle d'auteur-compositeur ? Je lève les yeux au ciel, agacée par cette attention que je lui accorde. D'un pas traînant, je pars m'installer dans l'un des fauteuils nichés au coin salon, et je bois mon café tout en fixant Alden, qui continue de travailler à côté du chanteur. Les deux hommes s'échangent par moments quelques mots, et la façon dont ils se comprennent mutuellement pour peaufiner leur musique m'étonne. Ils doivent être très complices, vu la manière qu'ils ont d'avancer aussi vite en dialoguant peu. Ils paraissent pourtant très différents. À l'inverse de Chestanas, le guitariste arbore un côté presque juvénile avec ses cheveux blonds et ses traits fins.

Un ange assis à côté d'un démon.

Après avoir terminé mon café, je m'enfonce dans le fauteuil et croise les bras en bâillant. Plus personne ne fait attention à moi et j'en suis ravie. En revanche… qu'est-ce que je me fais chier ! Jouer la plante verte, ce n'est décidément pas mon kif. Heureusement, j'ai pensé à récupérer mon téléphone à l'intérieur de mon sac. Alors, pour passer le temps, je l'extirpe de ma poche et enfile mes écouteurs. Autant me plonger dans ma bulle et oublier la présence des Chainless. Lorsque je suis sur le point de lancer ma playlist, une nouvelle personne débarque sur les lieux. Un gringalet en costume noir qui porte des lunettes. Si mes souvenirs sont exacts, il s'agit de l'agent du groupe. Les rockeurs cessent immédiatement leurs activités. Matt et Yann sortent de la cabine et lancent à l'unisson un salut jovial au nouvel arrivant.

— Hé, Chuck ! Toujours aussi beau dans ton petit costard ! T'as pu écouter la nouvelle chanson de Daddy Yankee ? Je t'ai envoyé le lien YouTube sur WhatsApp ! lui lance Matt.

Je fronce les sourcils, surprise que le bassiste à l'air enfantin et aux cheveux noir de jais aime ce type de référence musicale. Yann remarque ma drôle de tête, il ricane et me souffle discrètement :

— Mon frère et moi, on kiffe les musiques espagnoles. Longue histoire.

Je hoche la tête mollement, puis reporte mon attention sur leur agent. Ce dernier les salue d'un bref signe de la main en gardant une allure professionnelle, presque trop rigide. Il change d'expression lorsqu'il remarque ma présence, mais il ne dit rien et concentre son regard sur les Chainless, en particulier sur le chanteur.

— James aimerait écouter une dernière fois la démo, l'informe-t-il.

Chester pousse un grognement agacé.

— Ouais, ouais… Dis-lui que j'arrive ! Avec Alden, on est en train d'arranger deux-trois trucs, là...

Chuck demeure impassible face au manque d'enthousiasme du rockeur, toutefois il a l'air d'avoir l'habitude. Je le plains. L'agent sort de sa poche ce qui me semble être du gel désinfectant. Il en met un peu au centre de sa paume, avant de se frotter les mains vigoureusement.

— Ne tarde pas trop, ajoute-t-il.

Il réajuste ses lunettes, puis quitte la salle d'enregistrement d'un pas pressé. Yann grimace, retire sa casquette et l'agite sous son nez.

— Son désinfectant à la fraise me donne la gerbe à chaque fois !

— Il a toujours eu la phobie des germes, souffle Alden.

— Vous croyez qu'il désinfecte sa femme avant de coucher avec, aussi ? ajoute Matt, à moitié hilare.

Son grand frère Yann éclate de rire, tandis qu'Alden lève les yeux au plafond. Pendant ce temps, Chester réunit ses feuilles et extirpe de son ordinateur portable un CD, qu'il range par la suite à l'intérieur d'un petit boîtier. Certainement la maquette qu'il doit faire écouter à ce dénommé « James ».

— Travailler dans la précipitation, ça me casse les couilles ! Je déteste que James fourre son nez dans nos compositions. On avait trouvé un accord pour qu'il nous lâche la grappe, grogne ce dernier.

— James reste notre producteur. Même s'il a allégé sa mainmise sur nous depuis la sortie de notre premier album, il a toujours un droit de regard, c'est on ne peut plus normal, souligne Alden.

— Et puis, relax, mec ! C'est pas un tyran non plus ! Mick Jagger et Keith Richards, eux, ils ont été enfermés dans une cuisine à Willesden, et pour en sortir, ils devaient pondre un morceau. Verdict ? Ils ont passé la nuit au milieu de cette kitchenette, obligés de pisser dans les lavabos ou par la fenêtre lors des envies trop pressantes ! intervient Matt.

Chester se lève de sa chaise en gardant ses notes et son disque sous le bras. On dirait un élève qui va présenter un exposé à sa classe. Yann s'affale sur le canapé à quelques mètres de moi, puis sort son paquet de clopes de la poche de son jeans délavé.

— Tu fumes ? Euh… Ally, c'est ça ?

Je me force à ne pas détailler d'un mauvais œil cet espèce de papillon de nuit avec une tête de mort qui recouvre toute la surface de son cou.

— Non, je ne fume pas.

— T'as raison, ça file les dents jaunes. J'ai dû faire un blanchiment, récemment. Ça m'a coûté la peau des couilles, mais maintenant, j'ai la même dentition que Ken !

— Ken ? répété-je.

— Le mec de Barbie.

Il ouvre la bouche en grand et se penche vers moi pour me dévoiler l'alignement parfait de ses dents éclatantes. J'esquisse un mouvement de recul, les yeux arrondis.

— Laisse-la tranquille. Tu vois pas que t'es en train de la traumatiser avec tes conneries ? clame Alden.

Yann me souffle des mots d'excuse avant de s'allumer une clope. Encore une fois, le guitariste m'épargne une situation incommodante. Je commence à m'interroger sur ses intentions. Est-il simplement sensé ou attend-il quelque chose en retour ? Je ne peux m'empêcher d'être méfiante. Le regard de Chester oscille entre Alden et moi pendant de longues secondes, puis il lâche, le visage inexpressif :

— J'y vais.

Sur le point de franchir la porte, il me toise une dernière fois.

— Tu peux partir, Owen.

Je me fige dans mon fauteuil, tandis que les autres Chainless nous fixent sans comprendre.

Je peux m'en aller ? Il va enfin me laisser tranquille ? Le cauchemar est terminé ?

Je n'en crois pas mes oreilles. Cependant, mes espoirs se brisent dès l'instant où il ajoute :

— Reviens demain à la même heure.

Mon visage se décompose, au plus grand bonheur du rockeur.

— Tu sais, j'ai une vie à côté, et ma présence ici est inutile, donc…

— Donc, tu viendras demain à la même heure, me coupe-t-il d'une voix tranchante.

En guise de réponse, je le regarde d'un œil torve, mais il m'ignore royalement. L'air est chargé en électricité, c'est pesant, lourd de haine.

« Faire de ma vie un enfer » ? *Pour le moment, il tient plutôt bien sa promesse...*

Chestanas me renvoie un sourire factice, à la fois provocateur et mesquin, puis tourne les talons et disparaît.

Je souffle un bon coup et me masse les tempes, figée sur mon siège. Les autres Chainless, qui n'ont pas bougé dans la pièce, ne me lâchent pas des yeux.

— C'est carrément bizarre, ce qu'il se passe entre vous deux ! Je suis un peu perdu… Vous n'avez pas du tout l'air de repartir sur de bonnes bases, relève Matt en dansant d'un pied à l'autre, mal à l'aise.

Yann approuve d'un signe de tête les propos de son petit frère. Alden s'avance vers moi et me fixe d'un air grave. Ses boots en cuir frappent le sol à quelques centimètres à peine de mes pieds. Il est si proche qu'il empiète sur mon espace vital, ça me déstabilise. Il s'agenouille devant moi et incline sa tête sur le côté tout en continuant de m'analyser. Ses sourcils se froncent, ce qui lui confère une expression soucieuse que je suis incapable de déchiffrer.

— Qu'est-ce qu'il t'a dit pour te convaincre de venir au studio ?

Ce type veut me percer à jour et il est loin d'être stupide. Forcément, il se doute que Chester manigance quelque chose et il cherche à savoir quoi. Le problème, c'est que si j'en parle à qui que ce soit, ça se saura et Julian se fera bannir de son travail. Pas le droit à l'erreur. De plus, pas question de divulguer quoi que ce soit à Alden, qui se montre très proche de Chester. Ce serait me tirer une balle dans le pied. Peut-être même qu'il est dans le coup et que le chanteur lui a demandé de me tester durant son absence. Ma garde ne doit jamais être baissée en compagnie des rockeurs.

— On repart vraiment sur de bonnes bases.

Le mensonge se lit sur mon visage et ça m'est égal si je ne suis pas convaincante, puisque je ne cherche pas à l'être. Ce qui m'importe, c'est de ne pas dire le mot de trop. Alden plisse les yeux ; il doit détecter la détresse qui m'anime, alors il essaye autre chose, bien décidé à ne pas mettre fin à cet interrogatoire. Cette fois, face à son regard qui se fait plus sombre, je déglutis.

— Je vais te reposer la question, mais d'une façon différente : il t'a sorti quel genre de menace pour t'obliger à venir ici ?

Un duel silencieux débute entre lui et moi. Il pense délier ma langue, mais je suis butée et me mure dans un mutisme solide.

— Qu'est-ce que tu veux dire, Alden ? intervient Yann, plus confus que jamais.

Je me lève de mon fauteuil et le guitariste se redresse de toute sa hauteur, pensant peut-être m'intimider de cette façon.

— Laisse tomber, articulé-je.

À ces mots, je quitte la pièce en sentant tous les regards dans mon dos. Au milieu du couloir, j'accélère le pas. Après avoir récupéré mon sac à l'accueil, je regagne l'extérieur et prends une grande bouffée d'air frais. *Libérée.* Cette matinée a été horrible, alors je suis soulagée de quitter ce lieu bien plus tôt que prévu. Mais d'un autre côté, l'idée d'y retourner demain me démoralise. Ce calvaire va donc perdurer...

Je souffle et m'engage sur le trottoir. Je vais rentrer chez moi, prendre mes affaires de sport et m'entraîner à la Juilliard. La danse m'aidera à évacuer tous ces sentiments nocifs qui m'empoisonnent la tête. J'ai plus que jamais besoin de trouver refuge dans ma seule et unique passion.

En prenant la direction du métro, je jette un œil à la bague orange qui entoure mon index. Il y a bien longtemps, j'ai fait une promesse à la personne qui m'a offert ce bijou.

« Ne baisse jamais les bras, même si ça te semble inaccessible, OK ? Chaque jour te conduit un peu plus vers ton rêve, alors redresse les épaules et avance en regardant droit devant toi. Et si tu doutes, si tu dévies de ton cap, lève les yeux et observe le ciel, contemple les étoiles. Elles sont là pour raviver la flamme en toi. Parce que j'en suis convaincu, tu trouveras ta place parmi elles et tu brilleras. Alors, tu me promets de ne pas abandonner même si tu as peur de la difficulté ? »

— Je n'abandonnerai pas, je te le promets… Je ne peux pas le décevoir. Pas lui. *Pas River*.

Peu importe où il se trouve aujourd'hui, je suis persuadée qu'il croit encore en moi. J'ai rencontré River à l'âge de huit ans et malheureusement, nos chemins ont fini par prendre des directions opposées. Plus de traces de lui du jour au lendemain, mais il m'a laissé cette bague en guise de souvenir.

Pourquoi River compte-t-il à ce point pour moi ? Parce que c'est grâce à lui que je me suis lancée dans la danse.

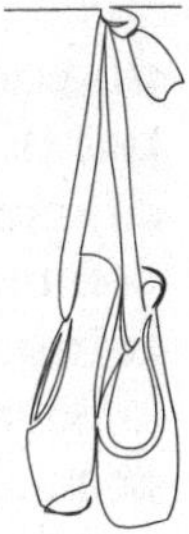

Chapitre 12

Culpabilité

Ally

Zéro énergie. Zéro motivation. Prostrée dans le canapé de mon salon, je bois une gorgée de mon jus d'orange en fixant le mur face à moi. Son goût acide m'arrache une grimace, alors je repose mollement le verre sur la table basse et rejette la tête en arrière.

Une nouvelle journée commence, un nouvel enfer se profile.

Ce dimanche matin, je me trouve encore forcée de fouler le sol du studio des Chainless. Il faut que je garde la tête froide et que j'évite les faux pas, car ça apporterait de l'eau au moulin de Chester. L'épisode du crachat dans son café… Je ne suis pas près d'en oublier les retombées de sitôt. Des picotements désagréables se propagent le long de mon cou et je passe une main sur la zone où le chanteur a laissé courir son piercing. Rien que d'y repenser, mon cœur s'accélère et couvre ma peau de chair de poule.

Les iris gris de Chester Hanson débordaient d'aversion et recelaient clairement des pensées impures. Ils m'ont hantée toute la nuit. Sans parler du contact de ses doigts froids sur ma peau, ainsi que de sa langue sur mon cou. J'aurais dû mieux me défendre et contrer mes blocages, mais ma tête s'est comme dissociée de mon corps, m'empêchant d'agir tel que j'aurais souhaité le faire. *Encore une fois.*

Je lève une main devant mon visage et mes yeux se fixent sur mes phalanges qui sont en train de trembler. La peur commence lentement à refermer ses griffes sur ma gorge, et à mesure que les secondes s'égrènent, elle intensifie sa prise, elle me comprime… Quand je sens que ma respiration s'apprête à se couper, je plie mes doigts, serre mon poing et me lève d'un bond avant de me précipiter vers mon petit balcon pour inspirer une grande bouffée d'oxygène. Ça me calme d'une traite. Au même moment, mon téléphone vibre dans la poche de mon jeans gris. Julian vient de m'envoyer un message :

[Hé, belle rouquine, ça te dirait de boire un verre, cet aprèm ?]

La déception marque mon visage. Si seulement je pouvais accepter sa proposition...

[Hé, ça me dirait, mais pas dispo !]

Quelques secondes plus tard, un nouveau SMS s'affiche sur mon écran.

[Qu'est-ce que tu me caches ? T'as un rencard ?]

Je ne peux m'empêcher de pouffer, en dépit de ce goût amer qui investit ma bouche.

Ouais, un rencard avec le diable et sa tribu satanique. Un pur plaisir !

Je n'ai pas informé Julian de l'altercation entre Chester et moi à la boîte de nuit. Et je n'ai toujours pas l'intention de le faire, même si ça me démange, à tel point que ça me bouffe de l'intérieur. Sur ce coup, je dois continuer à la jouer solo et réfléchir à un moyen de pousser Chester dans le ravin, afin qu'il cesse ses abominations. Pas simple, mais réalisable.

Je pianote vite sur mon clavier tactile pour nier tout de suite la remarque de Julian :

[Non, c'est pas un rencard. Je dois bosser, trop à la traîne...
Faut que je rattrape le niveau de ma promo.]

La gorge nouée, je me sens coupable de lui mentir, sauf que je n'ai pas le choix. J'essaye de me convaincre que c'est mieux ainsi.

[On tente de se voir la semaine pro, alors ?]

Si je suis toujours en vie…

[Il me faut mon caramel macchiato et mon Julian
pour me rebooster, alors oui.
Au fait, j'ai acheté le journal hier.
Félicitations pour cette interview,
tu me rends encore plus fière de toi !]

En quittant le studio hier, je me suis ruée vers le premier kiosque afin de me procurer le nouveau tirage du *New York Times*. Rien que d'apercevoir la signature de mon meilleur ami en bas de la page m'a émue aux larmes. J'ai lu l'interview jusqu'au bout, en sautant les réponses de Chestanas. J'aurais voulu encadrer l'article sur le mur de mon salon, mais voir la face de ce tyran chez moi, *non merci*.

Mon téléphone vibre une dernière fois.

[Tu vas me faire pleurer, mais j'attends de te voir en face
pour te sauter dans les bras et te dire merci
en parsemant ton nez de baisers tout doux.
On se tient au courant ! Entraîne-toi bien !]

Le sourire aux lèvres, je range mon téléphone au fond de ma poche, puis inspire un bon coup. Faut que j'y aille. Un nœud se forme dans mon ventre tandis que des interrogations pullulent en masse au coin de ma tête, dont une en particulier : *quel sort me réserve Chester Hanson aujourd'hui ?*

Épaules voûtées et mine déconfite, me voilà devant le Capitol Records et cette fois, j'ai dix minutes d'avance, donc Chestanas ne pourra pas m'attaquer sur ma ponctualité.

Dans tes dents, suppôt de Satan !

L'homme de l'accueil me reconnaît et avant même qu'il n'ouvre la bouche, je lui tends mon sac. Il me gratifie d'un sourire tout à fait charmant avant de m'indiquer à nouveau la direction du studio. Je traîne des pieds au milieu du couloir et lorsque j'atteins la porte des Enfers, je fais le signe de croix, puis abaisse la poignée. Trois hommes sont accoudés sur la table de mixage. Ils pivotent en même temps dans ma direction. Alden, Matt et Yann sont présents, mais pas de Chester Hanson dans les parages. Le tyran est aux abonnés absents.

Le comble du comble !

Mon sang bouillonne, je vois rouge.

— Je peux savoir où se cache le démon ?

— Le démon, c'est Chester ? Wow, j'ai une sale image en tête de lui avec des cornes et une fourche ! Et, au fait… Bonjour, la rouquine ! se marre Yann.

— La rouquine, elle a un prénom, et c'est…

— Ally, me devance Alden en s'asseyant sur le bord de la table.

Prise de court, j'en reste muette. Le blond me toise avec une telle intensité que je détourne les yeux de lui.

— Je me souviens que « le rock, c'est pas ton délire ». Tu m'as brisé le cœur, ce jour-là, ajoute Matt.

Le bassiste ponctue sa phrase par un sourire moqueur. Ses yeux bleu clair pétillent de malice, mais bizarrement, je n'y décèle pas la moindre once de mesquinerie. L'aura que dégage le plus jeune des Chainless m'a l'air tout bonnement innocente et enfantine, elle ne me rebute pas. Peut-être parce qu'il arbore un physique beaucoup moins excentrique que ses confrères ? C'est vrai que les piercings et tatouages de Yann me surprennent toujours autant quand j'y suis confrontée, toutefois le batteur ne me semble pas malintentionné. C'est surtout Alden que je ne parviens pas à cerner et qui renforce ma méfiance. Concernant Chester, n'en parlons pas, je le hais du plus profond de mon être. D'ailleurs, où est-il ? Ils ne m'ont même pas répondu ! Si les autres Chainless sont là, il devrait déjà se trouver avec eux. Non pas que l'idée de le revoir me comble de joie, loin de là ! En revanche, je fulmine d'avoir fait l'effort de venir avec quelques minutes d'avance.

Comme je ne réagis toujours pas, plantée devant l'entrée telle une statue, les frères s'esclaffent à l'unisson tandis que le guitariste se contente de me dévisager, ce qui me gêne encore davantage, même si j'essaye de le camoufler.

— Détends-toi, Ally, je te jure qu'on ne mord pas, me lâche Alden, une pointe de taquinerie dans la voix.

Je ris jaune et riposte avec une intonation glaciale qui m'étonne moi-même :

— Je suis *très* détendue. Merci de t'en soucier !

À ces mots, je vais m'asseoir sur le canapé, le visage plus fermé que jamais. Ma mauvaise humeur imprègne l'air, mais je m'en fiche de mettre une ambiance pas terrible au studio. Je n'ai jamais demandé à me retrouver ici, et l'idée de jouer une nouvelle fois la plante verte ne me réjouit absolument pas.

— Elle a un tempérament de feu… comme ses cheveux, chuchote Yann à l'oreille d'Alden.

Je lève les yeux au ciel en entendant ce jeu de mots pourri. Il est préférable de ne pas y prêter attention. Je croise les bras sous ma poitrine et étends mes jambes sur la table basse en face de moi. Peut-être que j'arbore une position trop décontractée, mais intérieurement, c'est loin d'être la grosse détente. Ma colère grimpe à mesure que le temps défile. Toujours pas de chanteur à l'horizon, je me sens comme la reine des quiches. C'est sans doute une énième provocation de sa part : arriver en retard pour mieux cracher sur mes minutes d'avance.

Du coin de l'œil, j'observe les musiciens qui font maintenant comme si je n'étais plus là. Yann résume le dernier match des New York Knicks avec une fougue digne d'un grand passionné. D'après ce que j'entends, l'équipe de basket-ball a perdu contre les Washington Wizards, ce qui agace le batteur, puisque ce dernier a misé une belle somme sur une victoire. Je ne suis pas une férue de ce sport, mais voir jouer la NBA à New York s'avère être une expérience incroyable. L'année dernière, Julian avait réussi à nous dégoter deux places au Madison Square Garden. L'ambiance était digne d'un véritable show, notamment avec les animations d'avant-match telles que les chorégraphies acrobatiques des *cheerleaders*, les fanfares, sans parler de l'hymne national chanté très souvent par une personnalité publique. J'en garde un excellent souvenir et ça me donnerait presque envie de me joindre à leur conversation, sauf qu'à la place, je m'entends les interrompre en posant de vive voix une question qui me trotte dans la tête :

— Comment vous vous êtes rencontrés, tous les quatre ?

Leurs regards se braquent aussitôt sur moi, ce qui m'intimide un peu. Regrettant ma prise de parole soudaine, je me mords l'intérieur de la joue. Finalement, c'est Alden qui décide de me répondre.

— Lors d'un voyage à Los Angeles, il y a trois ans. Chester et moi, on s'était mis en tête de recruter des musiciens pour former un groupe. Après avoir consulté les annonces et fait plusieurs clubs sur le Sunset Boulevard, on est tombés sur ces deux casse-cous que tu vois là. Le courant est passé, ils ont accepté de nous rejoindre et les Chainless sont nés.

— Le charisme des frères Miller les a totalement émoustillés. Pas vrai, frérot ? lance Yann.

Le batteur enroule un bras autour des épaules de Matt et frotte le haut de son crâne à l'aide de son poing.

— Dégage ! J'ai passé du temps à coiffer ma tignasse, ce matin ! peste le bassiste en repoussant l'homme à la casquette.

Je pouffe malgré moi.

— Et toi ? Pourquoi tu n'aimes pas le rock ? m'interroge Alden.

Ce dernier prend place sur le fauteuil en face de moi.

Mes muscles se tendent et le blond remarque que je me suis braquée, alors il tente de se rattraper :

— Pardon, je me suis peut-être montré trop intrusif. Je secoue la tête.

— C'est rien.

Les mâchoires serrées, j'essaye d'apaiser mon cœur qui bat trop vite. Même si je ne regarde pas le guitariste en face, je sens ses yeux noirs me transpercer la boîte crânienne. Il me donne vraiment l'impression d'être l'un de ces types qui arrivent à lire dans les pensées des gens comme dans un livre ouvert et ça m'effraie, parce qu'il est hors de question que quelqu'un s'aventure dans mes pensées les plus secrètes, celles que j'ai enfermées au fond de ma boîte de Pandore, celles que je ne souhaite plus faire remonter à la surface. Il faut vite que je détourne son attention.

— Comment tu peux t'entendre avec… Chester ?

Prononcer à voix haute le prénom de ce démon a été bien plus difficile que je ne l'avais imaginé. Le blond ne cille pas, mais il me semble percevoir un mince sourire au coin de ses lèvres.

— Parce que c'est mon meilleur pote depuis le lycée et qu'on partage la même passion.

Alors ces deux-là entretiennent une amitié depuis les bancs de l'école ? Il n'empêche qu'ils demeurent très différents l'un de l'autre, surtout d'un point de vue caractériel.

— Mais tu vois bien qu'il est…

J'ai du mal à trouver mes mots, alors Alden prend la relève.

— Ouais, je vois ce que tu veux dire. Tu n'es pas la seule à qui il donne cette impression.

Il marque une pause, puis passe une main nerveuse dans sa chevelure mi-longue avant de poursuivre :

— Il n'a pas toujours été comme ça.

J'arque un sourcil, intriguée, alors que je ne devrais pas. Le musicien affiche une expression sombre et triste en même temps. Ses doigts tatoués se crispent sur la déchirure de son jeans au niveau du genou.

— Va au bout de ta pensée.

Il hésite, comme s'il avait peur de dire le mot de trop, ensuite son regard dévie vers mon visage. Le musicien scrute mes traits attentivement et ça me trouble. Je n'arrive pas à deviner les pensées qui lui traversent l'esprit.

— Chester s'est perdu lui-même depuis…

— Depuis ?

Je bloque ma respiration et remarque que Matt et Yann se sont tus pour suivre notre conversation d'une oreille attentive.

— J'ai essayé de l'aider, j'ai tout fait pour le tirer de là, mais j'ai merdé. Je n'ai pas été à la hauteur quand sa vie est devenue un cataclysme.

L'affliction qui ronge le guitariste est tellement puissante que je la ressens au plus profond de moi.

— Tout ça, ajouté à la pression qu'on subit tous les jours pour vendre des albums, il a touché le fond, termine-t-il.

— Qu'est-ce qui s'est passé pour qu'il… se « perde » à ce point ?

Alden secoue la tête.

— Je t'en ai déjà trop dit, c'est pas à moi de te révéler ces choses, mais essaye juste d'être un peu plus compréhensive avec lui.

Pendant quelques secondes, je n'ai aucune réaction, puis j'éclate d'un rire tonitruant, jusqu'à m'en donner des crampes au ventre. Une fois mon sérieux revenu, je lui réponds de manière tout à fait franche :

— Sache que je n'ai *aucune* estime pour lui. Peu importe ce qu'il a vécu, je constate juste qu'il prend du plaisir à se transformer en bourreau. Ce n'est qu'un dangereux manipulateur et ce n'est certainement pas son passé qui me fera changer d'avis sur lui.

La manière dont Alden le défend me hérisse les poils. Rien ne peut excuser un tel comportement. *Rien.*

— Donc, indirectement, tu viens de m'avouer qu'il se conduit comme un bourreau avec toi, conclut le musicien.

Je me fige, rongée par cette sensation pénible d'avoir été prise la main dans le sac. J'avale difficilement ma salive tandis qu'Alden ne me lâche pas des yeux. Il s'enfonce dans son fauteuil et repose sa joue contre sa paume en attendant que je brise le silence. Je serre les dents, puis siffle d'une voix glaciale :

— Ton meilleur pote n'éprouve aucune once de culpabilité et tu oses me demander d'être plus « compréhensive avec lui » ?

Son expression s'assombrit. Il tripote pendant un court instant les bracelets à son poignet. Je sens qu'il prend sur lui afin de ne pas vriller, ses yeux noirs emplis d'émotions impétueuses.

— Eh bien, pour ta gouverne, Ally, c'est *ça* qui l'a anéanti. Cette putain de *culpabilité*.

Il clôt la discussion et quitte son fauteuil pour rejoindre les frères près de la table de mixage. L'ambiance est devenue glaciale dans la pièce. Cependant, je n'y prête pas attention et médite sur ce que vient de me déballer Alden à l'instant.

J'ai beau haïr Chester, ne pas détenir toutes les réponses à mes questions me frustre, car j'aurais peut-être pu apprendre quelque chose d'assez important sur lui pour retourner la situation à mon avantage. La culpabilité l'a « anéanti » ? Ouais, en attendant, c'est moi qui paye les pots cassés de son âme en perdition. Peu importent les épreuves qu'il a endurées, subir ses foudres, c'est injuste et incompréhensible. Il y a une chose dont je suis sûre : ce n'est pas mon insulte « sale enfoiré », lâchée durant l'interview, qui a attisé sa haine à mon égard. Ça va bien au-delà de ça. Quelque chose s'est réveillé en lui dès l'instant où son regard s'est posé sur moi pour la première fois.

Alors que je me perds dans d'interminables réflexions, les Chainless, eux, vaquent à leurs occupations, jusqu'à ce que la porte s'ouvre en grand. Je déglutis. Ça y est, mon cauchemar est là. Affublé d'un bonnet vissé jusqu'aux oreilles, d'un sweat gris trop large ainsi que d'un jeans noir, Chester Hanson s'avance en direction de ses camarades sans même me jeter un regard en biais. Pendant qu'il salue les musiciens, je me mets à l'inspecter sous toutes les coutures. Il y a quelque chose qui m'empêche de détourner les yeux de lui, et ça m'énerve de le reconnaître, mais il dégage de la prestance, une sorte de pouvoir d'attraction exercé sur les autres.

« Pouvoir d'attraction » ? « Prestance » ?

J'abaisse mes paupières, secoue la tête, puis porte mon regard sur le fauteuil vide en face de moi. Je devrais m'assommer contre un mur pour avoir eu ce type de pensée. Ne jamais me laisser berner par sa forme humaine, car au fond de lui réside une aura des plus démoniaques. Ce type est pourri de l'intérieur.

Le rockeur continue de faire comme si j'étais transparente. Je me doute qu'il se comporte de la sorte afin de me provoquer et qu'il attend juste le moment opportun pour décocher sa première pique.

— Owen, mon café ?

Qu'est-ce que je disais ?

Encore une fois, il n'y va pas avec le dos de la cuillère ce matin. Je le foudroie du regard en guise de réponse. Néanmoins, Chester me tourne le dos. Au même moment, Alden pose une main sur son épaule et lui tend un gobelet, qu'il vient de récupérer sur un billot à côté de lui.

— Je t'en ai payé un. Prêt ? lui lance-t-il.

Je souffle, soulagée que le guitariste m'ait à nouveau sauvé la mise. Sans un mot, le chanteur s'empare de la tasse, boit une gorgée, puis pénètre à l'intérieur de la cabine d'enregistrement. Yann et Matt s'installent sur le sofa, les bras croisés derrière la tête.

— Tu vas découvrir en avant-première notre nouveau tube, *I lost my mind.* T'imagines pas le nombre de personnes qui rêveraient de se retrouver à ta place, ricane le batteur en s'adressant à moi.

— Bah, je la leur refile volontiers, ma place !

Je m'enfonce dans mon siège, impassible.

I lost my mind.

Y'a pas à dire, ce titre empeste la dépression. *Je suis complètement atteint du ciboulot et j'aime m'en prendre aux innocents*, voilà comment Chester Hanson aurait dû nommer son titre ! Un peu long, certes, mais criant de vérité et représentatif du personnage.

Mes épaules se crispent dès lors qu'Alden appuie sur un bouton pour lancer la musique. Des notes de guitare retentissent et je comprends que mes oreilles s'apprêtent à subir le chant du démon. À défaut de ne pas pouvoir me balader avec ma bombe lacrymogène ici, j'aurais dû penser aux boules Quies.

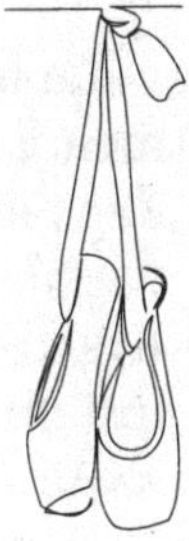

Chapitre 13

Envoûtement

Ally

Contre mon gré, une curiosité mal placée s'éveille en moi et je ne parviens plus à détacher mon regard de Chester dans la cabine. Ce dernier est posté devant un microphone ajusté à sa hauteur. L'air imperturbable, il enfile un casque audio sur les oreilles, puis boit à nouveau une gorgée de son café avant de poser le gobelet sur un pupitre à côté de lui.

Les accords de guitare sèche continuent d'emplir la pièce. Dans un premier temps, je reste surprise par cette mélodie ambiante, calme et lente. Je m'étais attendue à un son beaucoup plus brut, voire tribal, avec des instruments lourds, le genre qui agresse nos nerfs auditifs. Sauf qu'étrangement, cette mélodie mélancolique caresse mes tympans et me plonge dans une humeur morose.

Le chanteur écoute avec attention l'instrumental. Il bouge légèrement la tête au rythme de la musique puis, sans crier gare, fait signe à Alden de couper le son.

— Le couplet doit démarrer à partir de cette note. Tu peux relancer depuis le début ? On va faire un premier test sans interruption.

Le blond opine du chef. Ainsi, la guitare recommence à bercer nos oreilles et à immerger le studio dans une ambiance particulière. Chester abaisse les paupières, comme pour faire le vide autour de lui. Les notes finissent par s'atténuer, laissant un court instant de silence. C'est à ce moment précis que le rockeur entonne les paroles de *I lost my mind*.

Je me surprends à retenir ma respiration lorsque je découvre sa voix. Elle se montre à la fois grave et incroyablement doucereuse sur ce premier couplet. C'est ensorcelant et surtout troublant, car il ne porte plus son masque froid et impassible. Désormais, ses traits se tordent en une vulnérabilité qui me frappe en pleine poitrine. L'émotion coule de son chant et sa sensibilité afflige son visage. Le voir dans cet état m'ébranle et ce, malgré l'infamie de ses actes à mon encontre. Des frissons dévalent ma peau en même temps que ces vibrations qui me secouent jusqu'aux entrailles.

Les paroles, sombres et percutantes, racontent l'histoire d'une personne baignée dans un profond mal-être. Et malheureusement, elle n'a pas su se relever à cause de la disparition d'un être aimé. Elle a tout perdu. Un lien fusionnel s'est brisé et un chagrin immense s'est métamorphosé en une cage de désespoir. La noirceur domine. La lumière se dissipe. L'espoir d'un lendemain radieux n'existe plus. Chester semble confirmer que la douleur de l'absence est brûlante et que rien ne peut l'éteindre. J'ai l'impression que j'entre dans une intimité qui m'est interdite, qu'à travers sa voix, il exhale un conflit qui le tiraille du plus profond de son être.

Lorsque l'instrumental s'emballe, la voix de Chester monte *crescendo*. Elle gagne en puissance, en intensité, comme s'il souhaitait se faire entendre au milieu de la prison de ses tourments. Le son résonne jusqu'à mon cœur. Réceptive à cet élan de désespoir, mes poils se hérissent, j'ai la chair de poule. Son timbre grave m'envoûte, les paroles sont tragiquement poignantes. Le rockeur vit et ressent chaque émotion qu'il transmet dans sa chanson. C'est bien plus qu'un titre abordant le thème du deuil. C'est un appel au secours et, par je ne sais quelle sorcellerie, il parvient à m'emporter avec lui dans ce tourbillon de souffrance.

Un nœud enserre ma gorge et mes yeux me piquent. Impossible de nier, je suis bouleversée. Comment est-ce possible ? Comment une personne aussi cruelle peut-elle être dotée d'une telle profondeur d'âme ?

Je plie mes jambes contre ma poitrine et les encercle avec mes bras. Paralysée, je suis incapable de faire le moindre geste. Plus les paroles s'enchaînent, plus Chester amplifie son chant. Il n'y a aucune retenue, les percussions dynamiques de la batterie ainsi que les accords de la basse m'engloutissent davantage dans l'univers obscur de *I lost my mind.* Je fixe, presque tremblante, le rockeur en transe. Plus rien ne semble exister autour de lui. Seule cette hargne le rend vivant.

Chaque mot qui sort de sa bouche accentue les milliers de frissons qui se déversent sur ma peau en continu. Le chanteur se tait brutalement alors que la musique se poursuit. Il fait signe à Alden d'interrompre l'enregistrement. Le son se coupe et un lourd silence prend le relais. Chester retire son bonnet, puis passe une main dans ses boucles brunes. La tête baissée comme pour fuir nos regards, il s'extirpe de la cabine précipitamment.

— Je vais fumer, nous informe-t-il.

Après avoir sorti un paquet de clopes de sa poche, il s'éclipse de la pièce. Je bats des cils plusieurs fois en attendant que mon cerveau veuille bien se reconnecter avec la réalité. L'atterrissage est très brutal. Du coin de l'œil, je remarque que Yann et Matt guettent ma réaction. Je secoue la tête, tente de me ressaisir et abaisse les manches de mon *crop top* en coton pour camoufler ma chair de poule.

C'est un fait : Chester Hanson a du talent, et ça me tue de le reconnaître. Cette souffrance qu'il a parfaitement retranscrite dans sa musique… elle paraît si familière chez lui.

Est-ce que *I lost my mind* représente une partie de son existence ? A-t-il été dévasté par la mort d'un proche ? Et si c'est le cas… Dans quelles circonstances ? Tant de questions et si peu de réponses…

— Alors ? Tes impressions ? m'interroge Yann avec un sourire goguenard.

Éviter le sujet m'apparaît comme mission impossible. C'est certain, le batteur ne va pas s'empêcher d'insister. Je me sens acculée.

— Ça... ça va.

Je me gifle mentalement. Ce bégaiement vient sans aucun doute de me trahir.

— Elle est plutôt triste, quand même ! m'empressé-je d'ajouter d'une voix moins incertaine.

— C'est vrai, mais Chester adore ce registre. C'est un peu sa signature.

— Donc, ça lui arrive jamais d'écrire des trucs joyeux ? Yann hausse les épaules.

— Il pourrait, mais on ne peut pas dire que la joie l'inspire.

Peut-être que la joie de me torturer va l'inspirer pour ses futures chansons. J'imagine déjà les refrains de ses prochains tubes : *« Au bûcher, la rousse ! »*,

« Vivement que j'éclate un verre sur ton crâne ! », ou encore *« Owen, tu ne me fais même pas de la peine ! »*.

— Il a une capacité à vivre ses chansons qui est incroyable. C'est comme s'il t'entraînait dans sa douleur, intervient Matt.

Il marque un point. C'est exactement ce que j'ai ressenti, sauf que j'ai beaucoup trop de fierté pour l'avouer. Et puis, pas question de faire les louanges de Chestanas ! Qu'il sache pousser la chansonnette ou non ne me fera pas oublier ce qu'il me fait subir.

— Allez, Ally ! Avoue que t'as eu le frisson, toi aussi !

Yann revient à la charge et je lève les yeux au ciel. Prévisible.

— Bof.

— Menteuse ! La façon dont tu le dévisageais voulait tout dire. Il t'a littéralement envoûtée avec sa belle voix. Plus les octaves montaient, plus Chester te faisait un effet de folie !

J'ignore quel est son but, mais je continue de nier ses propos de but en blanc. Cependant le batteur est redoutable, il ne compte pas lâcher l'affaire. Il renforce encore plus mon envie de décamper d'ici.

— Yann ? l'interpelle Alden.

— Ouais ?

— La ferme.

Le batteur n'émet aucune réaction sur le moment, puis il se mord la lèvre, comme pour se retenir de rire.

— Sympa, mec ! Je retiens, répond-il, faussement vexé.

Le guitariste ne tique pas et reporte son attention sur son portable. Quelques minutes plus tard, Chester réapparaît, le visage dénué de toute émotion. Il ne calcule personne et rentre dans la cabine d'enregistrement.

— On est repartis, lâche-t-il en réenfilant le casque audio.

Ainsi, les enregistrements se sont succédé toute la matinée et je suis restée scotchée après chacune de ses prestations. Lors de la pause déjeuner, Yann, Matt et Alden m'ont gentiment proposé de venir manger un morceau avec eux, mais j'ai décliné. D'une, parce que pour Chester, il est hors de question que je m'incruste. De deux, parce que moi-même, je refuse de traîner avec eux. Pensant en avoir terminé pour aujourd'hui, le chanteur a brisé mes espoirs lorsqu'il m'a intimé l'ordre de revenir au studio à 14 heures.

Après avoir déjeuné chez moi, je suis donc retournée au studio et j'ai activé mon mode « plante verte » en restant dans mon coin tout l'après-midi. Afin de passer le temps, j'ai regardé des vidéos de cours de danse en ligne sur mon téléphone, puis j'ai augmenté le volume sonore de mes écouteurs pour ne plus entendre la voix de Chester retentir. Les heures défilent avec une lenteur infinie. C'est un calvaire et ça me rend folle de perdre mon temps ici.

Toutefois, je relativise en me disant que ça aurait pu être pire. En effet, Chester est tellement obnubilé par son travail qu'il ne trouve même plus le temps de me traiter comme son esclave. Quand je lève les yeux vers l'horloge murale, les aiguilles m'informent qu'il est 18 heures. Les Chainless ont commencé le mixage, mais selon les bribes de conversation qui me sont parvenues aux oreilles, il reste encore beaucoup à faire avant de boucler définitivement la chanson. Les rockeurs semblent exténués, ils n'ont pas arrêté de la journée, surtout Chester. Ce dernier est assis à la table de mixage, le regard voilé et vidé de toute émotion.

Les Chainless discutent ensemble des derniers ajustements à entreprendre, puis ils se décident à rentrer chez eux. C'est enfin terminé ! Je me lève du canapé et m'étire de tout mon long. À tour de rôle, Alden, Matt et Yann me saluent d'un signe de la main avant de quitter le studio, tandis que Chester, lui, ne bouge pas de son poste. Sans me poser de questions, je m'apprête à emboîter le pas à ses camarades, jusqu'à ce que sa voix me retienne, telle une main d'acier sur mon épaule.

— Tu comptes aller où comme ça, Owen ?

Je m'arrête net, au niveau de l'encadrement de la porte. Mes poings se ferment, il me donne envie de le gifler, parce que cette façon qu'il a de m'appeler par mon nom de famille est si méprisante ! Dos à lui, je grimace et tourne sept fois ma langue dans ma bouche pour éviter d'aggraver mon cas.

Garde ton calme, Ally.

— Je pars, l'informé-je sans me retourner.

— Est-ce que je t'ai demandé de rentrer chez toi ?

Je serre les dents et fais volte-face en le foudroyant du regard. Le chanteur se contente de poser un coude sur la table de mixage et de me lorgner d'un air imperturbable.

Garde ton calme !

— Non, mais la journée est terminée, donc je m'en vais.

Je ponctue ma phrase avec un sourire factice et papillonne des cils d'une façon exagérée. Le rockeur retire son bonnet noir, sort son paquet de clopes, puis prend son temps pour s'allumer une cigarette. Quand il expulse enfin la fumée d'entre ses lèvres après une première bouffée, il reporte son attention sur moi.

— Tu restes là.

Ma colonne vertébrale se crispe. Je me renfrogne aussitôt.

Garde ton calme… tu parles !

— Arrête de jouer à la starlette prétentieuse et irritable qui donne des ordres à tout-va ! Je pars. J'ai suffisamment perdu mon temps comme ça !

Je tourne les talons, pourtant il parvient malgré tout à me retenir avec une simple phrase :

— J'ai une soudaine envie de passer un coup de fil au *New York Times*, là...

Et voilà, il recommence avec son chantage !

Dès que je me permets de montrer un peu d'audace, il me rappelle que c'est lui qui me mène à la baguette. Je n'esquisse plus le moindre geste et inspire fortement par le nez.

— Ferme cette porte, Owen. J'en ai pas terminé avec toi.

Non, sans blague ? Évidemment qu'il n'en a pas terminé avec moi !

Connaissant son sadisme, il va me torturer le plus longtemps possible. Je claque la porte, puis passe devant Chester en le toisant d'un regard assassin. Je m'installe sur le canapé, à l'opposé d'où il se trouve, pour me tenir le plus loin possible de lui.

Ce calvaire est sans fin, j'en ai ma claque !

— Pourquoi tu fais ça ? lui demandé-je.

— J'ai pas pu profiter de ta compagnie aujourd'hui, donc je tiens à me rattraper.

Je secoue la tête et soutiens son regard acier.

— Non, je parlais en général. Pourquoi tu t'acharnes sur moi de cette façon ? Quel est ton *putain* de problème, à la fin ?

Une lueur étrange traverse ses yeux. Il se lève de sa chaise et s'avance vers moi, cigarette allumée au bout des doigts. Cette distance qui se réduit peu à peu entre nous accentue ma nervosité et une tension pesante s'instaure. Ce n'est pas la première fois, pourtant je ne m'y fais pas, elle me glace toujours autant l'échine. Chester s'installe sur le fauteuil face à moi. Par instinct, je croise les bras comme s'il s'agissait d'un bouclier et voûte mes épaules. Je suis plus que jamais sur le qui-vive.

— T'attises des trucs chez moi, Owen… Des sales trucs dont t'as même pas idée. C'est physique, viscéral, *indomptable*.

En plus de me faire dresser les cheveux sur la tête, cette réponse évasive ne me satisfait pas.

— J'estime que lorsque tu as un différend avec une personne, il faut lui en parler pour démêler le nœud du problème. Communiquer avec elle, quoi ! Comme des personnes *civilisées*.

J'appuie ma voix sur le dernier mot et il éclate d'un rire chargé de sarcasme. Un son lugubre et morbide qui me fait frissonner d'effroi. Peu importe ce que je lui dis, je ne pourrai jamais réussir à le raisonner. De toute évidence, la glace n'est pas près de se briser entre lui et moi.

— Parce que tu crois que ça fonctionne de cette manière, Owen ? Tu penses réellement que les gens choisissent la solution « communication », qu'ils se parlent gentiment entre eux afin de mettre les choses à plat et que le lendemain, tout est oublié ? Ceux avec un esprit aussi simplet et naïf que le tien passent pour la proie idéale, et devine ce qui leur arrive… Ils se font bien baiser. La réalité, elle est là : on t'écrase si tu ne ripostes pas, et ce n'est certainement pas des verbiages sans intérêt qui te sauveront la mise.

Je cligne des yeux plusieurs fois, sonnée par ce mépris et ce pessimisme qu'il vient de me balancer en pleine figure. Ce mec est indéchiffrable : j'essaye vraiment de le comprendre, mais c'est peine perdue.

— Tu as l'air de parler en connaissance de cause, relevé-je.

Tout en continuant de fumer, Chester m'analyse sans répondre. Derrière cette poussée de haine qui le consume – et par laquelle il m'enchaîne depuis notre toute première altercation – se cache un message qu'il cherche subtilement à me faire passer : le monde est putride et sale, au même titre que les gens qui le peuplent. Il ne croit en rien ni en personne. Son univers à lui est obscur, sans éclaircie. Seulement, je ne peux me résoudre à approuver une telle vision de la vie.

— Je me demande bien quelles sont tes faiblesses…

Il a dit ça dans un murmure, comme s'il se parlait à lui-même. Je serre un peu plus mes bras sous ma poitrine et me recroqueville sur le canapé. Un rictus s'étire sur ses lèvres.

— Pourquoi tu voudrais le savoir ?

— Pour mieux toucher là où ça fait mal. Parce que figure-toi que t'es la *proie idéale*, Owen.

Ma bouche s'entrouvre toute seule. Il a déclaré ça sans la moindre retenue et dans la plus grande froideur. Ce sont les paroles de trop, je disjoncte. M*oi aussi, je peux toucher là où ça fait mal.*

— Se déchaîner sur des personnes innocentes a l'air d'être monnaie courante chez toi, et c'est hyper courageux ! Bravo ! Tes chers parents ont à ce point raté ton éducation ?

Alors qu'il s'apprête à tirer sur sa cigarette, le rockeur cesse tout mouvement. Sa main posée sur sa cuisse se transforme en un poing serré, faisant ressortir ses jointures blanches. Je ne peux plus contenir ma rage ou me laisser faire : ce mec est toxique, un véritable poison. J'ai riposté et, à en voir son visage qui s'est tout de suite figé, j'ai visé en plein dans le mille. Sauf que maintenant, je me trouve dans une belle merde, parce que les représailles ne vont pas tarder à éclater.

Chester éteint sa cigarette et se lève en un éclair de son fauteuil afin de se poster juste devant moi. La panique m'envoie un pic d'adrénaline et je me mets debout à mon tour, anticipant notre confrontation. Nos bustes se trouvent si proches l'un de l'autre qu'ils s'effleurent. Mes yeux s'accrochent aux siens avec virulence. Je le vois contracter les mâchoires.

— Ne t'aventure plus jamais sur ce terrain-là, siffle-t-il.

Il cherche mes failles, mais moi j'ai trouvé la sienne : ses parents. Un sujet qui semble très sensible. J'ai l'avantage sur lui et il ne l'accepte pas. Je sais que c'est mal, que je ne devrais pas rentrer dans son jeu. Après tout, la haine n'engendre que la haine, mais il m'a mis dans un tel état de fureur que je ne parviens pas à me calmer. Je veux l'atteindre à nouveau et qu'il subisse le retour du bâton.

— Comment tu arrives à te regarder dans un miroir ? Comment *ta famille* arrive à te regarder en face ?

Œil pour œil, dent pour dent. Ce n'est pas dans ma nature d'être blessante. Je hais la méchanceté gratuite, mais je suis à bout. J'ai conscience qu'avec cette réplique, je viens de me tirer une balle dans le pied. Ce n'était pas l'action la plus sage. Il faut dire que ce type détient le pouvoir de faire naître le pire en moi. Le chanteur ne tarde pas à réagir. D'emblée, il empoigne mes cheveux d'une main et les tire aussi fort que possible pour me faire gémir de douleur. Je me cambre vers l'arrière et des larmes me montent aux yeux. Quand j'essaye de me débattre, sa poigne se resserre. J'ai atrocement mal au cuir chevelu. Ses yeux gris m'incendient, tandis qu'un sourire des plus malsains se dessine sur ses lèvres quand il m'entend à nouveau couiner. Le rockeur colle sa bouche à mon oreille et me souffle tout bas :

— Et moi, je remarque que tes *chers parents* ne t'ont jamais appris à fermer ta gueule. Tu devrais savoir qu'à force de prendre des risques, on finit par le payer au prix fort.

Ma main fend l'air dans le seul but d'atterrir sur sa joue. À mon plus grand désarroi, il intercepte mon mouvement. Chester lâche ma chevelure et saisit mes deux poignets afin de m'empêcher de le gifler. Mes yeux s'écarquillent de peur, il devient agressif et je n'ose plus rien faire pour tenter d'échapper à sa prise. Un à un, mes membres se pétrifient. Mes oreilles bourdonnent, mon cœur s'affole, il tambourine très fort dans ma poitrine, et ça me fait un mal de chien. J'ai l'impression que mes pieds s'enfoncent dans le sol et que je ne réussirai jamais à me dépêtrer de cet enfer.

— Tu trembles, s'amuse-t-il à me faire remarquer.

Au même moment, la porte du studio s'ouvre en grand. Nous nous figeons tous les deux lorsqu'une femme à la chevelure blonde apparaît à l'embrasure. Les mains de Chester, qui encerclaient mes poignets, se desserrent et j'en profite pour me libérer de son emprise. Mal à l'aise, la nouvelle arrivante s'éclaircit la gorge et nous informe :

— Je suis là pour le ménage. Je pensais qu'il n'y avait plus personne.

C'est ma chance ! Je ne réfléchis pas une seconde de plus et me précipite vers la sortie en bousculant cette pauvre femme au passage. Une sensation de délivrance m'envahit dès lors que je récupère mon sac et sors de cette prison.

Dehors, je détale à toutes jambes dans les rues, sans ralentir la cadence. Je n'ai qu'un objectif en tête : le fuir. J'ai la gorge sèche, les jambes fébriles et le pouls erratique. Mon corps est secoué de tremblements, si bien que je ne sais pas comment j'arrive encore à tenir debout. Dans ma course, une perle de sueur froide dévale ma nuque.

Au moment de quitter la salle, j'ai senti le poids du regard de Chester dans mon dos. J'ai aussi très bien entendu ce qu'il m'a chuchoté à la dérobée avant que je ne disparaisse de son champ visuel.

« Cours toujours, Owen. Tu ne pourras pas m'échapper. »

Il souhaite trouver mes faiblesses, sauf qu'il m'a déjà atteinte. À cause du rockeur, je renoue avec mes pires cauchemars.

Chapitre 14

Visite surprise

Ally

— Allez ! Bouge ton beau fessier ! T'es à la traîne depuis tout à l'heure ! me crie Julian avant de reprendre sa course, loin devant moi.

Tirée de mes pensées, je redresse la tête vers le brun à la peau mate et m'active afin de le rejoindre. Ce matin, mon ami et moi avons décidé d'improviser un footing sur la boucle entourant le Reservoir, un immense plan d'eau au beau milieu de Central Park. Le sport est toujours un bon moyen pour évacuer le stress, et puis je ressens le besoin de m'éloigner des zones urbaines pleines de trafic. Une envie de me ressourcer. Une grande bouffée d'air frais essentielle.

Trois jours se sont écoulés depuis que j'ai quitté le studio d'enregistrement en trombe. J'ai enchaîné mes journées à un rythme effréné, allant de dix à douze heures de travail par jour, dans le but de me reconnecter avec ma machine sacrée : mon corps. J'alterne entre mes cours, mes entraînements personnels et mes séances de yoga. J'écoute mes douleurs musculaires et ne force pas dès que je sens que je suis proche de la déchirure. À l'école, tout roule, dernièrement : je ne fais plus l'objet de remarques négatives de la part de mes profs et j'ai l'impression que mon niveau a arrêté d'évoluer en dents de scie. En travaillant d'arrache-pied, je sens mes progrès en placement, en souplesse et même en pointes. Retrouver ce mode de vie intense et dynamique apaise mon moral et m'apporte une énergie suffisamment positive pour ranger dans un coin de ma tête toutes mes mésaventures avec Chester Hanson.

Peu à peu, je me détache de l'emprise toxique du rockeur. Cependant, même s'il ne m'a plus donné signe de vie depuis notre dernière altercation, j'ai le pressentiment qu'il compte me tomber dessus lorsque je m'y attendrai le moins, et cette éventualité me donne froid dans le dos. Pour l'instant, je préfère m'en tenir à la philosophie : « Pas de nouvelle, bonne nouvelle. »

Munie de chaussures de running, d'une brassière et d'un short de sport, j'essaye de me concentrer sur mes foulées aux côtés de Julian, qui n'a aucun mal à conserver un rythme soutenu. J'admire les environs qui m'entourent, comme la première fois où j'ai mis les pieds ici. Ce coin de Central Park offre une vue spectaculaire sur les gratte-ciels vertigineux de New York, qui contrastent avec les sentiers verdoyants et parfois vallonnés du parc. Sans parler des lueurs de l'aube qui miroitent sur l'eau à côté de nous et rendent le cadre d'autant plus captivant.

Ma contemplation cesse dès l'instant où mon attention se focalise sur un individu en face de nous. Mes yeux se plissent lorsque je scrute avec plus d'insistance la silhouette de ce jeune homme. Grand, élancé, musclé, sweat large, jeans déchiré, cheveux bruns ondulés…

Ce n'est pas possible !

La panique me gagne et je freine brutalement avant d'entreprendre un mouvement de recul, les lèvres tremblotantes. Face à ma réaction, Julian s'arrête et me dévisage, l'air confus. Mon regard reste rivé sur le jeune homme qui s'avance paisiblement dans notre direction, les mains au fond des poches. Au fil de ses pas, je parviens à discerner plus précisément les traits de son visage et un soupir de soulagement m'échappe quand je comprends qu'il s'agit d'une fausse alerte.

Pendant quelques secondes, j'ai vraiment cru tomber sur Chester.

Exaspérée, je m'accroupis et saisis mon visage à deux mains, tout en reprenant ma respiration. Voilà que je deviens parano. Je perds la tête. La danse a beau m'aider à ne pas décrocher de mes objectifs, le visage du chanteur n'est pas près de déguerpir de mon esprit. Ce n'est pas possible d'oublier du jour au lendemain quelqu'un empli d'une telle noirceur. Son côté agressif, voire tyrannique, m'a marquée et ça continue toujours. Des cinglés, j'en ai déjà croisé au cours de ma vie, mais des comme lui, jamais. Chester Hanson est un maître chanteur qui déchaîne sa perversion sur moi. Je suis sa « proie idéale ».

Inquiet, Julian se précipite vers moi et pose un genou au sol pour se retrouver à ma hauteur. Il essuie la sueur qui perle sur son front avec le bout de son débardeur noir, puis plonge son regard chocolat dans le mien.

— Qu'est-ce qui t'arrive ? Je trouve que t'es devenue… je sais pas… plus stressée depuis notre sortie en boîte de nuit.

Dans le mille. Mon front se plisse. Je meurs d'envie de tout lui raconter, mais c'est là que ça coince :

je dois garder le silence. Si Julian a failli rater son interview, c'est à cause de moi. Si son poste au *New York Times* est sur la sellette, c'est aussi en partie ma faute. Je me sens coupable et je refuse de mêler mon meilleur ami à cette histoire. Il faut que je le protège et non que j'empire sa situation. Comme je reste silencieuse, Julian soupire et m'aide à me lever. Il me demande de l'attendre sur un banc en face du plan d'eau et, quelques minutes plus tard, il réapparaît avec deux caramels *macchiatos*. Cette attention me réchauffe le cœur. Le journaliste prend place à mes côtés et me tend la boisson en gardant les yeux rivés sur l'immense lac. Je bois une gorgée et reste terrée dans mon mutisme.

— Tu vas *vraiment* bien ? me questionne-t-il, toujours sans me regarder.

Je prends une grande inspiration avant de répondre le plus naturellement possible :

— Je vais bien. La reprise des cours à la Juilliard me rend juste un peu plus anxieuse, tout comme le concours pour Paris qui se profile.

Le brun se décide enfin à tourner sa tête dans ma direction. Il hausse un sourcil comme s'il était sceptique.

— Pourquoi je sens qu'il y a autre chose alors ?

— Peut-être parce que tu te fais des films ?

Il lève les yeux au ciel, puis boit son caramel *macchiato* avec sa paille.

— OK. J'arrête de me faire des films.

— Merci, soufflé-je.

— Mais seulement pour aujourd'hui, ajoute-t-il, le sourire aux lèvres.

— Ça m'aurait étonnée.

— Je découvrirai la vérité. N'oublie pas que je suis Julian Coles, grand reporter du New York Times, toujours prêt à mener l'enquête pour satisfaire ses lecteurs et…

— T'as fini ton cirque ?

Il passe une main dans ses cheveux en bataille tout en s'esclaffant. Mon état de stress redescend très vite. Le simple fait de parler avec lui me calme.

— Comment ça se passe, les cours ? m'interroge-t-il plus sérieusement.

— Ça se passe. Mon niveau s'améliore, mais j'ai encore beaucoup de boulot pour rattraper mon retard sur les autres.

Je lui épargne la mauvaise ambiance qui règne au sein de ma promo cette année. Notamment la bande de Tiffany, qui se sent pousser des ailes et aime s'acharner sur les autres, car elles se considèrent comme supérieures. À cette étape de ma formation, la rigueur ainsi que la sévérité grimpent, au même titre que la rivalité. Et tout ça attise les jalousies.

— Tu réussiras, car tu n'es pas du tout le genre à te reposer sur tes acquis. J'ai hâte de te voir danser sur la scène du plus bel opéra du monde. Je serai le premier à t'acclamer au milieu du public et à faire livrer un bouquet de fleurs dans ta loge.

Quand il me lance un clin d'œil, je souris et frôle ma bague avec le bout de mon doigt.

— Et lui ? T'as pas envie de savoir ce qu'il est devenu ? Je redresse la tête, prise au dépourvu.

— Hein?

— Ce dénommé « River », tu ne te demandes jamais ce qu'il est devenu maintenant ?

Mes traits se radoucissent aussitôt.

— Je me pose la question tous les jours, avoué-je.

— Je suis sûr qu'en connaissant ton parcours, il serait très fier de toi.

Un puissant sentiment de mélancolie enfle dans mon cœur. Replonger dans les souvenirs de mon enfance me bouleverse plus que je ne suis prête à l'admettre.

— Si seulement je pouvais le revoir...

— C'est dommage qu'il soit parti sans t'avoir dit où il allait, soupire le journaliste.

— Je pense qu'il devait avoir une bonne raison.

Je retire l'opale de feu de mon doigt pour examiner l'anneau argenté. Une mystérieuse lettre « M » est gravée dans le métal blanc et je me suis toujours demandé ce qu'elle pouvait signifier. Des tas de théories trottent dans ma tête, mais aucune ne me semble crédible. Quelque chose m'échappe, je suis passée à côté d'un truc. Peut-être qu'un jour, j'arriverai à percer le mystère. Peut-être qu'un jour je reverrai River pour le lui demander directement. *Peut-être.*

— Et toi ? Tout se passe bien à ton boulot ? questionné-je mon ami avec une pointe d'appréhension.

Par pitié, ne m'annonce pas que ce cinglé de Chestanas a réussi à convaincre ton rédacteur en chef de te virer de l'équipe.

Julian hausse les épaules.

— Comme d'habitude. Mais…

Il laisse ses mots en suspens et mon corps se raidit. Je retiens ma respiration en attendant qu'il poursuive sa phrase.

— … les horaires, c'est toujours la galère, ils ne sont jamais fixes. J'ignore à quelle heure je vais terminer ma journée. Et c'est toujours stressant d'avoir une *deadline* pour mes papiers. Parfois, j'aimerais avoir des journées de quarante-huit heures pour prendre le temps de peaufiner un article ou même de vérifier une info.

Le poids qui compresse ma poitrine s'allège. Je suis soulagée que Chester n'ait rien fait contre lui. Mais pour combien de temps ?

Non, Ally ! Arrête de penser au pire !

Je pose une main sur son épaule et lui souris.

— T'es capable de travailler dans l'urgence, c'est ce qui te stimule. Après tout, l'actualité n'attend pas.

— En fait, mon métier répond aux mêmes codes que la danse classique : rigueur et précision sont de mises. Sans ça, tu fais de la merde.

— Toujours se dépasser et ne jamais cesser de se remettre en question. Si on n'est pas sévère avec soi-même, alors on se laisse aller et on n'avance pas.

Julian approuve d'un signe de tête. Quand il me tend son poing, je le cogne avec le mien.

— Toi et moi, munis de nos caramels *macchiatos*, on va conquérir le monde, déclare-t-il.

Le journaliste lève sa boisson comme s'il allait trinquer. Je pouffe et il enroule son bras autour de mes épaules, avant de déposer un baiser sur ma joue.

Après notre séance de jogging aux aurores, je suis retournée chez moi pour me doucher et me préparer. Mes cours débutent à 10 heures avec de la danse classique. Lorsque je gravis les marches pour accéder au grand hall de la Juilliard déjà bondé d'étudiants, je me prépare mentalement à plonger dans un climat d'exigence extrême en subissant la sévérité de madame Rivera. Son franc-parler n'épargne personne, même pas les élèves les plus brillants. Elle n'est pas très appréciée, surtout par Eva et Lucy qui se moquent ouvertement d'elle dans les vestiaires en imitant son allure rigide. Il est rare que madame Rivera lâche des compliments, et la rivalité entre les danseurs s'accroît lorsqu'elle décide de saluer une belle arabesque exécutée. Notre prof est dure, mais juste. Si elle se montre intransigeante, c'est pour mieux forger notre mental et notre corps.

Je regagne la section danse, puis pénètre à l'intérieur du vestiaire en saluant les filles de ma promo.

— Hé, Mocheté ! m'interpelle Tiffany.

La brune au carré plongeant se trouve à sa place habituelle, accompagnée de ses plus fidèles garces : Eva et Lucy. Je souffle, elle n'y va jamais par quatre chemins. Je passe devant elle, prends le temps de retirer mes écouteurs, puis riposte :

— Hé ! T'as bonne mine, Tiff'. J'adore ton fond de teint orange qui va parfaitement avec ta carnation, sans parler de ton mascara qui transforme tes cils en gros paquets. Venant de quelqu'un qui a autant de goût, je considère ton « mocheté » comme le plus merveilleux des compliments que tu puisses me faire. Le naturel, il y a que ça de vrai !

Je ponctue ma réplique par un clin d'œil, ce qui a le don de la faire sortir de ses gonds. Attaquer le physique se révèle petit, mesquin et ignoble, alors je me suis volontairement abaissée à son niveau afin qu'elle puisse réaliser à quel point ses attaques sont puériles et gratuites.

— Est-ce qu'un jour ta couleur de cheveux va dégorger ? On n'en peut plus de voir débarquer le clown Ronald McDonald à nos cours, soupire Lucy en balayant en arrière sa longue chevelure blonde.

Je ne réponds rien, tandis que les éclats de rire du trio retentissent.

« T'as de la chance qu'on vive au XXIe siècle ! Tu sais pourquoi ? Parce qu'au Moyen Âge, on brûlait les roux. Et crois-moi, j'aurais pas hésité une seule seconde à t'envoyer au bûcher ! »

Sans le vouloir, les paroles de Chester Hanson résonnent comme un écho sinistre dans ma tête. Mes muscles se contractent, une vague de colère s'immisce en moi et pulse jusqu'à mes tempes. Je vais perdre mon calme.

Toujours les mêmes critiques. Toujours la même méchanceté. *Ce sont les mots de trop.* Je claque la porte de mon casier, accaparant toute l'attention sur moi, puis je me dirige rageusement vers Lucy. La blonde écarquille les yeux dès l'instant où je la gifle. Sa tête virevolte sur le côté, je n'ai pas mesuré ma force. Elle reste abasourdie, tout comme les autres filles autour de nous. Lucy passe une main tremblante sur sa joue à présent rouge écarlate, et n'ose plus me regarder en face. Un silence de plomb règne, on n'entend plus que ma respiration forte et saccadée. Tiffany quitte son banc d'un bond, elle est très vite accompagnée par Eva.

— Salope ! m'insulte mon ennemie jurée.

Lucy, qui vient de reprendre ses esprits, rejoint les filles. Elle les bouscule et s'avance vers moi avec un air menaçant, mais très vite, une personne vient s'interposer entre nous. Je reconnais immédiatement la silhouette élancée et gracile de Joy. La Japonaise tient tête au trio et ça me sidère.

— Dégage ! lui ordonne Lucy.

— Je ne bougerai pas.

— Putain ! Mais depuis quand la coincée de la promo ose rappliquer, maintenant ?

La Japonaise conserve un calme olympien et continue de faire barrage entre Lucy et moi sans broncher. Eva cogne son poing dans sa paume, puis elle s'approche d'elle en la foudroyant du regard.

— Tu veux qu'on te règle ton compte ?

Je m'apprête à écarter mon alliée de la zone de conflit quand soudain, on toque à la porte. La voix puissante de madame Rivera résonne :

— On se dépêche, mesdemoiselles !

Tout le monde tressaille et se fige. À mon plus grand soulagement, le groupe de Tiffany bat en retraite. Alors que toutes les étudiantes sortent du vestiaire, j'agrippe l'épaule de Joy et cette dernière se tourne vers moi.

— Tu n'étais pas obligée de faire ça, déclaré-je, confuse. Son visage demeure impassible.

— Je ne supporte plus cette cruauté gratuite.

Elle tourne les talons et j'ai à peine le temps de la remercier à voix basse. Je m'empresse d'enfiler mon justaucorps noir, mes collants, ainsi que mes chaussons. Après avoir attaché mes cheveux en chignon, j'accours dans la salle. Au milieu du studio de danse au plancher en bois et aux grandes baies vitrées, j'aperçois toutes les élèves regroupées. Cette scène me fait froncer les sourcils. Ça m'étonne, car normalement, nous sommes censées nous échauffer et commencer nos exercices à la barre. Madame Rivera m'adresse un regard noir lorsqu'elle remarque mon léger retard. Je baisse la tête et rejoins les autres. D'une démarche lente et mesurée, notre professeure défile devant nous, les bras croisés derrière le dos. Même si elle fait régner la peur lors de ses cours de ballet, cette femme d'une quarantaine d'années inspire le respect avec son parcours prestigieux et son charisme incroyable. Ses cheveux noirs attachés en queue-de-cheval possèdent des reflets bleu métallique, tandis que son legging et son haut à manches longues rouge bordeaux, qui laisse entrevoir ses épaules, soulignent sa silhouette longiligne. Elle transpire la grâce et détient une élégance naturelle qui a de quoi intimider n'importe qui ici. La femme se racle la gorge et déclare :

— Le cours d'aujourd'hui sera un peu spécial.

Tout le monde retient sa respiration, on pourrait presque entendre une mouche voler.

— Nous recevons la visite de personnalités connues dans le monde de la musique, complète-t-elle.

Une vague de chuchotements se propage dans la salle. Certaines ont d'ailleurs du mal à contenir leur excitation. Des personnes misent sur Beyoncé et Jay-Z, d'autres sur les Maroon 5, Twenty One Pilots, ou encore Coldplay. Je croise les bras et lève les yeux au ciel. Ils peuvent toujours rêver ! À mon avis, il s'agit d'artistes venant de l'univers de la danse classique et non du show-biz. Peut-être que ce sont de jeunes compositeurs ? Peut-être qu'ils ont déjà collaboré avec l'Opéra de Paris ? Je suis intriguée par ce que nous réserve madame Rivera.

— Je vous laisse les découvrir. Leur producteur est également présent pour vous expliquer ce projet.

Leur producteur ? Mon front se plisse et sans nous laisser le temps de débattre plus longtemps sur le nom des invités surprises, un homme aux cheveux bruns et vêtu d'un costume noir fait son apparition dans la salle. Il est suivi de près par quatre individus. Quatre garçons qui ne me sont pas inconnus et que j'ai espéré ne plus jamais recroiser de ma vie.

Mon cœur flanche violemment, j'ai l'impression d'avoir fait une chute vertigineuse d'un immeuble de trente étages. Mes jambes vacillent telle la flamme fébrile d'une allumette. Je sens mon pouls qui s'emballe, mes oreilles qui bourdonnent. J'ai froid. J'ai chaud. Je transpire. Je divague. J'ai la tête qui tourne, envie de hurler et de m'arracher les cheveux. Je suis au bord de la syncope.

C'est la merde.

Mes paupières ont beau cligner plusieurs fois, l'image qui se matérialise devant moi ne provient pas de mon esprit. C'est réel. Alden, Matt, Yann ainsi que Chester foulent bel et bien le sol de mon école. Avant même que je puisse me remettre de mes émotions, les filles autour de moi s'agitent et certaines poussent des cris hystériques qui me vrillent les tympans. Joy est la seule à rester totalement indifférente, et vu son visage stoïque, je devine qu'elle ignore de qui il s'agit. Moi, je suis pétrifiée d'horreur. Est-ce une malédiction ? Suis-je condamnée à croiser la route de ce démon jusqu'à la fin de mes jours ? Pourquoi tant de malchance ?

Les Chainless ainsi que leur producteur rejoignent madame Rivera au centre de la pièce. Lorsqu'Alden et les deux frères esquissent des sourires particulièrement enjôleurs, mes camarades s'excitent de plus belle en sautillant et en redoublant de cris stridents. Un tel émoi est pathétique, ça tombe même dans le ridicule. Les rockeurs n'ont toujours pas remarqué ma présence, alors de manière discrète, je recule pour me diriger vers l'arrière du groupe. L'idée de détaler à toutes jambes d'ici me traverse même l'esprit. Dans mon action, je marche accidentellement sur le pied d'une fille. Elle geint et en tournant ma tête, je découvre qu'il s'agit de Tiffany. La brune me foudroie du regard et, sans aucune pitié, elle plaque ses mains dans mon dos pour m'éjecter vers l'avant. Alors que madame Rivera élève la voix pour faire taire tout le monde, je perds l'équilibre et manque de peu de me casser la figure. Les bras écartés, penchée vers le sol, je me redresse lentement. Me voilà hors du groupe, tout le monde me fixe. Quand je relève la tête, je déglutis. À seulement deux mètres de moi, les Chainless me dévisagent comme si la Vierge Marie venait de faire son apparition devant eux.

— Bah, ça alors ! lâche Yann, l'expression ahurie.

Un frisson d'effroi pétrifie ma colonne vertébrale quand je finis par croiser *son* regard pénétrant. Le gris obscurci de ses iris et sa pâleur reflètent davantage sa froideur. Plusieurs émotions puissantes, voire destructrices, déferlent sur son visage : sidération, haine, colère. Chester incline sa tête sur le côté avec un air peu enjoué. Me revoir ici ne l'enchante pas plus que moi. Son attitude m'évoque celle d'un monstre féroce à la mâchoire extrêmement tranchante, prêt à me tailler en pièces d'une seconde à l'autre. Je le vois examiner ma tenue de danse avec un profond écœurement et je l'imite. Il porte des boots en cuir, un vieux skinny foncé ainsi qu'un tee-shirt noir Iron Man. Ah non… Iron Maiden.

D'où ça sort, ce truc ?

Je tressaille dès qu'il daigne bouger. Il s'approche de son producteur et me pointe du doigt.

— Tu vois cette meuf ? Il est hors de question qu'elle apparaisse dans notre clip !

Je le fixe, les bras ballants.

Leur clip ?

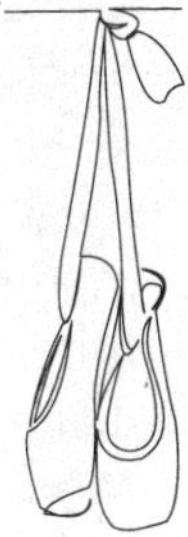

Chapitre 15

Prestation

Ally

J'ai encore du mal à réaliser qu'un tel cauchemar est vraiment en train de se manifester sous mes yeux. Une question me taraude l'esprit et clignote en continu, tel un voyant rouge qui me signalerait un danger imminent.

Qu'est-ce que j'ai fait pour mériter un tel karma ?

La tension vient de monter d'un cran dans la pièce. L'animosité de Chester envers moi se ressent et alourdit l'air. Le rockeur semble hors de lui, il ne s'attendait vraiment pas à me voir ici. Dans un premier temps, j'en suis soulagée, car ça veut dire que sa venue n'est pas un coup monté de sa part. Il se montre aussi vicieux que j'aurais pu le penser. Lui et moi nous sommes quittés en très mauvais termes, comme toujours. Que se serait-il passé si la femme de ménage n'était pas intervenue dans la salle d'enregistrement ? J'en blêmis rien que d'y songer ! Il m'aurait fait encore du mal. Physiquement et mentalement. Parce que lorsque sa folie le percute, sa morale disparaît.

Chester s'agite, il tourne comme un lion en cage et passe par moments une main nerveuse dans sa tignasse brune. Il m'assassine du regard comme si c'était ma faute. Sauf qu'il empiète sur mon territoire. Ici, c'est mon élément, et c'est lui l'intrus ! Je me demande bien ce que signifie cette histoire de clip… Mon petit doigt me dit que ça ne va pas me plaire du tout. Mes camarades et même ma prof oscillent leur regard entre le chanteur et moi. Personne ne comprend l'éclat de colère de Chester à mon égard, et puis je suppose que tout le monde est surpris de constater que lui et moi nous sommes déjà croisés.

— Chester, c'est tout sauf le moment de te faire remarquer, tente de le rappeler à l'ordre son producteur en lui faisant les gros yeux.

Toutefois, le Chainless n'en tient pas compte et élève la voix encore plus fort.

— Je ne comprendrai jamais cette idée d'avoir une danseuse dans notre clip ! Ce n'est pas un *putain* de remake de *Dirty Dancing* !

Il ne parvient pas à décolérer. Sa respiration paraît saccadée. Il inspire fortement par le nez, comme un animal sur le point de charger sur sa victime. Derrière ses mèches ondulées, ses iris gris continuent de me transpercer la poitrine comme des couteaux aiguisés. Je suis à chaque fois surprise de le retrouver dans un état pareil, juste parce qu'il me voit. Ma simple présence, ma simple apparence, ma simple existence le dérange. Pourtant, il ne me connaît pas. *C'est aberrant !* Et le pire, c'est qu'il ne veut rien me dévoiler, alors que je suis l'unique personne concernée par cet acharnement.

— Wow… il est encore plus sexy quand il est énervé, chuchote quelqu'un derrière moi.

Offusquée, je me retourne vers la personne qui vient de sortir cette bêtise. Bien évidemment, il s'agit de la pire : Tiffany Jones. Une image d'elle et Chester ensemble s'imprime dans mon cerveau. Deux démons qui adorent martyriser les autres pour se sentir exister…

Pas de doute, ces deux-là font la paire !

Alden agrippe le bras de Chester, se penche à son oreille et lui chuchote quelque chose. Le chanteur ferme les yeux, souffle, puis acquiesce de la tête. L'atmosphère devient un peu plus détendue, malgré l'électricité statique qui circule encore au milieu de la pièce.

— Mesdemoiselles, navré pour ce désagrément. Nous sommes pas mal sous pression en ce moment, ajoute le producteur avec un sourire d'excuse.

L'homme ajuste sa cravate et relie ses mains dans son dos.

— Je suis James Walker, producteur musical et réalisateur artistique des Chainless. Madame Rivera a très gentiment accepté de nous recevoir pour que nous puissions vous parler de notre projet. Le suspense n'est plus de mise : il s'agit d'un clip vidéo, comme vous avez pu l'apprendre par le très talentueux Chester Hanson, l'un des pionniers du groupe. Et à en juger vos réactions, je pense qu'il n'est pas nécessaire de présenter ces artistes qui se tiennent face à vous.

Le chanteur lève les yeux au ciel tandis que Yann et Matt miment un violon dans le dos du producteur, ce qui provoque le rire de certaines filles.

— Si vous suivez l'actualité du groupe, vous n'êtes pas sans savoir que les Chainless travaillent actuellement sur leur second album. Ils viennent d'enregistrer une nouvelle chanson qui s'intitule *I lost my mind*. Et nous avons eu l'idée…

— *Tu* as eu l'idée, le corrige aussitôt Chester.

Alden le recadre d'un regard assassin. Ce démon se montre même insolent envers son boss. Ça ne m'étonne pas de lui. Je me demande même s'il connaît la définition du mot « respect ». Sans doute que non.

— L'idée est d'intégrer une danseuse dans ce clip. Nous avons prévu quelque chose de très artistique pour la réalisation de cette vidéo, mais je ne vous en dis pas plus, sinon ce serait gâcher la surprise ! Les Chainless et moi avons particulièrement hâte de travailler avec l'heureuse élue !

Comprenant qu'il n'y aura qu'une seule et unique personne choisie, des plaintes se font vite entendre autour de moi. Je conserve une expression imperturbable. À vrai dire, cette révélation ne me fait ni chaud ni froid, car je compte rester sur ma position : hors de question de faire partie de ce projet.

Madame Rivera prend la parole à son tour.

— Une audition sera organisée la semaine prochaine et la participation n'est pas obligatoire. En revanche, il s'agit là d'une occasion en or pour vous faire des contacts dans le monde du divertissement et du spectacle. Apparaître dans ce clip peut être un tremplin pour votre future carrière. Gardez ça en tête.

« Un tremplin pour notre future carrière » ? C'est vrai que leur notoriété est un élément à prendre en compte, mais je suis bornée. Me retrouver dans le clip de Chestanas serait un véritable calvaire. Un week-end enfermé à l'intérieur d'un studio de musique avec lui m'a déjà traumatisée, alors je n'imagine pas sur un tournage. Moi, le seul truc que je retiens, c'est « participation non obligatoire ». Parfait ! Même pas besoin de me justifier ou de chercher une excuse pour ne pas candidater. Le producteur prolonge son discours afin de nous expliquer en détail le déroulement de l'audition. Les participantes vont devoir improviser une chorégraphie sur la chanson *I lost my mind*. Je continue de regarder le plafond et d'afficher un air désintéressé. Lorsque James Walker termine son monologue, madame Rivera récupère un paquet de feuilles. Nous apprenons qu'il s'agit de formulaires d'inscription ainsi que des autorisations préalables à remplir pour la diffusion de notre image sur tout support audiovisuel.

— Maintenant que vous avez les informations nécessaires, levez la main si vous souhaitez vous inscrire à l'audition.

À peine sa phrase achevée, une multitude de bras se dressent. Je jette un œil circulaire à mes camarades et constate que tout le monde veut participer, même Joy. Un soupir m'échappe et je garde les bras croisés. Toutefois, je surprends Chester qui me scrute avec une attention particulière. Nos regards se croisent et un sourire réjoui retrousse ses lèvres. Ma décision a l'air de lui convenir, seulement, ce comportement m'irrite. Lui donner cette satisfaction après tout ce que j'ai dû endurer par sa faute me fait cogiter. Plus les secondes défilent, plus je remets en question mon choix. Madame Rivera commence à distribuer les feuilles, la pression monte en moi, je ne sais plus sur quel pied danser. Participer ? Abandonner ? Faire plaisir à Chester ? Ou alors, le prendre à son propre jeu en candidatant moi aussi ? Si je me présente à l'audition, cela énerverait à coup sûr le démon et ce serait très… *jubilatoire*. Surtout si je remporte la compétition.

Puis-je passer à côté d'une telle opportunité pour lui rendre la monnaie de sa pièce de façon honnête et combative ? Et si jamais il réagissait mal et décidait de s'en prendre à Julian directement après ? Bordel, j'ai beau peser le pour et le contre, c'est un casse-tête !

Des pensées contradictoires fourmillent dans mon crâne et je me perds dans mes réflexions. Il faut que je me décide, et vite. Une voix me tire brutalement de ma torpeur.

— Nous allons commencer le cours sans tarder, lance notre prof.

Toutes mes camarades détiennent à présent un formulaire entre les mains. Mon cœur bat à tout rompre. Je sursaute comme si on venait de me planter deux électrodes sur la poitrine. La brume se dissipe dans ma tête et quand mes idées deviennent plus claires, j'accours en direction de madame Rivera, alarmée.

— Je suis volontaire !

Peut-être que sortir la réplique phare de Katniss Everdeen dans *Hunger Games* était un poil exagéré. Peu importe, cette fois, plus de doute : je suis prête à en découdre. Matt et Yann gloussent tandis qu'Alden esquisse un sourire énigmatique. Quant à Chester… Il bouillonne et me fait comprendre d'un regard qu'il souhaite m'assassiner sur place. Dommage, il y a trop de témoins ici pour qu'il puisse s'en prendre à moi.

Dans ta face, Chestanas, fils de Satanas et premier héritier de l'Enfer.

Dans ta face, Chestanas, fils de Satanas et premier héritier de l'Enfer.

— Un peu longue à la détente, Ally, me sermonne madame Rivera avant de me tendre les documents d'inscription.

Confuse, je baisse la tête, récupère mon formulaire et rejoins mon groupe en me faisant toute petite. Le poids du regard de Chester continue de peser sur mes épaules, car il est furieux que je ne me sois pas soumise à sa volonté. C'est un jeu dangereux dans lequel je viens de me plonger, mais la rébellion a sonné.

— Merci pour cet engouement ! Ça va être très intéressant de vous évaluer. Nous avons hâte d'y être ! intervient James Walker en se frottant les mains d'un air satisfait.

L'un des Chainless toussote afin d'attirer l'attention sur lui. Il s'agit d'Alden. Le blond s'avance vers nous, puis s'adresse à madame Rivera :

— Est-il possible d'assister à votre cours ? On aimerait avoir un aperçu du talent de nos participantes. Si cela ne vous gêne pas, bien sûr.

Sa politesse et ses bonnes manières me prennent de court à chaque fois. Son long caban noir ainsi que ses cheveux polaires plaqués en arrière lui confèrent une allure apprêtée, voire noble, à des années-lumière des stéréotypes sauvages que je me fais des rockeurs. Il semble tellement différent de ses pairs. Notre prof lui donne son accord d'un hochement de tête. Le guitariste la gratifie d'un sourire radieux et retourne auprès des autres Chainless. Je suis persuadée qu'en vérité, ils veulent juste rester pour se rincer l'œil.

— Et après le cours, c'est possible d'avoir le numéro de vos élèves ? raille Yann.

Plusieurs filles pouffent, dont la bande de Tiffany. Ça devient exaspérant. Le producteur adresse un regard lourd de reproches au batteur. Yann s'excuse en remettant sa casquette en place, mais il garde tout de même cet air narquois si singulier. James Walker retrousse la manche de son costume de grand couturier et analyse sa montre connectée. Ce dernier nous informe qu'il ne peut pas rester, car il doit assister à un rendez-vous important dans moins d'une heure. Après son départ, madame Rivera indique aux rockeurs de s'installer dans un coin de la pièce. Les hommes s'assoient sur le plancher, seul Chester reste debout. Adossé contre le mur, le chanteur me suit des yeux avec une expression remontée qu'il ne s'efforce même pas de camoufler. Il a du mal à digérer la nouvelle, alors il m'accable silencieusement de menaces. Mes oreilles sifflent. Intérieurement, je jubile de le voir dans cet état.

Comme l'ignorance s'avère être le meilleur des mépris, je ne le calcule plus durant le cours. Afin de mettre notre corps en condition, nous débutons par des séries d'exercices au sol, puis par des échauffements à la barre. Nous passons en revue certains pas de base du ballet – à savoir les pliés, les battements ainsi que les ronds de jambe. Il faut bien faire attention à s'appuyer sur la barre afin de garder l'équilibre et non s'y agripper. Une fois nos muscles échauffés et notre élasticité assouplie, *le milieu* arrive, c'est-à-dire le moment où nous devons exécuter un enchaînement au centre de la pièce. Notre prof forme des groupes de quatre personnes. Je me retrouve dans celui d'Eva ainsi que deux autres étudiantes : une Sénégalaise et une Mexicaine. Le premier groupe se met en position au milieu de la grande salle. C'est celui de Tiffany et Joy. L'enseignante traverse la pièce et vient brancher son téléphone à une enceinte. Quelques secondes plus tard, les premières notes de piano de *Ständchen*, l'œuvre du compositeur autrichien Franz Schubert, emplissent le studio. Ce que j'aime dans la musique classique, c'est que les instruments se muent en une poésie lyrique, exprimant la sensibilité la plus belle et la plus pure de l'artiste. Aujourd'hui, elle est là pour appuyer la dynamique de nos mouvements.

M'agrippant contre la barre derrière moi, je fixe les filles en train de danser sur cette mélodie d'où exulte une douce mélancolie. Elles débutent sur une suite de mouvements lents, basés sur des développés, des penchés ainsi que des ports de bras. Leur synchronisation se montre parfaite et leurs gestes très précis.

— Regardez droit devant vous, sans jamais lever les yeux sur vos mains élevées. Maintenez la position… Allez, on repart, les guide madame Rivera.

Les étudiantes font une préparation en effectuant un pas chassé pour prendre de l'élan et gagner en vitesse, puis elles s'élancent en l'air et projettent leur buste en avant afin d'exécuter un grand jeté. L'ouverture des jambes est tonique. Le corps de chaque danseuse reste suspendu en grand écart latéral un court instant avant de se réceptionner au sol. Souplesse, pieds bien tendus, posture droite, le saut a été exécuté avec justesse.

— Continuez de travailler ensemble, les encourage notre prof.

Alors que la danse se prolonge, je dévie mon attention sur les Chainless. Yann et Matt s'amusent à bouger leur tête, comme s'ils étaient bercés par la musique. Par la suite, ils ricanent en imitant la gestuelle des danseuses. Alden, le plus sérieux, suit avec attention la performance, tandis que Chester regarde l'écran de son smartphone en bâillant.

Lorsque le premier groupe achève la chorégraphie, la prof prend le temps de faire un bilan individuel avec chacune des filles en relevant le positif, mais surtout le négatif de leur passage. Contre toute attente, Tiffany Jones a droit à des louanges : « Bon sens artistique », « Travail régulier et sérieux », « Prenez exemple sur Tiffany, mesdemoiselles ». Un privilège si rare que je sais d'avance qu'elle compte s'en vanter haut et fort tout à l'heure au vestiaire. Il n'y a pas photo, son niveau est très bon, sauf que pour ma part, son comportement exécrable ruine son talent. Je ne peux pas glorifier une danseuse qui ne détient aucune valeur. Même son de cloche pour Chestanas : il a une belle voix et sans doute plusieurs cordes à son arc dans la musique, mais son côté monstrueux le rend repoussant.

— Le deuxième groupe, en place ! clame la voix ferme de madame Rivera.

Il s'agit du mien. Tous les regards se recentrent sur nous, dont celui du chanteur, ce qui attise ma nervosité. Le trac me serre l'estomac. Chester m'attend au tournant et je dois avouer que ça me déstabilise de le savoir ici, alors que je m'apprête à me faire évaluer par la prof la plus cinglante de l'école. Je me ressaisis et me mets en place. Ma silhouette se reflète dans le grand miroir face à nous. Dos droit, menton redressé, talons accolés, bras arrondis en un demicercle devant moi… Me voilà prête !

Le morceau de Schubert est lancé. Nous attendons le top départ de la prof avant de réaliser à notre tour la chorégraphie. Nos bras s'ouvrent et s'élèvent avec finesse. Il faut s'appliquer à créer une harmonie à l'aide de toutes les parties de notre corps. Nous réalisons à l'unisson une arabesque pour travailler l'équilibre. Alors que je me tiens sur une seule jambe en demi-pointe, mon buste se courbe tandis qu'un de mes bras se tend vers l'avant et l'autre vers l'arrière. Les muscles se contractent. Nous maintenons la position avant de nous incliner vers le sol, tout en nous concentrant sur notre jambe à l'arrière qui s'étire le plus haut possible. Ça tire, c'est douloureux jusqu'aux orteils, sauf qu'il faut prendre sur soi afin de ne rien laisser transparaître de la difficulté.

Après ce pas, nous jouons avec l'espace. Les bras s'allongent, les jambes se plient, les pieds pivotent et les corps s'étirent avec un port de tête élégant. Rien n'est laissé au hasard. Il n'y a pas de place pour l'improvisation. Emportée par les notes de piano, je sais exactement à quel endroit chaque membre de mon corps doit se positionner. L'objectif est de partager au public l'esthétique la plus parfaite possible. La mélodie vibre en moi. Plongée dans ma bulle, je ne pense plus à rien. Tout ce qui compte, c'est cette connexion entre mon corps et la musique. Après une série de pas menés sur pointes, il est temps de passer au grand jeté. Les filles et moi prenons notre élan afin de nous élancer pour un saut en avant accompagné d'un grand écart. Le final de la chorégraphie se profile, il ne faut pas que je relâche mes efforts. C'est le moment de la pirouette, l'une des figures les plus techniques et exigeantes de la danse classique que je redoute particulièrement. Pour enchaîner plusieurs tours à la suite, cela demande des années de pratique et nécessite un équilibre en béton armé.

Je prends appui sur un pied et accomplis un premier tour sans grande difficulté avant de répéter le mouvement. Mes yeux regardent un point fixe afin de garder un repère. Je serre le ventre et m'assure de me tenir bien droite. Nous devons donner l'illusion qu'une corde nous tire vers le haut. Je poursuis les pivotements avec tonicité, sans pause.

Retrouvant mon point fixe à chacun de mes tours, je préserve un rythme soutenu. Le credo : ne pas se laisser déconcentrer par les éléments autour de nous. Cependant, tout part à la dérive dès que mes yeux tombent par mégarde sur Chester Hanson. Son regard tranchant me percute et mon équilibre vacille. Vais-je m'écrouler tel un château de cartes ? J'essaye de me réceptionner correctement, mais tout ne se passe pas comme prévu. Mon pied glisse et entraîne ma chute. Mon genou tape contre le sol et je gémis de douleur. Alors que les filles terminent leurs tours sans problème, je me retrouve à terre, seule, le visage abattu.

La musique se coupe et la salle se noie dans un silence oppressant. Madame Rivera se racle la gorge tandis que mes paupières s'abaissent. Je ne suis pas préparée à entendre ce qu'elle s'apprête à me dire.

— Ally, je commence sérieusement à me demander si tu as le niveau pour suivre les cours de dernière année.

Pic en plein cœur. Ça fait plus mal que ce que je pensais. Sous le choc, j'ouvre les yeux, et relève la tête vers ma prof avant d'avaler ma salive péniblement.

— Je... J'ai le niveau… et même si je ne l'ai pas pour le moment, je rattraperai mon retard, je vous le promets.

Ma voix se montre fébrile. Je tente désespérément de me défendre, même si j'ai l'air pitoyable. Ma confiance en moi s'égratigne, une douleur vive bourdonne jusqu'à mes oreilles. La femme me toise avec un air imperturbable. Son attitude stricte et sévère n'a rien de réconfortant, bien au contraire. La douleur et l'erreur n'ont pas lieu d'être à son cours. Elle me le fait bien comprendre.

— Tu as perdu en équilibre et en souplesse. Lors de ta performance, ton menton n'était pas assez redressé, tes épaules étaient parfois voûtées, et puis tu te laisses déconcentrer facilement. Ce n'est pas digne d'une dernière année !

Chaque mot prononcé est comme un coup de fouet qui me lacère la peau. C'est dur à avaler. Je sais qu'elle dit ça pour mon bien, mais c'est douloureux d'entendre de telles paroles alors que je n'ai jamais été aussi proche de réaliser mon rêve.

— Ce n'est pas de cette façon que tu intégreras le ballet de l'Opéra de Paris, termine-t-elle.

Mon souffle se bloque. Cette phrase se révèle être pour moi le coup de grâce. Elle touche ma corde la plus sensible, et je voudrais répliquer pour la convaincre qu'elle a tort. Rien à faire, les mots restent coincés au fond de ma gorge. C'est un supplice de subir cette humiliation devant tout le monde. Je m'efforce de ne pas regarder en direction des rockeurs. Chester doit certainement se délecter du spectacle. Avant de faire quelque chose que je regretterais, je me relève et sors de la salle. Les larmes me montent aux yeux, la rage se loge au centre de mon ventre et me consume jusqu'à la poitrine. À peine les vestiaires regagnés, mon poing se fracasse avec hargne contre mon casier métallique, engendrant un bruit sourd qui m'effraie moi-même. La douleur physique s'étanche à la faveur de ma blessure d'amour-propre, qui elle, me calcine de toutes parts.

« Ce n'est pas de cette façon que tu intégreras le ballet de l'Opéra de Paris. »

Les paroles de ma prof bourdonnent dans ma tête tel un essaim d'abeilles. Je serre les dents pour me forcer à ne pas craquer. Puis, vaincue, je bats en retraite. Le poids n'est plus supportable. Mon dos glisse contre la paroi, jusqu'à ce que j'atterrisse au sol, le cœur en miettes et les joues maculées de larmes.

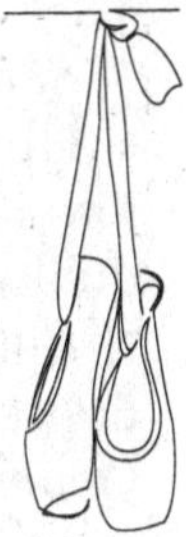

Chapitre 16

Entraide

Ally

Du bout de ma fourchette en plastique, je pique mollement les feuilles de salade au fond de mon Tupperware. Mon estomac est bien trop noué pour que je puisse ingurgiter quoi que ce soit. J'ai encore du mal à me remettre du choc. Après m'être réfugiée dans les vestiaires, j'ai migré ici, à la cafétéria, afin de déjeuner en paix. Sauf qu'à chaque fois que je rapproche la nourriture de ma bouche, un haut-le-cœur me saisit. C'est à cause des paroles tranchantes de madame Rivera, qui résonnent dans ma boîte crânienne. Je m'affaisse sur ma chaise et abandonne l'idée de me nourrir. Moi qui pensais avoir touché le fond lorsque la tornade dévastatrice « Chester » a fait irruption dans ma vie… Je me suis bien mis le doigt dans l'œil ! Les choses empirent, me faisant chuter encore plus bas. Le moral n'est pas au beau fixe et ça me met en colère contre moi-même, car je refuse de baisser les bras. Il faut que je sois plus forte, que je me batte et que je travaille davantage que les autres. J'ai ma place ici et je dois prouver à tous que je peux atteindre mes objectifs.

Si proche de décrocher les étoiles…

Hors de question d'abandonner. Si seulement j'avais mon père en face de moi, je suis persuadée qu'il me secouerait comme un prunier afin de me réveiller. Ma mère, elle, userait d'une méthode plus douce en me berçant avec ses mots si réconfortants. Quant à Julian, il ne se gênerait pas pour me mettre une tarte dans la tronche s'il me voyait jeter l'éponge. Et River, lui… je ne peux incontestablement pas le décevoir. C'est impossible.

Je saisis à nouveau ma fourchette et joue avec ma salade, jusqu'à ce qu'une personne s'installe à ma table. Je lève le nez de mon Tupperware et aperçois Joy, qui pose son plateau et me dévisage silencieusement afin d'évaluer si je vais bien ou non. J'espère que mes yeux ne sont plus rougis. L'étudiante grimace en fixant le mets que je me suis préparé en trombe ce matin, avant de venir en cours.

— C'est pas pour en rajouter une couche, mais ta salade n'a pas l'air très appétissante. Tiens, je t'ai pris ça ! me lance-t-elle en me tendant un bagel enveloppé dans un petit sachet blanc.

Sans savoir pourquoi, je pique un fard. La dernière chose à laquelle je m'attendais, c'est qu'elle m'achète de la nourriture. Gênée, je refuse en secouant la tête.

— C'est adorable de ta part, seulement je n'ai pas super faim.

— Ally, arrête de faire l'enfant et mange ! Faut que tu reprennes des forces, c'est important. La journée n'est pas terminée et je ne voudrais pas que tu fasses un malaise.

Son ton autoritaire mêlé à sa mine sévère me surprend. On dirait une mère qui engueule sa fille. La façon dont elle se soucie de moi me touche en plein en cœur.

Mais qui es-tu, Joy Tanaka ?

Même si j'apprécie de plus en plus sa compagnie, je connais si peu de choses sur elle. Mes lèvres s'étirent en un mince sourire et finalement, je l'écoute. Je récupère le bagel et me force à croquer dedans sous le regard satisfait de la jolie Japonaise.

— Je suis désolée pour ce matin. Madame Rivera n'a pas mâché ses mots, mais tu la connais, elle ne pensait pas à mal. Si elle se montre aussi rude avec toi, c'est sans aucun doute pour te faire réagir et te pousser à te surpasser.

Mon front se plisse quand je sens la douleur ressurgir dans ma poitrine.

— Ou alors, elle a peut-être raison. Je n'ai pas les capacités pour me trouver dans cette promo. Mon niveau a dégringolé, j'ai validé mes crédits de justesse, l'année dernière.

Les sourcils de Joy se froncent, elle ne croit pas un traître mot de ce que je souligne. L'étudiante se penche, s'empare de mon couvert et pique une feuille de ma salade.

— Hum… Je confirme… Pas assez assaisonné, ce que tu t'es préparé ! Sinon, pourquoi on ne s'entraînerait pas toutes les deux ?

— Toutes les deux ? Tu veux dire en dehors des cours ? Sérieux, ça te brancherait ?

Elle ricane, un son cristallin qui dissipe le brouillard de mon regard languissant.

— Je ne vais pas te proposer quelque chose que je ne veux pas ! Mes points forts sont la souplesse et la technique. Toi, c'est la fluidité des mouvements et l'émotion que tu dégages. On pourrait s'entraider pour renforcer nos talons d'Achille, qu'en penses-tu ?

Sur le moment, je n'émets aucune réaction. À vrai dire, cet élan de gentillesse me laisse sans voix. La légèreté et la bienveillance de l'étudiante sont comme un écrin de douceur. Mon cœur s'allège et balaie d'un revers de manche cette envie de me morfondre sur mon sort. Ça fait des années que je côtoie la même promo, des filles et des garçons issus de tous horizons. Des Américains, des Asiatiques, des Africains, des Européens… En tout, plus d'une quarantaine de nationalités sont représentées dans notre école. Dès mes premiers jours à la Juilliard, je suis tombée sous le charme de cette mixité. Certains danseurs continuent de suivre une formation en musique ou en art dramatique en dehors de notre tronc commun. Au départ, c'était tout beau, tout rose. Nos rêves et nos différences nous complétaient comme une vraie équipe, mais ça, c'était avant que Tiffany mette son grain de sel. Lorsqu'elle a commencé à se mettre tout le monde à dos, notre promo s'est divisée et l'esprit de compétition a fait éclore un fort individualisme. À présent, les étudiants suivent la règle du « chacun pour soi et Dieu pour tous ». C'est pour cette raison que je ne cesse d'être étonnée par le comportement amical de Joy Tanaka. J'ai l'impression de retrouver cet esprit de promo soudée, perdu depuis bien longtemps. Face à mon mutisme, la Japonaise se tortille sur sa chaise, mal à l'aise.

— Après… si tu trouves que c'est une mauvaise idée, ne t'inquiète pas, je…

— Non. Ce serait génial qu'on bosse ensemble, la coupé-je.

Elle me répond par un sourire radieux, engendrant chez moi une allégresse qui me cajole les sens. Je la trouve magnifique. Sa peau blanche au teint légèrement rosé et ses yeux en amande, assortis à sa longue chevelure noire, exaltent une pureté qui m'apaise. Je sens déjà mes batteries se recharger grâce à sa simple présence à mes côtés.

— Je viens généralement à la Juilliard vers 8 heures du matin pour m'entraîner avant nos premiers cours. Je suis moins productive le soir, donc je préfère me lever tôt pour bosser, l'informé-je.

— Ça me va ! Je suis pareille que toi, sur ce coup-là.

Vraiment… Cette fille me remonte à bloc !

En un éclair, l'appétit me revient. Le bagel ne fait pas long feu, je le dévore sous les yeux amusés de la Japonaise. Durant cette pause déjeuner, Joy me parle un peu d'elle. J'apprends que sa passion pour la danse lui est venue grâce à sa mère, qui est l'une des rares personnes à enseigner le *Nihon Buyô*, une danse traditionnelle japonaise pratiquée en kimono. Ses parents sont divorcés, son père vit au Japon, tandis que sa mère habite dans le quartier de Sunnyside, situé dans le Queens. Elle m'avoue qu'elle préfère la danse contemporaine au classique, car selon elle, l'expression du corps est plus forte lorsque l'harmonie, la beauté et le côté terrien se mélangent. Moi, je préfère au contraire l'élévation de l'esprit et du corps qui s'étire vers le ciel lors des ballets classiques. Joy aimerait suivre les traces de sa mère en devenant prof. Lorsque cette dernière me demande pourquoi je rêve d'intégrer l'Opéra de Paris, des cris hystériques coupent le fil de notre discussion.

Nos regards convergent vers l'entrée du réfectoire et je me sens tout de suite blêmir. Une immense foule s'est formée et je soupire d'agacement, car je sais très bien qui sont les responsables de tout ce vacarme.

Maudits Chainless. Maudit Chestanas.

Dire que les rockeurs n'ont pas raté une miette de mon rabaissement ! Je n'ose même pas imaginer la jubilation du chanteur en assistant à ma chute. D'autant plus que c'est à cause de lui si j'ai vacillé. Raison supplémentaire pour l'inscrire tout en haut de ma liste noire. J'arrive enfin à percevoir les Chainless au milieu de l'affluence. Ils se dirigent au centre de la cafétéria et s'installent à une table vide pour signer des autographes et prendre des photos. Chester est le seul à ignorer les gens qui s'agitent autour de lui. Il grimpe sur une chaise et s'assoit au bord de la table. Une grimace déforme ses traits lorsqu'une fille hurle de manière aussi stridente qu'une alarme incendie à quelques mètres de lui. Cette cohorte semble l'irriter.

— La vache ! Je ne savais pas qu'ils étaient si célèbres ! m'avoue Joy.

— Tu ne les connaissais pas ?

Elle secoue la tête en signe de déni.

— Mon truc, c'est plus les œuvres musicales de Jacques Offenbach, Richard Wagner ou encore Maurice Ravel.

Ma bouche s'entrouvre. J'ignore si le coup de foudre amical existe, mais cette fille, en plus de faire un sans-faute, marque de *très* bons points. Joy se lève avec son plateau et m'indique que son option théâtre ne va pas tarder à avoir lieu. On s'échange nos numéros de téléphone afin de pouvoir programmer nos futures séances d'entraînement. L'étudiante me salue d'un signe de main et disparaît du réfectoire sans prêter attention à la foule en délire à quelques mètres d'elle.

Je ne traîne pas non plus. Il me reste deux heures avant de repartir en classe. Cet après-midi, nous allons travailler avec nos partenaires masculins un pas de deux issu de l'incontournable ballet classique *Le Lac des Cygnes* de Tchaïkovski. J'espère être à la hauteur. Réviser quelques figures de mon côté avant le début du cours ne serait pas de refus. Je range mes affaires, saisis mon sac de sport et me dirige vers la poubelle la plus proche pour me débarrasser du sachet d'emballage de mon bagel. Quand je me retourne, les Chainless se trouvent pile dans ma ligne de mire. Ils continuent d'enchaîner les autographes et je remarque qu'ils prennent le temps de discuter avec leurs fans. Sauf Chestanas, qui se tient encore en retrait. Ce dernier laisse sa joue reposer contre sa paume et je me tétanise en comprenant qu'il m'observe. Aucune émotion n'est perceptible sur son visage. Un mur. Cependant, il me sonde avec une intensité pour le moins... étrange. Pas de trace de moquerie non plus. C'est plutôt étonnant, car je pensais qu'il saisirait cette occasion afin de me remémorer – d'une quelconque manière – ma terrible erreur en cours de danse. Au lieu d'enfoncer le clou, il reste planté là, à me dévisager sans animosité... *mais avec curiosité*. Cette fois, je ne ressens pas de haine de sa part, ses yeux me donnent plutôt l'impression qu'il veut fouiller mon âme de fond en comble.

Que cherche-t-il ? Lire en moi ? Non, je sais : mes faiblesses.

Il veut mettre la main sur mes failles pour mieux m'atteindre, parce que c'est comme ça qu'il fonctionne. La mesquinerie le pourrit jusqu'à la moelle. Un type dans son genre ne ressent aucune empathie. Je me demande parfois s'il n'est pas sociopathe.

Ça pourrait expliquer beaucoup de choses...

Mon estomac se tord, comme à chaque fois que nous nous affrontons lors d'un échange visuel. Faut que je me tire d'ici, je n'aime pas cette manière qu'il a de me fixer sans ciller. Réalisant que ses iris gris sont en train de m'engloutir, je détourne le regard la première. Troublée, je secoue la tête, reprends mes esprits et, d'une démarche assurée, je quitte le réfectoire sans me retourner.

Au milieu du hall principal de l'école, une douleur familière se réveille dans mes pieds au fil de mes pas. Sans m'alerter, je m'engage dans un couloir et fais un arrêt aux toilettes des filles. Une fois à l'intérieur, je laisse tomber mon sac sous un lavabo et retire mes Converse. Je pose l'un de mes pieds sur le rebord de la vasque, me penche et examine les dégâts.

Ce n'est pas beau à voir !

Au milieu de mes hématomes, j'ai des ampoules percées à certains endroits. Ma peau est à vif et ça fait un mal de chien. Les pointes n'épargnent personne. Je vais devoir passer la soirée à soigner tout ça. Il faudrait aussi que je m'achète de nouveaux protège-pointes en tissu. Sur le point de saisir des pansements dans mon sac, la porte s'ouvre et mon corps se liquéfie. Apparemment, le calvaire n'est pas près de s'achever aujourd'hui. À mon plus grand désarroi, Tiffany, Eva et Lucy font leur apparition. Je sais qu'il ne s'agit pas d'un hasard. Elles sont là pour moi, uniquement dans le but de m'en faire baver. Les filles entrent et prennent soin de refermer le battant derrière elles. Je suis prise au piège.

— Rebonjour, Mocheté, commence Tiffany.

Bien que j'essaye de garder une certaine contenance, leurs rictus sadiques me foutent les jetons.

— Même Rivera ne supporte plus de voir ta tronche ! s'esclaffe Eva.

Premier coup envoyé ! Et ce n'est que le début, alors il faut que je m'arme de beaucoup de patience, car elles ne comptent pas me lâcher de sitôt. À force de les côtoyer, je sais exactement ce qu'il va passer : d'abord, le trio ne va pas se priver de remuer le couteau dans la plaie, ensuite…

… les choses vont très certainement tourner au vinaigre.

— Trois contre une ! Je remarque que vous jouez à la loyale constamment. C'est du beau jeu !

Je ne me gêne pas pour leur envoyer mon sarcasme en pleine figure. Lucy glisse ses doigts dans ses longues mèches blondes et s'approche sans me lâcher des yeux. Une fois postée en face de moi, elle fixe mes pieds abîmés et grimace.

— Décidément… T'es répugnante jusqu'au bout des orteils. Elle ne me laisse aucune chance de répliquer, sa paume percute violemment ma joue. Dans ma tête, tout se fige. Des points noirs floutent ma vue et des acouphènes me brouillent l'ouïe. Lentement, je reporte une main sur ma peau endolorie. Ça brûle et pique en même temps. Lucy profite de mon état de sidération pour me saisir par les épaules et m'épingler contre le mur. Au moment où mon dos cogne contre la surface dure, je m'écroule et geins de douleur. Là, je commence vraiment à les craindre, car c'est bel et bien la première fois qu'elles s'en prennent physiquement à moi. Le trio infernal monte d'un cran en repoussant plus loin les

limites.

— Quel est votre problème, à la fin ? Vous êtes des malades ! m'écrié-je.

— Je ne fais que te rendre la monnaie de ta pièce, me répond Lucy en me montrant sa joue, que j'ai giflée tout à l'heure dans les vestiaires.

Tiffany s'approche et me regarde de haut.

— Dis-moi, Mocheté… Comment les Chainless peuvent-ils connaître une fille comme toi ? Oh, et puis, peu importe ! J'espère que tu ne penses pas que ça te servira à remporter l'audition, parce qu'ils vont très certainement s'écrouler de rire quand tu danseras sur leur chanson.

— Va te faire foutre ! lui craché-je avec acrimonie.

La brune au carré plongeant serre les dents. Elle fait signe à Eva et Lucy de se ramener pour m'encercler.

— Et si on la massacrait, les filles ? leur lance Tiffany.

— Avec plaisir ! répond Eva.

Mon sang ne fait qu'un tour, je plie les genoux contre ma poitrine et me mets à trembler.

— Je propose de lui écraser les pieds pour ne plus qu'elle remette des pointes de sa vie ! clame Lucy.

— Ne me touchez pas ! hurlé-je.

Quand je me relève, Eva agrippe mes épaules pour me clouer contre la paroi, tandis que Lucy saisit ma cheville afin de me stabiliser. Elles ont de la force, j'ai du mal à me débattre. Tiffany place sa chaussure juste au-dessus de mon pied blessé.

— Non, non, non, ne faites pas ça !

La panique s'empare de moi. Tiffany me sourit et lève sa godasse plus haut. Ma peur l'encourage à me montrer toute l'étendue de sa bassesse. Le choc va être terrible. Mes paupières s'abaissent. À présent plongée dans le noir, je serre les mâchoires pour anticiper la douleur à venir. Je ne supporte pas, ou plutôt je ne supporte *plus* que l'on piétine mon corps. C'est mon principal outil de travail, celui qui me guidera jusqu'au triomphe, à l'apogée de mes rêves. C'est le sanctuaire de mes émotions, une enveloppe charnelle aussi précieuse et fragile que du cristal, qui protège mon âme. Mon corps, je suis la seule à le posséder de manière exclusive. C'est à moi de décider ce qu'on lui fait ou non. Seulement moi. Et personne ne peut le donner en pâture à qui que ce soit. *Personne…*

— Qu'est-ce que vous foutez ?

Lorsqu'une voix masculine claque comme un coup de fouet près de nous, j'ouvre les yeux et mon sang se glace. Les filles sursautent puis font volte-face vers l'entrée des toilettes. L'épaule appuyée contre le chambranle de la porte, Chester Hanson observe la scène.

Depuis combien de temps est-il là ? Et quelles sont les raisons qui l'amènent à se retrouver au milieu des toilettes des filles ? Je suis tellement perdue que je n'ose plus bouger. Il prend sans doute son pied en me voyant malmenée par d'autres individus que lui. Après tout, je reste le pion dans son jeu malsain. Tout est calculé. Il tourne autour de l'échiquier géant, analyse chaque élément, réfléchit aux meilleures tactiques à adopter avant de passer à l'offensive. Les règles, il n'y en a pas. Tous les coups sont permis. Un seul et unique but à atteindre : écraser ses adversaires pour mieux asseoir sa domination.

Son regard sombre converge vers les étudiantes, puis s'ancre dans celui de Tiffany Jones. Mon cœur s'affole, je me prépare à ce qu'il demande à mon ennemie jurée de poursuivre ce qu'elle s'apprêtait à faire. Toutes les personnes que je hais se retrouvent réunies dans la même pièce. À part si le plafond me tombait sur la tête, je crois que la situation ne pourrait pas être pire. J'ai touché le fond.

— Alors ? s'impatiente Chester. Vous branlez quoi ?

Les filles perdent en assurance, elles se tripotent les cheveux et fixent leurs pieds en rougissant. Tiffany s'éclaircit la gorge et lui répond d'une voix mal assurée :

— On… on parlait, tout simplement. Et puisque t'es là, je voulais te dire que j'adore ce que tu fais. Je connais toutes tes chansons par cœur !

J'ignore ce qui est le pire : écouter la brune mentir et faire la lèche-cul ou voir ce sourire en coin se former aux commissures des lèvres de Chester. L'hypocrisie de l'étudiante empeste à des kilomètres à la ronde et me provoque des milliers de frissons de répulsion. À l'instant où la silhouette du rockeur se rapproche de nous, mes jambes manquent de se dérober. Les danseuses se tétanisent, seule Tiffany trouve l'audace de le regarder droit dans les yeux. Le chanteur sort une main de la poche de son jeans et glisse ses doigts sous le menton de la brune. Elle tressaille, mais se laisse manipuler, comme envoûtée par les talents d'hypnose d'un charmeur de serpent. Est-ce le début d'une alliance entre ces deux êtres abjects ? Ça en a plutôt l'air. Je le sens très mal...

— On a un point commun toi et moi, l'informe-t-il.

La confusion se lit sur la mine de l'étudiante. Chester me désigne de la tête. Son visage exprime un calme glacial qui me donne envie de m'étrangler sur place pour abréger mes souffrances.

— On aime tous les deux martyriser cette fille.

Les yeux de Tiffany s'arrondissent, tandis que ses paroles me font office de douche froide.

— Je… Non… Je ne la…

Chester l'interrompt en posant son index sur ses lèvres.

— Pas la peine de nier, j'ai très bien vu ce que tu comptais lui faire, et *j'adore ça*.

La pulpe de son doigt frôle avec une lenteur mesurée la pommette de Tiffany. Cette dernière frissonne et ne le quitte pas du regard.

— En plus, tu connais « toutes mes chansons par cœur ». La brune hoche la tête.

— Ou… oui, c'est… c'est vrai.

Sa voix chevrotante montre qu'elle perd ses moyens. C'est la première fois que je la vois plonger dans un tel état de fébrilité, toutefois ça n'a rien de surprenant. Face à Chester Hanson, difficile de conserver la maîtrise parfaite de ses émotions. L'aura qu'il dégage est si puissante qu'elle vous écrase et manque de vous asphyxier, comme un serpent s'enroulant doucement autour de vous jusqu'à enserrer votre gorge. Le rictus du rockeur s'élargit face à son malaise, car il la contrôle et ça le fait jubiler. Du revers de sa main, il descend le long de sa joue et continue son cheminement jusqu'à la naissance de son cou. Quand il détient enfin toute son attention, ses iris changent de nuance et arborent à présent une teinte plus… *impétueuse*. Je sais ce que ça signifie : il s'apprête à montrer les crocs.

— Dans ce cas, tu dois sûrement connaître notre titre *Barrez-vous avant que j'explose vos gueules contre la cuvette des chiottes*, non ?

Il n'y va pas de main morte. Ses mots jettent un froid, les corps se crispent et les respirations se bloquent. L'effarement pétrifie le visage de Tiffany. Sonnée, elle bat plusieurs fois des cils. Sans doute espère-t-elle avoir mal entendu. Le chanteur rompt tout contact avec l'étudiante et la foudroie de ses yeux acier, à travers lesquels bouillonne une haine féroce.

— Chercher à me caresser dans le sens du poil, avec cette adulation basée sur des paroles qui puent l'hypocrisie à plein nez, ça a tendance à me rendre… *pas très agréable*. Alors, avant que j'use de manœuvres qui pourraient t'empêcher de fermer l'œil cette nuit, casse-toi. *Maintenant*. Ça vaut aussi pour tes sbires.

Eva et Lucy sursautent, tandis que le visage de Tiffany se retrouve vite déformé par la peur. Le trio infernal s'échange des regards affolés et obtempère sans discuter. Elles détalent d'ici à toutes jambes en moins de dix secondes. Lorsque la porte claque, un silence inconfortable plane dans la pièce. Mon cœur est partagé entre deux sentiments : d'un côté, je suis soulagée d'être enfin débarrassée de ces vipères, mais de l'autre, me retrouver seule ici, en tête-à-tête avec Chester Hanson, me rend anxieuse. Alors je continue de jouer la carte de l'ignorance et commence à remettre mes chaussures, comme s'il n'existait plus. Même si le rockeur vient de m'épargner les cruautés de la bande de Tiffany, je sais que ce qu'il me réserve s'avère bien pire. Cette « bonne action » est déguisée en fourberie, je ne suis pas dupe.

— Je déteste la concurrence, déclare-t-il.

Je lève les yeux vers lui, les sourcils froncés.

— De quoi tu parles ?

— De ces meufs. J'ignorais que d'autres personnes te menaient la vie dure. Décidément, pas grand monde ne t'aime !

Ça y est, il commence déjà à me rabaisser. J'accuse le coup en récupérant mon sac sous la vasque du lavabo, tandis que mes pieds me font toujours souffrir. Lorsque je me dirige vers la sortie des toilettes en grimaçant, Chester me barre la route et esquisse un sourire qui me donne froid dans le dos.

— Je ne suis pas d'humeur à me battre avec toi. Fous-moi la paix, à la fin !

— Tu sais très bien que je n'en ai pas envie, Owen.

Mes doigts se resserrent avec nervosité sur la lanière de mon sac.

— Qu'est-ce que tu attends en me regardant de cette façon ? Le déluge ? Ou alors, que je subisse une combustion instantanée de la tête aux pieds ? Comme ça, tu récupérerais mes cendres en guise de trophée et tu crierais au monde entier : « Regardez, la rousse a enfin brûlé ! »

— Si je claque des doigts, tu crois que ça pourrait se réaliser ?

J'étouffe un juron en glissant sur le côté afin de le contourner, mais là encore, sa silhouette me fait barrage.

— C'est quoi, cette démarche boiteuse ? T'es blessée ?

— Non. Tu peux t'écarter, maintenant ?

Quand il entreprend un pas dans ma direction, je recule par réflexe. Redoutant le moindre contact physique, je le stoppe avec ma main pour l'inciter à rester là où il est. Comme je m'y attendais, il n'y prête pas attention et saisit mon bras d'une poigne ferme. Je tente de me dégager, sauf que ses doigts se plantent dans ma peau et je panique.

— Ne t'avise même pas de…

Chester ne me laisse aucune chance d'achever ma phrase. Il enroule un bras sous mes jambes et l'autre soutient mon dos. Puis, avec une facilité déconcertante, il me soulève. Mes muscles se pétrifient tandis que les battements de mon cœur se lancent dans une course effrénée.

— Qu'est-ce que… Qu'est-ce que tu fais ? Repose-moi par terre ! m'affolé-je.

— Mets-la en sourdine. J'ai les oreilles qui saignent à cause de ta voix de crécelle !

Malgré ses dires, je continue à gesticuler dans tous les sens.

— Je peux savoir où tu comptes me transporter comme ça ?

— Séquestration dans une cave bien sombre et humide, ça te branche, Owen ? De cette façon, je pourrais te torturer quand l'envie me prendrait.

En quelques secondes, je sens le sang quitter mon corps et mon teint devenir blafard. Des frissons d'horreur m'assaillent quand d'affreux scénarios contaminent mon esprit. Chester analyse ma réaction en restant impassible, puis sans que je m'y attende, il éclate d'un rire franc. Là, je suis déboussolée en l'entendant rigoler pour la toute première fois. Mes pensées s'entremêlent, je n'arrive plus à suivre. Collé à son torse, mon corps se tend. Une fois son calme revenu, le chanteur abaisse la poignée avec son coude et nous quittons les toilettes des filles. Dans le couloir, il regarde droit devant lui et ignore les étudiants qui nous toisent avec des yeux ronds comme des billes. J'ai envie de disparaître. Sans m'en rendre compte, mes doigts s'agrippent à son vieux tee-shirt de rock. Chester s'arrête au milieu de l'allée et son regard rencontre le mien. Encore une fois, je me confronte à la profondeur de ses iris qui me désintègrent la boîte crânienne à cause de leur couleur perçante. Cet alliage de stries abyssales et métalliques dissimule ses émotions, telle une couche de glace infranchissable. Je tremble, parce que je redoute les idées qui lui passent par la tête. Pourtant, il ne semble pas savourer mon état de panique. Et ce démon me prend de court au moment où il me demande sur un ton étonnamment calme :

— C'est dans quelle direction, l'infirmerie ?

Chapitre 17

Deal

Ally

Est-ce que je nage en plein rêve ? Cette situation n'a ni queue ni tête. Ça paraît irréel, surréaliste, voire extrêmement *louche* de la part de ce démon. J'ai beau me creuser les méninges, je n'arrive pas à cerner son petit manège. Merde, pourquoi Chester Hanson veut-il m'aider ? C'est sûr, il a quelque chose derrière la tête, et connaissant sa personnalité, ça ne peut pas être un acte de bienveillance, car il ressent juste de la répulsion à mon égard.

Je serre mon sac entre mes bras telle une peluche, car je trouve dans ce geste un peu d'apaisement, même si j'ose à peine respirer. Le rockeur continue d'arpenter les couloirs de l'école. En chemin, nous croisons beaucoup trop de monde, alors mon premier réflexe est de me cacher derrière mon sac afin que personne ne puisse me reconnaître. Cette situation pourrait être très mal interprétée et j'espère qu'aucune photo de nous deux ne circulera sur les réseaux sociaux.

Recroquevillée comme un pauvre animal apeuré, je n'arrive pas à me détendre. Sentir ses bras me soutenir…

Je déteste ça. En sa compagnie, je ne suis pas en sécurité. Il pourrait à tout moment me lâcher et me laisser tomber par terre comme une crêpe. Il faut se préparer à toutes les éventualités avec lui, *surtout les pires*.

Je me trouve si proche de Chester que les effluves épicés de son parfum titillent mes sens. Un mélange de vanille, cannelle et d'ambre. Et ça sent très bon, même avec l'odeur du tabac qui imprègne son tee-shirt. C'est troublant et… *Depuis quand je me prends pour une experte en fragrances ? Et depuis quand je trouve un truc agréable chez Chester Hanson ?*

Je divague, je perds la tête. Ça va mal. Sûrement la fatigue qui me fait perdre le fil de mes pensées.

Allez ! On se reprend, soldat !

Je décide de sortir de ma torpeur dès l'instant où nous passons devant les toilettes attenantes à une salle d'orchestre. Pas question de rester une seule seconde de plus en sa compagnie, alors d'un coup de coude robuste, je le frappe au ventre sans crier gare. L'effet est immédiat, sa respiration se bloque, puis ses sales pattes se détachent de mon corps sous le coup de la surprise. Il me lâche et ma réception au sol est plus que désastreuse. Je me vautre par terre mais, galvanisée par un pic d'adrénaline, la douleur me paraît inexistante. En deux temps, trois mouvements, je me relève et clopine avec la force du désespoir vers les sanitaires réservés aux filles.

— Merde, Owen ! aboie mon pire cauchemar derrière moi.

J'accélère la cadence et pousse la porte, en panique. À l'intérieur, une étudiante aux dreadlocks blondes, affublée d'une robe bohème à imprimé floral, est en train de faire une retouche à son maquillage devant le miroir. Elle est seule. Sans réfléchir, je fonce à cloche-pied dans sa direction. La fille fronce les sourcils et se tourne vers moi.

— Tout va bien ? me demande cette dernière, soucieuse.

— Aide-moi ! Il y a un fou à mes trousses !

Elle esquisse un mouvement de recul et prend le temps d'assimiler mes mots.

— Pardon ? Un fou ?

La blonde écarquille les yeux et au même moment, Chester fait irruption dans les toilettes, tel un démon furieux prêt à me jeter du haut des crevasses enflammées de l'Enfer.

Je suis déjà cuite.

Le corps de la fille s'immobilise dès que son regard croise celui du chanteur. Sa bouche forme un « O » de stupeur et quand ses iris pétillent d'excitation, je prends conscience qu'elle ne se rangera pas dans mon camp.

Mauvais plan. Mauvaise alliée. Mauvais signe.

— Oh, je rêve ! On m'avait averti que les Chainless seraient présents à la Juilliard aujourd'hui. Mais j'étais loin de me douter que Chester Hanson allait venir jusqu'ici ! Mon cousin est fan de vous ! Quant à ma sœur, n'en parlons pas ! Elle a des posters scotchés jusqu'au plafond de sa chambre ! C'est possible de prendre un selfie, tous les deux ?

Le chanteur reste de marbre, malgré cette lueur mortelle qui enflamme son regard. D'un signe de main, il lui demande d'approcher. L'étudiante, envoûtée par cette force d'attraction qu'il exerce sur elle sans grand effort, n'émet aucune résistance et opine. Chester sourit, sa façon à lui de resserrer son emprise séductrice sur sa proie, puis se penche jusqu'à son visage, sans pour autant me quitter des yeux. De là où je me trouve, je suis incapable de comprendre ce qu'il lui murmure au creux de l'oreille. Sa victime frémit, non de peur, mais plutôt d'un désir ardent que le rockeur a fait naître en l'entraînant au milieu de ses flammes dévorantes, qui calcinent d'une violence destructrice sa raison ainsi que ses derniers fragments de bon sens. Il lui fait un lavage de cerveau et j'assiste à la scène, impuissante. Après une longue minute, la fille s'éloigne du Chainless et récupère son sac de cours ainsi que l'étui de son violoncelle. Elle m'adresse un doux sourire à la volée qui me démunit, car je ne sais pas comment l'interpréter, puis elle disparaît pour me laisser en tête-à-tête avec mon tourmenteur.

Le stress m'envahit à nouveau, ce n'est pas de bon augure. Mes membres s'alanguissent et ma hargne ne fait plus vrombir mon cœur. Devant lui, je me sens toute molle, comme une glace en train de fondre au soleil. Chester s'adosse contre la porte et soulève son tee-shirt, dévoilant le tracé parfait de ses abdominaux en béton, mais ce n'est pas sur sa musculature massive que je m'attarde, ni sur son jeans qui tombe indécemment bas sur ses hanches en me laissant un aperçu de sa ceinture d'Apollon. Non, ce qui retient en priorité mon attention, c'est cette trace rouge au-dessus de son nombril.

— Ce n'était pas très gentil, ce coup bas, Owen, articule-t-il dans un calme effrayant.

Je ravale un hoquet de frayeur.

C'est lui qui me parle de gentillesse ? Quelle ironie du sort !

Je m'abstiens de tout commentaire et, au lieu de déclencher de nouvelles hostilités, je me place devant le miroir, puis pose mon sac juste à côté du lavabo pour finir ce que je voulais entreprendre. Après avoir retiré mes chaussures, je fouille dans mes affaires, à la recherche de mes pansements « seconde peau ». Pendant ce temps, le rockeur reste en retrait et extirpe son paquet de clopes de la poche de son jeans. À travers le reflet de la glace, je regarde d'un mauvais œil la flamme jaillir de son briquet.

— C'est interdit de fumer ici, l'informé-je lorsqu'il prend sa première bouffée.

Ses prunelles glacées vissées sur moi, il réitère son action et laisse échapper la fumée de sa bouche, lentement, afin que le message soit bien clair : « J'en ai rien à foutre de ce que tu peux me dire, Owen… »

Au bout de sa troisième taffe, il brise le silence.

— Alors comme ça, t'es branchée tutu et collants serrés ?

Je meurs d'envie de l'envoyer sur les roses, mais je me retiens, car je ne me trouve pas en position de force.

— Tu réduis la danse classique à ça ? Vision hyper clichée, je te remercie.

Ma remarque l'amuse. Sans se décoller de la porte, il poursuit, avec une lueur espiègle dans le regard :

— Ça doit être chiant de faire toujours la même chose, non ?

Mon front se plisse, je ne vois pas où il veut en venir.

— Comment ça ?

— Chiant, parce que tu dois contrôler tous tes moindres faits et gestes. Chiant, parce qu'on te dicte quoi faire à longueur de journée. Chiant, parce que tu obéis comme un gentil petit chien en répétant encore et toujours les mêmes numéros. Chiant, parce que tu te soumets à la rigueur. Ton monde encadré par tout un tas de codes est juste superficiel.

Alors que je m'apprête à m'emparer de mes pansements, je marque un brusque mouvement d'arrêt. Mes lèvres s'entrouvrent, je me sens insultée par cette vision étriquée de ma discipline. De ce fait, je fais volte-face vers lui et le jauge d'un regard meurtrier.

— Tu ne sais absolument pas de quoi tu parles. Quand nous dansons, nous ne sommes pas des poupées vides et sans conscience. Au contraire, nous ressentons une charge émotionnelle incroyable. On se découvre, on trouve sa place et on repousse nos limites. Il existe une infinité de chorégraphies et de musiques par lesquelles nos émotions s'expriment. On se glisse dans nos rôles comme des comédiens et des acteurs. Sur scène, les décors, les costumes et l'orchestre transcendent l'œuvre. Et lorsque nous faisons corps avec les personnages que nous interprétons, on entre dans un monde parallèle, loin de la réalité. C'est un voyage unique, un rêve éveillé, aussi bien pour les danseurs que pour les spectateurs. Et puis, tu n'imagines pas tout le travail que ça demande derrière, ne serait-ce que pour exécuter un seul mouvement avec propreté. Nos gestes doivent être parfaits. La moindre erreur gâche toute la chorégraphie, et…

Le rockeur secoue la tête et ne me laisse pas le temps de terminer.

— C'est justement ça que je déteste ! Tout doit être idéalement cadré au millimètre et à la seconde près. Qu'est-ce qui est excitant dans ce que tu fais ? Aucune surprise ni connexion avec ton public puisque tu n'interagis pas avec lui. Rien ne se passe, c'est comme si le rideau restait fermé entre celui qui danse et la personne qui regarde. C'est bien beau d'incarner un personnage, mais où est l'expression de tes sentiments à toi, vu que tu te caches derrière ton rôle ?

Mon sang bouillonne dans mes veines. Je ne suis pas près de rendre les armes, surtout lorsqu'on s'attaque à ma passion.

— Tu ne comprends rien ! Le public compte énormément pour nous ! Si un danseur n'arrive pas à toucher le spectateur, alors c'est comme un échec. Nous travaillerons dur et nous nous surpasserons toute notre vie pour acquérir la reconnaissance du public, parce que c'est la plus belle des récompenses. On fait oublier le quotidien, on tend la main aux gens et on les plonge dans notre univers en stimulant leur imagination. Les connexions sur scène existent bel et bien dans le monde de la danse. Et quand nous nous glissons dans la peau de nos personnages, nous puisons au fin fond de notre propre palette d'émotions pour réaliser nos jeux. On y met de nous, de notre personne, de notre âme. On ne se cache pas derrière un rôle, au contraire ! On le rend vivant et authentique avec un style et une patte artistique. Tu critiques ma passion, mais qu'en est-il de la tienne ? À part créer un tintamarre pas possible sur scène, qu'est-ce qui est transcendant ?

Alors que mon esprit s'échauffe et que ma voix s'élève, le rockeur passe une main dans ses boucles brunes et arbore une expression grave.

— Il n'y a pas de limites quand on crée de la musique, aucune restriction dans les sujets que nous voulons aborder. Pour créer, on se calque sur nos vécus. Les chansons nous reflètent, elles s'enracinent dans nos têtes et jouent avec nos humeurs. Pas de place à la lassitude, puisque nos journées ne sont jamais les mêmes. On écrit, on compose et on teste de nouveaux trucs, parce que nous n'avons pas peur de l'inconnu. On vit à cent à l'heure, sept jours sur sept. Dès qu'on pose un pied sur scène, plusieurs trucs se passent. C'est physique, presque chimique : chair de poule, frissons, nœud au ventre, adrénaline, poussées d'endorphine… c'est inexplicable et il faut le vivre pour le comprendre. Lors d'un concert, rien n'est dicté, on se libère, on se déchaîne, on ressent jusqu'au plus profond de nos tripes cette proximité unique avec notre public. La musique n'est pas seulement une passion, c'est une automédication qui me sort la tête de l'eau. Il y a que comme ça que je vis, Owen : *sans chaînes*. Je flirte avec le risque, je me fie à ma spontanéité, je crie ce que j'ai sur le cœur dans cette société muselée. Notre univers se trouve aux antipodes du tien, et je suis convaincu que tu ne pourras jamais connaître cette effervescence en dansant un ballet comme *Casse-Noisette*.

La musique fait indéniablement partie de lui, il en parle avec une hargne sans égale. Seulement, nos visions ne s'enchevêtrent pas et je refuse de poursuivre ce dialogue de sourds plus longtemps.

— J'aime la discipline et quand tout est parfaitement synchronisé. Toi, tu préfères le désordre avec ta musique de sauvage. Chacun son monde. Je pense qu'on est d'accord pour dire que les goûts et les couleurs ne se discutent pas, conclus-je.

Il arque un sourcil et me jauge, le visage immuable.

— Ma « musique de sauvage » ? Tu pensais la même chose lorsque t'avais les yeux rivés sur moi pendant que j'enregistrais au studio ?

Je me maudis de ne pas avoir été plus discrète, ce jour-là. Chester vise juste, il attaque là où c'est le plus embarrassant. Le bougre est fort. Je lui renvoie un sourire narquois, similaire à celui qui trône sur ses lèvres.

— Ouais, ça a été un vrai supplice pour mes oreilles !

En voilà, un beau mensonge.

Tant pis si je ne suis pas crédible, il est hors de question que je flatte son ego en lui affirmant qu'il a un très beau timbre de voix, même lorsqu'il grimpe dans les octaves.

— Owen, pourquoi tu fais preuve d'autant de mauvaise foi ? Moi, j'ai adoré te voir danser ce matin, surtout lorsque tout le monde a assisté à ta chute. Alors, je te remercie pour ce spectacle très jubilatoire, car il m'a mis de bonne humeur.

— La ferme ! riposté-je.

Le chanteur redresse la tête avec un air fier et continue de fumer de manière décomplexée. Néanmoins, son regard a changé. Il se révèle plus sombre, plus intense, *plus menaçant.*

— Tu m'as vraiment mis en rogne. Tu n'imagines pas tout ce que j'ai rêvé de te faire quand tu as levé la main pour t'inscrire à cette audition…

Je manque de m'étouffer avec ma salive.

— Mais en ayant été confronté à ton niveau plus que médiocre, je sais d'avance que t'auras aucune chance d'être sélectionnée dans notre clip, renchérit-il avec un rictus mesquin.

La moutarde me monte au nez. Mes mains se crispent sur le tissu de mon pantalon et je ferme les yeux en essayant vainement de préserver mon self-control. Si je réagis mal, Chester me le fera payer. C'est ce qu'il attend de moi : que je sorte de mes gonds pour avoir une bonne raison de me faire regretter mes paroles. Je prends une grande goulée d'air et plonge mes iris dans les siens.

— Je te trouve bien sûr de toi. Un conseil : ne parle pas trop vite, tu pourrais être surpris.

Il ne tique pas devant mon élan de confiance. Je m'efforce de ne pas perdre la face en soutenant son regard qui s'obscurcit au fil des secondes. Lui coller une gifle me démange, mais je me rétracte dès l'instant où trois coups s'abattent contre la porte. Un rictus sardonique retrousse ses lèvres et il abaisse la poignée en gardant sa clope presque terminée entre ses doigts entourés de chevalières. Dans l'encadrement, je reconnais l'étudiante de tout à l'heure, munie d'un étrange petit flacon qu'elle lui tend avec un sourire jusqu'aux oreilles.

— T'as fait vite, ma belle ! J'en demandais pas tant, lui susurre Chester.

— C'est pour la bonne cause ! Toujours d'accord pour le selfie ?

— Hum… Si tu fais le guet devant la porte afin que personne ne nous dérange, je t'offre même un autographe : pour ta sœur et ton cousin, marché conclu ?

De la ruse saupoudrée de sournoiserie, bifurquant vers la plus vile manipulation, Chester Hanson est un serpent qui a la faculté d'user de son charme afin que les personnes soient à sa disposition et ne lui fassent pas faux bond. Sa proie, scandaleusement docile, sautille et accepte sur-le-champ.

— Marché conclu !

Le manipulateur lui ébouriffe les cheveux dans un élan d'affection hypocrite, puis lui ferme la porte au nez. Après avoir écrasé son mégot par terre, il s'avance dans ma direction avec cette petite bouteille de liquide translucide entre les mains. Mes muscles se contractent férocement lorsqu'il se poste juste devant moi et fixe mes pieds nus. Je reconnais le produit dès l'instant où il dévisse le bouchon. Mon visage se décompose.

— Attends… c'est de l'alcool, ça ?

Ses yeux acier me transpercent, puis son sourire à faire pâlir plus d'une personne s'étire.

— Bien vu, Owen. Et tu peux remercier cette fille qui a gentiment récupéré le flacon à l'infirmerie. Tout ça pour m'aider à désinfecter tes pieds qui me filent la gerbe.

À ces mots, il retourne la bouteille et le contenu se déverse sur mes peaux arrachées. La douleur est immédiate. Le contact de l'alcool sur ma chair me brûle instantanément. J'ai l'impression que mon pied est rongé par le feu, que des milliers d'aiguilles percent ma peau à vif. Les larmes me montent aux yeux, je crie et me tortille dans tous les sens avant de m'accroupir. Je mords mon poignet de toutes mes forces pour étouffer mes hurlements. Chester recule et admire le spectacle.

— Si tu savais comme j'adore t'entendre geindre de cette façon…

Je vois sa tête penchée sur le côté, le rockeur ne rate pas une miette de la scène. Son foutu sourire malsain s'accroche à ses lèvres. Ma peau surchauffe, me pique encore, mais la douleur s'atténue enfin et devient plus supportable au bout de longues minutes.

— Euh… Tout va bien ? retentit une voix derrière la porte.

L'étudiante ! Je me relève d'un bond et m'écrie :

— Non ! Je...

La main de Chester se plaque contre ma bouche pour me faire taire. Par un regard noir, il me convainc de lui obéir.

— Tout va très bien ! répond-il à ma place.

La fille n'insiste pas et nous l'entendons pousser un soupir de soulagement. Je profite du manque d'attention de Chester pour lui mordre la main. Ce dernier lâche un juron et retire aussitôt sa paume de ma bouche. En dépit de mes pieds qui me font souffrir, je trouve la force de lui faire face en le pointant du doigt. La rage gronde dans mon ventre.

— En plus d'être une personne infecte, tu es totalement incohérent dans tes actes ! Si ton but est de me faire du mal, alors pourquoi m'avoir sauvé la mise tout à l'heure contre Tiffany et sa bande ?

Il secoue la main que j'ai mordue, puis hausse un sourcil.

— Qui te dit que je voulais t'aider ?

Je le dévisage en espérant qu'il lise dans mon regard cette profonde hostilité qu'il éveille en moi. Ce mec me rend folle. Il faut une sacrée pelletée de patience pour tenter de le déchiffrer. Moi, j'abandonne.

— Tu sais quoi, j'aurais préféré que tu n'interviennes pas. Et puis, je pense que tu aurais adoré qu'elles m'explosent le pied.

Il jette le flacon vide d'alcool au sol, avale la distance entre nous et enfouit les mains au fond de ses poches. Ses lèvres s'incurvent en un sourire qui me promet encore bien des tourments.

— Je te l'ai déjà dit, c'est parce que je ne supporte pas la concurrence. T'es mon passe-temps, Owen, et plus tu tires sur la laisse, plus je deviens accro à cette aversion qui surgit en moi dès que je te vois.

Ses mots me percutent comme un violent coup de poignard dans la poitrine. Le voilà, le *véritable* Chester Hanson, celui qui joue entre les frontières du déraisonnable et de l'immoralité, celui qui aime saccager les âmes tel un vent dément et démolisseur, celui qui m'engouffre dans son cercle infernal.

— Tu es cinglé. Complètement cinglé. Peut-être qu'en fait, t'es atteint de perversion narcissique. Tu as une image de toi tellement dégradante que tu rabaisses les autres pour te survaloriser. Tu ne ressens pas la culpabilité, puisque tu n'as même plus conscience du mal que tu projettes sur les autres. Tu aimes avoir de l'emprise sur n'importe qui, tu manipules pour répondre à tes intérêts et ça te fait jubiler.

Il entreprend un dernier pas et fond son regard aux nuances d'une sinistre nuit dans le mien.

— Je n'ai jamais prétendu être un enfant de chœur, mais je crois que maintenant, tu sais à quoi t'en tenir avec moi, Owen, concède-t-il.

Le sang pulse jusqu'à mes tempes en surchauffe.

— Écoute-moi bien, Hanson. Je ne suis ni ton joujou, ni ton esclave, ni ton souffre-douleur ! Alors, je te le dis une bonne fois pour toutes : Va. Te. Faire. Foutre !

Après lui avoir envoyé ces paroles à la figure, je parviens de justesse à le contourner et à foncer vers la porte. Ce type est anxiogène et d'une toxicité dangereuse. Je ne peux me résoudre à rester une seconde de plus en sa compagnie ici, mon quota de patience a été atteint et le meilleur moyen de me débarrasser de lui est de m'enfuir. Seulement, Chester ne l'entend pas de cette oreille. Il me rattrape en une fraction de seconde, et je pense qu'il a très bien anticipé ma réaction. J'agite mes bras dans tous les sens, mais il me retourne vers lui et m'emprisonne les poignets. Il a tout prévu. *Tout calculé.* Sans grande peine, il assouvit sa soif d'autorité en me collant contre la porte.

— Tu ne m'échapperas pas, cette fois-ci.

Mon pouls s'emballe à cause d'une flopée d'émotions qui me tirent dans les ténèbres de Chester. Il abat son poing contre le battant à quelques centimètres de mon visage, si violemment que je sens un courant d'air fouetter ma joue. Ça y est, sa noirceur se déverse et rien ne pourra endiguer la vague. Aucun barrage ne pourra le retenir. Aucune parole ne pourra le raisonner. Aucune leçon ne pourra lui être inculquée. Son esprit en perdition lui met des œillères pour qu'il oublie la réalité et lui dicte comment manœuvrer. Me retrouver dans une situation aussi tendue n'est pas une première pour moi et pourtant, le choc de batailler contre une telle obscurité me fait perdre mes moyens. La sidération paralyse mon cerveau et m'empêche d'agir comme je le souhaiterais. Son autre main encercle mon menton. C'est un contact ferme et glacé. Il relève ma tête afin que je le regarde. Ses doigts s'enfoncent un peu dans le creux de mes joues, mais je sens qu'il se retient d'aller plus loin. Cette appétence à me faire mal le démange. Je suis horrifiée de constater qu'il trouve toujours quelque chose de pire à m'infliger. D'un geste obscène, il passe sa langue sur sa lèvre supérieure et fixe mon cou.

— Et si je laissais une trace sur toi, Owen…

Il penche la tête et son nez frôle ma gorge. Le contact froid de l'anneau qu'il porte à la narine me fait tressaillir. Sa main desserre ma mâchoire et son index vient doucement effleurer ma joue. Une goutte de sueur froide glisse entre mes omoplates. Il est proche, *beaucoup trop proche*. Le rockeur instaure un climat de peur contre lequel je ne peux rivaliser. Mes paupières s'abaissent et, au moment où je sens ses lèvres rencontrer la peau fine de mon cou, je sursaute, puis brise le silence.

— C'est tellement injuste, ce que tu m'infliges. Depuis que tu me fais du chantage vis-à-vis de

Julian, tu sais que je suis contrainte de faire ce que tu me demandes, murmuré-je à peine.

Sa bouche se décolle lentement de ma chair et son souffle m'effleure lorsqu'il réplique :

— Tu souhaites remettre les compteurs à zéro et entamer une nouvelle partie ?

J'ouvre les yeux. Du bout de son doigt, le rockeur trace de petits cercles sur ma joue et, à mon plus grand soulagement, il se redresse puis recule d'un pas. Je souffle un bon coup et lui propose un marché :

— Si je réussis l'audition, tu mets fin à ton chantage. C'est-à-dire que tu n'envisages plus de virer Julian du *New York Times.* Je veux que tu le laisses en dehors de cette histoire.

Son sourire s'élargit. Ma proposition paraît l'égayer.

— Dans ce cas… Si tu foires, il sera viré.

Chester relance les dés et finalement, je ne suis plus certaine de ce deal. C'est risqué. Bien trop risqué, car je mets mon ami en danger sans même qu'il le sache. L'enjeu demeure trop important et je regrette aussitôt de m'être laissée entraîner dans le jeu perfide de ce démon. Mes poings se serrent, mes membres tremblent, *mais je veux lutter*.

— Je savais que t'allais abandonner, ricane-t-il.

Je veux lui clouer le bec avec ce coup de poker.

— Ça marche.

Il analyse chaque trait de mon visage, comme pour s'assurer que je ne plaisante pas. Alors, pour lui confirmer mon engagement, j'ajoute d'une voix plus assurée :

— J'accepte le deal. Si je remporte l'audition, tu laisses Julian tranquille et si j'échoue…

— … je l'envoie au chômage. Marché conclu ?

Il me tend sa main tatouée, celle sur laquelle est dessinée une rose transpercée par un poignard, et je la toise de longues secondes sans réagir. Une lueur d'excitation traverse ses prunelles. Je peux même sentir l'adrénaline couler à plein régime dans ses veines. Ce deal l'électrise et exalte chez lui toute sa fourberie. Il est encore possible de faire machine arrière. Pour l'instant, rien n'est officialisé. Je prends le temps de peser le pour et le contre, de me demander si je fais le bon choix ou non. Dans ma tête, c'est le fouillis, mes pensées se bousculent et se mêlent entre elles, à tel point que j'en ai le tournis et des sueurs froides. Impatient, Chester claque ses doigts sous mon nez pour me faire réagir. Je tourne aussitôt mon regard vers lui et, quand je tombe sur son sourire démoniaque que je rêve de faire disparaître, mes doutes s'envolent. Animée par un regain d'énergie, ma main entre en contact avec la sienne. Sa poigne se raffermit et je l'imite pour montrer que je compte bien lui tenir tête jusqu'au bout. Nous nous serrons la main en nous défiant du regard.

Le sort de mon meilleur ami est scellé.

— Je suis encore plus pressé de te voir échouer !

Ma gorge se noue, même si je donne l'illusion que ses mots ne m'atteignent pas en préservant une allure stoïque. Je me situe entre deux extrêmes : la témérité et la culpabilité. La témérité, parce que la tyrannie de Chester Hanson peut être renversée. La culpabilité, parce que le journaliste se retrouve sur la sellette à cause de moi.

Pardonne-moi, Julian...

Une nouvelle partie est entamée. Et cette fois, c'est quitte ou double. Il y aura forcément un gagnant... *et un perdant*.

Chapitre 18

Hanté

Chester

La lampée de rhum ambré que je viens d'avaler diffuse sa brûlure de la naissance de ma gorge jusqu'à mon œsophage. Sur un fauteuil, je rejette la tête en arrière et savoure cette énergie qui se répand à travers mon corps, un flux électrisant injecté dans mes veines qui m'aide à me sentir vivant. Pendant ce temps, les autres Chainless sont réunis à la table de mixage et bossent l'instrumental d'une nouvelle musique.

On peut dire que *ça y est*, la machine est lancée. Le morceau *I lost my mind* est bouclé, l'album avance et notre prochain clip vidéo va être tourné à la fin du mois. Malgré cette pression que nous met le producteur sur les épaules, nous sommes parvenus à satisfaire sa demande. Un plan marketing sur nos réseaux sociaux a déjà été mis en place, des photos de nous en pleine session d'enregistrement circulent, des courts extraits de guitare sont également diffusés, et ça marche. Ces teasings font grimper les audiences. On laisse volontairement une part de mystère et les fans s'impatientent. Le moment que je préfère. Le public devient fou et ne sait pas à quoi s'attendre. Une période très stressante, mais c'est du bon trac, celui qui me motive, me rend dynamique et m'insuffle cette rage au ventre pour secouer l'univers artistique en renversant les codes et les tendances.

À l'intérieur de la cabine d'enregistrement, Yann joue son passage à la batterie, guidé par les bases de notre composition. Il place ses percussions sur les notes de guitare. Une fois que nous aurons mixé le tout, nous rajouterons la basse, avant de modifier à nouveau la batterie sur certains plans. Ensuite, quand tout s'imbriquera, viendra le chant. Le tempo de Yann est parfait, il garde une bonne stabilité rythmique et marque bien les différentes structures entre les couplets, le refrain et le pont. Regarder le musicien faire corps avec sa batterie est un spectacle toujours aussi surprenant. L'hyperactivité de Yann exulte dans ses frappes à la cadence galopante, parfois agressive. Il se transforme en une bête de scène. D'habitude, je surveille ses figures rythmiques et écoute attentivement son jeu pour m'assurer qu'il tient le bon *beat*, mais là, je suis tout sauf concentré. J'ai la tête ailleurs, avec un visage bien particulier imprimé sous mes paupières.

Celui de cette salissure rousse répondant au nom d'Ally Owen.

Jamais je n'aurais imaginé que cette fille tienne le coup aussi longtemps. J'ai beau m'acharner, elle résiste et trouve un moyen de me fuir ou de se confronter à moi. Owen me tient tête et ce, même si je l'effraie. Parce que ça crève les yeux, cette prétendue « danseuse » est terrorisée à chaque fois que je m'approche d'elle. Sa respiration se coupe, sa peau se recouvre de chair de poule et son cœur affolé cogne très vite dans sa poitrine. C'est l'une de ses faiblesses : le contact physique. Quand je la touche, elle se pétrifie comme une statue.

La martyriser, la rabaisser, lui faire du chantage… J'use de plusieurs stratagèmes pour qu'elle abdique, mais Owen est bien plus tenace que prévu. Dans les toilettes des filles, lorsque j'étais sur le point de suçoter la peau de son cou pour y laisser une marque, j'ai eu l'espoir de la voir craquer. J'ai pensé qu'elle se mettrait à chialer en me suppliant de la laisser tranquille, mais à la place, elle m'a proposé un deal à la con.

« Si je réussis l'audition, tu mets fin à ton chantage. C'est- à-dire que tu n'envisages plus de virer Julian du *New York Times*. Je veux que tu le laisses en dehors de cette histoire. »

Elle vient de foutre dans la merde son copain le stagiaire. Cette fille a réagi à chaud, elle est tombée au fond du piège de ma provocation et je me réjouis d'avance d'assister à sa défaite. Owen n'a peut-être rien dans le crâne, néanmoins, un truc me plaît chez elle : son putain de caractère.

Dès qu'elle en a l'occasion et la force, elle riposte. Ça change des pucelles coincées qui baissent les yeux lorsqu'elles me demandent un autographe. Un mordant pareil rend nos altercations plus intéressantes. J'aime rentrer dans le tas, mais ce qui me fait le plus tripper, c'est quand on me résiste. Elle me distrait et j'adore ça. Owen est comme une sombre musique, elle détient le pouvoir de susciter en moi des tas d'émotions ainsi que de faire surgir des souvenirs toxiques. Avec cette fille, j'entame une relecture de mon passé, ce qui me trouble, parce que ça me fait du bien et du mal à la fois. Je m'accroche à elle, car je me dis que c'est le seul moyen d'assouvir la frustration accumulée durant toutes ces années. C'est dangereux et nocif, mais qu'ai-je à perdre dans ce monde où on ne peut se fier qu'à très peu de gens ?

Au point où j'en suis…

À force d'avoir été confronté aux attitudes destructrices de l'être humain, j'ai fini par accumuler des idées noires et à adopter cette mécanique infernale. Je suis devenu ce que je déteste le plus pour mieux me défendre. Owen est tombée dans les filets de ma décadence et je n'arrive pas à enrayer cette aversion obsessionnelle que j'éprouve pour elle.

Noyé dans ma torpeur, je ne remarque pas tout de suite que Yann a terminé sa prestation. Je tourne la tête en direction de la baie vitrée et aperçois le batteur retirer son casque audio pour nous rejoindre. Comme d'habitude, Alden s'est chargé de la prise de son et Matt compte l'aider aujourd'hui pour le mixage.

— Alors, j'ai été comment ? lance Yann.

— Bien, répond le guitariste.

— Quoi ? C'est tout ? Même pas un petit mot de remerciement pour vous avoir offert une performance aussi exceptionnelle ? Déçu de vous tous, sérieux !

— Tu te lances toi-même des fleurs, frérot. On va pas en rajouter une couche ! raille Matt.

Le batteur lui dresse son majeur, puis s'avance vers moi en retirant sa casquette pour passer une main sur ses cheveux coupés très courts.

— Bon, le pochetron qui boit du rhum à 3 heures de l'aprem', t'as pas une clope pour me dépanner ?

Il désigne de la tête le verre que je tiens toujours entre les mains. Je l'ai à peine entamé. Silencieux, je récupère mon paquet de cigarettes au fond de la poche de mon pantalon et le lui donne. Le batteur me gratifie d'un clin d'œil et s'installe sur le canapé en face de moi. Alden et Matt décident de faire une pause afin de nous rejoindre. Le bassiste lance la discussion sur un sujet qui me crispe de la tête aux pieds.

— Vous en avez pensé quoi, des filles de la Juilliard, hier ?

— Ce sont des avions de chasse, déclare tout de suite Yann en prenant une taffe de sa clope.

— Imbécile, je parlais de leur performance, soupire Matt.

— Non mais, surtout la petite Asiatique ! Vous avez vu à quel point elle était magnifique quand elle dansait ? Ses gestes étaient aussi fluides que l'alcool remué dans le verre de Chester. Je regrette de ne pas avoir pris son numéro...

— Ally se débrouillait aussi très bien, intervient Alden.

Mes mâchoires se serrent immédiatement. Je ne sais pas ce qui m'énerve le plus : entendre son prénom ou le fait que le guitariste complimente cette fille. Je focalise mon attention sur le musicien. Sa joue repose contre sa paume et il m'évalue, comme s'il s'était attendu dès le début à ce que je proteste. Ça ne rate pas.

— Elle « se débrouillait très bien » ? Je te rappelle que c'est la seule qui soit tombée comme une merde !

Il soutient mon regard, tandis que moi, je détecte l'ombre d'un sourire se former aux commissures de ses lèvres. Il me teste.

— Je trouve ça marrant que tu la juges sur une erreur. N'as-tu jamais fait de faux pas dans ta carrière, Chester ?

Je ne bronche pas. Notre échange visuel s'éternise et se charge de tension. Ses mots ne m'atteignent même plus, j'ai l'habitude qu'il m'attaque sur « les erreurs de ma carrière ». À croire que je suis le seul à m'être sali les mains. Alden est loin d'être *clean*, il a tendance à l'oublier un peu trop souvent, et ce ne serait pas de refus qu'il change de disque, car tout ça devient barbant. En revanche, ce qui me pique au vif, c'est cet intérêt soudain pour Owen. Peut-être que je me fais des films, mais j'ai déjà surpris à plusieurs reprises le guitariste la mater sans vergogne. Et plus j'y pense, plus ça m'irrite. Mes doigts se resserrent autour de mon verre. Je tente de contenir ma force pour ne pas le briser en mille morceaux. L'atmosphère a totalement changé dans la pièce : elle est soudain aussi glaciale qu'un iceberg et les frères l'ont très bien remarqué. Matt s'empresse de reprendre la parole.

— Ouais, dommage qu'Ally soit tombée. J'ai trouvé qu'elle dégageait beaucoup d'émotion, en totale osmose avec la musique et…

Yann le coupe en enroulant un bras autour de son cou.

— Frérot, t'es un vrai poète et je suis d'accord avec toi, mais fais gaffe à ne pas trop faire les éloges de la rouquine, car ça pourrait énerver Chester.

La sournoiserie luit dans ses iris bleu clair. Il pousse le bouchon plus loin pour que je flanche et ça fonctionne. Une nausée acide remonte le long de ma trachée. Les ténèbres progressent en moi et les mecs n'arrangent rien en mettant mes nerfs à rude d'épreuve. Le pire, c'est que je déteste tellement cette fille que j'ai du mal à faire preuve d'objectivité en ce qui la concerne. Peut-être que sa prestation était intéressante, pleine de grâce et de technique, qu'aucune crispation n'était visible sur son visage malgré la difficulté de ses figures, et que la courbe lisse de son corps s'est montrée par moments assez ensorcelante… *Peut-être.* Tout ce qu'il y a à retenir, c'est qu'elle s'est cassé la figure devant tout le monde et je sais que c'est à cause de moi. Elle m'a regardé, je l'ai déstabilisée, elle s'est écroulée.

— Je pense qu'Ally a ses chances d'être sélectionnée pour notre clip, ajoute Alden.

Là, c'est le coup de grâce. Les mots de trop. Une vague d'émotions explose dans mon crâne et me fait vriller. Je pose d'un coup sec mon verre sur le billot avant de cracher mon venin.

— Je refuse catégoriquement qu'elle participe à ce projet !

D'une, je n'accepterais jamais qu'elle puisse se mêler à mon univers. De deux, si Owen gagne, elle remportera notre deal et si c'est le cas, je n'aurai plus aucun moyen de pression sur elle. Ce n'est pas le risque qu'elle puisse porter plainte contre moi qui m'effraie. Pour ça, j'ai une bonne défense. Non, c'est plutôt le fait qu'elle puisse m'asséner le dernier coup.

— « Owen et moi, on repart sur de bonnes bases et blablabla ! » Mon cul, ouais ! Pourquoi t'en as tellement après cette nana ? C'est bon, elle t'a juste traité de sale enfoiré ! Il y a pire dans la vie, non ? me reproche Yann.

— Vous êtes sérieusement en train de me casser les couilles avec cette fille, vous le savez ça ?

— Moi, je sais pourquoi il la déteste à ce point, balance Alden.

Je sens ma colonne vertébrale se raidir contre le fauteuil. Ma fureur est loin de s'apaiser. Au contraire, elle s'enlise en moi comme une coulée de boue qui risque de faire des ravages. Je lance un regard assassin au blond et, en secouant la tête, je veux que le musicien comprenne qu'il a tout intérêt à ne pas faire de connerie. Le rockeur sait qu'il s'aventure sur un terrain dangereux. S'immiscer dans mes fêlures est un acte qui peut vite me rendre incontrôlable.

— Bah, vas-y… Éclaire ma lanterne, parce que là, j'arrive plus à suivre, l'encourage le batteur.

— Alden…

Je prononce son prénom en guise d'ultime avertissement. Mes dents sont tellement serrées que j'en ai mal aux molaires.

— Parce qu'elle lui rappelle Nancy, son premier amour.

Ally est à la fois son fantasme et son cauchemar.

La bombe est lâchée. Cet uppercut en plein dans mon cœur amoché me provoque une douleur fulgurante. Je sens mes défenses céder, ma carapace s'enflammer. J'ai l'âme écorchée à vif par mes faiblesses qui prennent l'ascendant sur moi. C'est un raz-de-marée violent dans ma tête. Les éléments se déchaînent, je perds le contrôle. L'oxygène déserte mes poumons et ce qui devait arriver finit par se produire. En un éclair, je bondis de mon fauteuil et fonce sur Alden. Mes mains agrippent l'encolure de son tee-shirt. J'éjecte le musicien du sofa puis le plaque au sol. À cheval sur lui, j'élève mon poing au-dessus de sa tête. Je vais le cogner si fort qu'il perdra connaissance sur-le-champ. Sauf que je ne parviens pas à asséner la première frappe, car des mains s'abattent sur mes épaules et me renversent en arrière. Ma tête cogne contre l'accoudoir du fauteuil et je m'écroule par terre en grimaçant de douleur.

— Putain, mais qu'est-ce que tu branles! me gueule Yann.

Si je suis encore un peu sonné, au fil des secondes, la brume se dissipe dans mon esprit, ma vision s'éclaircit et je détecte la stature imposante du batteur qui me surplombe. Ce dernier m'aide à me relever et une fois debout, il me secoue par les épaules en m'incendiant du regard.

— Tu dépasses les bornes, mec !

Face à moi, je distingue Matt qui s'affole. Il examine chaque partie du corps d'Alden pour s'assurer qu'il n'a rien. Le guitariste chancelle, mais il n'est pas blessé, surtout choqué par ma provocation. Je continue de le jauger avec fureur, ma respiration est haletante et mes nerfs surchauffent, encore et encore. Ne pas pouvoir me défouler sur quelqu'un devient infernal. Mais c'est le risque, quand on décide de me ramener vers le passé. Alden me connaît si bien qu'il sait exactement où viser pour me heurter. Et prononcer son prénom en fait partie.

« Nancy. »

Cette fille représente mon passé. Et Owen ressemble comme deux gouttes d'eau à Nancy. La première fois que je l'ai aperçue dans la salle d'interview, mon cerveau a disjoncté. Au premier abord, j'ai vraiment cru qu'il s'agissait d'elle. Même couleur de cheveux, mêmes yeux verts et même témérité. À chaque fois que je regarde Owen, je revois son visage à elle, celle pour qui j'ai accepté de baisser la garde, celle qui m'a manipulé à sa guise lors de ma dernière année au lycée, celle qui m'a fait vivre un cauchemar. Un amour faux, basé sur des mensonges, des canulars et de la perversité qui m'a laissé une blessure bien trop profonde pour cicatriser correctement. J'étais son pantin, elle a fracassé mon ego en deux et m'a arraché le cœur. Une violence imbattable qui a bien failli me coûter la perte de mon identité, tellement j'ai été traîné dans la boue. Aujourd'hui encore, je conserve dans ma bouche le goût amer de la plus vile trahison. Les années ont beau s'écouler, je demeure incapable de déloger cette fille de mon esprit. Elle encombre ma mémoire et Owen ravive le souvenir de cette personne nuisible dans ma vie. On m'a souvent dit que se retrouver dans les bras d'une nouvelle personne pouvait panser une âme blessée par l'amour. Je n'en crois pas un traître mot. Pas question de prendre à nouveau le risque de me retrouver sous l'emprise de quelqu'un, car ce genre de dépendance pourrait brider mes projets professionnels, et puis ça ne m'apporterait que de la souffrance. Je ne suis plus en mesure d'encaisser un nouveau poignard dans le dos.

Je suis tellement fatigué de recevoir des coups.

Ally Owen m'entraîne au milieu de ce tourbillon de pensées toxiques, elle alimente ma soif de vengeance. Les choses auraient pu s'arrêter là si elle n'avait pas omis d'ouvrir sa gueule durant l'interview. Maintenant, je l'ai dans ma ligne de mire. Je veux la briser, parce que m'en prendre à elle me donne l'impression de m'en prendre à Nancy. J'ai besoin d'évacuer cette colère en inversant les rôles. J'ai besoin d'extérioriser ces traumatismes qui m'ont réduit à néant. Alden a raison : Ally Owen possède tout l'attirail de mon fantasme, mais elle arbore le visage de mon pire cauchemar.

— Ne prononce plus jamais son prénom devant moi ! craché-je au guitariste.

Alden tente de m'approcher, cependant Matt le retient par le bras. La douleur mêlée à la tristesse est palpable dans le noir de ses yeux.

— À quel moment tu vas te réveiller ?

Il me souffle ces mots dans un chuchotement à peine audible. Le dire de vive voix vient de l'achever, je ressens très bien cette douleur qu'il peine à manifester. Les larmes ne remontent jamais dans ses yeux, c'est comme ça qu'Alden fonctionne. Il garde tout pour lui et fait semblant d'aller bien. Je ne ressens presque plus la souffrance, mais ses mots parviennent à éteindre le feu dévastateur de ma fureur. Mes muscles se détendent, j'ai encore du mal à mesurer l'ampleur de ce que je m'apprêtais à commettre : frapper mon meilleur ami, faire déferler ma haine sur lui. Le guitariste a tout fait pour tenter de me remettre dans le droit chemin. *Tout*. La vérité, c'est que personne ne peut m'aider. Et ça, il ne l'accepte pas.

Cela ne mène à rien. Lui et moi, on n'arrive plus à se comprendre ni à communiquer comme au bon vieux temps. Je me contente de me confronter à son visage déformé par un chagrin profond.

— Je n'arrive plus à te reconnaître, Chester.

La voix du guitariste se brise, cette phrase suffit à me réduire au silence. Ses prunelles me toisent avec attention. Alden espère lire en moi une trace d'affection, une bribe d'espoir, quelque chose qui aurait subsisté de « l'ancien Chester ». C'est peine perdue, et je le lui fais comprendre une bonne fois pour toutes en restant de marbre.

Je suis tellement fatigué d'avoir mal.

Jugeant qu'il est préférable de ne pas envenimer la situation, je sors du studio sans un mot. Une fois seul, je longe le couloir, le regard éteint, sans but, toujours accompagné de mes démons intérieurs qui se font un plaisir de me souffler à l'oreille mes plus sombres souvenirs.

Allongé à plat ventre sur une surface chaude et trempée, je sens mes yeux piquer. Une odeur de brûlé agresse mes narines, l'air est lourd et suffocant. J'ai du mal à respirer. Mes membres sont douloureux et engourdis, je me redresse avec difficulté. Après plusieurs tentatives, j'arrive à me remettre sur mes deux pieds. Un lourd silence m'oppresse, je suis à l'affût du moindre bruit, mais en analysant les alentours, je constate qu'il n'y a rien, pas un seul signe de vie. Il fait noir et le climat est très chaud, comme si je me trouvais dans une fournaise.

C'est étouffant.

À travers cette obscurité dense et inquiétante, ma gorge se serre. Est-ce le néant ? Je ne me sens pas bien. Il y a une sorte de danger qui rôde dans les parages, je peux le pressentir. Mes craintes se confirment dès l'instant où un hurlement à glacer le sang déchire le silence. Ça semble provenir de derrière moi. Je tourne ma tête par-dessus l'épaule avec une crainte qui me broie les entrailles. Mes yeux s'ouvrent en grand lorsque je distingue au loin un immeuble prendre feu. Le cri se répète, une fille est en détresse. Elle est captive de cette prison de flammes. Il faut que je l'aide avant qu'il ne soit trop tard. Alors, je me mets à courir le plus vite possible dans sa direction.

Mes jambes lourdes me font atrocement souffrir, j'essaye de faire abstraction de la douleur, mais c'est un supplice. Les larmes me montent aux yeux, mon souffle est défaillant et la peur me comprime la cage thoracique. Je continue quand même. Le feu s'étend dangereusement sur la bâtisse, tel un monstre dévorant tout sur son passage. Les parois menacent de s'effondrer d'un instant à l'autre. Les hurlements reprennent et cette fois, je les discerne avec plus de clarté.

Je connais cette femme.

La terreur déforme mon visage. D'atroces frissons parcourent mon corps tandis que des sueurs froides glissent dans mon dos et sur mon front. Je redouble d'efforts et poursuis ma course en direction de l'immeuble ravagé par ce brasier infernal. L'air devient irrespirable, une épaisse fumée m'enflamme les poumons et me fait tousser violemment. Mes yeux brûlent, les larmes coulent sur mes joues, mais je refuse de l'abandonner.

Pas elle !

La panique bat jusque dans mes tempes et fait bourdonner mes oreilles lorsque je vois soudain une partie de l'immeuble s'écrouler. Le vacarme est épouvantable et les flammes deviennent, au fil des secondes, de plus en plus menaçantes. La fille en détresse me supplie de la sauver. Je lui crie en retour de tenir bon, que je vais réussir à l'extraire de ce chaos. Mon cœur est sur le point de sortir de ma poitrine tellement il tambourine fort. Alors que j'avale les derniers mètres qui me séparent de l'incendie, rien ne se passe comme prévu. Mes jambes me lâchent et je m'écroule. Je m'étale de tout mon long sur la surface dure. Mon menton percute de plein fouet le sol, ce qui m'assomme. Des petits points brouillent ma vue et des acouphènes me vrillent les oreilles. Une douleur incommensurable frappe chaque membre de mon corps et même avec toute la volonté du monde, je n'arrive plus à me relever. Les appels de détresse reprennent de plus belle, m'extirpant de mon état second. Je me mets à ramper, mes mains et mes genoux s'éraflent sur des gravillons aussi tranchants que des couteaux. Mes doigts sont à vif et une odeur de sang mêlé de chair brûlée me soulève l'estomac. J'interromps tout mouvement lorsque la fille hurle. De douleur, cette fois. Il m'est impossible de la voir, elle reste prisonnière entre quatre murs. Soudain, les dernières fortifications de la bâtisse cèdent. Le souffle de l'effondrement est si violent que je me retrouve éjecté en arrière. Mon corps endolori roule sur le sol et finit par s'écraser sur d'autres pierres coupantes. Mes vêtements sont déchirés et couverts de sang. J'ai l'impression que ma peau est en lambeaux. J'ai mal et je reste pétrifié devant ce spectacle effroyable. À présent, les flammes engloutissent ce tas de ruines. Les cris de la victime diminuent, jusqu'à s'étouffer dans les méandres de ce cauchemar. En quelques secondes, tout se consume sous mes yeux. Il ne reste plus rien, mis à part des cendres. La mort et la souffrance m'encerclent. Mes lèvres tremblent et les pleurs m'aveuglent quand je réalise mon échec.

Plusieurs chuchotements sifflent près de moi, on dirait qu'ils tourbillonnent autour de mon corps. Les voix se confondent entre elles et me livrent toutes le même message : je suis l'unique responsable de ce qu'il vient de se produire. C'est moi qui l'ai tuée. Je plaque mes paumes sur les oreilles et ferme les yeux très fort. Je leur crie de se taire, mais elles ne font que s'intensifier en répétant en boucle la même phrase :

« Tout est ta faute ! »

Je me redresse en sursaut dans mon lit. Mon dos est trempé de sueur et j'ai le souffle haletant. Impossible de retrouver une respiration convenable. Mon corps refuse tout mouvement, il reste pétrifié. Les minutes ont beau défiler, cette sensation d'angoisse diffuse ne se calme pas. Le souvenir de mon cauchemar reste ancré en moi et l'obscurité dans laquelle je suis baigné ne m'aide pas à recouvrer mes esprits.

Telle une ombre égarée, je parviens à m'extraire de mes draps. Je quitte ma chambre en chancelant pour rejoindre le salon de mon penthouse. La pièce est à moitié plongée dans la pénombre, mais c'est déjà plus rassurant. Je m'avance vers la baie vitrée et plaque mes mains contre la paroi avant de laisser mon regard se perdre sur l'immense étendue de buildings éclairés au milieu de la nuit.

Mon corps tremble toujours. Ce n'est pas la première fois que je fais ce cauchemar. Il est récurrent et marque ce conflit que je mène chaque jour à l'intérieur de moi. C'est un mauvais songe qui me rappelle cette soirée et me tue à petit feu. C'est ma punition. Mon fardeau. Ma croix. Je dois la traîner dans ce monde infect. Je le mérite.

Je mérite tout ce que la vie m'inflige depuis mon premier souffle.

Je ne peux pas échapper à ce sort. C'est comme si des bras recouverts d'aiguilles m'étreignaient un peu plus fort chaque jour pour me faire agoniser de la plus lente et douloureuse manière possible. Je m'accroupis au sol en serrant les dents pour réprimer un sanglot coincé au fond de ma gorge. Qu'importent mes actes, l'étau se resserre et le poids de la culpabilité pèse comme une enclume sur mes épaules. C'est bien trop lourd à porter seul. Je l'ai voulu. Je l'ai cherché.

Tout est ma faute.

Je me relève de façon mécanique et m'avance vers cette petite boîte noire que j'ai laissée sur un billot. Je l'ouvre et fixe les sachets de poudre blanche : de la cocaïne. M'empoisonner. Me perdre dans l'euphorie. Fuir la réalité. Augmenter les doses. Une partie de ma conscience s'est détruite. Je ne suis plus vraiment moi-même, seulement une âme noircie et désorientée sans sa musique. Cette lumière que j'attends pour m'extirper des abysses, je pense que finalement, elle ne viendra jamais.

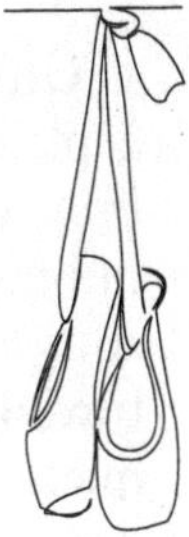

Chapitre 19

Rivalité

Ally

Les lueurs douces et timides du matin traversent les parois vitrées et inondent l'une des classes de la Juilliard, dont l'atmosphère lénifiante incite à la paresse. Mais pas le temps de flemmarder au beau milieu de cette bulle de sérénité, l'heure est à la concentration. Ventre serré, dos droit, œil vissé sur un point précis, j'exécute un tour sur moi-même et tente d'optimiser au mieux ma réception au sol en m'appliquant sur la descente et le plié. Ma posture reste stable, je ne bouge plus pendant quelques secondes, puis je relâche la pression de mes muscles en pivotant vers Joy.

— On est d'accord pour dire que c'est la meilleure pirouette que j'ai réalisée depuis le début de notre séance d'entraînement ?

La Japonaise se décolle du mur contre lequel elle s'est adossée pour venir à ma rencontre.

— On est d'accord ! Le centre de ton corps était stable, ton pied de terre poussait bien dans le sol et ton plié t'élevait comme il le fallait. Bravo championne, t'assures ! me félicite-t-elle en tapant ma main.

Un sentiment de fierté naît en moi et me fait sourire à pleines dents. Je me retiens de lui sauter dans les bras, car ses paroles m'enveloppent d'une allégresse qui me requinque. Depuis ma prestation désastreuse sous les yeux aiguisés de madame Rivera, Joy et moi travaillons ensemble chaque matin, avant nos premiers cours. Nos séances sont ajustées en fonction de nos points faibles et je dois dire que nous nous complétons bien. Ma camarade se montre patiente, elle est à l'écoute et me programme plusieurs exercices à la barre pour améliorer mon équilibre. Même si mon niveau demeure fragile, je remarque mes progrès. Mon buste est mieux maintenu lors de mes mouvements giratoires. C'est très encourageant et Joy n'hésite pas à me rebooster lors de mes coups de mou. Elle fait preuve d'un altruisme rare et je sens bien qu'un lien affectif commence à se tisser entre nous deux.

Notre rapprochement n'est pas passé inaperçu auprès de la promo, et à bien y réfléchir… je me contrefiche de ce que les gens peuvent penser ! Désormais, j'ai une alliée sur qui compter.

Je parfais ma gestuelle dans l'optique de me tenir prête pour l'audition qui se déroule demain. *Déjà.* À chaque fois que j'y pense, un nœud se forme au creux de mon ventre. J'ai pris de gros risques, car il s'agit de ma seule chance de remporter cet ultime bras de fer contre Chester Hanson. Une fois sur le ring, je serai seule et il faudra que je donne tout, sans jamais relâcher l'effort ni perdre mes moyens. Et lorsque le gong final retentira, je brandirai un poing en l'air en signe de victoire et contemplerai avec soin le sentiment de défaite placardé sur le visage du rockeur à la dérive… *Jouissif.* Sauf que pour que ce scénario se concrétise, faut que j'assure !

Il va sans dire que ça ne va pas être de tout repos, j'ai des concurrentes de taille et Joy en fait partie. En plus de posséder une souplesse incroyable, la jeune femme ne se montre jamais perturbée par les éléments qui l'entourent lorsqu'elle danse. Son mental d'acier se révèle être une arme redoutable. Il y a aussi Tiffany Jones qui sait enchaîner avec propreté des figures très complexes sans même sourciller. De toute évidence, les étudiantes de ma promo détiennent chacune le potentiel pour se hisser en haut du podium. Le combat va être serré et aucun second round ne sera autorisé. C'est à double tranchant. Soit je déploie le drapeau de la victoire, soit je coule.

J'attrape ma bouteille d'eau dans un coin de la salle et bois quelques gorgées, perdue dans mes pensées.

— Tu ne trouves pas que la bande de Tiffany est bizarre depuis quelques jours ? me lance subitement Joy.

Du revers de la main, j'essuie le coin de mes lèvres. Là, elle soulève un point très intéressant, car depuis que Chester Hanson a remis le trio à sa place, ces garces ont miraculeusement arrêté de tirer sur la corde pour me faire craquer. En dépit des regards chargés de haine et de rancœur qu'elles continuent de m'adresser, les filles ont fini par me lâcher la grappe. Cette intervention du chanteur aura au moins servi à quelque chose.

— C'est vrai qu'elles se font plus discrètes. On ne va pas s'en plaindre ! relevé-je. Elle hausse les épaules et nous récupérons nos affaires avant de prendre la direction des vestiaires. En chemin, Joy poursuit la conversation :

— Cette rivalité entre Tiffany et toi doit te peser, non ?

Mon visage se ferme. Ma relation avec la brune se calque sur une haine mutuelle et admettre que ça n'a pas toujours été le cas me soulève l'estomac.

— Au début, il n'y avait aucun problème. On arrivait même à se supporter, confié-je.

— Oui, je m'en souviens.

Aussi incroyable que cela puisse paraître, j'entretenais une relation plutôt cordiale avec Tiffany Jones lors de ma première année à la Juilliard. Même si nous n'étions pas les meilleures amies au monde, il nous arrivait parfois de fréquenter les mêmes soirées. À l'époque, pas d'esprit de compétition ni de coups bas pour faire tomber l'autre. C'était le bon temps. Sauf que le calme n'a pas duré, la mer s'est agitée et tout est parti à la dérive lors de notre premier spectacle de fin d'année. Il s'agissait d'une représentation de *L'Oiseau de feu*, un ballet inspiré d'un conte russe, mettant en scène Ivan Tsarevitch, le fils du tsar, qui se lançait à la poursuite d'un oiseau au plumage d'or et de flammes. Une histoire qui nous demandait un recours à la pantomime, c'est-à-dire le mime des sentiments et des situations par notre gestuelle et nos jeux de physionomie. Des auditions ont eu lieu pour définir le rôle de chacun et j'ai décroché celui de l'oiseau, le seul convoité par Tiffany. Résultat des courses : l'étudiante s'est laissé rattraper par la jalousie et a crié à l'injustice devant nos professeurs, persuadée qu'on m'avait refilé ce personnage à cause de ma couleur de cheveux. Une grosse dispute a alors éclaté entre elle et moi. Le courant n'est plus passé et nos liens se sont brisés pour de bon. Depuis ce jour, elle mène une lutte acharnée afin d'être la meilleure. L'objectif : devancer tout le monde et devenir celle qui brillera le plus.

À mes débuts à la Juilliard, je faisais partie des meilleurs de ma promo, contrairement à Tiffany qui endossait le rôle du vilain petit canard. Mais à force de travailler comme une forcenée, la danseuse est parvenue à gravir les échelons. L'année dernière, elle a même terminé major de promo. À ce jour, elle excelle dans chaque matière et se sent invincible depuis que Lucy et Eva ont rejoint ses rangs.

— Tiffany doit éprouver un complexe d'infériorité. Elle a peur de toi. Peur que tu prennes le dessus sur elle, conclut Joy.

Cette théorie est plausible. L'étudiante s'assure que je ne lui fasse plus d'ombre, comme lors de la représentation de *L'Oiseau de feu*, ce qui a de quoi m'excéder.

« Complexe d'infériorité. »

Est-ce aussi l'un des maux de Chester Hanson ? Le rockeur souffre peut-être de problèmes d'estime de soi. Ses propres faiblesses le terrorisent sûrement, à tel point que cela le pousse à s'acharner sur les autres pour se surestimer. C'est un fait : son crâne est bourré de pensées narcissiques et perverses. Il se croit suffisamment en position de force pour se permettre d'inculquer sa loi à n'importe qui à coups d'humiliations et de rabaissements. J'ai beau vouloir éplucher le personnage, passer au peigne fin sa psychologie, Chester Hanson reste un spécimen rare, enveloppé d'une succession de couches imperméables. Une armure solide et tenace qui enfouit vraisemblablement un cortège infini de secrets et de non-dits. Même s'il m'horripile et déclenche en moi les pires sentiments, de lourdes interrogations clignotent en permanence au coin de ma caboche.

Qui est-il ? Quelle est son histoire ?

Le lendemain matin, après un réveil des plus chaotiques, c'est avec la boule au ventre que je foule le sol du hall principal de la Juilliard. C'est le jour J. Celui de l'audition. J'ai passé la nuit à m'imaginer un tas de scénarios. Dans certains, je réussissais avec brio ma performance. Dans d'autres, je me plantais lamentablement avec, en fond sonore, les rires sordides de Chestanas.

Faites que la roue tourne. Faites que le karma fasse bien son boulot. Faites que la justice soit rendue dans ce bas monde.

Une forte envie de débarrasser le plancher me saisit lorsque j'aperçois mes camarades regroupées devant les bureaux administratifs. D'un pas traînant, les épaules raidies, je les rejoins. Quelqu'un ne devrait pas tarder à venir nous chercher. Le stress me noue le ventre depuis mon réveil. Des contractions musculaires tapent même au niveau de mon cou et de mon dos. J'espère que l'anxiété que je ressens s'effacera de mon corps, car rien ne doit nuire à ma performance d'aujourd'hui. J'incline la tête sur le côté et ma nuque craque, ce qui me fait grimacer. Joy apparaît près de moi, les sourcils froncés.

— Dis donc… tu m'as l'air très tendue et épuisée. Ça va aller ? s'inquiète-t-elle.

— J'ai juste mal dormi et oublié d'appliquer une couche d'anti-cernes, ce qui explique mon sublime teint cadavérique. Rien de bien méchant.

— Ne te mets pas autant de pression sur les épaules. Ces garçons sont peut-être connus, mais ce n'est qu'un clip. Et je suis persuadée que si cette opportunité nous passe sous le nez, il y en aura d'autres encore plus belles qui se présenteront sur notre route. Tu verras.

Comme on dit sur mes terres natales : « Regarde toujours dans la direction du soleil levant et tu ne verras jamais l'ombre derrière toi. »

Non, ce n'est pas « qu'un clip », mais un acte de guerre entre Chester Hanson et moi. En cas de défaite, je fous dans la merde mon meilleur ami. Julian sera viré du poste qu'il convoitait depuis des années, celui qui marque le début de sa carrière et peut régler ses soucis financiers, et lorsqu'il apprendra mon coup de poker, il m'en voudra à mort. Pas de happy end *en cas d'échec. On sonnera le glas de l'amitié Ally/Julian.*

Bien sûr, j'évite de glisser ces mots à l'oreille de Joy. À la place, je m'efforce de me cacher derrière un sourire de façade.

— Joli proverbe. C'est quoi, ton secret pour rester aussi zen ?

— Les jolis proverbes qui me font relativiser.

Elle ponctue sa phrase par un clin d'œil. Je n'ai pas l'opportunité de réagir, puisque madame Rivera vient de faire irruption dans le hall. Toutes les étudiantes emboîtent le pas à la prof dans un silence de cathédrale. Chacune demeure concentrée. Même Tiffany, Eva et Lucy, qui se situent juste en face de moi, ne font pas les malignes. Lorsque nous franchissons les portes de la salle de spectacle, un pic de stress électrise ma peau, et j'ai la désagréable impression que de la glace cavale le long de mes veines. L'espace feutré que nous foulons est doté de plusieurs rangées de sièges pouvant accueillir près de cinq cents personnes. Au centre de la grande scène en hauteur, une belle femme à la peau brun foncé et aux longs cheveux crépus noir de jais nous attend avec un sourire des plus radieux. Il s'agit d'Alicia Graf Mack, la directrice de la section danse de la Juilliard, dont la carrière force le respect et l'admiration. Grâce à cette énergie solaire rendant sa gestuelle et ses expressions faciales rayonnantes, elle parvient sans grande difficulté à capter l'attention de son auditoire. L'atmosphère se délie de ce climat chargé en tension, une chaleur apaisante prend le pas sur cet imposant sentiment de compétition et allège l'électricité statique qui gravite dans l'air. Cette quadragénaire, qui a préservé sa silhouette longiligne et athlétique, a suivi une carrière de danseuse étoile à l'Alvin Ailey American Dance Theater, une compagnie prestigieuse nichée à New York. Depuis quelques années, elle se plaît à donner des cours de ballet ici. Sa force de conviction et son optimisme détonnent avec la rigidité et l'exigence de madame Rivera.

Tour à tour, les étudiantes occupent les sièges en velours rouges les plus proches de la scène. Une fois tout le monde installé, la directrice débute un long discours vantant la réputation et la qualité de notre établissement. Prostrée dans mon fauteuil, je saisis ce moment de répit pour entreprendre des exercices de respiration. Dès l'instant où la belle Afro-Américaine pose le point final à son monologue, elle nous informe, avant de quitter la scène, que le producteur James Walker, accompagné des Chainless et du réalisateur du clip, ne devrait plus en avoir pour très longtemps. Malgré moi, le stress monte en flèche et l'attente me semble interminable. C'est pire qu'une session d'examen. Je gesticule sur mon siège, tapote mes genoux et me tripote les mains. D'ailleurs, je lance un regard d'excuse à Joy, parce que je dois sans doute lui donner le tournis à force de ne pas tenir en place. Contrairement à moi, la Japonaise préserve une allure statique, le tout dans un calme olympien. Je l'envie, car j'aimerais camoufler ce trac que mon corps peine à contrôler.

Après plusieurs minutes qui m'ont paru aussi longues qu'un jour sans pain, les hommes sortent des coulisses et apparaissent sur scène sous les feux de la rampe. Dans un premier temps, mes yeux bloquent sur ce type que je n'ai jamais vu : un gringalet affublé d'un béret et de lunettes rondes d'un rouge très vif. Certainement le réalisateur du clip vidéo. Puis mon cœur tressaille dès l'instant où je repère Chester Hanson. Comme à l'accoutumée, le rockeur affiche un look négligé avec son slim déchiré et un large tee-shirt blanc du groupe Metallica. Sans oublier le bonnet noir camouflant ses boucles épaisses. Dommage qu'il n'ait pas opté pour une cagoule, ça aurait été sympa que son visage soit complètement masqué !

Contre toute attente, le chanteur prête vaguement attention à la salle, ce qui m'arrange, car je ne souhaite pas qu'il détecte ma présence. Les hommes se placent au bord de la scène pour mieux nous faire face. Matt et Yann s'amusent à adresser des clins d'œil aux filles du premier rang. Par mégarde, je croise les iris charbonneux d'Alden, qui me salue d'un discret hochement de tête, entraînant – à ma plus grande surprise – une douce chaleur sur mes joues. Le réalisateur joint ses mains avec un enthousiasme débordant, nous souriant à pleines dents.

— Bonjour, mesdemoiselles. C'est un plaisir de vous rencontrer enfin ! Je suis Ben Smith, chef de la production du prochain vidéoclip des Chainless.

L'homme poursuit en nous confiant qu'il a particulièrement hâte de participer à la promotion de la nouvelle chanson du groupe. Selon lui, elle détient un message musical percutant qu'il souhaiterait avant tout sublimer avec un concept graphique original : mêler l'univers de la danse et celui du rock. Il a déjà une idée précise du clip et espère trouver en nous « l'aura » qu'il recherche pour son processus créatif. Par la suite, James Walker prend la relève en nous rappelant le déroulement de l'audition. Nous passerons par ordre alphabétique et notre prestation durera environ trois minutes.

Trois minutes pour marquer les esprits. Trois minutes pour changer la donne. Trois minutes pour porter le coup de grâce à Chester Hanson.

Le producteur insiste sur notre capacité à présenter une gestuelle libre et sans complexe.

— On veut sentir que votre corps est votre meilleur moyen d'expression, alors lâchez-vous dans cette interprétation. Laissez-vous entraîner par le rythme de la musique, variez les mouvements, occupez l'espace et surprenez-nous avec votre énergie ! conclut-il.

Improviser signifie danser sans la moindre directive, donner libre cours à notre imagination, étaler nos états d'âme à la vue de tous. Un exercice qui peut s'avérer complexe si la personne se montre incapable de lâcher prise. Je comprends peu à peu que la bataille sera semée d'embûches. Mon univers à moi est cadré, propre et sans bavure, alors je vais devoir me surpasser et repousser mes limites afin d'éveiller ma créativité.

— Ouais, c'est cool de collaborer avec vous, retentit une voix que je ne connais que trop bien.

Chester fait un pas en avant. Si vous connaissez un peu notre style, sachez que cette chanson est différente de ce que l'on fait habituellement. Elle est plus calme, plus mélancolique, peut-être plus poignante qu'à la normale, parce que la douleur est brute et vous fera très probablement voir le précipice.

À ces mots, le rockeur descend de la scène en empruntant le petit escalier sur le côté. Il plonge les mains au fond de ses poches et s'avance vers les rangées de fauteuils en balayant du regard les étudiantes du premier rang. Est-ce qu'il me cherche ? Cette pensée me glace l'échine. Par instinct, je me recroqueville dans mon siège en espérant qu'il ne vienne pas à ma rencontre.

— *I lost my mind* se concentre sur la disparition accidentelle de quelqu'un qu'on a aimé. Joyeux, hein ? Est-ce que vous avez déjà perdu un être cher ? Sans doute. Ça fait mal, n'est-ce pas ? De se dire que son existence est maintenant réduite à néant. Et vous savez ce qu'il y a de pire dans ce genre de situation ? Réaliser qu'on aurait pu empêcher ça, si on avait ouvert les yeux avant.

J'ignore quel est son but, mais il vient admirablement bien de plomber l'ambiance avec son discours morbide. Son visage n'exprime rien. Aucun sentiment, aucune émotion, juste une froideur à nous pétrifier sur place. Un mur contre lequel on ne peut que se fracasser le cœur.

— On vous a observées lors de votre cours. Vos gestes parfaits et rythmés, vos faces statiques, votre apparence soignée… Tout ça, on n'en veut pas, poursuit-il.

Il s'immobilise et revient lentement sur ses pas. Son regard se porte sur la seconde rangée de filles, puis il brise à nouveau le silence.

— On veut que vous sortiez de votre zone de confort, que vous vous libériez dans vos gestes. *I lost my mind* raconte l'histoire d'une personne touchant le fond, qui est désespérée, affreusement seule et qui réclame de l'aide. Un amas de malchance qui se conclut par la mort d'un être qui a été précieux. La chanson représente cette terreur de ne plus vivre des jours heureux. Le monde se noircit, les couleurs disparaissent, cette volonté de se lever chaque jour se dégrade et l'asphyxie s'aggrave à force de garder la tête sous l'eau. Cette personne morfle tellement qu'elle est prête à s'arracher le cœur et à le balancer sur la table pour mettre fin au calvaire.

Il articule bien chaque mot, sans doute pour que le message s'imprègne mieux dans nos têtes. Chester remonte maintenant l'allée centrale de la salle de spectacle. Il s'apprête à atteindre ma rangée et je retiens ma respiration dès lors que ses opales grises tombent sur moi. Mon cœur loupe un battement et ma bouche s'assèche. À travers l'ombre de ses yeux, j'entends les menaces qu'il me murmure. Une lourde tension claque dans l'air, je flaire le danger à plein nez. Chester progresse dans ma direction et reprend d'une voix plus incisive :

— On veut ressentir des émotions fortes lors de votre passage. Du désespoir, de la hargne, de la tristesse, de la colère… En résumé, tout ce qui peut être destructeur. Défoncez-vous, plongez dans les paroles et vivez-les ! Si vous êtes des coincées du cul, ce n'est même pas la peine de participer.

Ses mots jettent un froid. Il interrompt sa marche lorsqu'il arrive à mon niveau. Ses iris continuent de me mettre en joue et mon pouls s'emballe, martelant jusqu'aux tempes.

— Voilà à quoi il faut vous attendre. Celles qui ont la frousse et le cœur trop fragile, qu'elles dégagent d'ici immédiatement, car croyez-moi, vous n'en ressortirez pas indemnes ! La partie va être très intéressante et j'ai hâte de voir comment vous allez vous débrouiller…

Je sais très bien que ses dernières paroles me visent. Mes poings se serrent et mon regard soutient le sien. Il croit m'intimider, sauf que ce qu'il ne sait pas, c'est qu'un feu ardent est en train de se répandre en moi. J'ai la hargne, la rage au ventre. C'est lui qui n'en ressortira pas indemne. Les dés sont jetés.

Que la partie commence !

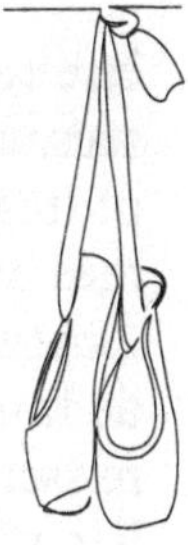

Chapitre 20

Démonstration

Ally

« Un rêve ne devient pas réalité grâce à la magie ; il faut de la sueur, de la détermination et du travail acharné. »

Cette citation de Colin Powell représente à merveille ma philosophie de vie. Elle est lourde de sens vis-à-vis du monde de la danse – régi par la discipline – et fait d'autant plus écho au contexte actuel.

De la sueur, de la détermination, du travail acharné : la recette miracle pour réussir.

Telle une boxeuse qui s'apprête à rejoindre le ring, je suis assise sur l'un des bancs des vestiaires, suivant des yeux le déplacement de l'aiguille sur l'horloge murale. Je peux presque entendre son « tic-tac » incessant. Chaque seconde qui s'égrène me rapproche un peu plus de l'instant fatidique, mais je demeure imperturbable. Même les étudiantes autour de moi ne parviennent pas à m'extraire de ma léthargie. Je fais le vide dans ma tête, m'enferme à l'intérieur de ma bulle et me prépare mentalement à monter sur scène. Je vais me donner corps et âme pour cette audition. Mes heures de travail doivent être récompensées. La victoire m'obsède et mes pensées ne se détournent pas de mon objectif principal : protéger Julian. Raison suffisante pour repousser mes limites et accomplir de belles prouesses.

Après un rapide échauffement, je prends le temps de faire un *check-up* de mon corps. L'objectif est de passer en revue chacun de mes membres pour vérifier qu'ils ne présentent aucune anomalie. Lors de cet état des lieux, je remarque un léger bémol : mon cou se montre douloureux à cause de mes épaules crispées. De ce fait, je me masse la nuque et opère des mouvements circulaires avec mes bras dans l'optique de relâcher la tension de mes muscles : il faut que je préserve toute mon énergie pour ma prestation. Les filles qui attendent comme moi de passer n'arrivent pas à se détendre. À cause du trac, elles s'agitent dans tous les sens, tel un essaim d'insectes volants. L'une d'elles se trouve même au bord des larmes, la situation en deviendrait presque grotesque. Pourquoi se mettre dans des états pareils ? Quelque part, je les envie. Parce qu'elles n'ont rien à perdre à l'issue de cette compétition.

Contrairement à moi.

Je serre le nœud de mon short de sport et ajuste les fines bretelles de mon débardeur noir. Les pointes ne sont pas autorisées : cette fois, nous devons danser pieds nus. L'audition a commencé depuis une bonne heure et mon tour ne devrait pas tarder à arriver. Je m'impatiente, j'aimerais en finir le plus vite possible, car plus l'attente est longue, plus les doutes menacent de s'immiscer dans mon esprit. J'essaye de balayer mes pensées négatives au profit des positives. À la différence des filles de ma promo, j'ai déjà entendu la chanson *I lost my mind*. La mélodie, le rythme, ainsi que les paroles me sont familiers. Je possède donc un coup d'avance sur les autres. Un avantage de taille qui peut jouer en ma faveur.

Je quitte du regard l'horloge murale et inspecte le vestiaire à la recherche de Joy. Depuis l'échauffement, plus aucune trace d'elle. Je suppose qu'elle préfère se retrouver seule afin de mieux se concentrer sur l'audition. La porte s'ouvre et une nouvelle concurrente débarque dans la pièce. Vu son visage dépité, je devine que sa performance n'a pas été un franc succès. La danseuse passe à côté de moi et m'indique d'un signe de tête que c'est à mon tour.

Coup de tonnerre. Cet électrochoc me sort brutalement de ma torpeur. J'ai le cœur qui palpite et l'adrénaline coule à plein régime dans mes veines. J'expire et, sans m'attarder plus longtemps, je me lève du banc, puis quitte le vestiaire. Direction la salle de spectacle. Ma nervosité s'intensifie au fil de mes pas, toutefois j'arrive à la maîtriser.

Enfin, suffisamment pour ne pas perdre mes moyens…

D'une main, je pousse la porte qui mène aux loges de la grande scène. Mes yeux oscillent entre cette farandole de costumes colorés suspendus à des cintres, les impressionnantes mallettes de maquillage entassées les unes sur les autres, ainsi que ces éléments de décor disposés un peu partout dans la pièce : des bribes d'un monde imaginaire qui nous emportent ailleurs. Je ne compte plus le nombre d'heures passées en ces lieux, à m'habiller, me coiffer, enfiler une magnifique tenue pour ensuite rentrer dans la peau de mon personnage, à respirer profondément afin de vaincre le stress et voir ses pensées défiler à toute vitesse, juste avant de montrer sur scène. Cet endroit, c'est comme le passage vers un monde parallèle, où les frontières entre la réalité et la fiction se mêlent. La magie opère lorsque se produit la symbiose entre nos âmes et nos rôles. Une fois cette fusion aboutie, nous voilà propulsés dans une autre dimension le temps d'une représentation. Un voyage unique, éphémère, qui prend fin dès que le rideau tombe.

La danse m'insuffle des sensations qu'aucun autre élément sur terre ne pourra égaler. C'est un moment passager de création et d'expression pure, dessiné par des arabesques corporelles. Une manière d'être sensible à la musique et de se laisser guider par elle, de s'en imprégner et de la faire vivre grâce à nos pas. Une occasion de retrouver son « moi intérieur » en abaissant toutes les barrières qui encombrent nos vies. Et cette passion qui brûle en moi depuis mon plus jeune âge est désormais une arme dont je compte me servir pour abattre ce fléau répondant au nom de Chester Hanson.

Je traverse les loges en silence et atterris au milieu des coulisses. Noyée au cœur de cette pénombre presque angoissante, je me dirige vers la lumière de la scène. Le « boum » incessant de mon cœur s'accélère jusqu'à vrombir dans mes tympans. Dès lors que j'entreprends un premier pas sur le plancher baigné par l'éclairage des projecteurs, mon regard se pose sur les hommes qui se présentent face à la scène. Installés au premier rang, le réalisateur et le producteur sont en train de prendre des notes sur des carnets, tandis qu'à côté d'eux, les Chainless rivent leurs yeux sur moi.

— La voilà enfin, notre rouquine préférée ! s'écrie Yann.

Matt et Alden m'adressent des sourires en signe d'encouragement, un véritable baume au cœur. Après m'être placée au centre de la scène, je remue mes bras et me dégourdis les jambes afin de détendre mes muscles encore trop rigides.

— Vous êtes bien Ally Owen ? me demande Ben Smith, le réalisateur.

J'acquiesce.

— Les garçons ont l'air de vous connaître, ajoute le producteur des Chainless, intrigué.

— Ouais, on l'a déjà croisée. Et je suis sûre qu'elle va nous étonner de la meilleure des manières, relève Alden avec un clin d'œil.

Mes joues chauffent et – Dieu merci ! – il se trouve assez loin pour ne pas le remarquer. Cet élan de gentillesse qui émane de ses mots ravive la flamme de ma hargne. Je le remercie d'un sourire en coin, qui se dissipe très vite lorsque le démon à côté de lui décide de l'ouvrir.

— Avec son niveau *fracassant*, on va tous *tomber à la renverse*, ça ne fait aucun doute !

Si ce n'était pas lui, j'aurais sans doute pu en rire. À la place, j'accuse le coup et conserve un visage immuable. Ce genre de pique puérile et pitoyable était prévisible. Depuis mon entrée sur scène, je ne lui ai pas adressé une seule œillade, alors pour la première fois, je me permets d'ancrer mes yeux dans les siens afin qu'il détecte la détermination qui bouillonne en moi. Accompagné de sa fidèle décontraction flirtant avec les limites de l'insolence, Chester est avachi dans son fauteuil, les jambes négligemment croisées et les mains derrière la tête. Un rictus narquois fend son visage. Quoi de plus déloyal que de vouloir me mettre des bâtons dans les roues juste avant ma performance ? Un tel acte ne me surprend pas venant d'une pourriture de son acabit et il n'obtiendra pas l'effet escompté par sa petite manigance : même s'il cherche à me faire sortir de mes gonds, je reste calme.

— Bien, ne tardons plus ! Ben, tu peux lancer la musique ! claironne James Walker en posant son cahier sur ses genoux.

Le réalisateur s'empare d'une petite télécommande à côté de lui et appuie dessus. En un éclair, le silence se répand dans la salle. Mon souffle se coupe, les regards se braquent sur moi, je clos mes paupières. Plus aucune possibilité de faire machine arrière.

J'incline mon front vers le sol, les bras le long du corps et les yeux toujours fermés en attendant que les premières notes retentissent. La guitare sèche coupe le fil de ce mutisme lourd, je fais l'impasse sur mes doutes et me jette à l'eau. M'étant préparée à débuter sur un rythme lent et calme, je redresse la tête doucement, seule avec mes ombres. Mes yeux s'ouvrent au moment où la voix percutante de Chester étale les premières paroles de *I lost my mind* sur cet instrumental, qui gorge les cœurs d'une peine profonde. Je recule de quelques pas, le corps chancelant, et m'élance avec un pas glissé avant de tourner sur moi-même. Mes bras se croisent et enserrent mon buste tandis que mes yeux se plissent de douleur. Mon dos se redresse, mes bras s'élèvent, mais ils donnent l'effet de ne jamais parvenir à s'étirer de tout leur long, tels des oiseaux incapables de déployer leurs ailes dans un espace clos. J'esthétise une cage des tourments, j'explore l'abîme en baignant dans la souffrance. Je me libère de la rigueur, oscille entre l'agonie et la force du désespoir.

Mon corps se tord, meurtri par la musique, et plus spécialement par la façon dont le chanteur dépérit, comme si l'anéantissement gravitait au-dessus de lui et menaçait à tout instant de se briser sur son crâne pour l'achever.

Je prends une impulsion et traverse la scène, remplace des mouvements longs par des courts. Déplacements rapides, tours sur moi-même et glissements harmonieux au sol. De par cette errance sans but, ma silhouette floue et pétrie de grâce joue avec l'espace, tissant la toile du chaos de l'existence.

Pulsation, rythme, intensité des paroles, mes mouvements s'accordent avec la chanson. Plus rien n'existe autour de moi. Je suis seule sur scène, en compagnie de la voix de Chester Hanson qui me trace la ligne mélodique à suivre. Ma chorégraphie gagne en intensité lorsque les percussions de la batterie et les notes de la basse apportent leur puissance à l'instrumental. J'alterne les gestes fluides avec mes mains, je balance mon bassin et courbe mon dos. Au moment du refrain, j'entreprends une pirouette et lors de mon tour, mes doigts délient mon chignon. Ma chevelure flamboyante se libère et s'enroule autour de mon cou, puis décide de voguer là où bon lui semble. Par la suite, j'exécute un rond de jambe et m'élance pour un jeté en grand écart.

Je ne suis plus qu'une âme en perdition. Les notes glissent et s'entremêlent à travers le souffle de mes mouvements plus hargneux. Je me noie dans l'océan du désespoir, la poitrine comprimée par l'étau de ce chant obscur et tragique.

Je m'imagine très bien dans la peau de Chester, prisonnier entre quatre murs, recroquevillé au coin d'une cage hermétique, sans fenêtre, sans air, sans lueur. Il crie à l'aide, mais personne ne l'entend. Il est seul, désespérément seul. La lumière qu'il attend n'arrive pas. Et peu à peu, il se laisse sombrer dans la folie.

Je prends ma tête entre mes mains au moment où je ressens un terrible déchirement au niveau de mon cœur. Mes joues sont maculées de larmes et ma bouche se tord de douleur. Cette noirceur devient insoutenable, elle brouille mes sens. Plus de repères, les choses sur lesquelles je peux m'appuyer dans ce monde n'existent plus. Je perds la notion du temps et de l'espace. Une force destructrice tourbillonne autour de moi et s'abat sur mes épaules pour m'assommer sur place. Le coup de grâce. Mes genoux me lâchent. Un sanglot m'étrangle. Je m'écroule au sol et cette fois, je ne me relève plus. L'osmose de mes pas avec la musique m'achève. Je rends les armes, ce fardeau est bien trop lourd à porter.

À mon tour, j'ai perdu l'esprit.

La mine abattue, je ne bouge plus et mon regard peine à décrocher du sol. À l'intérieur de moi, c'est un déferlement d'émotions. Mes pleurs continuent de ruisseler sur mon visage avant de venir s'écraser sur le plancher de la scène. C'est au-dessus de mes forces, je ne peux pas poursuivre, même si la musique continue. Je ne suis pas allée jusqu'au bout et je prends conscience avec horreur que je viens de tout foirer. La partie est terminée pour moi.

La vision trouble, je demeure genoux au sol, sans trouver la force de me remettre debout. Le son se coupe brutalement et le réalisateur me demande si je vais bien, mais je me mure dans le silence. Mon corps tremble et je n'ose pas relever les yeux vers eux.

À cause de moi, Julian va perdre son boulot. Il ne pourra jamais me le pardonner, et cette pensée m'assène un nouveau coup en plein cœur. Un deuxième sanglot s'apprête à éclater, jusqu'à ce qu'une main se pose sur mon épaule. Je tressaille et relève la tête. *Alden.*

— Ça va aller ?

Prise au dépourvu, je parviens à lui chuchoter un « oui » à peine audible, même si cette réponse se trouve en totale contradiction avec mon état actuel.

Non. Ça ne va pas du tout.

Les prunelles du guitariste me détaillent avec une insistance qui me met mal à l'aise et n'arrange en rien la situation. Son regard oscille entre ses camarades et moi, je crois que lui-même ne sait pas très bien ce qu'il fabrique. Sans un mot, il s'empare de ma main pour m'aider à me relever. Je sens le poids de la défaite s'écraser sur mes épaules. Plus aucune pensée cohérente ne traverse mon esprit, je suis vidée émotionnellement.

Je prends le risque de jeter un œil au premier rang. Le réalisateur et le producteur prennent à nouveau des notes, tandis que Matt et Yann me dévisagent avec une expression compatissante qui me semble sincère. Quant à Chester…

Alors que je m'attendais à ce qu'un sourire victorieux triomphe sur son visage, au contraire, je ne remarque aucune trace de moquerie lisible. Pas de mesquinerie dans ses orbes acier non plus. Il ne paraît même pas réjoui de se retrouver spectateur de ma vulnérabilité. Son regard reste bloqué sur moi. Figé, muet, comme s'il s'était statufié. Je n'y comprends rien et j'ai le cerveau trop brouillé pour avoir les idées claires.

Déboussolée, je ne sais plus où me mettre ni quoi faire. Alden passe une main dans mon dos et m'oriente en direction des coulisses.

Déboussolée, je ne sais plus où me mettre ni quoi faire. Alden passe une main dans mon dos et m'oriente en direction des coulisses.

— Merci, mademoiselle Owen, me congédie James Walker. Je me mords la lèvre inférieure et essuie du revers de la main mes joues encore baignées de larmes. Si Alden se donne la peine de me raccompagner, c'est sans doute parce qu'il éprouve de la pitié. Tandis que je suis sur le point de rejoindre les loges, le musicien me retient par le bras. Malgré l'obscurité des coulisses, je distingue très bien ses yeux me jauger avec gravité.

— Écoute, ta prestation était… *époustouflante*. T'as fait exactement ce qu'on attendait, alors arrête d'afficher cet air défaitiste, parce que t'as encore toutes tes chances de l'emporter.

J'étouffe un hoquet de surprise. Ma prestation était « époustouflante » ? Ma conscience me souffle plutôt l'inverse. Ce n'est pas un sentiment de satisfaction qui éclate dans ma poitrine, mais bien celui d'un échec. Pourtant, Alden n'a pas l'air de vouloir me faire une mauvaise blague, il garde une expression sérieuse.

Ce qui veut dire qu'il ne se joue pas de moi et le pense vraiment ?

Ses doigts tatoués glissent le long de mon avant-bras et enserrent mes phalanges. Une étreinte douce, presque trop intime, ce qui a de quoi me perturber. Je n'ai même pas la force de lui demander de me lâcher, parce qu'en réalité, je trouve dans ce contact une chaleur réconfortante dont je ne veux pas me dépêtrer trop vite.

— Je ne suis même pas allée jusqu'au bout…, lui rappelé-je.

— Pas la peine. Moi, ce que j'ai aperçu sur scène, c'est une fille qui est parvenue à faire corps avec notre musique, à tel point qu'elle s'est laissé submerger par ce trop-plein d'émotions. Et c'est exactement ce que représente *I lost my mind* : une âme à la dérive qui n'est plus capable de s'élever.

Je suis sans voix et ça amuse le musicien. Il lâche ma main et passe ses doigts dans ma chevelure pour l'ébouriffer affectueusement.

— Allez, reprends-toi. Je ne veux plus te voir pleurer.

À ces mots, il tourne les talons puis me laisse seule et pantoise au milieu des coulisses. Impossible d'endiguer les vagues de pensées et d'interrogations qui me secouent dans tous les sens. Je profite du fait que mon estomac soit moins noué pour ficher le camp d'ici. En une poignée de secondes, je regagne le vestiaire avec moins de pessimisme. J'ai envie de croire Alden. J'ai envie de m'accrocher à cette bribe d'espoir. Je veux remporter la victoire. *Je dois.*

Les regards se braquent sur moi lorsque je me dirige en flèche vers mon casier. Personne ne m'adresse la parole, toutefois je peux aisément déceler le flot de questions qui pendent à leur langue : « T'as réussi ? », « T'as foiré ? », « Le jury a été sévère avec toi ? », « Et la chanson ? Pas trop complexe d'improviser une choré dessus ? ». Les filles guettent scrupuleusement les réactions de chacune, un moyen d'étudier à la loupe leurs chances de se hisser en haut du classement. Ma camarade qui se situe juste à côté de moi s'inquiète de mes yeux rougis.

— Euh… Ça va ? C'est si bouleversant que ça ? me questionne-t-elle, mi-inquiète, mi-intriguée.

— Il faut avoir le cœur bien accroché.

Ma réponse ne la rassure pas du tout. J'aurais aimé que Joy soit à mes côtés. Au moins, sa douceur m'aurait aidée à me délier de toutes ces ondes négatives qui gravitent au- dessus de ma tête. D'ailleurs, cette dernière reste introuvable et je songe de plus en plus à lancer un avis de recherche. Où est-elle passée, bon sang ? Je retire mes vêtements de sport et enfile un slim ainsi qu'un top vert. Une fois chaussée de mes fidèles Converse blanches, je débarrasse le plancher pour trouver refuge à la cafétéria. Une dizaine de filles, dont la belle Asiatique, doit encore passer avant que l'audition ne soit bouclée. Ensuite, les délibérations auront lieu, suivies de l'annonce de la grande gagnante. J'ai l'impression que cette matinée n'est pas près de s'achever.

Après avoir payé un café, je m'installe à une table et sors mon téléphone. Écouteurs dans les oreilles, je lance ma playlist. *Someone like you* d'Adèle débute.

Super. La meilleure musique pour broyer du noir ! Ça tombe mal…

Mes bras s'étalent sur la table, je repose ma joue sur la surface plate et mes paupières s'abaissent. J'en ai ma claque de me torturer l'esprit. Il ne me reste plus qu'une chose à faire : attendre avec la peur au ventre d'être fixée sur le sort de Julian.

Après une longue et pénible attente, le verdict final va enfin tomber. Toutes les participantes prennent place à l'intérieur de la salle de spectacle. La tension dans l'air est palpable, une forte impatience se fait ressentir. Quelqu'un m'interpelle lorsque je suis sur le point de m'installer sur mon siège : c'est Joy, qui vient d'apparaître de nulle part. Elle esquisse un sourire timide, tandis que je me fige sur place, incrédule.

— Mais, t'étais passée où ? En un clignement de cils, t'as disparu des écrans radars !

Ses yeux en amande me fuient. L'une de ses mains glisse sur sa nuque, puis elle se balance d'un pied à l'autre. Un truc ne tourne pas rond et ça me noue le ventre. L'étudiante n'a pas l'air dans son assiette, peut-être que sa prestation ne s'est pas bien passée ?

— Désolée… Je t'expliquerai plus tard. Comment s'est déroulée ton audition ? me répond-elle en s'installant sur le siège collé au mien.

Un nœud enserre ma gorge.

— D'un côté, je pense que je me suis plantée. De l'autre, j'espère toujours décrocher la première place. J'ignore à quoi m'attendre.

— Pareil.

Nos réponses ne transpirent pas l'optimisme. Visages fermés, nous nous terrons dans le silence et fixons avec appréhension la scène sur laquelle se trouve le jury au grand complet.

— Ce fut une matinée très intense, mais nous avons été agréablement surpris par chacune de vos démonstrations, commence James Walker.

— Certaines se sont vraiment démarquées et sachez que cela n'a pas été simple de vous départager, ajoute le réalisateur, Ben Smith.

— Je crois qu'il faudrait se bouger pour annoncer le nom de la gagnante, parce qu'elles sont toutes au bord de la syncope, là ! raille Yann.

Ce petit interlude du batteur provoque le rire de certaines et détend un peu l'atmosphère. Pour ma part, je reste crispée des pieds à la tête. Mon pouls s'accélère, comme si je me trouvais sur la pente ascendante d'une montagne russe. Ça grimpe, encore et encore, toujours plus haut, puis une fois au sommet, c'est là qu'il faut prendre une grande bouffée d'oxygène et bloquer sa respiration avant la première glissade. Je focalise toute mon attention sur Chester, car il connaît déjà la réponse. Je cherche le moindre indice sur son visage, sauf que le bougre a les yeux rivés sur son téléphone et semble déconnecté. Est-il déçu du résultat ? Ou à l'inverse, jubile-t-il ?

— Tu as raison, Yann. On ne va pas les faire attendre plus longtemps ! reprend Ben Smith.

Ça y est. Là, je viens d'atteindre le sommet des montagnes russes. Alors je retiens l'air à l'intérieur de mes poumons. Mes battements s'accélèrent et me font mal. Un pic de stress m'éperonne le cœur et me comprime de l'intérieur. Les secondes deviennent interminables.

Et finalement, le verdict tombe.

— Bravo à Joy Tanaka !

Point de rupture. Mon cerveau disjoncte et mes yeux se gorgent d'eau. Une vive douleur me transperce la poitrine, mais je n'en tiens pas compte. Je ne pense à rien. Je ne vois rien. Je n'entends rien, même pas les applaudissements qui félicitent la Japonaise. L'espoir s'écroule, part en fumée. La défaite distille son goût amer sur ma langue et me file un haut-le-cœur. Je voudrais partir en courant, mais en même temps, je voudrais acclamer Joy parce qu'elle mérite cette victoire. Sauf que j'en suis incapable. Mes pensées se recentrent sur Julian et ma vue se floute. J'ai brisé son avenir prometteur en tant que journaliste. J'ai brisé ses rêves en le tirant vers le fond. Un marché est un marché. La terrible vérité me foudroie sur place : Chester Hanson a gagné la partie.

Mon attention dévie sur ce dernier. Le chanteur a rangé son téléphone dans sa poche et à présent, il me lorgne avec un mépris des plus mordants. Coup fatal. Seulement, celui-ci ne parvient pas à abréger mes souffrances. Bien au contraire. Elles se retrouvent décuplées. Le pire est à venir. J'étouffe. Je manque d'air. Il faut que je sorte d'ici avant de m'effondrer devant lui encore une fois. Cette situation m'est insupportable, je ne peux pas l'encaisser. Sur le point de quitter mon siège, je suis interrompue par la voix cristalline de Joy, qui résonne au milieu de la salle.

— Je suis navrée, mais ce ne sera pas possible !

Tout le monde se fige. Le silence nous écrase telle une enclume. Le réalisateur, Ben Smith, ajuste ses lunettes rouges sur son nez en haussant un sourcil.

— Je vous demande pardon ?

Confuse, la Japonaise se lève, rassemble ses mains dans son dos et baisse les yeux.

— Je suis désolée, mais j'ignorais que j'allais être désignée pour ce projet. J'ai reçu un coup de fil de ma famille juste avant mon passage. Pour raison personnelle, je ne pourrai pas répondre présente à ce tournage.

Un ange passe. La stupeur se lit sur tous les visages.

Cet ascenseur émotionnel me percute et j'en reste pétrifiée. Le producteur des Chainless ainsi que le réalisateur se jettent des regards en biais, jusqu'à s'isoler dans un coin de la scène pour s'entretenir seul à seul. Mon regard ne décroche pas de Joy : elle vient de se rasseoir à côté de moi, la tête baissée et les épaules affaissées, afin de se faire la plus discrète possible. Je comprends mieux son absence tout à l'heure, et j'ai un pincement au cœur en la voyant dans cet état. Elle contient ses émotions, toutefois je peux lire dans ses prunelles une certaine fragilité. Des messes basses se diffusent autour de nous et les filles reprennent espoir, car si Joy abandonne la partie, cela signifie qu'une autre danseuse va être choisie à sa place. Après une rapide concertation, Ben Smith et James Walker reviennent sur le devant de la scène. Le réalisateur se racle la gorge avant de déclarer haut et fort :

— Puisque mademoiselle Tanaka se désiste, nous allons faire appel à notre second choix : il s'agit d'Ally Owen !

Je réprime un hoquet de surprise, mais ma bouche s'entrouvre toute seule. Est-ce que j'ai bien entendu ? Ce virage à cent quatre-vingts degrés me laisse ahurie sur mon fauteuil. Je prends le temps de rassembler et bien intégrer toutes les pièces du puzzle dans mon cerveau afin d'obtenir une vision plus nette de ce qui en train de se produire. Joy a été désignée gagnante. Elle s'est désistée. Maintenant, c'est moi qui ai été choisie. Je vais apparaître dans le clip vidéo des Chainless. Je viens de remporter l'audition. J'ai finalement gagné contre Chester Hanson. Julian est tiré d'affaire. *Victoire.*

Sous les applaudissements de mes camarades, face aux expressions écœurées de Tiffany, Lucy et Eva, j'ai l'impression d'être déconnectée de la réalité. Le réalisateur s'apprête à reprendre la parole, mais il est brutalement interrompu par une ombre furtive qui passe devant lui. *Chester.* Le rockeur quitte la scène d'un pas furibond et fonce dans ma direction tel un démon. J'aurais dû prévoir que ce revirement de situation allait déclencher une tempête. Le chanteur ne contrôle plus ses nerfs, le sang lui monte au visage et la sonnette d'alarme retentit dans mon cerveau, me prévenant d'un danger imminent en approche. Il attrape mon poignet et m'oblige à me lever. Tout se passe bien trop vite pour que je puisse suivre. Malgré les rappels à l'ordre de son producteur et des autres Chainless, Chester les ignore tous et m'entraîne avec lui vers la sortie de la salle de spectacle.

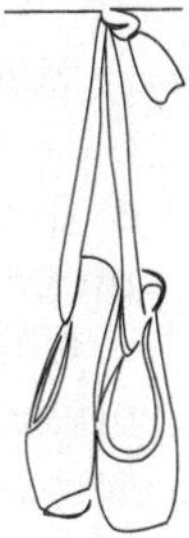

Chapitre 21

Hargne

Ally

Sans ménager sa force, Chester me traîne telle une vulgaire poupée de chiffon au milieu des couloirs de mon école. Sa main puissante encercle toujours mon poignet et manque de le broyer à plusieurs reprises. Il trace tout droit, sans jamais se retourner vers moi. Où m'emmène-t-il ? Que va-t-il me faire ? Mon intuition me souffle que ça ne va pas me plaire du tout.

— Lâche-moi ! m'insurgé-je.

Bien sûr, il ne m'écoute pas et continue de charger. Sur son avant-bras, au milieu de cette longue suite de tatouages à l'encre noire, ses veines gonflent et ressortent. Sa rage exsude de tous ses pores et se déverse sur moi sans que je sois capable de l'endiguer. Ma gorge est sèche, trop de choses se bousculent dans ma tête. Les jambes vacillantes, je manque à plusieurs reprises de me casser la figure. En chemin, nous croisons une belle flopée de monde. Et cette petite mascarade a de quoi attirer l'attention. J'imagine qu'on ne doit pas voir ça tous les jours : une rockstar tirant le poignet d'une rouquine, qui essaye de se débattre avec la force du désespoir.

Vraiment pas commun. Et je m'en serais bien passé !

— Le premier qui prend une photo de nous deux et qui la partage sur les réseaux sociaux, je lui colle un procès au cul, c'est bien clair ?

Chester hurle aux personnes qui circulent sur notre passage. Tous se montrent interloqués par le ton agressif et menaçant qu'il vient d'emprunter. Mais au moins, cette mise en garde fait ses preuves, puisqu'aucun étudiant n'ose sortir son téléphone de sa poche en douce. Après avoir vagabondé dans un labyrinthe de directions aléatoires, le rockeur décide de tracer sa route vers l'aile réservée aux cours d'art dramatique. Sans me lâcher, nous descendons un escalier et atterrissons dans un nouveau corridor donnant accès à plusieurs salles de classe. Je le sens de plus en plus mal lorsqu'il ouvre une porte afin d'inspecter la pièce. Jugeant l'endroit propice pour faire je ne sais quoi de moi, le chanteur me pousse d'un coup sec à l'intérieur avant de refermer le battant derrière nous. Me voilà plantée au milieu d'une classe vide, telle une mauvaise élève qui va prochainement subir ses heures de colle.

— T'as perdu, Owen. Tu sais donc ce qui va suivre, commence-t-il avec une expression perfide.

Ces mots me procurent l'effet d'une douche glacée. Mon sang se fige dans mes veines, je me sens blêmir. Outrée, estomaquée, indignée… Les qualificatifs me manquent pour décrire les émotions qui arrivent à la chaîne à cause de cette sa mauvaise foi. Muette pendant quelques secondes, je finis par exploser :

— Tu rigoles ? C'est moi qui ai été choisie pour ton maudit clip. Je gagne !

Face au ton que je viens d'employer, le gris de ses iris m'incendie promptement. Toutefois, je me fiche pas mal que ma manière de lui parler le dérange. Contre vents et marées, je dois entamer un énième duel avec le Diable afin de réclamer justice et obtenir gain de cause. Je ne m'attends pas à ce que son esprit borné et immoral soit enfin revenu à la raison, mais au moins à ce que le rockeur respecte sa parole.

— Sauf qu'à la base, tu te trouvais sur la deuxième marche du podium, donc j'ai gagné ce *putain* de deal.

Je sens qu'il contient sa fureur et qu'à tout moment, il peut vriller. Ça ne m'empêchera pas de poursuivre la bataille. Pas d'abdication. S'il s'attend à ce que je me soumette genou à terre, alors il se fourre le doigt dans l'œil.

— Comment peux-tu te montrer aussi déloyal ? Joy a déclaré forfait, ce qui revient à dire que je suis la seule et unique gagnante. Un marché est un marché, et tu es en mesure de le respecter !

Les yeux mercure de Chester prennent une teinte impétueuse tandis que ses mâchoires se contractent avec férocité. Cet échange ne mènera nulle part, on s'enlise tous les deux dans un dialogue de sourds interminable.

— Et toi, comment peux-tu prétendre avoir gagné ? À pleurnicher comme une gamine, tu n'as même pas été en mesure de terminer ta prestation. Jusqu'à preuve du contraire, j'ai toujours vu tes chorégraphies finir en apothéose au moment où tu te vautrais lamentablement au sol. Lors de cette audition, tu n'avais pas le niveau pour être la première. Les faits sont là, Owen.

Chester me heurte de plein fouet. Et pour cause, j'ai l'impression de m'être reçu un sale uppercut en pleine face. Mon ego en a pris un sacré coup, et ça fait un mal de chien quand il lâche la bride au monstre qui réside à l'intérieur de lui, car il fout de sévères crochets dans mes cordes les plus sensibles, sans limites *ni conscience*. Il ne peut pas déblatérer des choses pareilles.

Les mains enfouies au fond de ses poches et le dos appuyé contre la porte, le rockeur guette attentivement mes réactions. Il doit certainement s'attendre à ce que je réagisse. Sauf que… je suis pétrifiée sur place. La rage et l'amertume me consument. Un sourire incurve ses lèvres.

— Tu ne trouves rien à redire ? OK. Tu connais sans doute le proverbe : « Qui ne dit mot consent », pas vrai ? J'avoue que je m'attendais à plus de tempérament de ta part. Je pensais que tu allais te battre jusqu'au bout pour me convaincre de te laisser gagner. Finalement, t'es plus docile que ce que je pensais. Sur ce, il est temps de passer un coup de fil au *New York Times*.

À la minute où Chester sort son téléphone, qu'il compose un numéro et reporte le combiné à son oreille en me toisant avec un cynisme des plus nauséeux, je vois rouge. En un éclair, je fonce sur lui tel un boulet de canon. Mes paumes s'abattent sur son torse avec une violence démentielle, je ne me reconnais plus. Pris au dépourvu, Chester lâche son portable, qui s'écrase au sol. J'ai la haine. Je ne peux plus garder mon calme. Un tremblement de terre saccage toute ma patience. Il est temps de passer à l'offensive. Je le pousse, je le griffe. Mes dents sont si serrées que je suis capable de me briser les molaires. Le rockeur attrape mes poignets à la volée et, malgré toute ma volonté de lui faire du mal comme lui m'en a fait, il intercepte mes attaques et réussit à préserver une distance raisonnable entre mes poings rageurs et lui.

— Je te hais ! Je te hais ! Je te hais ! lui hurlé-je au visage.

D'un seul mouvement, il me fait reculer jusqu'au grand bureau derrière nous. Lorsque mon bassin percute la structure solide, il agrippe mes hanches et me fait asseoir dessus. Aussi vif qu'un serpent félon, il se faufile entre mes jambes et reprend possession de mes poignets. Je tente de me dégager en bougeant furieusement les mains. Mon esprit ne s'apaise pas, il entre en éruption, prêt à faire des ravages. Une seule chose m'obsède : déverser sur lui ce chaos de réactions primitives qui prennent l'ascendant sur tout mon être. Je veux le bousculer, l'atteindre, lui faire subir cette charge émotionnelle incontrôlée.

— Calme-toi ! m'ordonne-t-il, le regard plein de rage et d'incompréhension.

— Comment pourrais-je me calmer ? Espèce de malade !

Tu me dégoûtes à t'en prendre à des innocents !

Je m'époumone, je deviens hystérique. Ses mains enserrent mes avant-bras comme des anneaux de fer indestructibles. Ce contact me brûle.

Ne me touche pas ! Ne me touche pas ! Ne me touche pas !

— Je te jure que t'as tout intérêt à fermer ta gueule, maintenant !

Son avertissement remet de l'huile sur le feu. Je continue de m'agiter dans tous les sens. Les secondes passent et je m'épuise moi-même. Je perds de l'énergie, mes gestes sont de moins en moins toniques.

— Sinon quoi ? Tu me jettes au bûcher ? J'ai l'honneur de t'annoncer que tu as réussi ton coup ! Tu as fait de ma vie un enfer ! Je crois que maintenant, tu fais partie des êtres les plus infâmes que j'ai rencontrés sur cette planète. Ah non, en fait, j'ai pas de doute là-dessus, j'en suis certaine !

Il encaisse chacun de mes mots en restant de marbre. En revanche, ses pupilles se dilatent de rage et il pince les lèvres jusqu'à les faire blanchir. Comme il garde le silence, je continue à extérioriser tout ce que j'ai sur le cœur.

— Tu me hais pour des raisons bornées, incohérentes, et je te méprise pour ça ! Juste parce que je t'ai traité d'enfoiré et que j'ai « osé » te provoquer ? Laisse-moi rire ! Tu sais quoi ? Tu es pire qu'un enfoiré ! En réalité, tu n'es qu'une sale merde et tu mérites de…

Chester pousse un juron et ne me laisse aucune chance de terminer. Ayant la volonté de me faire taire pour de bon, il s'empare de ma gorge et étouffe mes paroles en écrasant sa bouche sur la mienne. La lave en fusion qui bouillonne dans mes veines se métamorphose vite en un liquide glacé, me pétrifiant toute la colonne vertébrale. Mes fonctions cérébrales se rompent et je plonge dans un état végétatif qui m'empêche d'être pleinement clairvoyante sur ce qui est en train de se produire. La réalité ne tient plus qu'à un fil ténu.

Ce n'est pas possible !

Pourtant, ce connard est bien là, en train de presser ses lèvres sur les miennes sans aucune retenue ! Mes mains se plaquent sur ses pectoraux tandis que je tente de repousser sa masse lourde qui m'accule. Je ne fais pas le poids, sa force me prend en tenailles. Aucun ménagement, ni pudeur, ni scrupules dans ses agissements. Il se transforme en convoi fou, sans freins ni sécurité, s'élançant à pleine vitesse sur les rails. Une course folle à travers laquelle il charge et saccage tout sur son passage, sans tenir compte des dégâts laissés sur sa route. Il aspire ma lèvre inférieure et la mord d'un seul coup, ce qui me fait gémir de douleur.

Ce son l'encourage à attraper mon visage en coupe, et sa langue ne tarde pas à s'immiscer au fond de ma bouche. Il ne prête pas attention à mes geignements. Au contraire, j'ai même l'impression que ça le motive à poursuivre. Nos langues se rencontrent pour la première fois avec tumulte et le contact de son piercing me fait tressaillir. Je ne bouge plus, je ne respire plus.

Les mains de Chester serpentent le long de ma nuque, glissent dans mes cheveux, les tirent et s'emparent à nouveau de mon visage. Une danse démoniaque face à laquelle je ne détiens aucun contrôle. Sa langue claque contre la mienne avec une ferveur et une dévotion impures. Il étend son territoire en s'appropriant des parcelles de mon être. Parce que oui, il mène une bataille. Tout cela n'a rien à voir avec un baiser. Il s'agit d'un combat et son offensive, c'est l'agression, la violence, puis la déchéance. Un putain de combat que je viens de perdre. Le rockeur se plaque contre mon bassin, entre mes jambes, il me domine et place finalement ses mains sur mes cuisses.

Ses lèvres sont étrangement chaudes, mais elles me renvoient séance tenante vers un passé que je m'efforce d'enterrer. Mes nerfs lâchent, je ne tiens plus. Je cède, je craque, je rends les armes. Les larmes qui se sont entassées au coin de mes yeux roulent sur mes joues. Chester ne tarde pas à les sentir. Par je ne sais quel miracle, il rompt son baiser en reculant son visage du mien. Et il me dévisage, sans un mot, les lèvres encore rouges et gonflées par la brutalité de son assaut.

Ses yeux gris, presque noirs à cause de leur dilatation, semblent fouiller mon cerveau. Nos souffles chauds et haletants se mêlent encore. Je pince ma bouche et réprime du mieux que je le peux le sanglot qui grossit dans ma gorge. Chester se redresse et passe les mains sur son visage en jurant.

Tremblante, je n'ose plus le regarder. Mes paupières s'abaissent avec force, je veux disparaître, me dissoudre dans l'air et ne plus avoir à revivre cette violence. Mon corps sursaute dès l'instant où ses doigts s'emparent de mon menton afin de relever ma tête. Avec crainte, mes yeux s'entrouvrent et font face à un Chester cadenassé de toute émotion. Satisfaction ? Culpabilité ? Colère ? Jubilation ? Rien ne me permet d'atteindre le kaléidoscope de ses pensées. Son autre main se tend vers mon visage. Craintive, j'esquisse un mouvement de recul. J'ai peur qu'il me frappe ou qu'il m'embrasse à nouveau. Mon cœur ne le supporterait pas. J'ai le pouls qui s'emballe, mais avant que je ne cède à une crise de panique, sa voix brise le silence dans un calme étonnant :

— Je n'irai pas plus loin, Owen.

À ces mots, il glisse, avec une délicatesse que je ne lui connais pas, son pouce sur mes joues. La pulpe de son doigt cueille mes larmes et j'en reste muette. Les yeux plissés, le rockeur se concentre dans cette tâche, puis s'éloigne de moi après une minute des plus étranges. J'en profite pour reprendre mon souffle, que j'avais retenu jusqu'à présent. Chester retire son bonnet noir et ébouriffe ses cheveux d'un geste souple, puis il jette un œil à son portable au sol. Quand il le récupère, une grimace déforme ses traits. Des brisures recouvrent toute la surface de l'écran.

— Sérieux, t'es au courant que ça coûte une blinde pour réparer…

Le chanteur s'interrompt face à mon visage angoissé. Après tout, quelques minutes plus tôt, il s'apprêtait à virer Julian de sa rédaction. Qu'est-ce qui me dit qu'il ne va pas réitérer son coup dans les secondes à venir ? Comme s'il venait de lire dans mes pensées, le Chainless me lance :

— Je n'appellerai pas le *New York Times*, alors arrête de faire cette tête.

Il a beau essayer de me rassurer, ma vigilance ne diminue pas, je reste sur mes gardes. Et pour cause, ce type, à la fois imprévisible et calculateur, sait exactement à quel moment frapper, où et comment. Mes prunelles scrutent avec attention les moindres parcelles de son visage, je guette et redoute une nouvelle offensive.

— Arrête de me fixer comme ça !

Sa voix s'élève et je me recroqueville, à nouveau apeurée. Toujours assise sur le bord du bureau, je lui demande d'une voix lourde d'incompréhension :

— Pourquoi tu te conduis de cette manière avec moi ? Pour quelle raison tu me détestes autant ?

Malgré sa froideur, je discerne l'espace d'une seconde ce qui me semble être l'ombre d'une fêlure. Ou plutôt, j'entrevois un fragment de son cœur amoché à travers cette faible lueur qui se reflète au fin fond de ses prunelles abyssales. Il ne montre plus de signe de colère ni de haine. Non, émotionnellement, il a l'air si…

… *fatigué*.

— « J'ai sombré à travers les prémices de cette folie pure et dure, sans jamais avoir voulu qu'on me tende la main. Le cœur déjà meurtri, sa disparition a été le coup de grâce. Je suis condamné à vivre avec ces démons qui me bouffent de l'intérieur. Mes pensées vrillent, je perds toute logique dans ma ligne de conduite. J'ai crié à l'aide trop tard, plus personne ne m'entend. Je suis seul, plus personne ne me voit. Et me noyant dans les abysses d'un océan aussi noir que mon cœur, je comprends que la lumière que j'avais tant espérée ne viendra jamais. L'espoir me fuit, la désolation crache sur mon âme et s'immisce sous ma peau pour empoisonner chacune de mes veines. J'ai perdu l'esprit. »

Mes lèvres s'engourdissent au même rythme que mon estomac qui se noue. Je comprends très vite qu'il me récite les paroles poignantes de *I lost my mind*. Le silence s'abat sur nos épaules, effaçant temporairement l'affliction qui nous lie. Le rideau tombe à moitié et divulgue un fragment des blessures profondes qui tachent la toile de son âme meurtrie. Très éprouvant à regarder. C'est incisif, viscéral, ça vous prend aux tripes.

— Es-tu certain que cette « lumière » ne viendra jamais ?

La question glisse hors de mes lèvres et je regrette de l'avoir posée dès l'instant où le rockeur m'ignore et se dirige vers la porte. *Il fuit.* S'apprêtant à quitter la classe, il se tourne une dernière fois vers moi, le regard durci.

— Si ton pote est épargné, ça ne veut pas dire que toi tu l'es. Et ne t'avise même pas de porter plainte contre moi, tu perdrais d'avance.

Sans crier gare, il disparaît de l'encadrement de la porte, aussi vite qu'un nuage de fumée. Ses menaces sont toujours d'actualité et j'en reste interdite. La bonne nouvelle, c'est qu'au moins, Julian s'en tire.

« Je suis condamné à vivre avec ces démons qui me bouffent de l'intérieur. Mes pensées vrillent, je perds toute logique dans ma ligne de conduite. »

Les paroles de Chester Hanson me reviennent en mémoire et me plongent dans la confusion. Quelles luttes intérieures mène-t-il pour être à ce point à la dérive ? L'obscurité qui se dégage de son aura le poursuit telle une ombre, les deux semblent indissociables, condamnés à cohabiter. Toujours secoué par l'assaut brutal du rockeur, mon corps continue d'être agité par des spasmes inconscients. Mes doigts glissent sur mes lèvres tremblantes. Mes pensées s'égarent et se réfugient dans le passé. Et je le revis, mon cauchemar. Il apparaît sous les traits de Chester Hanson. Aussi ravageur qu'une nuée toxique, son souffle frôle ma peau, se répand à travers mes veines, mon sang, contamine chacune de mes cellules. Mes défenses tombent en ruines.

Ce type m'empoisonne de la pire façon qui soit.

Chapitre 22

Confidence

Ally

— Tu sais, c'est la première fois que je ressens un truc pareil. Je ne parviens pas à définir ce que j'éprouve, parce que deux sentiments entrent en conflit en moi. D'un côté, je suis soulagée et heureuse d'avoir réussi à extraire Julian des griffes de ce démon. Maintenant, il ne risque plus de perdre son emploi et ça, c'est une très belle victoire. De l'autre, la haine continue de m'embraser, parce que l'idée d'apparaître dans le clip vidéo de Chestanas me rebute. Rien que d'y penser, ça me file des aigreurs d'estomac. Je n'ai pas envie de le revoir, mais j'ai aussi vraiment hâte d'observer son dégoût lorsque je me retrouverai devant les caméras. C'est contradictoire, n'est-ce pas, Tequila ?

Mes yeux quittent le plafond pour dévier sur la petite boule de poils allongée sur mon ventre. À part sa frimousse qui frétille, le lapin reste stoïque. Voilà plus de dix minutes que j'engage la conversation avec mon fidèle allié sur le canapé du salon. Digne d'un véritable entretien avec un thérapeute. Peu importe si c'est ridicule, j'éprouve l'envie de parler à tout prix, de dissiper l'ombre menaçante du rockeur qui plane sans relâche au-dessus de moi.

Deux jours se sont écoulés depuis l'audition. Deux jours après mon dernier bras de fer avec Chester. Deux jours à maudire de tout mon cœur la violence qu'il a déversée sur moi. Une cascade de pensées désagréables secoue ma tête. Dépourvu de conscience, le rockeur n'a sans doute pas idée de la souffrance que son baiser forcé a déclenchée dans mon corps. Il a empiété sur mon espace, puis il a franchi de nouvelles limites et un sentiment d'impuissance m'a engloutie dès la première seconde où j'ai senti ses lèvres sur les miennes. Un retour de manivelle inattendu, et surtout grave. *Très grave.* Je ne suis pas née de la dernière pluie : le chanteur ne se confondra jamais en excuses pour ce qu'il m'a fait. De plus, ce ne sont pas des mots qui pourront réparer ça. Une intégrité physique bafouée, être étiquetée comme la victime… Je ne veux pas. *Je ne peux plus*. Réprimer ces souvenirs ? Je le désire plus que tout. Est-ce possible ? C'est un peu comme si on vous marquait au fer rouge : peu importent la force mentale et toute la volonté du monde pour l'effacer, la trace sera toujours visible, incrustée dans votre chair.

Chester Hanson peut-il aller encore plus loin dans ses actes ? Lui reste-t-il un dernier atout dans sa manche afin de m'anéantir pour de bon ? Et moi ? Suis-je capable de me mesurer à une telle déflagration de haine sans en subir les conséquences ? Je déglutis malgré mon mal de gorge. La réponse, je la connais déjà.

— Non…, soufflé-je, le cœur serré.

J'effleure mes lèvres et la blessure s'éveille, prête à pomper toute mon énergie. Alors, avant de me retrouver coincée dans l'engrenage de la peur, j'écoute ma conscience qui me tance de me ressaisir et dévie mon regard sur mon salon, à la recherche d'un élément qui ferait une excellente distraction. Juste en dessous de l'îlot central de ma petite cuisine, quelque chose retient mon attention : ma valise ouverte, déjà remplie d'affaires. À la suite d'un mail du réalisateur Ben Smith, j'ai appris que le tournage se déroulera à Los Angeles et que le départ aura lieu demain matin. Le voyage va durer cinq jours, et moi qui ai toujours rêvé de découvrir la capitale mondiale du cinéma, me voilà aux anges ! Je me vois déjà sillonner les routes éblouissantes de la côte Ouest, arpenter Hollywood Boulevard pour prendre des selfies à côté des étoiles aux noms des plus grandes vedettes, ou encore mettre les pieds dans le sable des plages de Santa Monica… Le soleil californien est déjà une belle récompense ! *Mais ce n'est pas tout.*

Cerise sur le gâteau : hôtel, transport, repas… tous les frais sont pris en charge par l'équipe de production. Ça semble trop beau pour être vrai, et j'avoue prendre plaisir à imaginer le visage décomposé du chanteur quand il apprendra que j'aurai droit au même traitement de faveur que lui. Je sais d'avance qu'il ne le supportera pas. Nous allons séjourner au *Peninsula*, un palace qui a bien failli me décrocher la mâchoire lorsque je suis allée voir des photos sur Internet. Ça envoie du lourd. Entre les immenses suites, un service digne d'un cinq-étoiles, une restauration à tomber et le spa, je vais mener la vie de château en goûtant à tout ce luxe et cette opulence. En dehors des heures de tournage, je compte en profiter à fond. Merci, les Chainless. *Merci Chester.*

Mon cœur s'allège et la pression sur mes épaules se dénoue. Ça va déjà un peu mieux.

Balayer le négatif, s'illuminer de positivité.

Je continue à caresser la tête de Tequila, extirpe mon téléphone coincé sous ma fesse et passe en revue mes derniers messages. Relire ma conversation avec Joy m'envoie un pic au cœur, parce qu'elle m'a livré la raison de son abandon à l'audition. Sa grand-mère paternelle, résidant à Osaka, une ville portuaire au Japon, a été victime d'un infarctus. Par chance, le père de Joy était présent lors de l'accident et il est parvenu à la transférer à l'hôpital le plus proche pour une intervention en urgence. Selon les infos de mon amie, sa grand-mère a subi une thrombolyse, une opération qui consiste à injecter dans les veines une substance capable de dissoudre le caillot sanguin qui a bouché l'artère. La vieille dame a échappé au pire, mais elle n'en ressort pas moins affaiblie. Sa famille est sous le choc, et Joy compte s'absenter ces prochains jours pour être à son chevet. Quand je l'ai eue au téléphone, sa voix tremblait et sa vulnérabilité ressortait, alors j'ai tenté du mieux que je pouvais de la rassurer. Moi, quand j'ai un coup de mou, elle n'hésite pas à venir me trouver pour me rebooster, sans même que je lui demande. Elle efface mes doutes à coups de baguette magique et parvient à me redonner le sourire avec ses proverbes japonais criants de vérité. Sa loyauté m'est précieuse, alors je veux lui rendre ce qu'elle m'apporte : un soutien infaillible. Joy compte beaucoup pour moi. J'ai même ressenti une profonde gêne d'avoir pris sa place dans le clip vidéo. Cependant, avec un *fair-play* des plus honorables, la Japonaise m'a félicitée en me disant que je méritais cette victoire et qu'il fallait que je me donne à fond afin de lui faire honneur. Une âme en or, que je ne veux surtout pas décevoir. Alors oui, *je me donnerai à fond.*

Soudain, trois coups secs retentissent à la porte et me sortent brutalement de ma torpeur. Je sursaute, tandis que Tequila fait un bond sur mon ventre et part se réfugier à la vitesse de l'éclair sous ma console en bois mat noir. Je me redresse et fixe mon entrée avec hésitation. Personne n'est censé me rendre visite. Peut-être est-ce ma vieille voisine de palier qui a fait un surplus de crêpes et qui souhaite m'en offrir ? Elle a l'habitude de les napper de caramel et de chocolat. Une catastrophe calorique, mais un véritable orgasme au niveau des papilles ! Je me lève avec prudence, me dirige d'un pas feutré vers la porte et jette un œil dans mon judas optique. Pas de voisine de palier. En revanche, un journaliste m'attend sur le perron, les bras croisés et la mine renfrognée ! Je déverrouille mon entrée et sans même me laisser le temps de le saluer, Julian lève sa main puis d'un regard noir, me dissuade de prononcer le moindre mot.

— Ouais, c'est tout sauf le moment de faire « câlin-bisou- câlin » avec moi. Je suis furieux. Absolument FU-RIEUX !

Je bats des cils, désarmée et incrédule. Mon meilleur ami entre puis me bouscule d'un coup d'épaule, si bien que je manque de trébucher contre l'encadrement. Je referme la porte derrière nous et l'observe faire les cent pas au milieu de mon salon, les poings serrés sur les hanches. Il finit par s'immobiliser, inspire un grand coup par les narines et fait volte-face vers moi.

— Non mais vraiment, tu te fous de ma gueule, Ally !

— Hein?

En désespoir de cause, c'est tout ce que je parviens à répondre. Julian ne décolère pas et continue à s'agiter dans tous les sens.

— Putain ! Comment t'as pu me cacher ça ?

Là, je me sens blêmir. Je crois que j'ai saisi. Il est courant pour le chantage de Chester Hanson. Comment ? Sûrement le rockeur lui-même qui l'a prévenu. *Le fourbe, l'enfoiré !* J'ignore quelle version il a déblatérée à mon meilleur ami, mais je dois à tout prix lui partager la mienne.

— Donc, tu participes au prochain clip des Chainless et moi, je reste dans l'ignorance totale ? En plus, on n'a eu aucun communiqué de presse sur l'événement ! J'aurais pu avoir un sacré scoop, mais t'as jugé bon de ne rien me révéler ! En mode secret-défense, quoi ! Je sais que t'es pas mal occupée avec les cours et tes entraînements personnels, mais me cacher ce genre de nouvelle… Pourquoi ? T'as signé un contrat de confidentialité ?

— Non. Pas de contrat de confidentialité. En revanche…

Le journaliste secoue la tête lorsqu'il aperçoit ma valise presque terminée, et sa colère s'accroît de plus belle.

— J'ai été mis au courant de toute l'histoire en tombant par hasard sur un tweet d'une fille qui a mentionné la présence des Chainless à la Juilliard. Une étudiante de ta promo de danse, en plus ! Ce qui me tue, c'est que c'est toi qui a remporté l'audition ! Et tu prépares déjà tes affaires sans même me prévenir ? Je t'avoue que je ne sais pas comment le prendre, c'est dingue ! déballe-t-il avant de se laisser tomber sur mon canapé.

Je suis forcée d'admettre que garder le silence n'était pas la plus brillante des idées. Mais j'ai eu peur des retombées de cette audition… Julian était en danger, c'est pour lui que je me suis battue, et je ne voyais pas comment l'en informer sans empirer les choses. En effet, Chester m'avait bien fait comprendre que si je divulguais sa fourberie à quelqu'un, il sortirait les crocs pour passer à l'offensive. Et mon meilleur ami se trouvait en première ligne. Je n'ai même pas fêté ma victoire. Après l'audition, je suis rentrée chez moi et me suis enfermée dans ma chambre en regardant des séries sur Netflix, dans l'espoir d'oublier cette journée chargée émotionnellement. Pourtant, l'agression de Chester m'avait mise au plus mal. J'en ai même fait des cauchemars. Et il n'était pas question que Julian m'aperçoive dans cet état, ça lui aurait rappelé de mauvais souvenirs.

Subir de mon côté pour mieux le protéger.

Je peux lire à travers les yeux marron de mon meilleur ami une profonde déception. Il m'en veut et je le comprends. Sans un mot, je le rejoins sur le sofa et lie mes mains. Maintenant qu'il ne risque plus rien, je peux peut-être lui raconter l'histoire de A à Z.

« Je compte aussi sur toi pour ne pas répéter notre petite discussion à qui que ce soit… Si tu me trahis, je le saurai. »

Les mots menaçants de Chester bruissent dans ma tête telle une mélodie sinistre. Puis-je vraiment prendre le risque d'attiser la colère du démon alors que le journaliste n'a plus rien à craindre ? Parce que si j'évoque le chantage avec Julian, il ne pourra jamais garder le silence. Je le connais, il perdrait les pédales. Ça pourrait dégénérer ou se retourner contre nous, et c'est la dernière chose que je souhaite.

Non… mon Dieu !

Je ne veux pas que le rockeur aille plus loin dans sa cruauté. Remettre de l'huile sur le feu serait du suicide. D'une voix blanche, je me confie à lui, en regardant un point fixe devant moi :

— J'ai l'impression d'accumuler les erreurs. Excuse-moi… Je suis complètement désorientée, ces derniers jours. Écoute, je…

… suis devenue la victime de Chester Hanson et il a menacé de te faire virer du New York Times *si je ne lui obéissais pas comme un petit chien. Cependant, j'ai réglé la situation. On a fait une sorte de pacte lui et moi, dans lequel nous avons convenu que si je remportais l'audition, il te laisserait tranquille. En revanche, si je perdais, il t'aurait viré. Mais tout va bien. J'ai été choisie pour le clip, tu ne risques plus rien ! Enfin, moi, il m'a toujours dans le collimateur. D'ailleurs, il a même fourré sa langue au fond de ma bouche pour me faire payer d'avoir gagné le deal. Bien sûr, il n'avait que faire de mon consentement... Voilà, tu sais tout, et… Ah oui ! Évidemment, cette histoire doit rester entre nous ! Sinon, Chestanas risque de frapper encore plus fort, surtout s'il apprend que je t'ai mis au courant. Bon, c'est pas tout, mais… tu veux boire un chocolat chaud et regarder un Disney ? Moi, j'ai une sacrée envie de voir Mulan défoncer les Huns ! Pas toi ?*

Les mots défilent avec une facilité déconcertante dans mon esprit. Pourtant, impossible pour moi de lui déblatérer toutes ces choses de vive voix. Ça me démange… ça me brûle les lèvres… *sauf que je ne peux pas.* Voyant que je ne suis plus en mesure de poursuivre, Julian s'éclaircit la gorge sans cacher son expression désemparée.

— Tu gardes les choses pour toi dès que tu te sens très mal, Ally. Je te connais, tu ne peux pas me berner sur ce point. Un truc s'est passé, je ne suis pas dupe. Je le flaire à trois kilomètres à la ronde.

Je pince mes lèvres et prie afin qu'il ne se lance pas dans un long interrogatoire musclé pour me sortir les vers du nez. Je m'attends à ce qu'il me secoue violemment par les épaules pour me faire avouer l'inavouable, mais il se contente de se prendre la tête entre les mains et de soupirer.

— Si t'es pas prête à me le dire… OK, j'accepte, mais je ne lâcherai pas l'affaire. Je finirai par découvrir ce qui se trame et pourquoi tu m'as caché ton audition.

Contre toute attente, ses doigts tremblent, sa voix se fissure. Quelque chose d'anormal est en train de se passer. Je me penche vers lui et pose une main sur son épaule.

— Désolé, si j'ai pété les plombs. J'ai reçu un texto de ma mère, il y a à peine une heure, et je suis mortifié.

Chacun de mes muscles se tend férocement.

— Ta mère t'a envoyé un texto ? répété-je, hébétée.

— Ouais, un gros pavé, en plus ! Apparemment, elle aimerait qu'on fasse un pas chacun de notre côté, histoire de… *renouer le contact*. Elle a parlé de mon père, aussi… Pour te la faire courte, mes parents seraient prêts à me revoir. Cette nouvelle me déroute, et il vaut mieux s'aventurer doucement en terrain miné. Surtout pas de faux pas, car ses parents ont toujours représenté un sujet sensible. Quand nous vivions à Childersburg, mon meilleur ami passait le plus clair de son temps chez moi pour échapper à leurs exigences. Julian voyait son foyer comme une prison de mœurs et de bonne conduite, parce qu'auparavant, sa vie était dominée par une rigoureuse autorité parentale qui l'écrasait jusqu'à l'étouffer. Alors en pleine construction identitaire, Julian cherchait à tout prix à s'en extraire. Son but n'était pas de suivre un modèle, mais de comprendre qui il était vraiment.

Cette oppression, je la ressentais lorsque j'allais dîner chez lui. Son père le traquait sur sa posture et son attitude, dès que nous nous mettions à table : « Tiens-toi droit ! », « Ne parle pas la bouche pleine ! », « Pas de coudes sur la table ! ». Et à chaque ordre donné, Julian s'exécutait sans un mot. Il n'était plus cette personne qui cherchait absolument à s'émanciper, il devenait au contraire le petit garçon docile et reclus sur lui-même qui avait peur de décevoir ses parents. Avant, sortir du moule représentait sa plus grande peur. Maintenant, il assume ses choix avec une fierté sans nom.

— Qu'est-ce que tu en penses ? lui demandé-je avec prudence.

Regardant droit devant lui, il éclate d'un rire empli de sarcasme et d'amertume.

— Comment pourrais-je leur pardonner ? Ils ont viré leur seul et unique enfant de la maison. Tout ça parce que j'aime les hommes. Je te rappelle que mes parents étaient prêts à me payer un psy pour soigner ma « déviance » ! Ils voulaient que j'aille à l'église deux fois par semaine et que je m'interdise de fréquenter des personnes homosexuelles. C'étaient leurs conditions pour qu'ils m'autorisent à remettre un pied chez eux. J'ai refusé, et tu connais la suite… Tu te rends compte à quel point ce genre de mentalité est grave ? Tu sais que j'en ai atrocement souffert. Ça fait deux ans qu'on ne se parle plus et ils osent me demander de renouer contact avec eux par SMS. C'est du foutage de gueule !

Mon cœur se serre. Ce sentiment d'être renié et rejeté, qui plus est par sa propre famille, doit tout simplement être abominable. Julian a mis une longue année avant de s'en remettre. Il pleurait, sanglotait et culpabilisait. Sa combativité l'avait déserté et j'ai dû l'épauler pour qu'il ne s'engouffre pas dans le trou noir de la dépression. Mais, *a contrario*, depuis ce bouleversement dans son quotidien, mon meilleur ami a gagné en maturité, il s'est endurci et surtout, après une longue réflexion nécessaire à une remise en question, Julian a compris qu'il n'était coupable de rien. Alors il a arrêté de préserver le secret de ses attirances sexuelles et s'est enfin affirmé aux yeux de tous, bien que les abominations déblatérées par ses parents continuent de lui brûler la gorge.

— C'est un premier pas. Je pense que tu devrais au moins écouter ce que tes parents ont à te dire. Ensuite, tu décideras de ce que tu veux faire. Tu n'as plus rien à perdre, de toute façon. Plus rien à espérer d'eux. Pour le coup, c'est toi qui es en position de force. La décision finale te reviendra, alors prends le temps de réfléchir.

Julian soupire et s'enfonce dans le canapé sans jamais croiser mon regard.

— Réagir à chaud n'est pas la meilleure idée, c'est vrai. Je vais d'abord essayer de répondre au texto de ma mère. À part l'envoyer balader, je n'ai aucune envie d'engager la conversation. J'ai peur de ce qu'ils veulent me dire. Est-ce pour remettre en cause mon éducation ? Ou m'embrigader dans une secte religieuse pour expier mes « péchés » ? Peut-être est-ce pour me faire culpabiliser encore plus sur mes choix ? Ils sont capables de tout. Je n'attends aucun pardon, encore moins une once d'amour de leur part. Tout ce que je veux… c'est qu'ils m'acceptent, *moi*. S'ils n'en sont pas capables, alors ce premier pas de ma mère ne sert à rien.

Je niche me tête au creux de son épaule et prends sa main.

— Pour le savoir, il n'y a qu'un seul moyen. La balle est dans ton camp, murmuré-je.

— Mais j'ai pas envie de me recevoir un nouveau coup de poignard ! Ça me prend déjà la tête, cette histoire. Et puis, merde ! Parlons d'autre chose ! Comme ton audition, par exemple. Tu vas participer à un putain de clip, Ally. C'est incroyable ! Et je t'en veux toujours de m'avoir caché une putain de nouvelle pareille !

— T'es *putain* de grossier, là, ricané-je.

Il pose sa tête contre la mienne et me susurre :

— Ouais, je suis *putain* de vulgaire, comme mec. C'est attirant, non ?

D'un geste vif, je m'empare du petit coussin derrière moi pour le lui balancer en pleine figure. Il fait mine d'être outré par mon geste durant quelques secondes, puis me rend la pareille en me l'envoyant dessus. J'esquive et manque de tomber du canapé. À partir de là, nos éclats de rire retentissent dans mon appartement. L'atmosphère s'allège, nos cœurs décompressent. Dans ces moments-là, j'ai l'impression de revivre en prenant une bouffée d'air frais. Réunis, nous possédons ce pouvoir immense, celui de redonner des couleurs à nos vies. Une amitié parfaite.

Julian enroule son bras autour de mon cou et m'attire contre son torse.

— Qu'est-ce que je ferais sans toi ? Sale chieuse, me chuchote-t-il.

Moi, sans toi, j'aurais déjà sombré...

Ces mots traversent ma tête, seulement j'ai la gorge trop nouée pour répondre. À la place, je presse mon corps contre le sien et ferme les yeux. Bien que je sois protégée au milieu de cet écrin de douceur, le visage de Chester Hanson s'imprime sous mes paupières. Je redoute demain, j'appréhende mes retrouvailles avec lui, car je sais qu'il ne cautionne pas le fait que j'apparaisse dans son clip. Et le rockeur va me le faire comprendre…

À sa manière.

Je garde le silence et savoure l'étreinte chaleureuse de mon meilleur ami, en faisant abstraction de cette boule qui vient de se former dans mon ventre.

Le lendemain matin, je quitte ma résidence, munie de ma valise à roulettes, puis marque un temps d'arrêt une fois la porte refermée derrière moi. Est-ce que mes yeux me jouent des tours ? Apparemment non. Garée devant le parvis, une Mercedes noire flambant neuve m'éblouit. Un conducteur en uniforme pimpant, proche de la cinquantaine, s'extirpe du véhicule et m'accueille avec un sourire si large qu'il souligne ses rides autour de ses yeux.

— Bonjour, Mademoiselle Owen. Je suis Charles, votre chauffeur en charge de vous conduire à l'aéroport, m'informe- t-il.

À son accent prononcé, je devine des origines britanniques.

— Bon… bonjour, bredouillé-je.

En parfait homme galant, il s'empare prestement de ma valise pour la ranger dans le coffre, puis m'ouvre la portière avec une petite révérence de la tête, m'invitant à m'installer sur la banquette arrière. Je le gratifie d'un sourire timide et me faufile à l'intérieur du véhicule. Première chose à noter : sièges confortables, habitacle spacieux, clim bien dosée et vitres teintées. Dès que le moteur se met à vrombir, je m'enfonce pesamment dans le cuir de la voiture. La stéréo diffuse une musique douce qui m'aide à me détendre.

Ça y est. Aujourd'hui, c'est le grand jour. Je m'envole vers la célèbre Cité des Anges : Los Angeles. Je constate que Ben Smith ne fait pas les choses à moitié. Je m'attendais plutôt à ce qu'un simple taxi m'attende devant chez moi, non à une voiture rutilante dans laquelle je ne sais plus où donner de la tête. J'expire longuement et mes paupières s'abaissent. Je n'ai rien à faire à part me laisser guider. C'est plutôt agréable. Maintenant… direction l'aéroport international John F. Kennedy de New York ! La dernière fois où j'ai pris l'avion remonte à quelques mois, lorsque je suis revenue en Alabama pour revoir ma famille. Je suis forcée d'admettre que me retrouver dans les airs, assise à l'intérieur d'un bolide pesant des tonnes, n'est pas ma tasse de thé. Pour moi, « vol » rime avec turbulences, crash, crise de panique et… *nourriture infecte*. Heureusement, lors du décollage, je ne plonge pas dans un état anxiogène comme mon père qui, lui, a une peur maladive de l'avion, et ce depuis le jour où il a dû en prendre un pour se rendre en Italie. Les orages et les violentes turbulences de son vol l'ont terrorisé, à tel point qu'il n'est même plus capable de remettre un pied dans un aéroport.

— Avant que nous arrivions à destination, avez-vous besoin de quelque chose, Mademoiselle Owen ? me demande ce dénommé Charles, les mains agrippées sur le volant.

« Owen. »

Je grimace en entendant mon nom de famille. Cette façon de m'appeler ressemble à celle de Chester Hanson, ce qui réveille chez moi de viles sensations. Incapable de passer outre cette répulsion tenace que m'inspire le rockeur, je décide de reprendre à la volée le chauffeur de la Mercedes.

— S'il vous plaît, appelez-moi Ally ! Je vous remercie, mais je n'ai besoin de rien, à part peut-être d'un bon caramel *macchiato* de chez Starbucks, plaisanté-je.

Concentré sur la route, le conducteur sourcille. Sans crier gare, il change de direction et quelques minutes plus tard, le véhicule se range au bord de la chaussée, jusqu'à s'arrêter en face d'un…

… *Starbucks ?*

Sous le coup de l'embarras, le rouge me monte aux joues. Il a pris au premier degré mes paroles. Ça me gêne et je refuse que le chauffeur pense que les exigences de diva sont monnaie courante chez moi. Claquer des doigts et obtenir tout ce que je souhaite ? Sérieusement, il ne manquerait plus qu'il me considère comme une Mariah Carey bis ! Je me tortille sur mon fauteuil en essayant très vite de remettre les choses au clair.

— Pardon, mais, euh… je plaisantais. Ne vous donnez pas cette peine et continuons notre route !

L'homme coupe le moteur de la Mercedes et se retourne dans ma direction avec une moue amusée.

— Mademoiselle Ow... Ally, vous n'êtes pas ma première passagère. J'ai l'habitude d'être confronté à des exigences très particulières, voire encore plus loufoques que les vôtres. Alors, ne rougissez pas en me demandant de vous apporter un caramel *macchiato*. Je le fais de bon cœur. Au passage, très bon choix de boisson. Pour ma part, j'ai un faible pour leur *Chai Tea latte*.

Les bras m'en tombent.

— Hein ? Mais, attendez ! On dirait que vous me prenez pour quelqu'un qui voyage en *first class* et qui se régale la panse avec des cuillerées de caviar ! Je ne suis qu'une simple étudiante ! Et depuis quand les chauffeurs font ça ? Je vous assure que ce n'est pas…

— Ally, vous êtes ma cliente. Et vous savez ce qu'on dit sur les clients ? me coupe-t-il.

— Euh…

Il sourit et ouvre sa portière.

— Ils sont tous rois !

À ces mots, il glisse hors de la voiture et entre dans le Starbucks, tandis que moi, je demeure pantoise sur la banquette arrière. Alors, ça va vraiment se passer de la sorte ? On va me considérer comme une personne privilégiée ? Seulement parce que je vais danser dans le clip vidéo des Chainless ? Il faut absolument que je raconte toute la scène à Julian !

Autant jouer le jeu à fond...

Je fouille mon *tote bag* à mes pieds, à l'effigie de l'artiste peintre Frida Kahlo, afin de récupérer mes lunettes de soleil. Je les enfile et passe mes doigts le long de ma chevelure de feu, juste pour me la raconter. Malgré un réveil matinal difficile, mes batteries se rechargent, un regain d'énergie me galvanise. Finalement, ce voyage démarre plutôt bien. Après avoir croisé les jambes, je déballe avec entrain :

— Ally Owen, vingt ans, danseuse, et bientôt sous le feu des projecteurs !

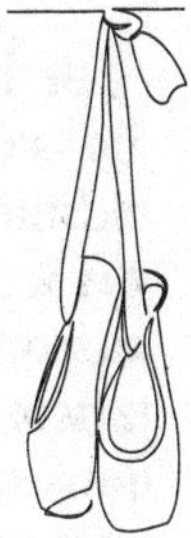

Chapitre 23

Atterrissage

Ally

Après une heure de route, Charles, le conducteur de la Mercedes noire, me dépose enfin devant le terminal de l'aéroport. À peine le moteur éteint, il s'éclipse de l'habitacle et fait le tour du véhicule pour m'ouvrir la portière.

— Et vous voilà arrivée à bon port, me lance-t-il sur un ton presque théâtral.

Je le remercie chaleureusement et quitte mon « carrosse de princesse », lunettes de soleil remontées dans les cheveux et *macchiato* en main. Par la suite, le chauffeur sort ma valise du coffre, puis la dépose méticuleusement à mes pieds.

— Passez un agréable séjour, Ally.

— Merci pour tout, Charles, notamment… *pour ça.*

Je lui désigne la boisson qu'il m'a gracieusement offerte. En plus, il a choisi la taille maximale pour le gobelet. Que cet homme soit béni !

— Tout le plaisir était pour moi, bonne continuation à vous.

Je l'observe avec attention retourner à l'intérieur de sa voiture, histoire de bien m'imprégner une dernière fois de son aura si apaisante et lumineuse. Grâce à lui, toute cette négativité qui enfle mon cœur depuis quelque temps a disparu. Sa présence m'a offert un très bon moment de répit que je n'oublierai pas de sitôt. C'est avec le sourire aux lèvres que je m'empare de la poignée de ma valise et me dirige vers la porte destinée aux départs. Au milieu de cette fourmilière humaine qui s'active dans tous les sens, je repère une hôtesse qui tient entre ses mains une feuille plastifiée avec mon nom complet inscrit dessus. Sa jupe crayon et son blazer couleur crème lui confèrent une allure tirée à quatre épingles qui détonne avec ma robe fleurie – parfaite, elle, pour un costume de la série *La Petite Maison dans la prairie*.

Son parfum frais et fruité me caresse le nez dès que je me poste devant elle. Les lèvres rouge carmin de la femme au visage de poupée se retroussent.

— Bonjour, Mademoiselle Owen, veuillez me suivre, je vous prie.

— Ally, appelez-moi Ally, insisté-je.

Sans effacer son sourire, elle hoche la tête et je commence à lui emboîter le pas. Alors que nous traversons l'un des grands halls de l'aéroport qui grouille de voyageurs, je m'amuse mentalement à deviner ce qui va suivre. Vais-je me retrouver en première classe à déguster des petits fours et du champagne durant le vol ? Me voilà en train de rêver d'une séance de massage au milieu des airs. Pourvu que les sièges soient aussi confortables que la Mercedes, car c'est important de prendre soin de mon dos, et…

Mariah Carey bis est née !

L'hôtesse m'escorte à un pôle pour enregistrer mon bagage. Bien entendu, je passe en priorité devant tout le monde, ce qui me vaut quelques regards amers de la part de voyageurs se situant derrière moi. Après avoir présenté mon passeport, la femme qui m'accompagne se charge d'indiquer à la personne de l'autre côté du comptoir toutes les infos sur le vol que je m'apprête à prendre. Tout ceci me laisse perplexe, je ne possède même pas de titre de transport, mais visiblement, cela ne semble pas tracasser l'hôtesse. Alors je continue de me laisser guider. Nous voilà à présent devant les contrôles de sûreté. Heureusement, j'ai pensé à retirer ma bombe lacrymogène de mon sac sinon, bonjour le poste de police et adieu le séjour à Los Angeles ! Je suis persuadée que dans cette situation, Chestanas en aurait profité pour me déballer un truc du genre :

« Voilà, t'as payé le prix fort. T'es pas dans mon clip donc, forcément, je me considère comme victorieux. Et comme je n'ai aucune parole, ton pote peut dire adieu à son boulot, parce que je suis le démon et que j'aime te faire souffrir pour mon propre plaisir. Après tout, tu n'es qu'un jouet pour parer mon ennui. Ah, et… au passage ! Devine quoi ? J'ai rêvé de toi en train de chuter de la scène pendant que tu dansais, je me suis réveillé de bonne humeur, car c'était absolument renversant. Allez, pleure bien, et bon retour dans ton misérable taudis, Owen ! »

— Pauvre type ! marmonné-je dans ma barbe.

— Je vous demande pardon ? s'offusque l'un des contrôleurs qui est en train de vider mon *tote bag* à l'intérieur d'un bac.

La couleur de mon visage vire sans doute au cramoisi. Une folle envie de débarrasser le plancher me saisit.

— Pas vous ! J'étais perdue dans mes pensées, et…

— Passez le portique. Et jetez ce gobelet que vous avez entre les mains, me coupe-t-il sans aucune empathie.

Je me la boucle et opine du chef sans la moindre riposte. Une fois les contrôles passés, l'hôtesse, qui ne me lâche pas d'une semelle, me guide jusqu'à un petit ascenseur au fond de la zone d'embarquement. Lors de l'ouverture des portes, nous atterrissons directement sur les pistes de l'aéroport. Et là, la réalité me foudroie sur place.

J'hallucine, c'est encore mieux que ce que j'espérais !

À environ une centaine de mètres de nous, un jet privé est garé sur le tarmac, presque aussi imposant que les avions de ligne que je peux apercevoir à l'autre bout d'une piste. Au pied de la passerelle, une autre hôtesse, affublée du même uniforme que la femme qui m'escorte, m'attend les mains croisées dans le dos.

J'évolue dans sa direction sans détacher mes yeux de ce jet pimpant à l'opulence tapageuse. Finalement, peut-être que les petits fours, le champagne et le massage font partie du programme. En deux temps, trois mouvements, je saisis mon téléphone et photographie le bolide afin de l'envoyer à mon meilleur ami. C'est sûr, il va crever de jalousie et rien que d'imaginer sa tête, je ris toute seule.

Gagnée par une vive euphorie, je presse le pas. Avec mes Ray-Ban, il ne me manque plus que le déhanché de Beyoncé et un effet au ralenti pour me mettre dans la peau d'une vraie star. Sauf que ma conscience me rappelle à l'ordre et me fait vite redescendre de trois étages.

Calme-toi. T'es juste une étudiante qui parle de ses problèmes à un lapin portant le nom d'un alcool fort.

L'hôtesse me fait gravir les petits escaliers menant à l'entrée du jet. En haut, le pilote me souhaite la bienvenue et je suis très vite prise en charge par un steward qui me demande poliment de le suivre. Dès que des voix familières retentissent, mon corps se crispe. *Oh, mince !* J'ai oublié ce détail qui se révèle pourtant si évident : les Chainless sont aussi de la partie. Je sens mon visage se fermer lorsque je découvre les rockeurs calés dans de confortables fauteuils en cuir. Durant un laps de temps très court, j'oublie leur présence face au petit salon luxueux qui se dessine sous mes yeux. Décorée selon des nuances neutres allant du blanc au bleu foncé, la salle privatisée regorge d'équipements en tous genres : banquettes, sièges, tables, bar en acajou et moquette épaisse. Il y a même un téléviseur avec une collection impressionnante de DVD. Ce décor raffiné me laisse sans voix.

Un sifflement qui m'agresse les tympans rompt tout de suite ma contemplation. Alden et les deux frères viennent de me repérer. À mon plus grand soulagement, Chester ne se trouve pas avec eux.

— Wow ! Attention, la star est là ! Quel look ! s'écrie Yann.

— C'est qui, la meuf sur ton *tote bag* ? Son monosourcil me dit un truc, enchaîne Matt, intrigué.

Je baisse les yeux sur mon sac en tissu et lui réponds :

— C'est Frida Kahlo, l'une des plus grandes peintres mexicaines. Elle est notamment célèbre pour ses autoportraits.

— Une Mexicaine ? Merde, je me sens con ! Moi qui suis un féru de la culture latino-américaine, j'étais même pas au courant ! s'indigne le bassiste.

Ses yeux bleus pétillent d'une lueur d'intérêt tandis que Yann s'esclaffe. Alden se racle la gorge et pose une main sur l'épaule de Matt.

— Du calme, les gars, du calme. Ne commencez pas à l'étouffer !

Fidèle à son poste, le blond atténue les ardeurs des deux frères via sa voix doucereuse, toujours utilisée à bon escient. Je l'en remercie par un mince sourire, après avoir retiré mes lunettes de soleil. D'un signe de tête, il m'incite à m'installer avec eux. Timidement, je rejoins leur cercle. Alden a même basculé sur la droite pour me laisser la place près du hublot. Le guitariste a beau afficher un visage énigmatique, j'ai l'impression qu'une complaisance inhabituelle brille à travers ses opales hématite lorsqu'il me lorgne. Cette amabilité à mon égard me trouble et me déstabilise à la fois. Il y a comme un souffle lénifiant qui émane de son aura et qui me pousse à baisser ma garde.

À peine suis-je installée sur mon siège que l'une des hôtesses apporte des jus de fruits ainsi qu'un plateau de viennoiseries. N'ayant rien ingurgité ce matin à part un caramel *macchiato*, mon ventre crie famine. Je jette mon dévolu sur une petite brioche au sucre ainsi qu'un jus de goyave.

— Alors, hâte d'être à Los Angeles ? m'interroge Matt, après une bouchée de son croissant.

Il débite ses mots rapidement et affiche désormais une frimousse adorable, sublimée par ses cheveux sombres indomptables qui retombent sur ses yeux ainsi que ses joues légèrement rosies.

— Plutôt, oui. Je n'y ai jamais mis les pieds, alors j'espère que j'aurai un peu de temps libre pour visiter la ville.

— L.A est incroyable. C'est vraiment un monde à part. On pourra te montrer des quartiers cool, si tu veux, me propose Yann.

Cette invitation n'est pas pour me déplaire. Cependant, j'ai encore du mal à trouver mes aises en compagnie des Chainless. Peut-être que ce voyage m'aidera à les connaître davantage, parce que pour le moment, j'ai du mal à les cerner. Alors je veille au grain. Entre leur univers et le mien, il y a un véritable gouffre, mais ce n'est pas vraiment ça le problème. Ces garçons côtoient Chester Hanson au quotidien, un sacré parasite qui me fout le cafard dès que je pense à lui. Ils sont liés comme les doigts de la main, alors ce constat a de quoi m'abasourdir, car Yann, Matt ou même Alden ne m'ont jamais rien fait de mal, et leur comportement se montre aux antipodes de la face démoniaque de leur chanteur. Ils me paraissent comme l'huile et l'eau : dissociables en tout point.

Avec une facilité fortuite, les rockeurs continuent d'engager la conversation en me demandant dans quel état d'esprit je me trouve pour le clip, si j'ai déjà voyagé dans d'autres États et comment ma passion pour la danse m'est venue. Nous échangeons avec fluidité et j'en oublie presque que je m'adresse à des stars adulées du rock. La discussion est coupée net au moment où quelqu'un émerge de la cabine attenante. Je reconnais immédiatement l'agent des Chainless.

— Bonjour les garçons, bonjour Ally, c'est un plaisir de vous revoir parmi nous ! salue Chuck en réajustant ses lunettes.

Son costume gris anthracite lui donne l'air d'un redoutable homme d'affaires. Il ne s'attarde pas avec nous et part s'isoler dans un coin du jet. L'agent sort à la volée son ordinateur portable ainsi que son téléphone.

Toujours pressé et débordé, je me demande bien s'il parvient à décrocher de son boulot lorsqu'il se retrouve chez lui. Sur ses pas, une nouvelle personne fait irruption dans le salon privé de l'avion. Mon visage se fend en une grimace de dégoût. Chestanas détient un pouvoir des plus incroyables : celui de me laminer le moral juste en apparaissant devant moi. Les mains au fond des poches de son jeans, le rockeur progresse d'un pas lent dans notre direction, presque en traînant des pieds. Son visage se trouve en partie masqué par ses lunettes de soleil, ainsi que la capuche de son épais sweat noir.

— Incroyable, mais vrai : le grand Chester Hanson a seulement dix minutes de retard ! Je répète, le grand Chester Hanson a seulement dix minutes de retard ! Il l'a fait ! C'est historique ! braille Yann en levant les bras en l'air.

— Qu'est-ce que t'es con !

— Allez, dis-nous tout… Tu t'es tapé une fille avant de venir, c'est ça ? raille Matt.

— Ouais, l'hôtesse. Dans l'ascenseur.

Je manque de recracher mon jus de goyave sur Alden ; à la place, j'avale de travers et m'étouffe. À ce moment précis, le chanteur retire ses lunettes de soleil et me mitraille déjà d'un regard des plus hostiles.

— Je peux savoir ce que tu fous ici ?

Du tact. De la subtilité. Le sens de l'accueil. Du Chester Hanson tout craché ! Franchement, subir ça dès le matin est on ne peut plus indigeste.

— Bonjour à toi aussi. Et au cas où tu aurais la mémoire courte, je vais apparaître dans votre clip, ce qui justifie ma présence ici, répliqué-je sur le même ton glacial que lui.

— Depuis quand les figurants voyagent avec nous ? Ben Smith perd complètement les pédales !

Je serre les dents et en rajoute une couche :

— Et ce n'est pas tout ! Je vais séjourner dans le même palace que vous !

Ses épaules se raidissent et bientôt, les traits émaciés de son visage se décomposent. Je me réjouis du spectacle en sirotant à nouveau mon jus de fruits. J'hésite même à lui demander de recommencer pour immortaliser avec mon téléphone cette expression des plus savoureuses. Ça aurait pu me faire un excellent fond d'écran.

Chester glisse sa capuche en arrière et se cale sur le fauteuil juste en face de moi, tout en me soupesant d'un regard si acéré qu'il pourrait me trancher la gorge en un battement de cils.

— Fais pas trop la maligne, Owen… À ta place, je m'inquiéterais de dormir dans le même endroit que moi.

— Et je peux savoir ce que tu comptes faire ? M'étrangler pendant mon sommeil ?

— Plutôt tentant, mais non. Je préfère que tu sois consciente pour ce que je te réserve.

Une épaisse couche de glace refroidit ses paroles et s'étend jusqu'à son visage, ravivant sa férocité, ce qui me hérisse les poils. Le pire, c'est qu'il conclut en se léchant la lèvre supérieure de façon scandaleusement lente, pour mieux ponctuer ses dires avec des notes saupoudrées d'indécence et de débauche.

Et là, sans le vouloir, un flash-back de son baiser forcé floute ma vision et m'aveugle. Je me tétanise en repensant à cet assaut où sa bouche a dompté la mienne avec une violence inouïe, usant de son piercing à la langue telle une arme destructive contre ma pugnacité.

Alden se redresse sur son siège pour défier âprement du regard le chanteur.

— Ne t'avise même plus de la menacer, Chester !

Le démon dévie son attention sur son camarade. Un rire amer lui échappe et fait vaciller cette lueur provocatrice qui enflamme ses iris.

— Sinon quoi, Alden ? Dis-moi ce que tu comptes faire ?

Je me rétracte dans mon siège pour me faire toute petite. La tension entre eux imprègne l'air d'un puissant courant électrique.

Pitié, que ça ne s'envenime pas...

— Décidément, c'est mieux que la boxe, vos combats de coqs ! Par contre, ne vous entretuez pas tout de suite, on a un clip à tourner ! intervient Yann, à mi-chemin entre l'ironie et le rappel à l'ordre.

Au tour de Matt de rappliquer, mais de façon beaucoup plus insouciante et naïve.

— C'est vrai que t'as baisé l'hôtesse ?

Une bonne diversion pour changer de sujet. Chester souffle et passe une main sur son visage.

— Si je l'avais vraiment baisée, j'aurais eu plus de dix minutes de retard.

Les frères se marrent, sauf Alden et moi. Ce n'est pas drôle du tout. Au même moment, l'hôtesse réapparaît pour nous avertir d'attacher nos ceintures, car nous nous apprêtons à décoller. Elle tombe à pic, puisque plus personne ne daigne parler durant tout le décollage. Lorsque l'avion se stabilise dans les airs, le chanteur rompt le silence :

— J'espère que le clip sera en noir et blanc.

— Ce serait dément ! Ça renverrait une ambiance mélodramatique qui s'accorderait très bien avec la chanson ! déballe le bassiste avec engouement.

— Une « ambiance mélodramatique » ? Matt, arrête de délirer ! Je ne pensais pas du tout à ça. Un clip sans couleur permettrait de ne pas voir ses cheveux orange.

Chester me désigne d'un mouvement las du menton. J'entends le guitariste grogner à côté de moi. Fier de sa petite pique, le chanteur s'assoupit sur son siège et m'adresse un sourire mesquin. Normalement, je devrais réagir, riposter, tiquer. Mais je n'en fais rien. À quoi bon ? Ce serait lui offrir sur un plateau d'argent ce qu'il attend de moi : la perte de contrôle. Je bats des cils de manière totalement indifférente, mes lèvres ne se desserrent même pas. À la place, je sors mon téléphone de mon sac, branche mes écouteurs et démarre ma playlist, bien décidée à ne plus entendre sa voix qui m'insupporte.

La *Troisième symphonie* de Johannes Brahms résonne dans mes oreilles. Les notes de violoncelle mêlées noblement à celles du violon, du cor et du hautbois m'embarquent immédiatement dans un cadre poétique et enchanteur. Transportée par la mélodie, je ferme les paupières, puis m'amuse à inventer une chorégraphie dans ma tête. Mon imagination m'emporte loin, car me voilà à présent au milieu d'une magnifique forêt, les yeux rivés sur la cime des arbres, transpercée par quelques rayons de soleil. Je me fraie un chemin à travers cette végétation luxuriante et au fil de mes pas, je remarque la présence de cerfs majestueux qui m'entourent, ainsi que des…

Mon monde radieux s'effrite et se délite brutalement lorsqu'un bruit assourdissant et bestial retentit près de moi. Je relève le visage, baisse le volume de mon portable et découvre que Chester a mis à tue-tête une musique aux sonorités disgracieuses. C'est d'une brutalité primitive qui me débecte du plus profond de mon être. En plus d'un instrumental brouillon et anarchiste, on dirait que le chanteur se fait égorger en direct. *Quelle horreur !*

Tout en braillant comme des gosses, Matt et Yann secouent leur tête en suivant le rythme déchaîné de cette atrocité auditive, tandis que Chester se réjouit de la cacophonie qu'il vient d'engendrer. Alden ne peut même pas venir à ma rescousse, car ce dernier a enfilé un casque audio et s'est assoupi à une vitesse fulgurante.

Furieuse, je retire mes écouteurs.

— Eh ! Tu n'es pas tout seul, je te signale ! Le chanteur me toise de manière effrontée.

— Oh, mince… je ne voulais pas te gêner, Owen. C'était juste pour te souhaiter la bienvenue parmi nous !

— Merci, mais sans façon. Et c'est quoi, ce son maudit ? Il baisse un peu le volume.

— *Psychosocial*, de Slipknot. J'ai d'autres morceaux en réserve, je peux tous te les faire écouter, si tu veux, me propose-t-il avec un sourire factice.

— Non, ça ira.

Il réagit de la sorte uniquement pour me faire péter les plombs. Et ça a marché, je suis tombée direct dans le panneau. Roulant des yeux, je remets mes écouteurs pour tenter de dissiper cet horrible bruit qui me file déjà un mal de crâne carabiné. Le vol va durer cinq heures. Cinq longues heures à me farcir Chestanas assis en face de moi.

Je colle ma tête contre le hublot et plonge mon regard en direction de la mer de nuages que nous survolons. Au fil des minutes, cette symphonie infernale s'atténue et je réussis enfin à oublier la présence des rockeurs. M'immergeant dans une phase de détente et de béatitude, le poids sur mes épaules s'amoindrit.

De temps à autre, je jette des coups d'œil à la dérobée et surprends à plusieurs reprises le chanteur en train de me fixer. Je sais qu'il le fait exprès pour me mettre mal à l'aise. Dommage pour lui, je continue de jouer la carte de l'indifférence. Le reste du vol se passe sans hostilité et coups bas.

Les Chainless ont eu la bonne idée de dormir en même temps. J'ai très bien remarqué leurs yeux cernés ainsi que leurs traits fatigués. Alors j'en ai profité pour les détailler à leur insu. Alden dort de manière paisible : avec sa mine détendue, il paraît encore plus angélique. Les deux frères se sont avachis dans leur fauteuil avec la grâce et la subtilité d'un cachalot. Quant à Chester, sa joue repose contre le hublot et il a les bras croisés. Sa capuche est rabattue sur ses cheveux en bataille. Je suis saisie d'une folle envie de lui balancer mon sac en pleine figure pour le réveiller en sursaut, mais pas question de me laisser dominer par mes pulsions. Pour une fois qu'il se montre calme et qu'il me laisse tranquille… Je savoure chaque seconde de cette trêve, car elle ne durera pas bien longtemps.

En début d'après-midi, nous arrivons enfin à l'aéroport international de Los Angeles. À peine sommes-nous sortis du jet privé qu'une grosse voiture noire nous attend sur le tarmac avec nos bagages déjà rangés dans le coffre. Dès lors que le véhicule s'engouffre dans la cité tentaculaire des anges, je suis tout de suite imprégnée par l'énergie lumineuse et attractive de la côte Ouest. Le soleil californien brille de mille feux et réchauffe ma peau de ses rayons accueillants.

Pendant le trajet pour rejoindre notre hôtel, Matt et Yann m'expliquent qu'ils ont grandi ici, plus précisément à Silver Lake où, plus jeunes, ils avaient l'habitude de gambader à travers les grandes prairies verdoyantes et de jouer au basket avec les gosses du quartier. J'ai aussi souvenir, selon les informations d'Alden et de Julian, que c'est ici que les Chainless se sont formés et ont été repérés par leur label. Entre autres, c'est comme un retour aux sources, pour eux.

Lorsque le van nous dépose sur le parvis du *Peninsula*, mon excitation redouble. Le palace, entouré de jardins tropicaux, arbore une façade digne d'un palais princier. Nous rejoignons un hall spacieux au style épuré dans les tons crème et noir. Les éléments de décoration s'harmonisent entre eux pour mieux se fondre dans ce lieu hors du commun. Et le sol est si lustré qu'il est même possible d'y observer son propre reflet. Or, la première chose qui me saute aux yeux, c'est la fréquentation plutôt distinguée. À travers cette kyrielle de tableaux d'art abstrait, de lustres en cristal, de mobilier en bois laqué et d'épais tapis, je me rends compte que je détonne plus que jamais dans ce cadre, avec ma petite robe florale, mes Converse blanches et mon *tote bag*. Je m'attends presque à voir la clientèle me prendre de haut.

Chuck se charge de récupérer les cartes magnétiques de nos chambres. Elles se trouvent toutes au même étage. L'idée d'être la voisine de palier de Chester me rebute, mais heureusement, chacun a sa propre suite ! Une fois devant ma porte, je m'empresse de l'ouvrir, surexcitée comme une gosse. Dans mon action, je suis vite interrompue par une personne qui m'interpelle :

— Eh, Ally !

Je fais volte-face et tombe sur Alden. Un sourire magnifique se loge sur ses lèvres charnues et creuse ses fossettes quand il avale les derniers mètres entre nous. Son parfum masculin m'enveloppe et ses iris d'une noirceur sans égale m'évoquent une dangereuse luxure qui contraste avec son faciès angélique. Ce type a une apparence d'Apollon et je tâche d'éviter de me laisser subjuguer par sa beauté capable d'étourdir n'importe qui sur son chemin.

— Avec les mecs, on compte sortir ce soir, ça te dit de te joindre à nous ?

Sa voix, à la fois grave et onctueuse, parvient à anesthésier mes sens et à couvrir ma chair d'une vague de frissons. Mes paupières clignent plusieurs fois, le temps que j'assimile sa proposition. Sortir avec les Chainless ? D'un côté, j'ai envie de profiter à fond de mon séjour à Los Angeles. De l'autre, passer une soirée en compagnie de Chester Hanson a de quoi me filer des sueurs froides.

— Je ne sais pas trop, Alden…

— Si c'est par rapport à Chester, oublie-le, OK ? Ce serait con de se priver pour un gars qui n'aime pas grand monde. Matt et Yann t'apprécient et veulent à tout prix te montrer les bonnes adresses à L.A.

C'est plus qu'alléchant, seulement je ne le sens pas du tout, et il est plus sage de me fier à mon instinct.

— Justement, c'est Chester, le problème. Je doute qu'il me laisse tranquille, si je viens avec vous.

Le guitariste secoue la tête et esquisse un pas dans ma direction pour se pencher à mon oreille.

— Si je couvre tes arrières, il ne pourra rien te faire, même pas toucher un seul de tes cheveux…

Son souffle réchauffe ma peau et je frissonne à sa soudaine proximité. Dans le fond, je veux le croire, toutefois ce mauvais pressentiment ne se délie pas de mon crâne.

— C'est gentil, mais pour ce premier soir, je crois que j'ai plutôt envie de me reposer et de profiter des avantages de ma « suite royale ».

Alden se mordille la lèvre et recule en passant une main dans sa masse de cheveux peroxydés qui lui retombent en bas de la nuque.

— D'accord. T'as raison, faut que tu reprennes des forces. Après tout, on veut que tu nous offres une performance digne de ce nom lors du tournage !

Il m'adresse un clin d'œil, que je lui renvoie en retour. Ses mains plongent au fond des poches de son jeans troué, puis il tourne les talons pour regagner sa chambre.

— Au fait, n'hésite pas à abuser du room service, c'est l'équipe de production qui régale ! me lance-t-il à la volée.

— Dans ce cas, je ne vais pas me gêner !

Alden me salue de la main et disparaît à l'intérieur de sa suite, me laissant seule sur le palier, un sourire aux lèvres.

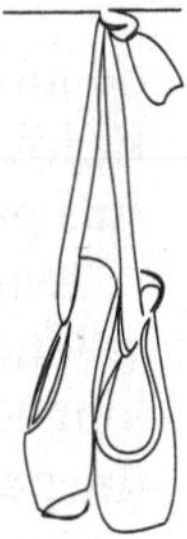

Chapitre 24

À portée de main

Ally

Je me réveille en sursaut et mon corps se contracte férocement. La pièce dans laquelle je me trouve est plongée dans le noir. Aucun repère, aucune notion du temps. Où suis-je ? Que se passe-t-il ? Est-ce un bruit sourd qui m'a chassée du pays des songes ? Je n'en suis pas certaine. Mon esprit se délite et le chaos noie mes pensées. Je frotte mes paupières, la tête encore dans le coaltar et, au fil des secondes, mon souffle se régularise. Mes yeux commencent enfin à s'habituer à l'obscurité, notamment grâce aux lueurs écarlates de la lune qui m'aident à m'y retrouver en dessinant le mobilier qui m'entoure. Ces draps soyeux qui sentent la rose me sont inconnus, idem pour ce lit qui me paraît bien plus grand que la normale. Sur ma droite, je détecte une lampe de chevet. Presque à l'aveugle, je tente de trouver l'interrupteur et lorsque j'y parviens, une lumière tamisée se répand progressivement sur les murs capitonnés par d'épaisses étoffes.

Je bats plusieurs fois des cils et analyse cette chambre aux allures victoriennes qui fait le double de mon appartement à New York. Là, un éclair de lucidité me foudroie et je recouvre mes esprits. Je ne suis pas chez moi, mais à Los Angeles.

Au Peninsula…

Une brise fraîche s'immisce sous l'encolure de mon long tee-shirt et je frémis. Comme j'ai laissé la fenêtre du patio ouverte, un courant d'air soulève et fait onduler les voilages légers des rideaux. Je me glisse hors du lit et me dirige d'un pas lent vers le balcon, qui offre une vue magnifique sur l'un des jardins du palace. C'est un soir de pleine lune et les aiguilles de l'horloge murale m'indiquent qu'il est 5 heures du matin. Après avoir refermé le patio, je m'apprête à retrouver mon lit, sauf que quelque chose se fracasse contre la porte d'entrée de ma chambre, créant un vacarme épouvantable qui me fait tressaillir.

Ce son… Je crois que c'est le même qui m'a tirée de mon sommeil ! Le cheminement de mes pensées se brise, ces dernières virevoltent en tous sens, emportées par le souffle de la confusion. Ma colonne vertébrale se glace au moment où le bruit assourdissant résonne à nouveau. Cette fois, on aurait dit une personne qui venait de donner un bon gros coup de pied contre le battant. Je ne comprends pas ce qu'il se passe et surtout, j'ignore quoi faire. Ma conscience me hurle d'appeler la réception pour signaler le problème, seulement mes pieds s'enfoncent dans la moquette épaisse et me guident presque mécaniquement vers la source de toute cette cacophonie. Je passe devant le minibar et le téléviseur à écran plat, longe l'ouverture de la spacieuse salle de bains et progresse le long du petit corridor qui mène à l'entrée. Une fois devant la porte, je souffle un bon coup et me penche vers la lentille incrustée dans le bois laqué. À travers cette vision à cent quatre-vingts degrés donnant sur le couloir de l'étage, je ne détecte personne sur le seuil de ma chambre.

— C'est qu'un hôtel de merde ! s'écrie une voix bougonne. Je bondis et recule en même temps.

— C'est quoi ce délire ? articulé-je d'une voix blanche.

Piquée par une poussée d'adrénaline, j'abaisse le loquet et ouvre la porte en grand. Ma tête dépasse l'encadrement et oscille de droite à gauche, mais rien à l'horizon.

Cette histoire va me rendre dingue ! Est-ce que quelqu'un est en train de me faire une mauvaise farce ?

— Owen ?

Mes épaules se raidissent et je baisse mes yeux, puis les cligne d'un air hébété. Par terre, le dos appuyé contre le mur, Chester me dévisage avec la même expression. Je ne sais pas ce qui me choque le plus : le retrouver près de ma porte à 5 heures du matin, ou bien cette allure dépravée qu'il affiche. Sa chemise coupe slim est déboutonnée jusqu'au niveau de son nombril, dévoilant une flopée de tatouages *old school* disséminés le long de son torse musclé. Sa main gauche encercle le goulot d'une bouteille de vodka vide, tandis que son paquet de clopes est renversé à un mètre de lui. Contre toute attente, son regard gris ne se montre pas incisif. Il a les pupilles dilatées et couvertes d'un voile brumeux, signe qu'il n'a pas dû lésiner sur la boisson et la fumette.

— Qu'est-ce que tu branles dans *ma* chambre ?

Sa voix s'élève, il lâche sa bouteille, puis se met debout avec peine. OK. Il plonge dans une phase de délire.

— *Ta* chambre ? Tu vois bien que ce n'est pas le cas ! Allez, bon vent !

Je m'apprête à lui claquer la porte au nez, mais le rockeur fonce dans l'embrasure et repousse le battant avec une force qui m'estomaque, sachant qu'il ne possède pas l'intégralité de ses facultés physiques.

— Casse-toi d'ici, sorcière !

Il me crache son acrimonie en pleine figure et s'engouffre à l'intérieur de ma suite. Mes sens se mettent en alerte, j'accours derrière lui. Il faut que je le ramène à la raison, et vite ! Sa démarche est chaloupée, on dirait qu'il se déplace sur un bateau en pleine mer déchaînée.

— Chester, pour la deuxième fois : ce n'est pas ta chambre ! Passe-moi ta carte, on va vérifier le numéro !

— Ma carte ne marche plus, elle s'est démagnétisée, c'est pour ça que je n'arrivais pas à ouvrir la porte.

Le rockeur achève de déboutonner sa chemise sans aucune gêne. Son pantalon bien trop bas me dévoile le tracé en « V » qui sculpte le bas de son buste. J'en ai la respiration coupée. Dans son action, sa carte tombe par terre et je m'empresse de la récupérer.

— Numéro 1045 ! Normal que ça ne marche pas, ici c'est la chambre 1054 ! Tu as confondu les deux derniers chiffres, imbécile !

— Où est la poudre ? marmonne-t-il en m'ignorant.

Je le vois tituber vers ma valise, rangée dans un coin de la pièce. Chester l'ouvre et commence à fouiller à l'intérieur. Quand il relève sa main, un string et un soutien-gorge pendouillent entre ses phalanges.

Je vais le tuer !

D'un pas furibond, je fonce dans sa direction et lui arrache mes sous-vêtements des mains, les joues écarlates. Je ferme d'un coup sec mon bagage et lui pointe du doigt la sortie.

— Maintenant, tu arrêtes tes conneries, tu vas dans ta chambre et tu me laisses dormir ! Ne m'oblige pas à appeler la police !

— Tu me cries dessus et tu me dictes quoi faire, là ?

— Perspicace ! grommelé-je sans prendre garde à son froncement de sourcils.

Le voile vitreux de ses iris se dissipe et une dangerosité qui m'est beaucoup trop familière s'engouffre dans son regard, ce qui annonce de très mauvais auspices. Je mordille l'intérieur de ma joue. Si j'avais écouté ma conscience, la police aurait déjà rappliqué pour escorter le rockeur jusqu'à sa suite.

— J'ai horreur de ça, souligne-t-il d'un ton mauvais.

Je dois lutter de toutes mes forces pour que mes jambes ne cèdent pas sous mon poids. Quand il esquisse un pas vers moi, je tique et recule.

— Garde tes distances. Ne t'avise même plus de poser tes sales pattes sur moi, l'avertis-je.

— Pourquoi ? Toi et moi, on se trouve dans un espace clos, et le fait de me dire que t'es facilement à portée de main, ça me fait…

Il laisse ses mots en suspens tandis que son regard insidieux dévore mes jambes dénudées.

— … affreusement *bander*, achève-t-il. Ce terme m'arrache un sursaut.

— Chester… Arrête tout de suite et sors de ma chambre ! S'il te plaît. Où sont Yann, Matt et Alden ? Appelle-les pour qu'ils viennent te chercher.

— Ils sont rentrés plus tôt que prévu. Ils doivent pioncer, à l'heure actuelle.

— Qu'est-ce que tu comptes faire ? demandé-je avec peine.

Un rictus vicelard se visse sur ses lèvres pendant qu'il continue de réduire l'espace entre nous.

— Qu'est-ce que tu *voudrais* que je te fasse ?

Mon sang ne fait qu'un tour, je suis mortifiée. Son timbre devient incandescent lorsqu'il articule ces paroles. La peur me serre le ventre, j'essaie de ne pas penser au pire. Sa carte me tombe des mains lorsque j'esquisse un brusque mouvement en arrière. Chester interrompt sa marche et tend l'oreille sur ma respiration qui devient haletante et plus rapide qu'à la normale.

— Ah ! Sérieusement, Owen… Tu penses que je vais te toucher ? Ton teint est tellement blanchâtre qu'on dirait un cadavre. T'es malade, non ? Pas question de t'approcher, je veux pas choper la peste bubonique !

Le chanteur s'éloigne. Mon front est en sueur. Des palpitations s'éveillent et provoquent une douleur dans ma cage thoracique, ce qui m'alerte. Je sais que c'est trop tard, les récidives se profilent à l'horizon. Chester ramasse avec maladresse sa carte et l'épie sous tous les angles, les yeux plissés. Puis il se masse les tempes en grimaçant.

— Merde… J'ai mal au crâne. Je vais aller vérifier le numéro de la chambre à la porte et tu verras que c'est moi qui ai raison depuis le départ…

Alors qu'il bouge vers l'entrée, il jette un coup d'œil dans ma direction par-dessus son épaule et se fige brusquement. Son front se plisse.

— Owen ?

Une boule se forme au fond de ma gorge et me donne du fil à retordre pour respirer. Je suffoque et la panique qui m'étreint comme une cage de fer m'envoie un pic au cœur. Je suis en proie à une crise d'angoisse. Sous les yeux écarquillés de Chester, je fonce jusqu'à la salle de bains où j'ai laissé traîner mes affaires de toilette. Les mains tremblantes, je fouille à l'intérieur de mes différentes trousses avec l'espoir de retrouver mes calmants. Ma vision se floute, je m'étouffe de plus en plus et je finis par faire tomber tous mes flacons sur le sol en marbre.

— Qu'est-ce que t'as ? claque une voix derrière moi.

Je me tourne et aperçois le chanteur, appuyé contre le chambranle de la porte de la salle de bains.

— Il… me faut… mes… mes anxiolytiques…

Il se tend sans me quitter des yeux.

— Et où sont-ils ?

Je secoue la tête, alarmée. Chester pousse un juron et s'avance dans ma direction.

— Respire.

Je serre les dents tandis que des larmes dévalent mes joues.

— Je… j'y arrive pas. Appelle les… urgences… Je… je crois que je les ai oubliés… à New York.

— La ferme. Laisse-toi faire !

Sa main agrippe la mienne et il m'attire doucement vers lui, malgré la fermeté de sa poigne. Mon cœur affolé se plaque contre son torse presque dénudé à cause de son haut déboutonné. *Il me touche.* Et j'ai beau le dégoûter selon ses dires, il ne débarrasse pas le plancher.

Je ne sais pas ce qu'il a derrière la tête, mais pour le moment, il ne fait qu'aggraver mon cas. Mes doigts se crispent sur l'étoffe de sa chemise quand je sens sa bouche se coller à mon lobe.

— Tu te concentres sur ma voix, maintenant.

— Qu'est-ce…

— Pour une fois, Owen, fais-moi confiance, s'agace-t-il.

Il ne me laisse aucune chance de protester. L'un de ses bras encercle ma taille tandis que son autre main se glisse sur ma nuque trempée de sueur froide.

« We might kiss when we are alone »
Nous pourrions nous embrasser quand nous sommes seuls
« When nobody's watching »
Quand personne n'est en train de nous observer

Avec stupeur, je réalise qu'il fredonne au coin de mon oreille les paroles de *Delicate*, ma chanson préférée de Damien Rice. Il ne force pas, sa voix est aussi légère qu'un souffle et pourtant, je reconnais son timbre suave et langoureux qui vous hypnotise jusqu'à vous faire chavirer.

« We might take it home »
Nous pourrions nous embrasser à la maison
« We might make out when nobody's there »
Nous pourrions le faire dehors quand personne n'est là

Tel du velours, il me caresse les sens. Ma respiration reste saccadée et je peine à retrouver mon souffle. Cependant, mes pensées ne se focalisent plus sur ma panique, mais sur son chant, et je m'y accroche comme à un radeau au milieu de vagues fracassantes. Avec la force du désespoir, je m'agrippe à ce tout petit morceau d'humanité qu'il me laisse entrevoir et qui disparaîtra sans doute bien vite. En attendant, je puise ma force dans sa voix, dans cette chanson aussi envoûtante que le chanteur lui-même. L'étreinte de Chester s'adoucit lorsque mes tremblements s'atténuent. Il pénètre mon âme et la berce lentement.

« It's not that we're scared »
Ce n'est pas que nous ayons peur

« It's just that it's delicate... »
C'est juste que c'est délicat

Le souffle du diable continue à picoter mon grain de peau et à se répandre à travers mes veines, telle une douce drogue. Je suis transportée, loin de ma tempête intérieure. Je me surprends même à coller ma joue contre sa poitrine en fermant les yeux, pour mieux m'imprégner de cette chaleur inaccoutumée qu'il dégage. Chester n'est pas qu'un être de glace, il reste des braises de décence, certes minimes et fébriles, mais bien présentes, enfouies sous la couche imperméable de ses vices. Durant ce moment de flottement, j'oublie tout : mon animosité à son égard et sa haine à mon encontre. Je l'écoute et ressens l'impact des paroles. Je cède au chant des sirènes. Quand il quitte mon oreille en se redressant, je relève la tête. Nos regards se rencontrent et nous tombons ensemble en chute libre, au fond de ce maelström d'émotions. Sa proximité, ses yeux apaisés, sa respiration qui effleure ma peau... Pour la première fois, aucun cauchemar ne brouille ma vue.

Sa paume posée sur ma nuque glisse sur le côté et atterrit sur mon épaule. Je sens son souffle se faire plus irrégulier. J'ai le cœur qui bat encore à cent à l'heure. Chester frôle mon bras nu. Par réflexe, je me recroqueville sur moi-même, mais il me fait relever la tête en posant deux doigts sous mon menton. On reste figés, à se regarder dans le blanc des yeux. Il mordille sa lèvre en fixant ma bouche, un élan provocateur qui m'enflamme jusqu'au creux des reins. Un surcroît d'impudence qui refoule mes peurs.

Qu'est-ce qui m'arrive ?

Cette question tourne en boucle et ricoche dans ma caboche. La boussole de ma raison ne fonctionne plus, je suis désorientée. Livrée à moi-même, j'ignore quelle direction prendre, mis à part la sienne. S'il ne me tenait pas contre lui, je suis persuadée que mon corps se serait déjà écroulé.

— J'ai l'intime conviction que toi et moi… on va se faire du mal. *Beaucoup de mal*, me confie-t-il.

Ses mots me brûlent la poitrine comme une liqueur.

— On peut éviter ce mal en prenant des chemins différents, souligné-je d'une voix incertaine.

— Difficile de s'ignorer, maintenant qu'on va bosser ensemble.

Son visage se rapproche du mien.

— Tu… Tu peux déjà commencer par sortir de ma chambre.

— Tu n'as plus besoin de moi pour te calmer, Owen ?

Je déglutis et essuie avec le revers de ma main l'une de mes joues humides.

— Tu restes là pour admirer le spectacle ? Ça te réjouit de me voir dans cet état, pas vrai ?

Ma voix n'est plus qu'un murmure. Chester ne répond rien et cueille du bout de ses lèvres une larme sous mon œil. Je m'empourpre violemment, mais ça ne l'ébranle pas, car il sème une traînée de baisers le long de ma pommette. Cette douceur inédite me grise et me fait tourner la tête.

— Pas… pas vrai ? bredouillé-je.

— Je te fais peur ?

Je frémis dès que ses lèvres se logent à la naissance de mon cou.

— Tu me terrifies…

Alors que son nez frôle ma gorge, sa bouche tentatrice se met à embrasser ma chair. Il lape, mordille et joue avec la même parcelle pour mieux la ravager de sa fougue.

— Et toi… tu me fais mal, me révèle-t-il entre deux baisers.

Ma tête bascule en arrière et je lui offre inconsciemment un meilleur accès à mon cou, contre lequel il s'acharne.

— Pourquoi tu ne t'éloignes pas de moi, alors ?

— Parce que sans douleur, je ne suis qu'un cerveau lobotomisé. J'ai besoin d'elle en tant que pénitence, pour créer, percevoir et sentir que je suis encore en vie.

Ma respiration se hache, mes jambes chancellent. Je ne trouve rien à répondre et cette fois, sa bouche entre en contact avec ma mâchoire. Il remonte subtilement vers ma joue, s'abreuvant de mes dernières larmes. Il mène cette danse endiablée contre laquelle je ne peux lutter, il guide mes pas, contrôle mon corps et m'emmène là où bon lui semble. Mon cœur s'affole, je perds le fil, car ce qu'il se passe à l'intérieur de moi me coupe le souffle. Je me sens calcinée par une envie incongrue, avide, irrationnelle. Mes paupières se ferment et je me perds dans cette douloureuse étreinte. Une lutte acharnée éclate dans mon esprit : mes souvenirs contre mes désirs qui se dépoussièrent.

Je tressaille dès l'instant où il me cloue contre le rebord du lavabo en empoignant mes hanches. Il se colle à moi et me ravage. Ses caresses, ses morsures, ses baisers sur ma chair, nos bassins qui s'entrechoquent. Cette gestuelle souveraine régit tout le reste, elle gagne en ardeur et avorte mes résistances avec une aisance déconcertante. Le tour de manège accélère, l'intensité redouble. La digue cède et un flot de confusion se déverse. Je perds le cap, m'échoue dans les eaux obscures et me laisse emporter par le courant. Ses doigts glissent sous mon long tee-shirt, effleurent mes fesses et tracent la courbe de mon dos. Ce contact charnel me brûle, me dépouille, me désarme. Ça va loin…

Alors qu'il s'attaque à un point sensible juste en dessous de mon oreille, j'insère mes mains entre nous pour faire barrage avec la force qu'il me reste. Son corps se tend contre le mien, il s'interrompt et me toise de ses opales dilatées et assombries. Chester n'attend pas bien longtemps pour s'éloigner de moi. La réalité semble aussi le rattraper et le désarmer.

Qu'est-ce qu'on est en train de faire ?

Le rockeur cligne des yeux, comme s'il hallucinait, et je l'imite. Sans crier gare, il se dérobe et fonce vers la sortie de la salle de bains.

— Comment savais-tu que *Delicate* pouvait me calmer ? l'interrogé-je afin de le retenir.

Ses boots butent le sol et sa silhouette musclée et allongée se raidit. Tout en restant dos à moi, il finit par me répondre :

— Tu l'as écoutée en boucle trois fois dans l'avion.

Il ne s'attarde pas et quitte ma chambre en claquant la porte. Je me retourne, agrippe les rebords du lavabo et lève la tête pour me confronter à mon reflet dans la glace. Mes joues sont couvertes de rougeurs et je sens encore les traces brûlantes de ses baisers sur ma peau meurtrie. Je passe une main sur ma poitrine, percluse de douleurs, et tapote mon cœur pour calmer ses battements qui vont bien plus vite qu'à la normale. Durant une fraction de seconde, je me demande si ce n'est pas là le signe d'une ode… *à la guérison.*

Chapitre 25

Présence contestée

Ally

— Oh, mon Dieu ! Je n'arrive toujours pas à croire que ma fille va faire une apparition dans le clip des Chain… liss ?… lass ?... Non, Chainloss, c'est ça ?

— Tout faux, maman. C'est les Chain-*LESS*, la corrigé-je.

Cela fait plus d'une vingtaine de minutes que je discute avec ma mère au téléphone et elle ne compte pas me lâcher de sitôt. À bien y réfléchir, je ne peux que la comprendre, car ça fait un bail que nous n'avons plus communiqué de vive voix. Sur le moment, je me suis sentie un peu coupable de ne pas lui avoir donné de nouvelles dernièrement. Une sale habitude qui me colle à la peau.

La voilà enfin au courant de ma participation au clip vidéo des rockeurs. Ma mère et mon père, tout comme moi d'ailleurs, n'y connaissent pas grand-chose à ce genre musical. Leur Sainte Trinité à eux : Aretha Franklin, Elvis Presley et Frank Sinatra. Même s'ils n'ont jamais entendu parler des Chainless, mes parents mesurent l'importance de ce tournage, et je sais d'avance que quoi qu'il advienne, ils seront fiers. Ils l'ont toujours été, même si une crainte subsiste chez eux. Ma famille n'a de cesse d'appréhender mon avenir dans la danse. Et pour cause, cet univers – selon ma figure maternelle – « regorge de portes fermées ».

L'inaccessible et la difficulté ne m'effraient pas, au contraire. Ça me booste à me battre encore plus pour décrocher ma place. Le jeu en vaut la chandelle, et plus la bataille est grande, plus la victoire sera belle. Bien que mes parents aient toujours respecté ma volonté de vivre de ma passion, ils m'encouragent régulièrement à trouver un plan de secours, si jamais ma carrière de danseuse tombait à l'eau. Leurs inquiétudes se sont en partie dissipées le jour où j'ai réussi l'examen d'entrée pour le prestigieux conservatoire new-yorkais. Mes projets professionnels s'apprêtent à se concrétiser et ce clip vidéo représente une belle expérience à inscrire sur mon CV. Peut-être même que si je fais du bon boulot, cela augmentera mes chances d'intégrer le corps de ballet de l'Opéra de Paris.

— Tu passeras le bonjour à Lucas et à papa ? demandé-je à ma mère, avachie sur le lit immense de ma chambre d'hôtel.

Lucas est mon petit frère de quatorze ans. Une teigne en pleine crise d'adolescence. Bien qu'il ramène d'excellentes notes à la maison en faisant le strict minimum, il ne jure que par les jeux vidéo et les matchs de baseball. Un ermite qui ne sort pas de sa grotte, c'est à peine s'il voit la lumière du jour. Il aimerait suivre les traces professionnelles de notre père, à savoir devenir médecin généraliste. Certes, il possède sans grande difficulté les facultés intellectuelles pour apprendre ce métier, mais le problème réside surtout dans le fait que les relations humaines sont loin d'être sa came.

— Bien sûr. Et toi, tu penseras à nous donner plus souvent de tes nouvelles ? Tu nous manques beaucoup.

— Je plaide coupable. Pardon, j'étais vraiment débordée, ces derniers temps. Vous me manquez aussi.

— Ce n'est pas le moment de te chercher des excuses ! Ah… Je regrette que tu ne sois pas à la maison parmi nous. Lucas devient ingérable en cours. L'autorité de ses professeurs l'insupporte et il n'hésite pas à leur répondre. Il en est à sa troisième heure de colle de la semaine. Un vrai petit démon qui veut tenir tête à tout le monde !

— Ça passera. Moi aussi, j'étais épouvantable à cet âge ! Tu te souviens de ce jour où j'ai découpé tes jeans en cachette ? Tout ça parce que tu avais refusé de me laisser sortir avec Jean-Édouard !

— Seigneur ! Comment oublier ton premier petit copain avec ce prénom unique en son genre ! À cause de son accent français à couper au couteau, je ne comprenais qu'un mot sur deux de ce qu'il me racontait ! Dommage que Julian préfère les hommes, vous auriez formé un couple parfait, tous les deux.

— Tu délires complètement ! gloussé-je.

— Absolument pas !

Ma mère a toujours adoré Julian. Elle le trouve brillant, beau, drôle et cultivé : sa définition de l'homme parfait. Comme mon meilleur ami passait régulièrement ses soirées chez moi du collège au lycée, ma famille l'a très vite adopté.

À l'inverse de la sienne.

— Je te laisse, maman. Je te rappelle bientôt !

— Au revoir, ma chérie. Et passe le bonjour à mon Juju !

Je raccroche et m'étends de tout mon long sur ce matelas moelleux, les yeux rivés au plafond, l'esprit bloqué à la nuit dernière. Les réminiscences se diffusent et se rembobinent en continu. Contre toute attente, le chanteur est venu me prêter main-forte pour calmer ma détresse respiratoire de la plus insoupçonnable des manières : *par le contact physique.*

Je n'ai pas fui. Je n'ai pas pensé au pire. J'ai redécouvert une facette de mon corps que je pensais ne plus revoir et quelque part, ça me touche. *Profondément, même.* Cependant, Chester et moi nous détestons, et ce n'est pas près de changer. Je suis formelle : cette dérive qui a poussé nos corps à réagir l'un envers l'autre ne voulait absolument rien dire. C'est du passé. C'est enterré et oublié. Moins je le vois, mieux je me porte.

Je m'étire de tout mon long et roule sur le côté pour me rapprocher de la table de chevet sur laquelle trône un téléphone vintage à cadran rotatif. Je saisis le combiné et patiente jusqu'à ce qu'une employée de l'hôtel décroche.

— *Room service* du *Peninsula*, je vous écoute.

— Bonjour, ce serait pour passer une commande. J'aimerais un « poulet de Bresse aux gousses d'ail et foie gras aux cèpes ». Ah ! Et je pense que je vais aussi me laisser tenter par le « Paris-Brest », les pâtisseries françaises sont les meilleures !

Mon engouement est risible, à la lisière du grotesque, même ! Pour être honnête, je m'en fiche carrément, car comme me l'avait savamment signalé mon chauffeur de Mercedes pas plus tard qu'hier : le client est roi ! Et l'idée de déguster un savoureux « poulet de Bresse » m'emballe. Pourtant, je ne sais même pas d'où vient cette dénomination, mais ça fait incontestablement plus classe que de dire : « Je mange des nuggets chez KFC. »

— Bien. Désirez-vous autre chose ?

Je pose mon index sur mon menton en réfléchissant quelques secondes.

— Un caramel *macchiato* ?

— Cette boisson n'est pas inscrite sur notre carte, mais nous pouvons nous débrouiller pour vous en faire un.

— Ce serait formidable !

— Quel est votre numéro de chambre ?

— 1 054.

— C'est noté ! Nous faisons au plus vite pour votre commande.

— Parfait, merci beaucoup !

— Passez une agréable journée, mademoiselle.

Je raccroche sans perdre mon sourire d'imbécile heureuse. Les mains calées derrière ma tête, je me prélasse dans mon lit de princesse. *Ça,* c'est la vie de rêve. Ma commande arrive en moins d'une demi-heure. Un homme vêtu d'un très chic costume noir m'apporte littéralement ma nourriture sur un plateau d'argent. Cerise sur le gâteau : il y a même le caramel *macchiato*. En bonne et due forme, l'homme pose le tout sur la petite table en acajou avant de quitter la chambre. Je m'empresse de m'installer sur la chaise en velours rouge puis soulève le couvre-plat. Ça sent tellement bon que mon estomac crie famine sur-le-champ. Sur le point de prendre une première bouchée, le téléphone de ma chambre sonne.

Je hausse un sourcil, quitte ma chaise et me dirige vers l'appareil pour décrocher.

— Allô ?

— Je viens de voir un chariot sortir de ta suite royale. Tu te donnes sur le *room service*, hein ?

Je reconnais immédiatement le timbre doucereux d'Alden.

— Je ne fais que suivre tes bons conseils !

— Et tu as bien raison. Tu as été avertie de la nouvelle concernant la réunion de cet après-midi avec toute l'équipe de tournage ?

— Hum, non… C'est bien à 14 heures, c'est ça ?

— Elle n'aura pas lieu aujourd'hui. Le vol de Ben Smith a été annulé, ce qui fait qu'il arrivera très tard à l'hôtel ce soir. La réunion est donc reportée à demain.

— Ce qui fait aussi que c'est journée *off*, aujourd'hui ? deviné-je.

— Exact, tu as tout compris ! Et comme je suis un type très buté, je réitère ma demande d'hier : tu veux sortir avec nous ce soir ?

Je souris et commence à jouer avec une mèche de mes cheveux.

— En effet, tu es du genre obstiné.

— Surtout pour les belles filles comme toi…

Là, il me prend de court, mes joues rougissent furieusement. Le guitariste vient de me complimenter et je suis incapable d'articuler un simple « merci ». À la place, je fais diversion après m'être éclairci la gorge. À grand-peine.

— Quel est le programme, ce soir ?

— Une boîte de nuit. Tu aimes danser, non ?

— Oui, mais la foule a tendance à me donner des sueurs froides, et…

— On sera dans le carré VIP, donc pas de foule et aucune personne pour t'emmerder.

Un long silence s'ensuit, puis je rétorque :

— Tu oublies Chester…

Il me répond de but en blanc, comme s'il avait déjà préparé sa réplique avant cet appel.

— Je te l'ai dit, tant que tu restes avec moi, tu ne crains absolument rien.

Je laisse planer un nouveau temps d'attente.

— Allez, Ally… Ça me ferait plaisir que tu te joignes à nous, insiste-t-il.

Je soupire, réfléchis encore quelques secondes, puis lui délivre ma réponse définitive.

— C'est d'accord. Satisfait ?

Même si je ne peux pas apercevoir son visage, je suis persuadée qu'un sourire s'étire jusqu'à ses oreilles.

— Très satisfait. Je viendrai toquer à ta porte aux alentours de 23 heures, ça te va ?

— Parfait !

— À ce soir, Ally.

— À ce soir, Alden.

Dans la salle de bains, j'ajuste les pans de ma petite robe noire à fines bretelles qui s'arrête à mi-cuisses, celle que j'ai l'habitude de sortir de mes placards pour les virées nocturnes. Il est presque 23 heures et Alden ne va pas tarder à venir me chercher. Comme le guitariste me l'a conseillé, j'ai passé le reste de mon après-midi à abuser du room service. J'en ai également profité pour squatter le centre thalasso de l'hôtel. Au programme : bain à remous, douche à jet, hammam et même massage aux huiles essentielles. Me voilà détendue, tête reposée et muscles alanguis. Je n'appréhende même pas de passer la soirée en compagnie de Chester. Tout ce que j'ai à faire, c'est de l'ignorer et de rester auprès du guitariste.

Simple comme bonjour !

Je passe un coup de brosse dans ma chevelure lisse, puis exécute une dernière retouche mascara et rouge à lèvres devant le miroir entouré de dorures. À peine une minute plus tard, quelqu'un frappe à la porte. D'un geste pressé, j'ajuste ma coiffure, récupère mon sac à main en cuir rouge puis m'avance pour ouvrir. Alden m'attend sur le palier et cette assurance qui émane de lui a de quoi m'intimider. Beau à se damner avec ce pantalon rouge serré et cette chemise noire dont les deux premiers boutons sont ouverts, révélant ainsi une partie minime de ses tatouages sur le haut du torse. Je me surprends même à vouloir les contempler dans leur intégralité. Le musicien se range incontestablement dans la catégorie des types sur lesquels on aime fantasmer, mais sur lesquels il vaut mieux éviter de le faire. Alden use de son charme telle une arme infaillible, et quand il me sourit, je chavire dans les délicieuses brumes d'un rêve. Ses yeux, aussi noirs que le charbon, caressent subtilement mon décolleté, glissent le long de mes hanches et s'attardent sur mes jambes découvertes.

— Tu es vraiment très belle...

Mon cœur opère un soubresaut étrange à l'intérieur de ma poitrine. Je me perds au fond de ses prunelles et lui murmure un timide « merci ».

— On y va ? me lance-t-il sans tarder.

J'acquiesce de la tête et le musicien m'entraîne jusqu'à l'ascenseur au bout du couloir. Dans son élan, il pose sa main au milieu de mon dos, mais la retire aussitôt dès qu'il remarque les crispations de mon corps. Nous entrons à l'intérieur de la cabine et Alden s'adosse contre la paroi sans pour autant me quitter des yeux.

— J'ai une question, l'informé-je d'une toute petite voix.

— Ouais ?

— Tu as prévenu Chester de ma venue ce soir ?

Il ne tique pas et un silence qui en dit long plane entre nous.

— Tu...

Pas le temps d'achever ma phrase que les portes de la cabine s'ouvrent sur l'immense hall du palace. Le reste de l'équipe se trouve déjà là. Yann est le premier à nous remarquer. Esquissant un sourire narquois, il s'empresse de tapoter l'épaule de Chester pour qu'il se retourne vers nous.

Que la troisième guerre mondiale commence...

Mon sang se glace dans mes veines à l'instant où ses iris gris se posent sur moi. Le chanteur me scrute comme s'il crevait d'envie de m'encastrer contre un mur. Je peux presque m'imaginer des griffes lui pousser et des crocs s'allonger pour me lacérer jusqu'à l'agonie. Je ne suis pas la bienvenue parmi eux et il me le fait férocement savoir. Vêtu tout de noir avec un veston en cuir et un jeans brut, sa peau pâle ressort, le rendant encore plus terrifiant.

— Qu'est-ce qu'elle fait ici, la sorcière ?

Toujours aussi charmant !

— Elle vient avec nous, déclare Alden.

Ce dernier saisit avec précaution ma main et me place derrière lui pour éviter que je ne sois en première ligne face à la fureur du diable.

— Tu déraillles complètement. Il est hors de question qu'elle s'incruste !

— Et pourquoi donc ? persifle le guitariste en le défiant du regard.

— T'as peur qu'elle prenne ta place de chanteur ? se marre Matt.

— Tu sais très bien pourquoi, Alden. J'ai des envies de meurtre rien qu'en la regardant.

Des envies de meurtre ? Rien que ça !

Avec lui, c'est toujours la même chose, je passe par une pléiade d'émotions néfastes et je suis fatiguée de son comportement.

— Si tu la détestes à ce point, ignore-la et ne nous casse plus les couilles avec tes sautes d'humeur à la con ! proteste Alden.

Le ton monte entre les deux hommes et le reste de la clientèle se retourne dans notre direction.

— L'ignorer ? Plutôt difficile, avec ses cheveux qui m'explosent la rétine…

— Mais, tu peux pas changer de discours, à la fin ! Je pense qu'on a compris que t'avais un problème avec les roux ! m'emporté-je.

— Et le pire, c'est cette voix haut perchée qui me fait grincer des dents à chaque fois. Mais heureusement, j'ai trouvé un moyen efficace de te faire taire. Hein, Owen ?

Il passe sa langue sur sa lèvre et je me liquéfie sur place. Moi seule comprends le sous-entendu, les autres sont perdus. Ses yeux orageux me menacent de recommencer : étouffer mes paroles en introduisant sa langue au fond de ma bouche. L'homme qui me fait face n'a plus rien à voir avec le Chester d'hier, celui qui était prêt à mettre sa rancœur de côté pour me venir en aide et me calmer avec des élans de tendresse. Non, celui qui se tient devant moi représente sa partie la plus sombre, cruelle et indomptable. Son humanité s'est à nouveau laissé engloutir par le néant et il n'y a rien à faire pour lui.

— C'est toi qui as invité la chose ? Ou c'est elle qui est venue se taper l'incruste ? poursuit-il en s'adressant à Alden.

« La chose. »

— Quelle importance ?

— Merde, contente-toi de me répondre !

— Ouais, je l'ai invitée, et tu ne la toucheras pas, tu m'entends ?

Chester éclate d'un rire tranchant qui me fait froid dans le dos. Il passe une main dans ses boucles brunes avant d'entreprendre les cent pas devant nous, tel un animal qui devient dingue à l'intérieur de sa cage.

— Ah, ouais… Je viens de comprendre. Tu joues les gentils afin de la charmer, gagner sa confiance pour ensuite l'attirer dans ton lit et la baiser comme tu en rêverais. C'est ça, Alden ? Elle t'excite à ce point, la sorcière ?

« Sorcière. »

Mon souffle se bloque tandis que le guitariste ne se laisse pas démonter.

— Est-ce vraiment nécessaire de me faire juger par un mec qui a les dents longues et aime sauter sur tout ce qui bouge ? C'est l'hôpital qui se fout de la charité !

Chester tique et s'avance vers Alden, qui lui renvoit un sourire puant d'hypocrisie. Au même moment, Yann et Matt s'interposent entre eux.

— Merde, les gars ! À chaque fois, c'est pareil ! Vous commencez sérieusement à nous les briser avec vos disputes de collégiens pour savoir qui a la plus grosse. Pétez un coup ! s'exclame Yann.

Matt m'adresse un regard désolé et ajoute :

— T'es la bienvenue parmi nous, Ally.

Le batteur attrape le chanteur par les épaules pour le faire reculer. Ce dernier se laisse faire, mais il ne renonce pas pour autant à cesser les hostilités.

— Owen, c'est ta dernière chance de te casser, me menace-t-il, les mâchoires serrées.

— Je savais pas que t'étais du genre indécis : « sorcière », « la chose », « Owen », faudrait choisir, à la fin, lâché-je, pleine du sarcasme qui inonde mon cœur.

— C'est ça que tu veux ? Me tenir tête ? Tu sais comment ça va se finir. Et cette fois-ci, tu pleureras encore plus fort, à tel point que tu t'étoufferas dans tes propres sanglots.

L'aura qu'il dégage n'a jamais été aussi effrayante. Guettant lui aussi le danger, Alden se repositionne devant moi, une attention protectrice qui me soulage.

— Je viens avec vous, déclaré-je d'une voix assurée.

Je remonte la bretelle de mon sac à main sur mon épaule avant de redresser légèrement le menton. Puis, d'une démarche lente et conquérante du haut de mes escarpins, je passe devant Chester sans le calculer. Alden presse le pas et surveille mes arrières. Sans doute redoute-t-il que le chanteur décide à l'improviste de se jeter à mon cou pour m'étrangler.

Alors que les autres Chainless nous emboîtent le pas, le guitariste nous conduit vers une sortie à l'arrière du palace. Il m'explique en chemin que cet endroit est stratégique pour éviter les mouvements de foule, car la présence des rockeurs à Los Angeles a très vite fait le tour des réseaux sociaux et des médias. Désormais, un attroupement de fans s'est formé devant l'entrée de l'hôtel, dans l'espoir d'apercevoir leurs idoles.

Dès que nous atterrissons au milieu d'une petite cour baignée d'une fraîcheur agréable, une limousine noire se gare sous nos yeux. Le chauffeur abaisse sa vitre et nous salue avec sa casquette, qu'il retire. Un conducteur de Mercedes qui m'offre un *macchiato*, un jet privé, une suite d'hôtel qui coûte le triple de mon loyer, et maintenant ça ? Encore une fois, ils sortent le grand jeu et ce n'est pas pour me déplaire ! Je vais en profiter à fond, car c'est sans doute la dernière fois qu'un tel luxe me sera accordé.

En parfait gentleman, Alden m'ouvre la portière et m'invite à entrer la première dans le véhicule. Je me faufile à l'intérieur et là encore, j'en prends plein les yeux en découvrant des néons, incrustés sur les banquettes en cuir et au plafond, reflétant une lumière bleutée fluorescente. Le guitariste prend place à mes côtés tandis que les deux frères s'installent en face de nous. Chester est le dernier à intégrer l'habitacle. Sans se poser la moindre question, il s'assoit à côté de moi, pour mon plus grand malheur.

L'ange d'un côté… le diable de l'autre.

Discrètement, j'essaye de glisser sur la droite pour me coller au guitariste, mais le démon cerne vite mon petit manège. Et pour cause, il place son bras sur le haut de mon siège, m'obligeant à ne plus bouger.

— Vous savez quoi ? Finalement, je la sens bien cette soirée, annonce Chester.

Matt arque un sourcil tandis qu'un sourire se hisse sur les lèvres de Yann.

— Si tu sous-entends que t'es chaud pour péter le nez à un serveur, je veux bien te croire sur parole ! raille le batteur.

— Non, pas de serveur. J'ai d'autres chats à fouetter, ce soir.

Le message dissimulé derrière ces mots est flagrant, mais personne ne s'y attarde. Les frères changent vite de sujet de conversation. Nous apprenons que Yann vient de parier une somme astronomique sur le prochain match des New York Knicks. Je m'efforce de me concentrer sur la discussion, bien que l'ombre menaçante de Chester plane au-dessus de ma tête. Du coin de l'œil, je remarque que le rockeur ne me quitte pas du regard, et il profite de l'inattention des Chainless pour se pencher à mon oreille.

— Je conseille au fragile petit agneau de ne pas trop s'éloigner du troupeau, car il se pourrait bien qu'un loup soit à l'affût.

Son souffle chaud chatouille mon lobe, pourtant j'ai la sensation qu'un pic de glace vient de me transpercer l'abdomen, frigorifiant au passage tous mes autres membres. Les compteurs sont remis à zéro. Chester Hanson s'apprête à entamer une nouvelle partie. Le diable veut jouer, le cauchemar va recommencer.

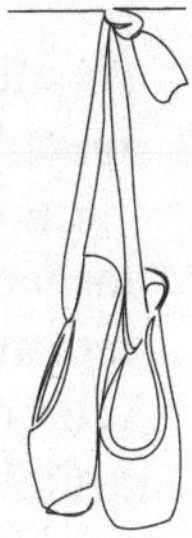

Chapitre 26

Le loup et l'agneau

Ally

Une petite voix intérieure me répète en boucle : « Qu'est-ce que tu fous ici, en compagnie de rockeurs, dans une limousine roulant vers une destination qui t'est encore inconnue ? » Et une autre clame haut et fort : « Tu es à ta place, alors arrête de te focaliser sur les menaces de Chester Hanson ! En plus, ton ange gardien à la chevelure décolorée veille sur toi ! » Les deux entrent en conflit dans ma tête et m'emmêlent les pensées, jusqu'à me filer un mal de crâne carabiné.

Durant le trajet, je demeure silencieuse. Tandis qu'Alden et les frères discutent basket-ball, le chanteur, lui, se délecte de mon mutisme depuis qu'il m'a balancé ces paroles gorgées d'intimidation. De temps à autre, je trouve le courage de lui jeter un regard à la dérobée, afin de lui envoyer en pleine poire une bonne dose de mépris, mais à force, je finis par capituler. Mes minces ripostes sont mauvaises et me font perdre la main. À chaque fois que je me tourne vers lui, son sourire s'élargit, alors que tout ce que je désire, c'est qu'il s'affaisse sur ses lèvres.

— On est arrivés, les gars ! s'exclame soudainement Yann.

La voiture s'arrête au bord du trottoir et j'aperçois derrière la vitre teintée une grande bâtisse éclairée par des projecteurs. Sur la façade, le nom *Lure* brille grâce à des néons rouges. L'entrée paraît inaccessible à cause de l'ahurissante file d'attente qui s'étend sur des dizaines voire une centaine de mètres. Toutefois, je me doute bien qu'avec la renommée des Chainless, nous n'allons avoir aucun mal à passer devant tout le monde. Un sentiment d'impatience mêlé d'appréhension irradie de mon corps. Je n'ai qu'une hâte, quitter l'habitacle et creuser le plus de distance possible avec Chestanas.

Matt fait volte-face vers le chanteur et le pointe du doigt, comme s'il s'apprêtait à le gronder. Situation assez cocasse, car le plus jeune des rockeurs me fait surtout penser à un petit garçon boudeur aux joues de bébé, plutôt qu'à un tyran aux traits tranchants faisant régner l'autorité la plus stricte.

— Pas de conneries ce soir. Tu ne balances pas ton verre à la figure d'une personne si par malheur elle te fixe un peu trop longtemps, OK ?

Le chanteur se renfrogne et arbore cette moue arrogante qui me tape sur le système et me donne envie de le baffer.

— Et sur Owen, j'ai le droit ?

Je ne réagis pas, bien que mon estomac se soit retourné à l'entente de mon nom.

— Non. Et cette fois-ci, vas-y mollo sur l'alcool. Je ne sais pas comment tu as fini la nuit dernière, mais ça n'a pas dû être beau à voir ! se moque Yann.

Je me retiens de rire… jaune.

Il a fini dans ma chambre, persuadé qu'il s'agissait de la sienne, et à cause de ses conneries, je me suis tapé une sale crise d'angoisse.

Pour plus de provocation, Chester brandit ses mains en l'air, comme s'il voulait proclamer son innocence.

— C'est tout, patron ? Je peux passer une soirée tranquille sans qu'on me flique en permanence ?

Les frères s'échangent une œillade amusée. C'est à ce moment précis qu'Alden décide de remettre les points sur les «i » de façon plus incisive.

— On te flique, parce qu'on sait de quoi t'es capable, et…

— « … à cause de tes conneries, tu dégrades la réputation du groupe. Je te reconnais plus, Chester. Mais quand vas-tu ouvrir les yeux ? » Pas la peine de me sortir ton discours de prêcheur, je le connais par cœur, le coupe le chanteur, cinglant.

— Puisqu'on parle de discours, ce serait cool d'arrêter le tien sur ma couleur de cheveux, car je crois que tout le monde ici présent commence à le connaître par cœur aussi. Pour un type censé déborder d'imagination et d'inspiration pour composer, je trouve que ton esprit est particulièrement étriqué, attaqué-je.

Il m'a tendu une perche et je n'ai pas pu m'empêcher de la saisir pour frapper sous la ceinture. Tous les regards se braquent sur moi. Je surprends même Alden – dont les joues tressaillent –, car il se retient de rire. Chester me sonde, comme si je venais de lui annoncer que la planète Terre se présente en réalité sous la forme d'un triangle. Il hallucine sur le moment, puis me gratifie de sa fidèle œillade meurtrière. Déglutissant de travers, je ne bouge pas, ne tremble pas et surtout, ne baisse pas les yeux.

— Ally, un point ! Chester, zéro ! balance Matt, envenimant encore plus la situation.

Le chanteur fait claquer son piercing à la langue contre la lignée de ses dents du haut, émettant un tintement désagréable. Ses longs doigts s'enfoncent dans le dossier de mon siège avec une telle volonté que ça ne m'étonnerait même pas s'il parvenait à taillader le rembourrage épais.

— J'ai remarqué que tu l'ouvrais beaucoup plus quand il y a du monde autour de nous. J'attends impatiemment que tu me redises la même chose quand on se retrouvera en tête-à-tête.

Je ne réplique pas. Au même moment, deux hommes à la stature imposante en costume noir s'approchent de notre limousine, l'un d'eux ouvre la portière. Alden attrape mon bras pour m'escorter en dehors du véhicule.

— Au fait, ça va secouer un peu, me prévient-il à la volée.

À peine posons-nous un pied au sol que des cris hystériques s'élèvent. J'émets un brusque mouvement de recul quand je découvre une foule impressionnante se masser autour de la voiture. Heureusement, plusieurs gardes du corps nous encerclent pour faire barrage entre elle et nous. Des gens hurlent à pleins poumons les prénoms des rockeurs, certains filment avec leur portable, tandis que d'autres essayent de se frayer un passage pour aller à leur rencontre, sans parler des paparazzis qui les mitraillent avec leurs appareils photo. Les flashs m'aveuglent et les cris stridents me percent les tympans. Les gens se poussent entre eux dans l'espoir d'apercevoir plus distinctement les Chainless. Ça n'a rien de trippant. En réalité, toute cette hystérie me fout les jetons. On dirait un chaos infernal. Alden saisit ma main et m'entraîne en direction de l'entrée de la boîte de nuit. Lors de notre passage, le mouvement de foule s'intensifie et devient plus violent. Ça se bouscule dans tous les sens, comme des autos-tamponneuses, et je manque à plusieurs reprises de me casser la figure sur le sol bétonné. Heureusement, le guitariste a enroulé son bras autour de ma taille afin de m'aider à garder l'équilibre.

Une fois à l'intérieur de ce temple des festivités, je passe une main sur mon front et reprends mon souffle. Alden me demande si je vais bien. Encore sous le choc, je mets du temps à retrouver l'usage de la parole. Mon teint doit certainement ressembler à un cachet d'aspirine. Je tremble encore.

— Ça... ça va… mais… c'est comme ça à chaque fois ? l'interrogé-je.

Il hausse les épaules avec détachement.

— C'est souvent le cas, mais là encore, c'était rien !

« C'était rien » ? Éberluée, mes yeux s'arrondissent comme ceux d'une chouette, et le blond éclate de rire.

— C'est parti ! *Vamos por la fiesta del fuego de mi corazón !* hurle Yann dans notre dos.

— T'es au courant que ta phrase ne veut rien dire du tout ? relève Matt à côté de lui.

— Franchement ? Je m'en tape, frérot.

— On y va ou on se touche en plein milieu du couloir ? peste Chester.

Ce dernier passe devant nous, une cigarette coincée entre les lèvres. Yann s'élance derrière lui et imite une fan hystérique en agitant les bras en l'air :

— Oh, ouiiiii ! Touche-moi, Chester ! Fais-moi l'amour comme une bête sauvage, ma culotte est déjà mouillée pour toi ! Je t'aiiiiime !

Sans se retourner, le chanteur lui dresse son majeur, ce qui accentue les éclats de rire du batteur. Alden me jauge d'un regard compatissant, le genre qui veut dire : « Désolé que tu sois obligée de te coltiner leurs enfantillages. » Il s'empare une nouvelle fois de ma main et je le laisse faire. La chaleur qui se dégage de ses doigts rugueux est loin d'être déplaisante, elle m'apaise, même. Nous gravissons tous ensemble les marches d'un long escalier, jusqu'à atterrir sur un immense patio à ciel ouvert décoré de palmiers illuminés, de plans d'eau et de sculptures fleuries. Tout est parfaitement aménagé pour faire la fête. La terrasse surplombe une grande piste de danse, illuminée par des sphères lumineuses cinétiques, sur laquelle se trémousse déjà une centaine de personnes. Certaines filles portent des robes moulantes que l'on pourrait presque confondre avec des débardeurs, des cocktails colorés s'entrechoquent, les bars sont tous pris d'assaut par les fêtards et un DJ s'amuse à remixer les dernières tendances musicales derrière ses impressionnantes platines. Un monde enivré par des notes d'extravagances nocturnes nous accueille à bras ouverts.

Les regards s'aimantent très vite sur les rockeurs, pourtant pas de cris ni de mouvements brusques. Cette clientèle *select* a la bienséance de ne pas accourir vers eux et s'extasier de leur présence. Nous regagnons un coin plus privatif à l'orée d'un petit jardin, composé de deux banquettes et d'une table collée à une façade recouverte de pierres scintillantes. Alden me fait asseoir avec lui sur l'un des canapés tandis que les autres se placent sur le deuxième. À peine une minute plus tard, des serveurs nous apportent un immense seau à glace rempli de bouteilles de vodka et de champagne, dont le prix doit certainement battre à plate couture le montant de mon compte en banque.

Yann se jette sur le champagne et fait sauter le bouchon en criant comme un taré : « Los Angeles, *te quiero !* ». Avec son accent à couper au couteau, c'est plutôt drôle de l'entendre déballer des mots en espagnol. Le batteur s'empresse de remplir les verres de tout le monde, puis il nous propose de trinquer. Levant son gobelet, il s'écrie :

— À notre prochain clip qui va accumuler plus de vues que *Despacito* sur YouTube !

Nous trinquons, sauf Chester qui a décidé de se la jouer solo en buvant directement à la bouteille.

Insolent jusqu'au bout, celui-là…

Pendant que j'avale quelques gorgées d'alcool, les frères, qui sont de véritables piles électriques, grimpent sur notre table et se mettent à chanter à tue-tête le célèbre titre de Luis Fonsi – ou plutôt, ils ont décidé de le massacrer en déformant tous les mots espagnols.

— Ils sont fatigants, soupire Alden à côté de moi.

— En tout cas, ils savent mettre l'ambiance, pouffé-je en les regardant danser n'importe comment.

— Ça, tu peux le dire !

Sa voix délicieusement rocailleuse me couvre de frissons, sans parler de mon cœur qui chavire de façon anormale lorsqu'il me gratifie de son plus beau sourire : angélique par sa luminosité et enjôleur de par cet éclat sombre qui crépite au fond de ses prunelles. Je passe timidement une mèche de mes cheveux derrière mon oreille et, au même moment, un serveur réapparaît avec de quoi faire des mélanges d'alcool. Une bouteille retient particulièrement mon attention. Un ricanement m'échappe en découvrant de la tequila.

— Qu'est-ce qu'il y a ? m'interroge le guitariste.

— C'est juste... que je vois de la tequila.

Son froncement de sourcils s'accentue.

— « Tequila », c'est le nom de mon lapin, l'informé-je.

Son visage se cadenasse de toute émotion, je suis incapable de décrypter la salve de pensées qui l'assaille. Il doit certainement me trouver puérile. Mes joues chauffent et, alors que je m'attends à ce qu'il se moque de moi, sa bouche s'entrouvre comme si je venais de lui faire la révélation du siècle.

— T'as un lapin et il s'appelle Tequila ? Merde, c'est trop cool ! J'en avais un quand j'étais au collège, il s'appelait Mikado !

À mon tour d'afficher une moue de stupeur.

— Sérieusement ?

— Je te jure ! Le mien était vraiment stylé. Il était tout noir et avait une petite tache blanche autour du nez. Par contre, il bouffait tout le temps le fil de mon chargeur de téléphone.

Décidément, Alden ne cesse de monter dans mon estime.

— Le mien a un pelage caramel, un peu comme la couleur de mon vernis à ongles, mais en plus foncé.

À l'improviste, il s'empare de l'une de mes mains pour examiner ma manucure avec attention. Ce contact m'électrise.

— Je vois..., chuchote-t-il.

Son pouce se met à caresser l'une de mes phalanges, puis à tracer des petits mouvements circulaires sur ma paume. Je me fige tandis qu'un frémissement agréable remonte le long de mon échine. Sensation imprévue qui me cause un choc. Un verre se brise à nos pieds et nous sursautons tous les deux. Alden me lâche et nous relevons en même temps les yeux. Chester est avachi sur le canapé, une cigarette allumée et la jambe étendue sur la table basse, nous confirmant bien qu'il est l'unique responsable de cette action.

— Oups… Mon pied a glissé, nous répond-il d'un air trop détaché.

Avec une indifférence infaillible, le chanteur se redresse sur sa banquette, coince sa clope entre ses lèvres, se sert un verre de vodka pure, puis part rejoindre Matt et Yann, en train de batifoler avec un groupe de filles plus loin. À présent, il n'y a plus que le guitariste et moi dans ce carré VIP. Alden interpelle un serveur pour lui demander gentiment de nettoyer les dégâts causés par Chestanas, avant de reporter toute son attention sur moi.

— Si... si tu souhaites rejoindre les autres, ça ne me gêne pas, bredouillé-je.

Je ne veux pas qu'il se sente obligé de passer la soirée à mes côtés, mais l'homme à la chevelure polaire me rassure immédiatement.

— Non, j'ai envie de rester avec toi.

Mon cœur flanche.

— N'oublie pas que je dois te protéger d'une certaine personne.

Ouais, Satan.

Le visage redevenu sérieux, il fixe le chanteur à quelques mètres de nous.

— Mis à part ses menaces verbales qu'il te balance à tout- va, est-ce que Chester t'a... je veux dire… Est-ce qu'il t'a déjà touchée ?

Je me raidis aussitôt et choisis la solution la plus facile : *l'esquive*.

— Pourquoi cette question ? Je devrais m'inquiéter, selon toi ?

— Lors de l'interview pour le *New York Times* tu l'as pris de court, et connaissant son tempérament, je sais qu'il n'est pas près de te lâcher de sitôt. Quand il a quelqu'un dans le collimateur, il persévère jusqu'au bout.

— Jusqu'au bout ? répété-je.

— Jusqu'à ce que la personne craque.

Je ne fais même pas semblant d'être étonnée, car je suis déjà au courant de tout ce qu'il est en train de me déballer. Une question me brûle cependant les lèvres.

— C'est quoi, son problème avec les roux ? Son regard se voile.

— C'est par rapport à une raison très conne que je ne comprends pas moi-même.

« Une raison. »

De manière totalement inconvenante, la curiosité m'agite, et je meurs d'envie de l'assouvir. Je veux creuser cette piste et percer le mystère Hanson.

— Laquelle ?

— Peu importe, mais ne le prends pas personnellement quand il déblatère ses conneries sur les roux, OK ?

Alden fuit le sujet, il ne veut pas que je m'aventure sur ce terrain-là et j'avoue être déçue.

— Je ne pensais pas qu'au XXIe siècle, on pouvait détester une personne à cause de sa couleur de cheveux, grogné-je.

Il lâche un petit rire.

— Tu me croirais si je te disais qu'en réalité, il trouve les rousses terriblement sexy et que t'es tout à fait son style ?

Je penche ma tête sur le côté en analysant son visage pour voir s'il plaisante ou non, mais impossible de le savoir, car il vient d'enfiler un masque impassible qui me déstabilise.

— Pas vraiment, non.

Il ne répond rien et boit une gorgée en silence.

Je suis tout à fait le style de fille de Chester Hanson ? Balivernes ! Foutaises ! Blague de l'année !

Ce que vient de me dévoiler Alden n'a aucun sens et entre en totale contraction avec les agissements du chanteur.

Je ne lui plais pas, je le révulse de la pire manière qui soit. Mon physique ne l'attire pas, c'est le plaisir de me faire du mal qui le pousse à graviter autour de moi.

Il ne me touche pas par envie de goûter ma peau, mais parce qu'il a compris que le contact physique représentait mon talon d'Achille.

Comme la nuit dernière ? Pourtant… Il ne m'a pas fait mal dès que j'ai atterri dans ses bras. Si je tiens à être honnête, je n'avais pas l'air de lui déplaire tant que ça, quand il a entonné les paroles douces de l'une de mes chansons favorites pour me calmer. Impossible de mettre des mots sur cette étreinte inattendue. Il n'était simplement pas dans son état normal, voilà la seule explication qui tienne la route.

Un malaise s'instaure et le guitariste change vite de sujet de conversation en me racontant de quelle façon est née sa passion pour la musique. Dès son plus jeune âge, Alden a eu l'habitude de côtoyer les clubs de jazz new-yorkais pour voir son père jouer sur scène. Il était pianiste. Le cadre feutré et intimiste, la chaleur humaine, la proximité avec les artistes, l'acoustique pure des instruments avec des rythmiques balancées et improvisées… Tous ces éléments réunis le fascinaient. Alors qu'il pensait suivre les traces de sa figure paternelle, la découverte du rock a été pour lui une révélation foudroyante. Il s'est mis à écouter les Rolling Stones, The Pink

Floyd ou encore The Who et a obtenu sa première guitare à l'âge de douze ans. Au départ, il se contentait d'apprendre par cœur les partitions de ses chansons favorites, puis il a fini par composer lui-même des musiques pour son propre plaisir. Ensuite, arrivé au lycée, un individu a réussi à le convaincre de former un duo avec lui afin de jouer dans des clubs amateurs. Un certain Chestanas, paraît-il...

Lorsque Alden évoque ses années lycée avec Chester, un voile de nostalgie brouille ses yeux, et sa voix est bercée par une certaine mélancolie, comme s'il s'agissait de la meilleure période de sa vie. Je l'écoute jusqu'au bout, absorbée par ses paroles, jusqu'à ce que Matt revienne en trombe dans notre espace privatisé.

— Comme on se retrouve, mes bichons !

Ses joues sont d'un rose plus vif et on dirait que ses poumons viennent d'inhaler du gaz hilarant, car il n'arrête pas de glousser pour un rien. Je soupçonne la vodka d'être dans le coup. Le batteur fait à son tour son apparition. Il remet sa casquette à l'endroit et se laisse tomber sur le divan à côté de son petit frère en ricanant.

— On vous a manqué ? nous lance-t-il avant de s'allumer une cigarette.

Matt et Alden suivent le mouvement en piquant des clopes dans son paquet. Le guitariste prend une première taffe et me tend ensuite sa cigarette, que je refuse avec un sourire poli. La soirée poursuit son cours dans la bonne humeur. Je me sens de plus en plus à l'aise en compagnie des musiciens et je parviens même à oublier la foule autour de nous. Si Julian me voyait, je suis convaincue qu'il serait fier de constater mes progrès, même en son absence. Après avoir enchaîné deux verres d'alcool, je sens ma tête tourner légèrement, alors je décide de m'arrêter. Je veux garder le contrôle et non dépendre de quelqu'un dans un moment de faiblesse. Une envie pressante me prend de court. Je croise les jambes et me tortille sur la banquette en me pinçant les lèvres. Pendant un instant, j'hésite à demander à Alden de m'accompagner aux toilettes. Non seulement j'ai honte, mais en plus, je trouve la demande assez équivoque, voire tendancieuse dans ce contexte. J'inspecte les gens autour de nous avec une certaine crainte. Suis-je en mesure de m'aventurer dans cet endroit, seule avec un loup cruel et tyrannique niché au fin fond de sa cachette, prêt à bondir sur sa proie ? En tout cas, je ne l'aperçois pas à proximité de nous, ce qui est plutôt… bon signe ? *Ou de mauvais augure*. Je scrute une dernière fois la grande terrasse de manière plus insistante, pour m'assurer que le chanteur ne rôde pas dans les parages, et dès que j'en ai la certitude, je tire sur ma robe noire pour qu'elle descende jusqu'à mes genoux, puis me lève. Alden m'interroge tout de suite du regard.

— Où se trouvent les toilettes ?

Cigarette en bouche, il me pointe de son index un petit escalier sur notre droite. Sans perdre une seconde, mes jambes détalent dans cette direction. Je passe devant un bassin d'eau et me faufile à travers la clientèle huppée avant de descendre les marches. En bas, une forte odeur de narguilé et de sueur me fait retrousser les narines. Je progresse le long d'un petit couloir, mais en chemin, un jeune homme aux yeux rouges et vitreux me bouscule l'épaule par accident, à cause de sa démarche chaloupée. Mes tempes bourdonnent sous l'affluence accrue de sang et mon rythme cardiaque s'emballe, telle une machine en surchauffe, dès que l'individu s'arrête et m'analyse de son regard voilé. Je sens son haleine alcoolisée lorsqu'il se penche vers moi. J'esquisse un mouvement de recul mal assuré, tandis qu'il tente d'articuler ce qui me semble être des excuses. Son élocution est trop brouillonne pour que je puisse comprendre quoi que ce soit. Finalement, il abandonne et trace sa route, l'air de rien.

Plus de peur que de mal.

Je plaque une main tremblante sur mon cœur, reprends mon souffle et me dépêche de regagner les toilettes des filles. Encore secouée, j'abaisse la première poignée que je touche. Ce ne sont pas des sanitaires qui me font face, mais un local technique, ou plutôt... *la tanière du loup*. Et la scène qui se matérialise sous mes yeux me pétrifie.

À quelques mètres de moi, Chester Hanson et sa nouvelle proie, une jeune brune sulfureuse en combinaison short rouge vermillon, déchaînent leurs ardeurs à travers un baiser sauvage. Clouée contre une étagère, elle se laisse dompter par le rockeur, qui aspire sa langue en insinuant la sienne au fond de sa bouche avec rudesse. Elle gémit tandis qu'il lui enserre la gorge de sa grande main pour proclamer son envie de dominer. Je recule, les yeux exorbités, et m'apprête à refermer le battant d'un coup sec. Trop tard. Quand son regard gris croise le mien, c'est l'électrochoc.

— Owen ?

Le duo, pris en flagrant délit, est maintenant tourné dans ma direction. Je ne respire plus. Le chanteur se détache de la brune avant de la fusiller du regard.

— Heureusement que je t'ai dit de fermer la porte à clé !

Les joues de la fille s'empourprent et deviennent de la même couleur que sa tenue. Lorsque Chester pivote vers moi, le torse bombé et les poings serrés, je réagis enfin.

— Mille excuses pour la gêne occasionnée ! Continuez ce que vous étiez en train de faire ! Bonne soirée !

Après leur avoir claqué la porte au nez, je file comme une petite souris à l'intérieur des toilettes, dont je repère l'entrée à quelques mètres. En deux temps, trois mouvements, je m'enferme dans l'une des cabines, soulage ma vessie qui était sur le point d'exploser, et réfléchis en même temps à un moyen de prendre la poudre d'escampette sans tomber dans les griffes du prédateur. Aucune solution ne me vient.

Putain de merde !

À force, je devrais avoir l'habitude. Seulement, je maîtrise à grand-peine la charge émotionnelle qui se fracasse dans ma poitrine. De longs et désagréables frissons hérissent mon épine dorsale, c'est la panique à bord. Je déverrouille la cabine et m'avance, les jambes chancelantes, vers la rangée de lavabos. Je rince mes mains et en profite pour tapoter mes joues d'eau fraîche. Mon regard est attiré par le plafond. Je suis tellement désespérée que l'idée de m'échapper par le conduit d'aération, comme dans les films d'action, est une option qui me vient à l'esprit. Tout ce que je risque, c'est de me briser la nuque en faisant une mauvaise chute avec mes talons hauts. Mes yeux cherchent même un passage secret, comme dans la saga Harry Potter, mais là encore, je rêve un peu trop.

La vie n'est pas un film. C'est un marionnettiste qui manœuvre le cours des affaires humaines avec incertitude et imprévisibilité, sans se soucier des conséquences, qu'elles soient bonnes ou mauvaises. L'impact peut être minime, ou à l'inverse explosif. Et je crois que le fil de ma destinée est rompu, me chassant des rails de mes ambitions, me condamnant à subir les bouleversements indus et abusifs qui se hissent sur ma route épineuse.

Tout est détruit. Tout est à reconstruire.

Je tourne en rond, m'agrippe les cheveux, pousse des jurons et décide à reculons de me jeter dans la gueule du loup. Pas le choix.

— Sois maudit, Chestanas !

Sur ces belles et douces paroles, je prends mon courage à deux mains et sors des toilettes d'un pas déterminé. Une fois postée au milieu du couloir, je m'immobilise. Le dos collé contre le mur, Chester m'attend de pied ferme. Je le savais. Ses habits sombres se fondent dans la pénombre, ce qui rend son allure d'autant plus sinistre.

— L'agneau a donc fini par s'éloigner du troupeau ?

Ses yeux fourbes étincellent au milieu de ce noir prégnant, qui engloutit la lumière du corridor.

— Il y a d'autres gibiers à chasser. Tu peux disposer, persiflé-je.

Je tente de passer devant lui, sauf qu'il me barre le passage de sa carrure imposante.

— Les autres n'arrivent pas à ta cheville.

— Vraiment ? La brune de tout à l'heure me semble parfaite, pourtant. Très docile et prête à subir ta folie !

J'essaye une dérobade par la droite, bien qu'il continue de me bloquer la route. Un vent de panique souffle à l'intérieur de moi et ravive ma terreur. Là, je perds toute contenance.

— A... arrête… Lai… laisse-moi tranquille, bégayé-je.

Chester tend sa main vers mon visage. M'attendant à ce qu'il me frappe, je clos férocement les paupières, mais il se contente de repousser une mèche de mes cheveux qui barre mon front.

— T'as peur ? C'est bien ce qu'il me semblait. Ça joue la meuf courageuse et intrépide devant tout le monde, mais une fois seule avec moi, tu deviens l'être le plus pitoyable.

Mon cœur s'arrête littéralement de battre. Je n'existe plus qu'à travers mon souffle haché et haletant, ainsi que cette sensation de froid qui pétrifie douloureusement chacun de mes muscles. Et rien ne s'arrange quand le loup passe à l'improviste son bras autour de ma taille.

— Viens, on va rejoindre les autres.

Mes yeux s'ouvrent en grand, je n'ai pas le temps de bien assimiler les mots qu'il vient d'articuler avec un calme effrayant, puisque Chester me sourit et se penche à mon oreille.

— Je n'ai pas trop apprécié qu'Alden t'ait invitée. Alors il est temps de lui faire comprendre certaines choses.

Comme pour appuyer ses propos, il resserre sa prise autour de moi, puis m'entraîne vers les escaliers afin que nous regagnions le patio.

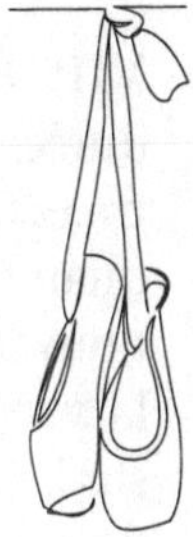

Chapitre 27

Déclic

Ally

Inspire. Expire. Inspire. Expire. Inspire. Expire.

Comment en sommes-nous arrivés là ? À se détester avec tant de pugnacité ? À accumuler les joutes verbales et les affrontements acérés ? Avant lui, je ne pensais pas être capable d'éprouver une telle haine à l'égard de quelqu'un. Une animosité si violente qu'elle meurtrit mon cœur, si viscérale qu'elle s'est infiltrée dans les fêlures de mon âme. À la dérive, je peine à me reconnaître. Il m'effraie.

Et je m'effraie.

Retenue en otage par son bras qui m'encercle, je n'ai pas d'autre choix que de suivre sa trace. Sa paume s'est d'ailleurs plaquée sur ma hanche droite, au point que je peux même sentir ses doigts s'enfoncer dans le tissu fin de ma robe avec une possessivité accrue. Un contact qui fait se tendre mon dos comme un piquet. Je suis raide des pieds à la tête, seul mon cœur est pris d'un emballement infernal.

Lorsque nous rejoignons le patio, je suis rassurée d'apercevoir au loin les autres Chainless dans le carré

VIP. En revanche, mon soulagement est de courte durée, puisque Chester dévie au dernier moment sa trajectoire. Les cellules de mon corps se liquéfient quand je prends conscience qu'il m'entraîne vers un nouvel espace privatisé, plus étroit, plus intimiste et à la vue de tous. Le chanteur me force à prendre place sur la banquette blanche, entre deux topiaires en forme de cône. Il s'installe à côté de moi et claque des doigts pour interpeller un serveur qui passe devant nous.

— Deux whiskys, lui demande-t-il sans tenir compte des formules de politesse.

L'homme s'exécute et s'empresse de relayer la commande au bar à proximité. Une fois seuls, le rockeur lorgne ma tenue sans la moindre gêne. Une étincelle insidieuse se reflète dans ses pupilles dilatées. Mal à l'aise, je tire sur le bas de ma robe pour couvrir le plus de peau possible. Quand il détecte ma gêne, il ricane et me susurre :

— On dirait bien que t'es au bord de la syncope.

— J'imagine que ça t'arrangerait que j'en fasse une devant toi ! craché-je.

Il ignore mes propos et concentre son attention sur les autres Chainless. Ses yeux aux éclats acier se vissent sur Alden, plongé dans une discussion avec Matt, et il attend patiemment que le guitariste le remarque en ma compagnie. Lorsque c'est le cas, Chester enroule son bras autour de ma nuque pour m'attirer contre lui d'un coup sec.

Mes iris s'ancrent désespérément dans ceux du blond afin de lui envoyer des signaux d'alerte. Je reprends espoir quand il se lève d'un bond avant de foncer au pas de charge vers nous. Les lèvres du chanteur effleurent mon lobe et me murmurent :

— T'as pas intérêt à le suivre.

— Pourquoi ça ?

— Tu n'aimerais quand même pas avoir une nouvelle visite surprise dans ta chambre d'hôtel, pas vrai ?

— Rêve ! Tu n'as pas la bonne carte et cette fois, je ne t'ouvrirai pas la porte.

Je sens son sourire s'agrandir.

— Parce que tu crois que c'est un frein ?

Son souffle n'est plus qu'une brise glaciale recouvrant ma peau de chair de poule.

— Réfléchis bien, il te reste encore quelques secondes...

À ces mots, il se redresse et se tourne vers Alden, maintenant face à nous, arborant une expression sombre qui fout les jetons, même à moi.

— Je vois que t'en rates pas une pour la martyriser !

Chester colle son pouce sur sa poitrine en affichant une moue faussement indignée, à la lisière de l'effronterie la plus haïssable. La provocation demeure son carburant, une drogue qui lui procure des sensations grisantes et euphoriques. *Sa* signature, qui reste longtemps ancrée dans les esprits.

— Moi, la martyriser ? On parle, c'est tout !

Alden l'étudie d'un regard meurtrier.

— Tu choisis mal ton moment pour te foutre de ma gueule, Chester !

Il s'avance et m'attrape le bras afin de me faire lever du canapé.

— Non, articulé-je.

Le musicien se fige et me dévisage d'un air incrédule.

— Laisse-moi discuter avec lui. On a des comptes à régler.

Il me lâche et reste les bras ballants.

— C'est lui qui t'a demandé de me dire ça ?

Je secoue la tête pour nier.

— Tu me crois aussi tordu ? renchérit Chester en frôlant sa lèvre avec son pouce.

Le guitariste éclate d'un rire jaune qui m'arrache un sursaut.

— Je crois surtout que t'es en train de la manipuler comme bon te semble en lui faisant du chantage.

— Alden, je dois vraiment lui parler, insisté-je.

Pendant une poignée de secondes, un éclat de déception altère son visage. Puis ses iris s'enflamment à nouveau lorsqu'ils entrent en conflit avec ceux de Chester. Le temps se fige entre eux, l'atmosphère s'électrise et l'air devient lourd à respirer. Ils s'observent en chiens de faïence et c'est finalement le blond qui bat en retraite le premier.

— Telle est ta volonté. Si jamais il dépasse les bornes, fais-moi signe.

J'acquiesce de la tête et, quand le guitariste s'éloigne, le chanteur ricane.

— Vous êtes si mièvres ensemble !

— La ferme !

— On décide de sortir les griffes, à ce que je vois...

Je me rassois à ses côtés en prenant soin de ne pas l'effleurer.

— Tu sais comment se termine le Loup et l'Agneau de La Fontaine ? me questionne-t-il, amusé.

L'agneau se fait bouffer par le loup. Un être qui défoule sa violence sur le plus faible, sans défense. Aucune morale dans l'histoire, mais un constat sans appel : « La raison du plus fort est toujours la meilleure. » C'est effrayant à quel point cette fable fait écho à notre relation. En revanche, je refuse d'être le maillon faible. Je ne tique pas et opte pour un comportement détaché.

— Quelle belle référence littéraire ! Et pour ta gouverne, je m'en fous.

Sur le point de répliquer, le chanteur est coupé par le serveur, qui rapplique avec deux verres en main. Il les place sur la table et repart aussitôt. Chester en prend un et me tend l'autre, que je refuse immédiatement. Il n'insiste pas et repose le whisky avant de se rapprocher de moi. Son bras s'appuie sur le haut de la banquette, juste derrière ma tête. Est-ce qu'il compte me briser la nuque devant tout le monde ?

Respire Ally, ça va aller !

— Alors, t'es contente d'être dans mon clip, Owen ?

Cette question me déstabilise et je tripote avec nervosité mes cheveux, sans trop savoir quoi lui répondre. Pas question de faire la conversation. Je tressaille au moment où le dos de sa main effleure doucement mon épaule. Ses doigts froids jouent avec la fine bretelle de ma robe et me brûlent. Pendant ce temps, ses yeux continuent d'osciller sournoisement entre moi et le guitariste. Le message paraît clair : je suis sa chasse gardée. Son agneau. Sa proie. Depuis sa table, Alden ne rate pas une miette de la scène et, bien qu'il conserve un calme olympien, ses yeux noirs trahissent sa fureur.

— Tes larmes étaient fausses ? me souffle Chester.

J'arque un sourcil.

— De quoi tu parles ?

— L'audition.

Il prend une gorgée de whisky et attend ma réponse. Il pense que j'ai joué la comédie lorsque j'ai dansé sur sa chanson ? Je le dévisage tandis que j'encaisse la nouvelle. La colère monte en moi. C'est insultant, car il remet en cause ma performance, ma passion, mon parcours, l'essence même de ce que je suis. Ça me blesse dans mon amour-propre et fait naître un fort sentiment d'injustice. Une connexion s'est établie sur scène et ça m'a ébranlée. Elle a transpercé mon corps, jusqu'à mon âme, et m'a guidée tout au long de mon improvisation.

— Sache que quand je danse, je ne fais pas semblant. Je me donne à corps perdu. Les émotions suscitées lors de mon passage étaient on ne peut plus sincères.

Il me toise sans la moindre réaction et je profite de son mutisme pour renchérir :

— Tu n'es pas le seul être sur cette planète à vivre avec un cœur écorché.

— Sauf que parfois, il y a des maux qui ravagent, et les effets sont irréversibles.

Je secoue la tête.

— Mais c'est après avoir connu le malheur qu'on connaît le véritable bonheur. Il y a toujours des solutions pour remonter la pente.

— C'est des conneries ! crache-t-il.

— Tu vas te noyer dans ton propre pessimisme, t'en as conscience ?

— Je suis déjà en train de me noyer, murmure-t-il en tapotant le verre de son index.

D'une façon inattendue, Chester fixe le sol, le regard dans le vague. Vient-il de me montrer une faille chez lui ? Une sensibilité qu'il tendrait à camoufler derrière un mur protecteur érigé avec sa froideur ?

— Qu'est-ce que tu attends pour accepter qu'on te sorte la tête de l'eau, alors ?

Il garde le silence. J'ai touché une corde sensible.

— Toutes ces frasques dont tu fais l'objet… pourquoi ?

Pourquoi autant ?

Son visage se redresse et il ingurgite une lampée de son alcool avant de me répondre :

— Quand tu sens ton existence s'effacer, tu veux te la réapproprier. Violence, alcool, sexe, drogue… Je maîtrise tous ces extrêmes, je suis conscient de ce que je fais, et ça me rappelle que j'ai une place sur Terre, que je suis un être doté de chair et de sang. M'exposer aux yeux de tous me fait exister, Owen.

Il prononce ces mots durs avec une insensibilité à couper au couteau. Ma gorge se noue, j'ai l'impression durant un court instant que j'arrive enfin à entrevoir son cœur à vif, sans cette strate de pierres tranchantes qui l'enveloppe.

— Dans I lost my mind, tu lances un appel au secours, et…

— Ce n'est pas une chanson qui va m'aider, me coupe-t-il sèchement.

— Alors, tu l'avoues toi-même. Tu as besoin d'aide.

— Tu te montres trop intrusive et ça pourrait te porter préjudice.

Il se penche vers moi, son nez vient caresser l'arc de ma mâchoire, puis il inspire longuement. Je me tends.

— Tu t'es parfumée ? C'est pour camoufler ton odeur nauséabonde que tu fais ça ?

Et voilà qu'après ce moment de flottement, il décide de repasser à l'offensive.

— Un jour, tu comptes en finir avec tes remarques cinglantes ?

Il esquisse un sourire en coin.

— J'aime marquer ton esprit avec mes douces paroles… encore et encore, jusqu'à ce que t'en rêves la nuit…

Je reprends ma respiration dès qu'il daigne s'écarter de moi. Chester cale sa tête au creux de sa paume et continue d'analyser les détails de ma robe.

— Donc tu t'es fait inviter par Alden ce soir, si j'ai bien suivi ?

— Non, par le pape.

Ce fiel ne le fait pas rire.

— Il te plaît ? poursuit-il, imperturbable.

J'ignore ce que le chanteur attend de moi, mais s'il veut jouer… alors on va jouer. Quitte à me brûler les ailes.

— Oui, il pourrait me plaire. Lui, au moins, semble avoir toute sa tête.

Il éclate d'un rire mauvais.

— Tu crois qu'il s'intéresse à toi ? Pauvre naïve !

— Il y a des signes qui ne trompent pas, tu sais…

Je surjoue, j'en rajoute, seulement pour avoir plus d'impact dans mes propos. Ses mâchoires se contractent férocement. Ça marche, je le heurte.

— Tu ne le connais pas. Et ce n'est pas parce qu'il regarde ton cul qu'il te porte un intérêt spécial. Une fois qu'il t'aura baisée, tu passeras à la trappe. Comme toutes les autres.

Sa vulgarité combinée à son manque de tact a de quoi me faire dresser les cheveux sur la tête. Je pince les lèvres et prends sur moi pour ne pas lui envoyer mon poing dans les dents.

— Je crois que je le connais assez pour dire qu'il vaut largement mieux que toi.

Chester boit son verre cul sec et le repose brutalement sur la petite table en plexiglas.

— Dis-moi, Owen… Tu serais prête à écarter les cuisses pour lui ?

Je veux le prendre à son propre jeu en la jouant « Hanson », c'est-à-dire avec les cartes de l'arrogance, de la désinvolture et celle de la provocation.

— Peut-être bien, ouais… Et ensuite, je m'en vanterais devant tout le monde, comme un trophée de guerre.

Bien que je n'en pense pas un traître mot, le gris de ses iris s'obscurcit. Son esprit s'échauffe et il en tremble.

— J'aurais dû me douter que t'étais ce genre de salope.

L'air se comprime à l'intérieur de ma cage thoracique, comme si je venais de recevoir un sévère coup de poing dans le ventre. Plusieurs solutions me viennent en tête : lui jeter mon verre à la figure, le gifler, l'insulter copieusement de tous les noms, ou alors… quelque chose qui ne va pas du tout me plaire, mais qui me permettrait peut-être de renverser la tendance.

À mes risques et périls, je décide d'opter pour la dernière option. Je me mets debout et, croyant sans doute que je m'apprête à déserter les lieux, Chester hausse un sourcil. Sans me soucier de son autorisation, je m'assois sur ses genoux, croise les jambes et passe une main dans ma longue chevelure lisse avec nonchalance.

— Qu'est-ce que…

Il n'achève pas sa phrase. Son corps se contracte sauvagement et je remarque qu'il a même bloqué sa respiration. Parfait, il est désarmé. Je jubile et intérieurement, je suis déjà en train de faire le V de la victoire avec mes doigts. Battant des cils pour arborer un air encore plus sulfureux, j'effleure du bout de mon index l'encolure de son tee-shirt noir. Très vite, il se reprend et intercepte mon poignet, qu'il tord sans ménagement afin de me faire gémir de douleur. À la place, je mords ma lèvre inférieure pour ne pas lui accorder cette faveur.

— Je ne sais pas quelle idée tu as derrière la tête, mais ce serait très con qu'elle se retourne contre toi.

Mon rythme cardiaque s'affole.

Et maintenant ? Que suis-je censée faire ?

— Plus rien à dire, Owen ?

Sa main lâche mon poignet et agrippe mon épaule d'une poigne de fer. Face à mon long et profond mutisme, il me fait part de son impatience en plantant ses ongles dans ma chair, ce qui m'incite à briser la chaîne du silence.

— Je ne veux pas instruire les cons.

Comme s'il venait de recevoir le plus beau des compliments, ses lèvres forment un rictus réjoui. Il faufile sa main dans ma chevelure et caresse l'arrière de mon crâne jusqu'en bas de ma nuque, ce qui propage des picotements sous le grain de ma peau. Ses doigts poursuivent ensuite leur cheminement sur ma clavicule.

— Maintenant, tu me traites de con ? Je te trouve bien audacieuse, ce soir. À croire que tu n'attends que ça… que je resserre l'étau.

Il sait choisir les bons mots pour faire ressurgir mes pires angoisses. Abaissant les paupières avec crainte, je prie de toutes mes forces pour qu'Alden rapplique dans les secondes à venir.

— Ouvre les yeux, m'ordonne-t-il froidement.

Je ne réagis pas.

— Ouvre les yeux tout de suite, ou je te promets que mon piercing à la langue foulera des endroits bien plus interdits...

Mon cœur loupe un battement et j'obéis. Une lueur victorieuse éclaire son visage, imprégné d'une mesquinerie malsaine. Il sait qu'à présent, il se trouve en position de force. Alors il jette un coup d'œil derrière mon épaule, sans doute pour s'assurer qu'Alden nous regarde.

Le loup a l'avantage.

— J'attends tes excuses.

J’avale ma salive de travers.

— Je ne vois pas pourquoi je le ferais. Ce serait plutôt à toi de m’en faire, après tout ce que tu me fais subir !

Même si j’ai encore le courage de lui répondre, je suis absolument mortifiée d’être assise sur ses genoux. Sa main remonte le long de mon cou, puis se pose sur ma joue. Cette caresse suave se révèle en totale contradiction avec ses yeux enflammés, qui fixent d’une témérité fugace mes lèvres entrouvertes à cause de mon souffle pantelant.

— Embrasse-moi, m’intime-t-il d’une voix rauque.

Sa requête me fait écarquiller les yeux et j’étouffe un hoquet de surprise. Aucune trace de raillerie sur son visage. Ses traits autoritaires et tyranniques se montrent aussi tranchants que des griffes de fer, prêtes à vous entailler la peau, le cœur et l’âme, pour ne laisser que des écorchures profondes et saignantes. Je réponds par la négative en secouant la tête et un orage impétueux éclate au fond de ses prunelles. C’est le signal du début des emmerdes.

Guidés par cette cruelle envie de me faire du mal, ses ongles s’enfoncent un peu dans ma joue. Les tremblements qui agitent son corps me prouvent qu’il se retient de ravager le petit agneau apeuré que je suis. Peut-être est-ce parce que nous sommes entourés de personnes ? Qu’est-ce que ça aurait été si nous avions été seuls ?

Je préfère ne pas l’imaginer…

Il s’approche dangereusement de mon visage. Les arômes vanillés et épicés du whisky qui ont parfumé ses lèvres s’infiltrent dans mes narines. Les sens brouillés, je perds un peu plus mes repères.

— Il y a deux solutions, Owen : soit tu t’excuses, soit tu m’embrasses. Je te laisse trancher.

J'ai envie de vomir. Un nœud enserre ma gorge et me donne du fil à retordre pour articuler ces quelques mots :

— Ni l'un ni l'autre.

Son rictus diabolique réapparaît, laissant apparaître la ligne parfaite de ses dents blanches.

Le loup s'apprête à bouffer l'agneau.

— Je décide pour toi, alors.

Il humecte ses lèvres et se prépare à avaler les derniers centimètres qui nous séparent. Alors qu'il se penche vers moi, je plonge mes doigts dans sa tignasse et tire dessus avec violence, le faisant grimacer de douleur. Mon geste le surprend et le prive de tout mouvement. Une lueur de surprise scintille dans son regard, alors je profite de l'instant de flottement pour reprendre la main. Quelque chose me secoue de l'intérieur, une émotion puissante, dévastatrice et fugace qui range mes peurs au placard. J'inspire fortement par les narines, puis regarde mon ennemi droit dans les yeux et le préviens d'une voix tranchante :

— Tu ne décideras plus jamais pour moi. Tu m'entends ?

Plus JA-MAIS !

Et si pour une fois… l'agneau se rebellait ? Et s'il prenait l'avantage sur le loup ?

Je ne suis plus une victime. Je ne suis plus une victime. Je ne suis plus une victime*, me répété-je comme un mantra.*

Ce soir, Chester Hanson ne s'en tirera pas. D'un revers de main, je balaie mon passé, le foudroie d'un dernier regard noir, puis scelle ma bouche à la sienne en y mettant toute ma hargne. Les rôles s'inversent, c'est à mon tour de prendre les rênes et de le conduire là où je le souhaite : au milieu de mes éclats de colère, au fin fond de ma témérité brûlante. *La Ally combative est de retour.* Je pousse ma langue à l'intérieur de sa bouche, ce baiser a une saveur alcoolisée qui m'enivre les sens. Les yeux fermés, je l'attire de toutes mes forces contre moi en savourant mon élan de domination, qui sera sans doute de courte durée. Un râle rauque jaillit de sa gorge et vient mourir contre mes lèvres. Je vibre des pieds à la tête lorsqu'il empoigne mes cheveux et plaque sa bouche sur la mienne avec encore plus de rudesse. Il répond à mon offensive. Nous nous livrons un combat sans merci, tentant de nous dompter mutuellement. Nos langues bouillantes se cherchent et s'effleurent, sans plus jamais s'éloigner. Ma peau s'embrase, mon cœur cogne douloureusement, mais chaque battement m'insuffle une force démentielle qui me fait me sentir… *bien*. C'est absurde. C'est inespéré. Ce baiser nous ravage. Cette fièvre démente, quasi primitive, échauffe nos corps. Un incendie se répand au fond de mon ventre. Les bras de Chester encerclent maintenant ma taille pour me retenir prisonnière de leur étreinte. Ses paumes se plaquent dans mon dos et me caressent tout en langueur. Je perds pied. Je goûte sa langue et titille son piercing avec une délectation inopinée. Et je me déteste pour ça. Non, j'en suis fière ! Ou peut-être que je deviens effrayée par les conséquences de mes actes ? Je ne sais plus. Je suis prise de vertiges. Il ne faut pas que je me noie. Un éclat de lucidité m'électrise, je vois enfin le bout du tunnel. Ma bouche rompt tout contact avec la sienne. Galvanisée par un pic d'adrénaline, je veux lui infliger l'uppercut final.

D'un geste vif, je lève la main pour le gifler. Chester réussit de justesse à l'attraper avant qu'elle ne l'atteigne à la joue. Ses pupilles dilatées de colère – ou de désir ? – m'affrontent, mais très vite, quelque chose attire son attention, et sans crier gare… il marque un brusque mouvement d'arrêt. Son visage se tétanise et devient livide, comme s'il venait d'apercevoir un fantôme. Pendant un laps de temps très court, je me demande vraiment si son cœur n'a pas cessé de battre. Lorsque je veux suivre son regard, le rockeur tourne sa tête vers moi avec une lenteur presque exagérée et me détaille comme il ne l'avait jamais fait auparavant. Ses yeux longent mon nez, glissent sur mon menton, remontent le long de mes joues, analysent mes pommettes et mon front, se focalisent quelques instants sur mes cheveux, puis s'ancrent dans l'émeraude de mes iris avec une vulnérabilité qui me dépasse. On dirait…

On dirait qu'il me découvre pour la première fois. Qu'il voit une autre personne !

Confuse, je n'ose plus bouger. Chester finit par lâcher mon poignet sans cesser de me dévisager, comme si je n'étais plus qu'une parfaite inconnue pour lui. Ma conscience me hurle de débarrasser le plancher, et vite ! D'un bond, je quitte ses genoux et le chanteur ne cherche pas à m'en empêcher. Je recule tandis qu'il ne bouge pas d'un cil.

Dégage d'ici.

Je tourne les talons et presse le pas en direction du carré VIP, où se tiennent les autres Chainless. Mes jambes tremblent et mon rythme cardiaque bat des records de vitesse. Quand Alden me voit arriver, il accourt dans ma direction.

— Ça va ?

L'inquiétude est nettement perceptible dans sa voix. Il pose sa main sur mon bras et je hoche la tête, rouge de honte, car je me doute bien qu'il a assisté en avant-première à notre échange langoureux.

Puis je jette un coup d'œil par-dessus mon épaule et constate que Chester n'a pas quitté sa banquette. Les yeux dans le vague, il paraît absent, complètement déconnecté de la réalité.

— Qu'est-ce qu'il a ? m'interroge le guitariste, aussi démuni que moi.

— J'en ai pas la moindre idée…

Chester

Chaque seconde qui défile devient plus douloureuse que la précédente : je ressasse des souvenirs que j'ai volontairement enterrés, afin de prétendre que ces bribes de ma vie n'ont jamais existé. Ce qui vient de m'éclater à la gueule me plonge dans un état léthargique sévère. Je ne vois plus. Je n'entends plus. Je ne sens plus. *Rien du tout.*

Tout a brûlé en moi, il ne reste plus que des tas de cendres froides, se dissipant dans le néant au moindre souffle fugace. Je me sens désarmé, le cœur à vif. La réalité peine à revenir, alors tel un robot programmé, je me lève de la banquette et pars rejoindre les mecs à l'espace privatif. Mes gestes sont mécaniques, mon cerveau guide mes pas, mais moi, je suis perdu dans ce vide abyssal. Je crois que Matt et Yann m'ont demandé si j'allais bien. J'ai gardé le silence, me suis recroquevillé dans un coin en fixant un point devant moi et je ne l'ai plus jamais lâché de la soirée.

À l'intérieur de la limousine, lors du trajet du retour, les frères braillent plus qu'à la normale, car l'alcool qu'ils ont ingurgité les libère de leur excentricité. Je ne les écoute pas. À la place, j'épie Owen en face de moi, qui semble plus que jamais déstabilisée par mes regards scrutateurs. Alden est assis juste à côté d'elle, et ça me compresse la poitrine. Le guitariste tourne autour de cette fille comme un putain de vautour affamé de chair fraîche, ce qui a de quoi me foutre en rogne. Des pensées assassines fourmillent dans mon crâne rien que de les voir ensemble. Jusqu'à présent, je maîtrisais la situation. Rendre la vie infernale à ma petite chose demeure mon divertissement le plus délectable, mais tout s'est compliqué dès que j'ai compris qu'on pouvait me la voler. Et surtout, depuis ce que j'ai découvert sur elle ce soir. Ce jeu dans lequel je me suis lancé devient mortel et il commence à se retourner contre moi.

La folie me guette dangereusement. Non, en réalité, elle m'a déjà atteint depuis un bon moment. Et Owen n'arrange rien en faisant ressurgir mon passé. Elle m'attire autant qu'elle me révulse.

Mon fantasme. Mon cauchemar.

Elle me met la tête à l'envers.

Dès que nous arrivons à l'hôtel, je ne calcule plus personne et m'empresse de m'enfermer dans ma chambre. J'ai besoin d'être seul. J'ai besoin de remettre mes idées en place, car dans ma tête règne un sacré bordel. En deux temps, trois mouvements, j'extirpe une clope de la poche de mon jeans noir et me dirige vers le balcon.

Contemplant à moitié la vue sur les jardins éclairés, je prends une première taffe. La substance toxique me brûle les poumons, jusqu'à ce que je libère la fumée d'entre mes lèvres. Une image reste imprimée sous mes paupières : la bague. Et plus particulièrement cette lettre « M », gravée dans le métal blanc.

En la découvrant autour de l'index d'Owen, j'ai eu l'impression de dégringoler d'un immeuble d'une dizaine d'étages. La chute libre m'a perdu et l'atterrissage a détruit en mille morceaux ce que je pensais savoir de cette fille. Tout s'est violemment imbriqué dans ma tête, jusqu'à me révéler l'imprédictible. Une rousse. Une danseuse. Ce bijou. *C'est elle.* Et maintenant ? Dois-je lui dire ou faire semblant ? L'idée d'avoir un lien avec elle me terrorise. Je passe une main tremblante dans mes cheveux, puis me masse les tempes d'un lent mouvement circulaire. Comment puis-je désormais la regarder en face comme si de rien n'était ? Je suis perdu, je ne sais pas quoi faire. Je pense que la meilleure solution est la suivante : après le tournage, quand nous rentrerons à New York, Owen dégagera de ma vie. *Pour de bon.*

Mes réflexions sont au point mort, j'ai mal au crâne. Il faut que je me calme. Il faut que je m'échappe de la réalité, que je plane jusqu'à oublier mon propre nom.

Je reporte la cigarette à ma bouche et inhale la nicotine, tout en essayant de chasser les images de cette petite fille aux éclats de rire lumineux qui me surnomme…

… River.

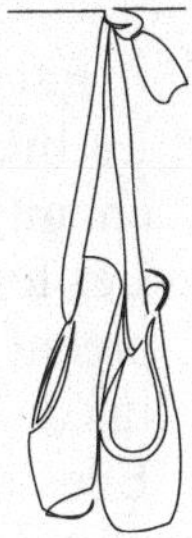

Chapitre 28

River

Childersburg, douze ans plus tôt.

Ally

Seule, cela fait plusieurs minutes que je m'aventure à travers les sentiers touffus de cette forêt de conifères. Cette nature calme et paisible qui m'entoure est aussi délassante qu'un bon livre. Pas d'individu, de voiture, ni même de maison. Seuls le chant des oiseaux et le bruissement des feuilles mortes sous mes pieds sont perceptibles à mes oreilles. Ce cadre sort tout droit d'un conte de fées avec les rayons du soleil qui filtrent la cime des arbres. Mes yeux pétillent d'émerveillement. La curiosité a finalement pris l'ascendant sur moi. Ce petit bois m'a toujours intriguée, et aujourd'hui, je me décide enfin à l'explorer, telle une grande aventurière ! Mes parents pourraient me gronder et me punir sévèrement s'ils l'apprenaient. En ce moment, ils pensent que je suis à la bibliothèque, juste en face de mon école primaire. Mais je vais tout faire pour qu'ils ne soient jamais au courant de ma petite escapade.

Excitée comme une puce, je serre entre mes doigts les bretelles de mon cartable Snoopy, puis quitte le chemin de terre pour me faufiler au milieu des arbres. Les fougères, la mousse et le lichen qui se mélangent créent un très joli tableau végétal. Il y a même des tas de fleurs sauvages dont je ne connais pas le nom ! Elles sont très belles, et j'aurais adoré les ramasser afin de faire un bouquet pour maman ! J'aime aussi cette odeur de bois humide qui me chatouille le nez.

Quel endroit merveilleux !

Alors que je sautille joyeusement près des feuillages denses, je m'immobilise tandis qu'un son inhabituel retient mon attention. Une douce sonorité, une mélodie claironnante et cristalline… On dirait un ruisseau ! Ma soif de découverte redouble et je me laisse guider par ce bruit d'eau qui se déverse en continu. Au bout d'une minute, j'interromps ma marche et ouvre la bouche en grand. Me voilà à la lisière d'une vaste clairière verdoyante, bordée d'une jolie petite rivière à l'eau limpide qui ne cesse de chanter. Ce paysage féérique fait vibrer mon cœur, je suis envoûtée et, dès que je m'apprête à m'extirper des buissons pour fouler ce sol couvert d'herbes douces, quelque chose retient mon attention en me coupant net dans mon élan.

Assis sur un rocher, juste en face de la rivière, un garçon joue de la guitare. Ses doigts grattent à plusieurs reprises les cordes, mais le son qui en découle n'est pas du tout harmonieux. Ça fait même très mal aux oreilles. Je reste planquée dans ma cachette et me mets à l'espionner. Il est vêtu d'un pantalon noir et d'une chemise en jeans par-dessus un tee-shirt blanc. Ses cheveux sont recouverts d'un bonnet et il porte d'épaisses lunettes de vue qui m'empêchent de bien distinguer la couleur de ses yeux.

Son corps est maigre, vraiment trop maigre… On dirait qu'il est plus âgé que moi.

Hésitante, je suis face à un dilemme de taille : aller le voir ou revenir sur mes pas pour rentrer chez moi. Même si je n'en ai nullement envie, je choisis la deuxième option. Ma maman me répète sans cesse que m'aventurer toute seule dans un endroit inconnu peut être dangereux, et je me sens très coupable de lui avoir désobéi. Fini l'exploration pour aujourd'hui ! Je vais retourner à la bibliothèque et faire semblant de lire un livre sur les animaux de la savane lorsque ma mère viendra me chercher après sa séance de gym. Ni vu ni connu !

Discrètement, je recule, sans pour autant quitter des yeux le garçon. Mais quelque chose craque sous ma chaussure et m'arrache un sursaut.

Mince ! J'ai marché sur une branche !

Relevant la tête, je découvre avec horreur que l'inconnu est en train de m'observer d'un air curieux.

Oh non, il m'a démasquée !

Je prends peur et m'accroupis derrière les buissons pour disparaître de son champ visuel.

— Eh ! Je t'ai vue, pas la peine de te cacher ! m'interpelle-t-il. Voyant que je ne quitte pas ma planque, il se met à rire.

— Allez, sors de là ! Je ne vais pas te manger !

Il n'a pas l'air méchant, c'est vrai. Une fois calmée, j'inspire un grand coup et décide de délaisser ma cachette pour le rejoindre près de la rivière. Le soleil caresse agréablement mes joues, je suis fascinée par ces quelques fleurs jaunes et violettes qui jonchent le talus. Le garçon au bonnet m'observe sans bouger, et dès que j'arrive à son niveau, il me demande d'une voix très douce :

— Tu t'appelles comment ?

Je me balance d'un pied à l'autre et reste sur mes gardes.

— Mes parents m'ont toujours dit de ne jamais donner mon prénom à un inconnu, lui lancé-je timidement.

Il me dévisage un instant et un sourire blagueur apparaît sur ses lèvres.

— Tu sais, je ne suis pas un psychopathe. Mais tant pis ! Je ne te dirai pas non plus comment je m'appelle !

À ces mots, il reporte son attention sur sa guitare et recommence à pincer les cordes sans me calculer. Je me débarrasse de mon cartable et grimace.

— T'es trop nul, me moqué-je avant de m'asseoir dans l'herbe, les jambes croisées.

— Je viens d'emprunter cette guitare à ma sœur sans son autorisation. J'ai trop envie de jouer comme elle, mais c'est super dur, soupire-t-il.

— Elle est musicienne ? C'est son métier ? Il secoue la tête.

— Non, elle a que onze ans, comme moi. C'est ma sœur jumelle.

— La chance ! J'aimerais trop avoir une jumelle !

— Si tu veux, je te la donne ! Elle est trop chiante avec moi.

J'amorce un mouvement de recul, la main plaquée sur la bouche.

— T'as dit un mot vulgaire ! m'exclamé-je. Il éclate de rire.

— Ça va ! On n'a plus six ans !

— Moi, j'ai huit ans, et si je dis un gros mot, mes parents me punissent !

Le garçon lève les yeux au ciel.

— OK. Dans ce cas, je vais tâcher de surveiller mon langage devant toi.

Sans attendre ma réponse, il continue de « jouer » avec son instrument. Pendant ce temps, je récupère plusieurs cailloux à côté de moi et m'amuse à faire des ricochets dans la rivière. Ce garçon est bizarre, il ne parle pas beaucoup et ses épaules sont recourbées, comme s'il voulait se cacher. J'ai même du mal à détailler son visage à cause de ses lunettes, aussi grosses que celles d'Harry Potter, mais je dois dire que c'est agréable d'être en sa compagnie, ça me détend.

— Tu veux devenir guitariste, plus tard ?

— Non, je ne prends pas ça au sérieux. Je ne sais pas ce que j'aimerais faire plus tard, m'avoue-t-il, évasif.

Il me regarde un bref instant avant de détourner les yeux de moi. Puis il m'interroge à son tour :

— Et toi ? Tu aimerais faire quoi, quand tu seras plus grande ?

Sans m'y attendre, mes joues rougissent. Gênée, je baisse la tête et arrache les petites herbes qui m'entourent avec nervosité.

— Tu vas te moquer de moi, si je te le dis...

Contre toute attente, le garçon quitte son rocher et s'assoit juste en face de moi. Très vite, il retire ses lunettes, frotte ses yeux, puis les renfile sur son nez.

— Promis, je ne me moquerai pas de toi.

Il semble sincère et ça me donne envie de lui faire confiance.

— OK ! Alors, plus tard, j'aimerais devenir rousse et danseuse étoile ! m'écriai-je avec entrain.

Perplexe, il hausse un sourcil. Je me renfrogne et affiche une moue vexée.

— Je savais que t'allais trouver ça nul !

— Non c'est pas ça… Pourquoi rousse ? Tu n'aimes pas tes cheveux blonds ?

Tout en continuant de bouder, je secoue la tête et glisse mes doigts le long de ma chevelure dorée.

— Non, je ne les aime pas. Ma couleur préférée, c'est l'orange. Les rousses sont trop jolies, j'ai envie de leur ressembler ! En plus, j'ai quelques taches de rousseur sur mon nez. Regarde !

À ces mots, ma tête se rejette en arrière, afin de l'exposer au soleil.

— Je suis sûr que cette couleur t'irait bien. Les rousses sont très jolies, c'est vrai.

Il laisse ses mots en suspens avant de reprendre, les traits plus adoucis :

— Danseuse étoile… C'est un super projet !

Je sens mon cœur se réchauffer en entendant cette déclaration.

— Tu ne trouves pas ça ridicule ? C'est vrai ?

— Pourquoi ce serait ridicule ? Je hausse les épaules.

— Mes parents disent que c'est difficile de devenir danseuse étoile. Il faut être motivée et travailler très dur pour intégrer un corps de ballet. Mais c'est mon rêve !

— Ce n'est pas parce que c'est dur que tu dois avoir peur ! Tu sais, si c'est vraiment ce que tu veux faire, alors rien n'est censé t'empêcher de réaliser ce rêve.

— Mais si j'échoue ? Je serai super triste.

— Tu feras des erreurs, comme tout le monde. Mais seules les personnes les plus fortes n'auront pas peur de recommencer malgré l'échec.

Je prends le temps d'assimiler ses paroles.

— Regarde… Je ne sais pas jouer de la guitare, mais ça ne me décourage pas pour autant ! Je vais continuer à m'entraîner, jusqu'à ce que j'y arrive enfin. Il faut de l'audace, de la persévérance et de la motivation pour parvenir à ses fins, ajoute-t-il.

J'oublie que c'est un garçon de onze ans qui se tient face à moi. Son discours se révèle très mature pour son âge. On dirait un adulte qui parle et avec son optimisme, il me donne l'impression que je suis capable d'y arriver.

— Je veux avoir la même carrière que la danseuse Sylvie Guillem. Elle a intégré l'Opéra de Paris, tu te rends compte ? En plus, elle était rousse, à un moment ! C'est décidé. Ce soir, je vais demander à mes parents de m'inscrire à un cours de danse classique, parce que j'en ai marre de m'entraîner dans ma chambre. J'ai toujours voulu apprendre les pointes !

Il esquisse un sourire en coin et je l'imite.

— Tu as l'air trop gentil, River.

Sa mine se fige, puis il explose de rire.

— « River » ? Je ne suis pas une rivière !

— M'en fiche ! Maintenant, je t'appellerai comme ça !

— Bah, dans ce cas… je t'appellerai Starly, comme une étoile.

— Mais c'est moche, Starly !

— Comme River !

— Non, c'est beau...

Son sourire s'efface, il ne riposte plus et les traits de son visage deviennent sérieux.

— Je veux que tu me fasses une promesse.

Je me rapproche de lui en ouvrant grand les oreilles.

— Ne baisse jamais les bras, même si ça te semble inaccessible, OK ? Chaque jour te conduit un peu plus vers ton rêve, alors redresse les épaules et avance en regardant droit devant toi. Et si tu doutes, si tu dévies de ton cap, lève les yeux et observe le ciel, contemple les étoiles. Elles seront là pour raviver la flamme en toi. Parce que j'en suis convaincu, tu trouveras ta place parmi elles et tu brilleras. Alors, tu me promets de ne pas abandonner même si tu as peur de la difficulté ?

Une lueur de détermination traverse mes iris et je m'exclame :

— Oui ! Je te le promets, tu seras fier de moi !

River est pris de court par mon enthousiasme. Il réajuste ses épaisses lunettes, puis nous finissons par lier solennellement ce serment en croisant nos petits doigts. Face à ma mine enjouée, il s'esclaffe de plus belle et cette fois, je fais de même. Sans plus nous soucier de notre avenir, nos éclats de rire s'accordent et notre mélodie du cœur fait écho au milieu de cette forêt enchantée.

À suivre…

Remerciements

Pour cette deuxième histoire, je tenais à remercier les premiers lecteurs qui ont suivi en intégralité les aventures de Chester et Ally sur Wattpad. Votre enthousiasme est devenu ma force. Grâce à lui, je ressens toujours cette envie de partager mes écrits avec vous et de m'améliorer. Ce livre, je le dédie avant tout aux belles âmes qui constituent mon incroyable petite communauté, celle qui représente mon pilier depuis mes débuts en tant qu'auteure, celle avec qui je ne me lasse pas d'échanger. Merci de me combler de bonheur, et j'espère de tout cœur que l'on se rencontrera à des salons littéraires.

Merci à Jordan pour son soutien infaillible. Merci à mes parents, mon frère, mon grand-père, Monique, Gaëlle, Carla, Josy. Une pensée à ma nièce qui est née il y a à peine quelques mois, Maïna. Merci à mes amis, à ma fidèle « Pizza squad ».

Un remerciement spécial à ma Sam, alias my_tagada sur Instagram, qui est un véritable rayon de soleil au quotidien.

Parce que tout ce que tu as fait pour moi… je ne l'oublierai jamais.

Pour finir, je remercie ma maison d'édition, Plumes du Web. Merci à Caro et Nico pour leur professionnalisme et leur confiance. Merci à Geny de supporter mes « gourdes » lors des corrections, je continue d'apprendre énormément grâce à tes conseils. Merci à Océane, une auteure que j'admire et qui m'émerveille avec sa plume envoûtante, tu es devenue une belle source d'inspiration.

Tainted Hearts est un récit plus intime, avec des sujets qui me touchent personnellement. Préparez-vous, car Chester et Ally ont encore beaucoup de facettes à dévoiler...

hachette s'engage pour l'environnement en réduisant l'empreinte carbone de ses livres. Celle de cet exemplaire est de : 600 g éq.CO_2
Rendez-vous sur www.hachette-durable.fr
PAPIER À BASE DE FIBRES CERTIFIÉES

« Pour l'éditeur, le principe est d'utiliser des papiers composés de fibres naturelles, renouvelables, recyclables et fabriquées à partir de bois issus de forêts qui adoptent un système d'aménagement durable. En outre, l'éditeur attend de ses fournisseurs de papier qu'ils s'inscrivent dans une démarche de certification environnementale reconnue. »

Édité par Hachette Livre, dans la collection Ito
(58, rue Jean-Bleuzen, 92170 Vanves)

Achevé d'imprimer en Espagne par CPI Blackprint
Dépôt légal 1re publication : Juillet 2023
62.1960.0 – ISBN : 978-2-01724628-2
Dépôt légal : Juillet 2023